Oscar von Wächter

Carl Georg von Wächter

Leben eines deutschen Juristen

Oscar von Wächter

Carl Georg von Wächter
Leben eines deutschen Juristen

ISBN/EAN: 9783743332591

Hergestellt in Europa, USA, Kanada, Australien, Japan

Cover: Foto ©Raphael Reischuk / pixelio.de

Oscar von Wächter

Carl Georg von Wächter

Carl Georg von Wächter.

Leben eines deutschen Juristen

dargestellt

von

O. v. Wächter.

Leipzig,

Druck und Verlag von Breitkopf und Härtel.

1881.

Motto:

„Man mag mich einen Stockjuristen nennen;
ich habe mir immer in meinem Leben das
Recht zur Richtschnur genommen, und ich glaube
mir das Bewußtsein erhalten zu haben, mit
Wissen dieses Recht niemals verletzt zu haben."

(Rede in der Württ. Kammer der
Abgeordneten, 9. Juni 1849.)

Seiner Majestät

König Karl von Württemberg

ehrfurchtsvoll gewidmet

vom Verfasser.

Vorwort.

Nicht nur seinen Freunden und Schülern oder Solchen, denen er in litterarischer Beziehung nahe getreten ist, — auch in weiteren Kreisen dürfte das Lebensbild eines Mannes willkommen sein, welchen seit Jahrzehnten seine Zeitgenossen als den Ersten der deutschen Juristen bezeichneten. Treten in ihm vorzüglich die Lichtseiten des deutschen Rechtsgelehrten und akademischen Lehrers hervor, so ist es zugleich überhaupt seine Art, in ernstem Streben und unermüdlicher Arbeit den mannigfaltigsten Anforderungen des Lebens gerecht zu werden, die idealen Ziele der Wissenschaft, der wahren politischen Freiheit, edler Geselligkeit und die Begeisterung für alles Hohe und Schöne festzuhalten, selbst aber überall mit unbeugsamem Rechtssinn und edler Humanität voranzuleuchten, — welche auch für die nachkommende Generation anregend und fördernd sein kann.

In bezeichnendster Weise wurde von Seiner Majestät König Karl von Württemberg die Persönlichkeit Wächters charakterisirt: „Er wußte, wie Wenige, die idealen Bestrebungen zu pflegen und ist dadurch unserer in materielle Interessen versenkten Zeit ein leuchtendes Vorbild geworden".

Bei der Gedächtnisfeier, welche nach seinem Hingang von der juristischen Gesellschaft zu Berlin veranstaltet wurde, gab Dernburg folgende Schilderung:

„Uns Allen steht Wächter vor dem geistigen Auge, wie er als Redner in Ernst und Scherz zu überzeugen, zu bestimmen, zu zünden wußte. Wir glauben die mittelgroße Gestalt in der gewandten Haltung, mit den elastischen Bewegungen vor uns zu sehen und den Fluß der Worte zu hören, die ihm gleichmäßig und sicher mit leichtem Anflug schwäbischen Dialekts entflogen. Anempfindend, sanguinisch und beweglich wußte sich Wächter sofort mit seinem Publikum in geistigen Kontakt zu setzen und die diesem gemäße und entsprechende Form unmittelbar zu treffen, seine realistische Auffassung gab den Dingen, die er behandelte, die scharfe, klare Beleuchtung. Vertreter des gesunden Menschenverstandes, eine Gabe, die seltener ist, als man vermeinen sollte, war er stets Allen verständlich und den Meisten genehm. So war er zum Lehrer geboren, zur Beredung und Leitung öffentlicher Versammlungen vorzüglich geschickt. Mit Menschen zu verkehren war ihm Bedürfnis und Freude, in die Gesellschaft, die er pflegte, brachte er Anregung und Leben. Die Annehmlichkeit seines Wesens, seine Lebenslust und chevareske Art mußte ihm die Herzen gewinnen, während seine Persönlichkeit, Stellung und litterarische Bedeutung den sichern Hintergrund gab.“

Das Leben und Wirken des Verewigten wurde bald nach seinem Hingang von fünf bedeutenden Juristen geschildert[1].

---

[1] G. v. Mandry in der Beilage des Staats-Anzeigers für Württemberg vom 18. Februar 1880. — H. Dernburg, Karl Georg v. Wächter, Vortrag gehalten in der juristischen Gesellschaft Berlins. Halle 1880. 19. S.

Indeß fand sich noch reichhaltiges Material für eine umfassendere Darstellung. Dabei entspricht es wohl eben so dem Verlangen des Lesers wie meiner Stellung als Sohn, daß ich ohne eigene Zuthaten, ohne Ausschmückung, deren es hier in der That nicht bedarf, fast durchaus nur den Inhalt der mir vorliegenden Aktenstücke, Briefe und eigenhändigen Aufzeichnungen gab. Auch wird es gerechtfertigt sein, wenn ich die innere Seite des Lebens, so sehr sie der äußern an Tiefe und Trefflichkeit entsprach, und was er den Seinen gewesen, darzulegen mir versagte.

Stuttgart, im December 1880.

Dr. Oskar Wächter.

— B. Windscheid, Karl Georg v. Wächter (Vortrag zur Gedächtnißfeier am 29. Februar 1880 in der Aula der Universität Leipzig). Leipzig 1880. 91 S.

— v. Schwarze, Dr. Karl Georg v. Wächter, Gerichtssaal. XXXI. Bd.

— H. Seeger, Karl Georg v. Wächter, in „Unsere Zeit. Deutsche Revue der Gegenwart". Jahrg. 1880. Heft 11. — Ferner von dem Verfasser in den Nekrologen des Schwäbischen Merkurs, der Augsburger Allgemeinen Zeitung und des Württembergischen Archivs (Bd. XXI. 1.).

Inhalt.

I. Abschnitt.

Die Eltern.

Wächter stammte aus einer „altwürttembergischen“ Beamtenfamilie, in welcher nicht äußerer Glanz, aber höhere Geistesbildung heimisch war. Hatte er vom Vater den ernsten auf tüchtige Berufsarbeit und gewissenhafteste Pflichterfüllung gerichteten Sinn, so verdankte er seiner Mutter eine phantasievolle, leichtbewegliche Erfassung aller Verhältnisse und die Fähigkeit, für alles Schöne und Große sich zu begeistern. — Über den Lebensgang seines Vaters hat er bei dessen Ableben Folgendes aufgezeichnet.

Johann Eberhard v. Wächter, Sohn des Hof- und FinanzRath v. Wächter (geb. 1735, gest. 1807), ist den 10. Juli 1762 zu Stuttgart geboren. Seine erste Bildung erhielt er im dortigen Gymnasium. Früher zum Studium der Theologie bestimmt, begann er dasselbe (September 1778) im theologischen Seminar zu Tübingen. Aber nach 2 Jahren änderte er seine Wahl, trat aus dem Seminar aus und widmete sich der Rechtswissenschaft. Nach „recht wohl erstandenem“ Examen wurde er (December 1783) unter die Herzogl. Württtemb. Kanzlei-Advokaten aufgenommen und schon 1785, in seinem 22. Jahre, zum Oberamtmann und Klosterverwalter in Murrhard ernannt. Während damals der Mißbrauch des Dienstkaufs sehr verbreitet war, hielt Eberhard Wächter sich hiervon frei; wie er selbst später schrieb: „Eingedenk einestheils der öfteren Ermahnung meines Vaters, nie für einen Dienst Etwas anzubieten oder zu bezahlen, und seiner Drohung, Den von seinen Söhnen, welcher ihm hierin nicht gehorchen würde, nicht für seinen Sohn anzuerkennen, anderntheils aber meines Eides mir bewußt, womit ich als Kanzlei-Advokat die Landesgesetze beschworen habe, betrat ich lediglich den gesetzlichen Weg". Nach zweijähriger Amtsführung in Murrhart wurde ihm das Oberamt Marbach (1787) übertragen. Die feindlichen Kriegszüge durch das Land nahmen seinen Amtsbezirk hart in Anspruch. Der Oberamtmann theilte freiwillig diese Lasten mit seinen Untergebenen; seine Wohnung war das Quartier aller kommandirenden Officiere und ihrer Adjutanten, und wenn es ihm dadurch glückte, bedeutenden Ausbrüchen von Unordnung häufig zu begegnen und vom Staat, Gemeinden und Privaten große Verluste abzuwenden: so konnte Dieses nur durch große Aufopferungen aus seinem eigenen Vermögen geschehen. Wie sein Benehmen in dieser bedrängten Zeit das Zutrauen und die Anhänglichkeit seiner Untergebenen zu ihm erhöhen mußte, so erwarb er sich dadurch auch bei vielen feindlichen Officieren hohe Achtung. Herzog Friedrich II. lernte bei solchen Veranlassungen den kenntnisreichen und thätigen Mann kennen, berief ihn (1802) in die für die neu erworbenen Landestheile niedergesetzte, unter dem persönlichen Vorsitze des Herzogs berathschlagende Ober-Landesregierungs-Kommission und übertrug ihm eine Reihe der wichtigsten Arbeiten, z. B. die Abfassung des Religionsediktes vom 1. Januar 1803, welches für Neuwürttemberg den Grundsatz der Gleichstellung der Rechte der verschiedenen christlichen Kirchen durchführte. Nach 9 Monaten kehrte er auf sein Oberamt zurück. Im Jahre 1807 wurde er als Rath an den Kriminal-Gerichtshof nach Eßlingen versetzt und 1811 zum Stadtdirektor von Stuttgart, Ober-Regierungsrath und Mitglied des Ober-Konsistoriums ernannt. Allein schon im folgenden Jahr wurde er der Stelle eines Stadtdirektors enthoben und als Rath in das Ober-Justizkollegium, neben Beibehaltung seiner Stelle als Ober-Konsistorialrath, versetzt. Im Jahre 1817 wurde er zum Vicedirektor, 1821 zum Direktor des Konsistoriums ernannt. In Anerkennung seiner Leistungen wurde ihm 1824 der Kronorden verliehen. Nachdem er im Jahre 1825 in treuen und aufreibenden Diensten 40 Jahre zurückgelegt hatte, glaubte er aus Rücksicht auf seine Gesundheit und aus besonderen Rücksichten auf seine Familie von dem Recht Gebrauch machen zu sollen, welches ihm das Gesetz einräumte. Er bat um seine

Verſetzung in den Ruheſtand. In Wahrheit konnte er von ſich ſagen, wie er es in einem Schreiben an ſeinen Chef that: „Ich ſehe mit reinem Gewiſſen auf meine 40jährige, oft dornige Laufbahn zurück; daß ich ärmer aus dem Staatsdienſte trete, als ich in denſelben getreten bin, iſt mir ſchmerzlich für meine Familie, für mich aber ein beruhigender Beweis, daß ich redlich und uneigennützig zu handeln gewohnt war, und des Vertrauens und der Liebe, welche mir meine vormaligen Untergebenen und ſelbſt Diejenigen, welchen ich wehe thun mußte, noch bis auf den heutigen Tag ſchenken, nicht unwürdig war".

Indeß nahm er auf beſonderen Wunſch des Königs ſein Penſionsgeſuch zurück, bis ihn nach 5 Jahren ſeine Geſundheitsumſtände nöthigten, es zu wiederholen. Nun trat er in den wohlverdienten Ruheſtand. — Wenige Jahre danach bereitete ihm ein harter Verluſt die ſchmerzlichſte Erfahrung ſeines Lebens. Seine Gattin, Karoline, geb. von Bühler, die treueſte Gefährtin und das Glück ſeines Lebens, wurde ihm durch den Tod entriſſen, ſie, deren ungetrübte Freundlichkeit und deren heiterer, ſtarker Sinn ihm ſtets der ſchönſte Troſt und Halt bei einer durch hypochondriſche Leiden häufig getrübten Stimmung war. In ihrem funfzehnten Jahre hatte ſie ihm ihre Hand gereicht und 48 Jahre mit ihm in ungetrübter Ehe gelebt. Sie hatte ihm 9 Kinder geboren, von welchen 6 (der einzige Sohn und 5 Töchter) die Eltern überlebten. Ihr Verluſt (1833) ſchlug ihm eine nie vernarbende Wunde. Auch früher ſchon gewohnt, einfach, ohne Prunk und Aufwand, bloß ſeiner Familie, ſeinen Verwandten und einem kleinen Freundeskreis zu leben, zog er ſich nun noch mehr, als er es früher ſchon über Gebühr war, zurück; vom Jahr 1834 an erlaubte ihm ſeine Geſundheit, wie er wenigſtens glaubte, nicht mehr, ſein Zimmer zu verlaſſen, und eine krankhafte Hypochondrie umdüſterte immer mehr ſeine Stimmung. Allein ſelbſt in dieſer Zeit war er noch in mancher Hinſicht thätig. Davon zeugt u. A. eine Abhandlung: „Über die verfaſſungsgemäße Stellung der evangeliſchen Kirche Württembergs in dem Staate und die Bedingungen der Erhaltung ihres Rechtszuſtandes und der Erreichung ihrer Zwecke", welche er wenige Monate vor ſeinem Tode in die Allgemeine Kirchenzeitung (1839) einrücken ließ. Er ſtarb den 27. Juni 1839. Den Tod erwartete er ruhig und gefaßt als den Weg der Wiedervereinigung mit den ihm Vorangegangenen.

„Seine Freunde — fügt sein Sohn bei — werden seine Redlich-
keit, Uneigennützigkeit, seine Gastfreundschaft, seine aufopfernde Treue
für Freunde, seine Bereitwilligkeit, Jedem, dem er helfen konnte, an
die Hand zu gehen, das Interesse, das die Unterhaltung mit dem vielseitig gebildeten Manne gewährte, und die wahre Biederkeit, die seinen
ganzen Charakter durchdrang, gewiß in treuem Andenken bewahren.“

II. Abschnitt.

Jugend.

Am 24. December 1797 wurde dem Oberamtmann Wächter zu
Marbach am Neckar der einzige Sohn geboren. Es waren kriege-
rische Zeiten, Durchmärsche, bald östreichische, bald französische Re-
gimenter, an der Tagesordnung. Als der Oberamtmann seinen Sohn
zur Taufe brachte, hatte er östreichische Officiere im Quartier, sie
verkehrten gern mit der biedern schwäbischen Familie und wurden die Pathen des jungen Wächter. Daher lautete sein voller
Taufname: Carl Joseph Georg Sigismund. Im glücklichsten
Familienkreis wuchs der Knabe fröhlich heran. Die Eltern eilten
nicht, ihn zur Schule zu bringen, sondern ließen ihm bis zum 8. Jahre
volle Freiheit, sich mit seinen Kameraden umherzutummeln. Und auch
in der Schulzeit durfte er durch besondere Nachsicht des Lehrers ganze
Tage „hinter der Schule“ im Freien zubringen, „auf einem Baum
statt auf der Schulbank“. Noch 70 Jahre später äußerte er in Hinblick auf jene Zeit: „Die Bäume um Marbach habe ich wohl alle
gekannt“.

Aus einem benachbarten Dorf wird erzählt: wenn der Oberamtmann zu Amtshandlungen herauskam, haben wir als Knaben
immer aufgepaßt, „ob der Carl nicht mitkomme“, wo dann immer
Freude und Spielen vor dem Rathhaus gewesen.

Indeß ging es auch nicht ohne Gefahr ab. Als er einst den
Giebel eines neuaufgeschlagenen Hauses erstieg, fiel er durch drei
Stockwerke herunter und brach den Arm.

Ein ander Mal — als ein französisches Regiment in Marbach gelegen — wurde er beim Abzug von einem jungen Officiere, welcher Gefallen an dem aufgeweckten Knaben fand, aufs Pferd gesetzt, mitgenommen, nach fünf Tagen aber, aus Sorge, der kleine Begleiter möchte krank werden, seinen Eltern zurückgebracht.

Bis ins zehnte Jahr blieb er mit Lernen nahezu verschont und gerade dieser Zeit ungehemmten körperlichen Erstarkens dankte er noch in hohem Alter die ungemeine Rüstigkeit und Arbeitskraft seines spätern Lebens, wie er denn niemals anhaltend krank gewesen ist.

Er war 10 Jahre alt, da sein Vater nach Eßlingen versetzt wurde, und nahm die schönsten Erinnerungen einer frohen Kindheit mit sich. Ein Gedicht, welches ihm seine Mitschüler „zum Abschied von Marbach den 14. Juli 1807" widmeten, sagt von jenen Kindheitstagen: „Beim muntern Spiel war Carl uns überall voran". — „Wer schlug so hoch den Ball? Wer sprang wie Carl so rasch durch Wald und Berg und Thal? Wer schritt uns als Soldat so kühn wie Carl voran? — — Gern theilte Carl uns mit, was noch so lieb ihm war. Und wurde was verseh'n, so schob er nie die Schuld auf Andre, trug, was kam, gern selber mit Geduld."

In Eßlingen erlangte er den vorzüglichen und strengen Unterricht des Rektor (späteren Ephorus in Blaubeuren) R e u ß. Bei Diesem fuhr nach 25 Jahren der Leipziger Professor auf seiner Ferienreise vor und redete den ehrwürdigen Lehrer, von dem er nicht gleich erkannt wurde, mit den Worten an: „Ich komme, mich bei Ihnen für die in Eßlingen empfangenen Schläge zu bedanken. Denn ohne Ihre Strenge wäre ich nicht Der geworden, den Sie vor sich sehen."

Mit 14 Jahren kam er auf das Gymnasium nach Stuttgart; ihm ging der Ruf eines hervorragenden Talents voran und der Lehrer ermahnte seine Schüler, sie mögen sich zusammennehmen, damit nicht der neue Mitschüler sie alle überflügle. Dieser aber erwählte sich fortan den Wahlspruch seines Lebens aus der Ilias: „Immer der Erste zu sein und vorzustreben vor Andern". Als er die höchste Klasse besuchte, wurden seine Mitschüler, ihm an Jahren voraus, sämmtlich zum Militär ausgehoben, so daß er allein von den Professoren in ihren Wohnungen unterrichtet wurde. Gleichzeitig ertheilte er jungen Gymnasiasten Privatlektionen in Sprachen und Mathematik und erlangte so die Mittel, sich die kleine Handbibliothek der römischen und

griechischen Klassiker und deutschen Dichter anzuschaffen, die ihn Zeit
Lebens als vertraute Gesellschaft begleitete.

Er gedachte, Medicin zu studiren. Auf den Wunsch seines Vaters,
welcher inzwischen Konsistorialdirektor geworden, bereitete er sich für
Theologie vor und lernte Hebräisch. Allein der König, welchem die
Liste der Abiturienten vorzulegen war, that den Machtspruch: „Soll
Jurist werden, weil sein Vater Jurist ist".

III. Abschnitt.

Studentenjahre.

Den 8. April 1815 wurde Wächter als Iuris Studiosus zu
Tübingen inskribirt. Die ihm hierüber zugestellte lateinische Urkunde
trägt als Überschrift den in diesem Falle vorzugsweise in Erfüllung
gegangenen Wunsch: »Quod felix faustumque sit«.

In Tübingen hatte er nicht das Glück, Lehrer zu hören, welche
den Stoff durch die Art und Form des Vortrages anziehend machten.
Die Kollegien des römischen Rechts hörte er bei Schrader, einem
der bedeutendsten Vertreter der historischen Schule, welcher eine Fülle
gelehrten Stoffes, aber keineswegs in systematischer Verarbeitung
gab. Mit welch unermüdlichem Eifer indeß Wächter sich diese Vorlesungen zu Nutze gemacht, beurkundet ein von Schrader unter dem
5. Oktober 1817 ausgestelltes Zeugniß: „Herr Carl Georg Wächter
aus Stuttgart hat in den Jahren 1815 bis 1817 meine Vorlesungen
über Institutionen, Pandekten, römische Rechtsgeschichte und meine
exegetischen Kollegien über die römischen Rechtsbücher mit ununter-
brochenem angestrengten Fleiße besucht, und mir sowohl in den damit
verbundenen mündlichen und schriftlichen Prüfungen als in sonstigen
Unterredungen die unzweifelhaftesten Beweise eines verständigen und
eifrigen Privatstudiums und sehr guter Kenntnisse gegeben. Dieses
bezeuge ich nach obhabenden Pflichten mit Vergnügen und in der
zuversichtlichen Hoffnung, Derselbe werde, wenn er, wie ich nicht

anders erwarte, auf diesem Wege fortschreitet, einst etwas Ausge=
zeichnetes leisten."

Dies Zeugnis erscheint um so gewichtiger, als Schrader damit
keineswegs freigebig war, sondern äußerst gewissenhaft an der streng=
sten Wahrheit stets festhielt[1].

Sinn für edle Geselligkeit und für Freundschaft waren ein
Grundton seines Wesens. Dazu kam aus dem Leben in den römischen
und griechischen Klassikern die Begeisterung für Vaterland und Frei=
heit, Poesie und jedes ideale Interesse. Es war daher nach damaliger
Sachlage selbstverständlich, daß er in die Burschenschaft eintrat.

Noch in den letzten Tagen seines Lebens wollte er die an ihn gelangte Auf=
forderung, Notizen über die alte Burschenschaft zu geben, beantworten und erzählte
leuchtenden Blickes von jenen Jugendzeiten. Bis zu seinem Tod bewahrte er in treuem Andenken an diese Verbindung ein
(nicht von seiner Hand geschriebenes) Blatt:

Rundgesang:

Bruder reich' her die Hand!
Für Gott und Vaterland
Geist, Blut und Gut!
Der bleib uns lieb und werth,
Wer Treu und Glauben ehrt;
Männlich fürs Recht sich wehrt
Mit deutschem Muth.

Fragt nicht: woher der Mann,
Thut er brav, was er kann,
Nicht nach dem Stand!
Gott nur und Vaterland
Schließe der Freundschaft Band!
Bruder reich' her die Hand!
Heil Vaterland!

In den Ferien und zu dem Geburtstage seiner Eltern wanderte
er über die Berge zu Fuß nach Stuttgart. Unterwegs wurde in
Waldenbuch eingekehrt, woselbst er nach Jahrzehnten im Gasthof
seinen Kindern den großen eichenen Tisch zeigte, in dem sein Name
neben denen vieler Freunde eingeschnitten war. In der „theueren
Zeit" (1817) nahm er von den Besuchen in Stuttgart einen Laib
Brot als sehr werthvolles Geschenk mit nach Tübingen zurück. Hier
lebte er äußerst einfach, um von dem Grundsatz „nie Schulden zu
machen" nicht abzuweichen, wenn gegen Ende des Monats das im

---

[1] Auch ist Schrader nicht, wie Mandry im Nekrolog (Besondere Beilage des Staats=
Anz. f. Württ. 1860, Nr. 3, S. 33) sagt, „ein Verwandter des jungen Studenten" ge=
wesen, sondern ein Verwandter der nachmaligen Gattin Wächters.

Anfang rascher verwendete und für das Nothwendigste berechnete Geld dem jungen Studenten keine größeren Auslagen mehr gestattete.

Die Anregung und Förderung, welche er in der juristischen Fakultät vermißte, suchte sich Wächter durch Privatstudium möglichst zu ersetzen, hörte auch einige philosophische Kollegien und blieb in frohem Freundeskreis und fleißiger Arbeit die ersten Semester in Tübingen. Ein Wendepunkt in seinem Leben war es, als er nach seinem Wunsch ein Semester nach Heidelberg gehen konnte, um Thibaut und Welcker zu hören.

Mit besonderem Vertrauen hatte Wächter sich in Stuttgart an Weishaar, damals Rechtsanwalt — später Kammerpräsident und Verfasser des ersten brauchbaren Handbuches über das württembergische Privatrecht — angeschlossen. Ihm gab er im December 1817 von Heidelberg ausführlich Bericht. — „Anfangs wollte es mir hier gar nicht recht gefallen. . . . Dies gab sich indeß Alles nach und nach und ich bin jetzt recht zufrieden mit meinem hiesigen Aufenthalt, besonders weil ich überzeugt bin, daß ich in wissenschaftlicher Hinsicht in Tübingen in 2 Jahren nicht Das hätte gewinnen können, was ich in diesem halben Jahre hier mir zu erwerben hoffe. Ich fand nämlich 2 Hauptvorzüge Heidelbergs, deren einen ich in Tübingen so ziemlich, den andern aber gänzlich vermißte — Professoren, die, mit allem Eifer immer noch selbst wacker voranzuschreiten, herrlich lesen, und Studenten, bei denen der Umgang nicht aus alltäglichen Gesprächen und bloßen freundschaftlichen Ergießungen besteht, sondern welche die wahre Würze des gesellschaftlichen Lebens auf Universitäten in ernsterer, wissenschaftlicher Unterhaltung und im Austausch der verschiedenen Ansichten und in gegenseitiger Belehrung suchen, ohne dabei ins Pedantische zu fallen, oder im geringsten die fröhliche und heitere Seite des Lebens zu vergessen. Dies sind freilich auch nur Wenige. Allein in Tübingen fand ich diesen Geist, der mir mehr zu nutzen und nothwendiger zu sein scheint, als ein guter Professor, ganz schlafend, da die Wenigen, die vielleicht dafür noch Sinn gehabt hätten, sich vor dem Urtheile Anderer scheuten, die es für erkünsteltes Gelehrtthun und für eine Unmöglichkeit hielten, bei einem Glase Punsch ernste Unterhaltung mit Frohsinn zu verbinden. Dieses, verbunden mit Thibauts und Welckers Vorlesungen, weckten, und sollen erst noch recht, wie ich wenigstens hoffe und mich beſtreben werde, den rechten Sinn und Blick und die wahre Anſicht über mein und überhaupt über das Studium in mir wecken. [Folgt Einzelnes über die Vorleſungen von Thibaut und Welcker.] — — An Welcker glaube ich nach allen Seiten ganz Das gefunden zu haben, was ich mir immer unter einem akademiſchen Lehrer, wie er ſein ſollte, vorſtellte; einen Lehrer, voll Eifer für ſeine Wiſſenſchaft und durchdrungen von der Wichtigkeit derſelben, in ſeinem — auch äußerlich recht guten — Vortrage äußerſt klar und im höchſten Grade gründlich, mit dem unermüdeten Streben, ſeine Zuhörer zum klaren Verſtehen ſeiner Behauptungen und zur feſten Überzeugung von der Richtigkeit derſelben — nie aber durch Überredung und wie es auch wohl oft geſchieht, durch Übertölpelung, ſondern durch eigenes auf Vernunft und Geſetz gegründetes Urtheil — zu bringen, und endlich — wie ich wenigſtens glaube — durchaus richtig in ſeinen Anſichten; und dazu noch, was ſelbſt das Vertrauen zu ihm als Lehrer, wie mir ſcheint, erhöht — als Menſch von einem gewiß ganz herrlichen Cha= rakter[2]. — — Glauben Sie nicht, daß die Neuheit ſeiner Anſichten mich überrumpelt hätte. Denn ich befolge auch hier meinen Grund= ſatz, Das, was mir ein Lehrer ſagt, eigentlich nicht zu glauben, und ſo erſt die Wahrheit (wenigſtens nach meiner Anſicht) zu finden, da= durch, daß der Lehrer mich Ungläubigen überzeugt. — — Was mein Privatſtudium betrifft, ſo fängt es eigentlich jetzt erſt recht an, einen feſten Plan zu bekommen. Anfangs wollte ich mit meiner Zeit gar nicht zu recht kommen, und es war mir gerade, wie wenn ich fünf Löcher eines Faſſes, aus welchen Waſſer ſtrömt, bloß mit zwei Hän= den zuhalten ſollte; beſchäftigte ich mich heute mit dem einen Gegen= ſtand zu ſehr, ſo war morgen in den anderen eine Lücke. Dies kam beſonders, glaube ich, daher, daß ich in meinen 2½ Jahren in Tü= bingen doch nicht recht ſtudiren lernte; denn was Sie in Stuttgart mit Ihrem mir unſchätzbaren Rathe an mir gut zu machen ſuchten, Das wurde mir mindeſtens wieder dadurch verderbt, daß meine Tü= binger Lehrer darein hauptſächlich das fleißige und wahre Studium zu ſetzen ſchienen, daß man gerade die einzelnſten Beſtimmungen des Rechts — denn den Geiſt des Ganzen ſchienen ſie weniger nöthig zu

---

[2] Welcker trat ſpäterhin in ein vertrautes Freundſchaftsverhältnis mit dem brüder= lichen Du zu Wächter, bei dem er, als jungem Profeſſor in Tübingen, zu Gaſt war.

halten und bekümmerten sich daher zum Theil gar nicht darum — recht in sich hineingepfropft habe. — — Ich sehe daher Das, was ich in Tübingen lernte, mehr als einen sog. Schulsack an, den ich jetzt erst auf eine gute Art zu verarbeiten habe. Die Pandekten studire ich jetzt so, daß ich mich durch eine genaue Präparation mit Thibauts — von Schrader [bei welchem Wächter das erste Mal sie gehört hatte] oft abweichenden — Ansichten bekannt mache, und dabei auch, wenn es die Zeit zuläßt, auf genauere Beurtheilung der Gründe ein-gehe; die Repetition aber so lange liegen lasse, bis eine zusammen-hängende Lehre im Kolleg ganz abgehandelt ist, und dann bloß die Natur dieser Lehre, ihre Principien und ihr Verhältnis zum Ganzen zu betrachten suche, nicht aber in die Beurtheilung der einzelnen Streitfragen mich verliere, was mich in Tübingen und auch hier in den ersten Wochen so viel Zeit kostete. Auch lasse ich viele Lehren in Hinsicht der Repetition wegen Mangel an Zeit ganz liegen, und schiebe sie auf das nächste Semester auf, wo ich das ganze Pandekten-kolleg noch einmal auf diese Art für mich ganz zu durchlaufen im Sinne habe. Bei dem Strafrecht giebt sich diese Studirweise noch leichter, da hier die allgemeinen Principien weit faßbarer überall ganz durchgreifen. Ich gehe hier jedes Mal vor dem Kolleg einen ganzen Abschnitt in Feuerbach durch, betrachte sein Verhältnis zu dem gan-zen Feuerbach'schen System und wie er aus dessen Grundsätzen folgen mußte, sehe in welchen Punkten er von Welcker, wegen der verschie-denen Systeme Beider, abweichen mußte, und suche ihn so nach Welckers System zu beurtheilen und zu berichtigen. Ist dann dieser ganze Abschnitt im Kolleg erläutert, so gehe ich ihn noch einmal durch um meine etwaigen dubia Welckern vorzutragen. Bleiben mir nach all Diesem und der Zeit, die ich auf das deutsche Recht ver-wende, noch einige Stunden übrig, so benutze ich sie theils um Eini-ges in Plato zu lesen, theils zum Studium des Naturrechtes, zwei Beschäftigungen, die mir besonders die Lücken, die ich noch in Hin-sicht der Philosophie habe, recht fühlbar machen und mich auf das künftige Jahr, dessen größeren Theil ich in Tübingen damit mich zu beschäftigen gedenke, recht freuen lassen. Bei all Diesem habe ich aber noch mit einer ziemlich starken Inkonsequenz im Studiren zu kämpfen, die darin besteht, daß ich, eben wenn ich alle Zeit nöthig habe, um meinem Plane getreu zu bleiben, gerade dazu keine Lust

habe, mich mit Anderem, etwa dem Lesen einzelner juridischer Abhandlungen, mit Proceß, kanonischem Recht 2c. beschäftige, und sodann
nicht weiß, wie ich zur Ausfüllung der Lücken in meinen Hauptbe-
schäftigungen Zeit gewinnen soll. Meine übrigen hiesigen Verhältnisse haben sich recht angenehm gemacht, freilich einiges Auszusetzende
abgerechnet, das man aber auch überall, eben nur an einer anderen
Seite, findet. Wenn ich nur mehr die Gabe hätte, ein einmal an-
geknüpftes Verhältnis recht zu benutzen, aber theils glaube ich die
Leute dadurch zu inkommodiren oder zudringlich zu sein, theils aber
bin ich oft zu bequem, auf lückenbüßerische Gespräche zu denken,
theils aber bin ich oft zu launisch und nicht in der rechten Stimmung,
mich zu inkommodiren, oder zieht mich mein eigenes Stübchen oder
meine Bücher zu sehr an; doch hoffe ich, daß sich Dieses auch mit der
Zeit mehr geben und auch in der Hinsicht mein hiesiger Aufenthalt
mir sehr nützlich sein wird. — Bei dem Tone unter den hiesigen
Studenten vermisse ich ganz die Herzlichkeit, die den Aufenthalt in
Tübingen mir so angenehm machte. Es herrscht überall ein steifes,
abgemessenes, der jugendlichen Offenheit gar nicht angemessenes Betragen, das besonders dem Fremden lästig wird. Mit einander nicht
Bekannte wagen sich kaum auf den Straßen anzusehen. Doch in der
Studentenwelt herrscht weit mehr Ordnung und wenigstens äußere
Solidität, als ich dachte. Durch behutsames Betragen, einen auste-
ren Blick und eine Figur, die auf einen starken Arm schließen läßt,
ist man auch so ziemlich sicher, in Ruhe gelassen zu werden. Meine
äußeren Studentenverhältnisse sind im Ganzen so, wie ich sie mir
wünschte. Ich nehme an keiner Partei und an keiner Verbindung
Antheil, stehe aber mit den Besseren und Gebildeteren der stärkeren
Partei im besten Vernehmen und nehme von den Anderen keine Notiz.
Gern würde ich über alles Dieses noch ausführlicher sein, auch über
das liberale und mehr freundschaftliche Betragen der hiesigen Professoren und über unsere akademischen Gesetze, die dem Studenten,
um ihn zum selbständigen Mann zu bilden, die nöthige Freiheit
geben und darin so ganz von Tübingen abstechen, das immer mehr
die Tendenz zu haben scheint, den Studenten zum Gymnasiasten zu
machen, mehr sagen, — wenn ich nicht befürchtete, Ihre Güte und
Geduld schon zu sehr in Anspruch genommen zu haben — — —.“

Weishaar antwortete (10. Januar 1818): „Ihr Brief, mein lieber Freund, hat mir viele Freude gemacht, und mich vollkommen in Stand gesetzt, Ihre Lage zu überschauen. — Daß es so kommen würde, habe ich vorausgesehen nach der Kenntniß, die ich von Ihren Kräften, Ihrem Streben und der Lebendigkeit Ihres richtigen Gefühls hatte. Der Zustand des Kämpfens und Ringens um Klarheit wird noch nicht sobald bei Ihnen vorüber sein, denn nur seichte Wasser bellen sich schnell auf. Sie zu beobachten, gereicht mir zum wahren Vergnügen, darum seien Sie immer gleich offen gegen mich, Sie können es auch wohl sein, denn Sie haben nichts Tadelnswerthes zu verhehlen. Sie ringen gegenwärtig nach Klarheit in Ihrer Wissenschaft und in Ihren Ansichten über das Leben. Erstere werden Sie früher erhalten, und ich möchte nicht einmal wünschen, daß Sie letztere so schnell erhielten. Nur Das ist wichtig, daß Sie den Standpunkt bald bestimmen, auf welchem Sie im Leben stehen wollen, und hiezu führt Sie Ihr gesunder Kopf und Ihr für das Große und Edle offenes Herz, welches für Begeisterung empfänglich ist, denn ohne diese wird nichts Bedeutendes in der Welt erreicht. Das Studium der Philosophie wird Ihrem Wissen und Streben die letzte und endliche Richtung und Haltung geben. Menschenkenntniß werden Sie vorzüglich durch Beobachtung Ihrer selbst sich erwerben, d. h. die Kenntniß, welche Sie lehrt, die bessere Menschennatur unbefleckt durch das Menschenleben hindurchzubringen, indem Sie sich eine innere Welt bilden, in welche Sie sich flüchten können, wo des Lebens Jahrmarktsbudelei Sie ekelt. — Es darf Sie nicht inkommodiren, wenn Sie die Formen des gesellschaftlichen Lebens nicht mit Sicherheit zu handhaben wissen; es wäre mir sogar leid, wenn Sie es schon wüßten, denn dies fordert Sie zum Denken darüber auf, und dies Denken führt Sie endlich auf die Idee, daß die Formen des gesellschaftlichen Lebens in etwas Höherem als der Konvenienz ihren Grund haben, und daß nur Der sicher darin sich bewegen kann, der das Höhere ergriffen hat. Ich hoffe immer, es werde für Sie ein Zeitpunkt herbeigeführt werden, in welchem Sie das Leben unter Menschen zu Ihrem vorzüglichen Geschäft machen können. Einstweilen besuchen Sie zwar Gesellschaften, aber sehen Sie sich noch als Bürger einer andern Welt an. — — — Nur Das möchte ich Ihnen noch zurufen: Vergessen Sie nicht, daß Sie jung sind und daß Sie außer der Aussaat für die Zukunft auch die Jugendzeit genießen müssen, denn die Mannes-Natur entwickelt sich viel kräftiger, wenn dem Jünglings-Alter sein Recht widerfahren ist — —."

Am Schluß seines Heidelberger Tagebuches, in welchem er alle Ausgaben pünktlich notirt hat, schreibt er: „Gebraucht habe ich im Ganzen in Heidelberg mit Allem in Allem — 558 Gulden. Dafür erhalten — mehr hoff' ich, als all das todte Metall mit Manchem noch multiplicirt wohl werth sein könnte."

Er kehrte nach Tübingen zurück um dort seine Studien zu vollenden, für die er immerhin noch einige Semester frei zu haben hoffte.

Neben angestrengter Arbeit fehlte es auch an geselliger Anregung nicht. Besonders war das Schrader'sche Haus ihm ein Lichtpunkt. Hier wurde nach dem Tod ihrer Mutter die 17jährige Tochter des Hamburger Kaufmanns S. R. Baumeister erzogen; Emiliens geistvolle und anmuthige Erscheinung war für den studirenden Hausfreund die Verkörperung seiner Ideale.

IV. Abschnitt.

Abschluß der Studienzeit. Examen. Lebensziele.

Als Wächter von Heidelberg nach Tübingen zurückgekehrt war, brachte er, von Thibaut und Welcker begeistert, den Wunsch mit, sich ganz der Wissenschaft zu widmen und akademischer Lehrer zu werden. Zu diesem Behuf lag es ihm ernstlich an, seine Studien zu vertiefen und dieselben namentlich auf philosophische Fächer zu erstrecken. Allein diesem Vorhaben stellten sich ernstliche Hindernisse in den Weg. Der Justizminister war schon auf den talentvollen noch studirenden Juristen aufmerksam gemacht und hatte den Wunsch, ihn in sein Département zu ziehen, ausgesprochen. Nach der herrschenden altschwäbischen Tradition konnte es kein höheres Glück geben, als die Stellung eines Beamten mit glänzenden Aussichten, im Staatsdienst rasch voranzukommen. Sein Vater und ein großer Kreis von Verwandten wünschten dringend, daß er diese Karrière mache. Der Weg ging durch zwei Examina, das eine in Tübingen, das andere, praktische, in Stuttgart, zu erstehen. Die Entscheidung sollte rasch getroffen werden. Auf den Geburtstag seines Vaters (10. Juli 1818) war er nach Stuttgart gekommen. Er schreibt hierüber in seinem Tagebuch:

„Kaum war ich eine halbe Stunde daselbst angekommen, so frug mich mein Vater, ob ich mich wohl auf dem Herbst in Tübingen und in Stuttgart examiniren lassen könnte? Ich verneinte es, sagte aber, daß im December es mir wohl möglich sein werde. Begierig den Grund jener Frage zu wissen, erklärte er mir: Justizminister M. habe ihn gestern zu sich gebeten und ihm unter Anderem gesagt, daß er von mir viel Vortheilhaftes gehört habe und daß er mir daher durch ihn antrage, mich, wenn ich nächsten September das zweifache Examen erstehe, sogleich mit Besoldung als Assessor bei einem Appellations-Gerichtshofe anzustellen, da an tüchtigen Männern so sehr Mangel sei."

Der Antrag überraschte mich. Das so äußerst Schmeichelhafte

desselben für mich, ohne alles Ansuchen, ohne die entferntesten Schritte schon im 20. Jahre den Antrag eines Amtes zu bekommen, nach welchem Manche 5—10 Jahre lang vergebens haschen, sogleich mit Besoldung und als Staatsbeamter angestellt zu werden, nachdem kaum zwei Monate vorher das Gesetz gegeben wurde, daß Jedermann wenigstens ein Jahr unentgeldlich dienen solle und ihm dann erst die Erstehung eines dritten Examens einen Anspruch auf einen Staats-dienst geben sollte, der Gedanke, unmittelbar nach dem Weggehen von der Universität angestellt und versorgt zu werden, meinem Vater daher so Vieles in pekuniärer Hinsicht zu erleichtern, ja ein kleiner bleibender, aber freilich schwacher Schimmer in Beziehung auf E. [1], oder wenigstens auf ein beschleunigteres häusliches Glück, — alles Dies, und noch so manche andere Gründe rissen mich schnell hin, und ich gab dem Antrage meinen Beifall; bedachte nicht dabei die beinahe unersetzlichen Nachtheile, die für mich, d. h. für mein Wissen, meine Ausbildung in jeder Hinsicht — nothwendig daraus entspringen mußten — besonders: plötzliches Stillestehen im philosophischen Studium und Hinausschieben desselben auf mehrere Jahre, Stille-stehen in Studium und Erforschung der Theorie meiner Wissenschaft, beinahe einzige Rücksicht und Richtung meines Studirens aufs Exa-men und auf die Praxis, Stillestehen in der von mir vor Kurzem erst angefangenen Ausbildung derjenigen Seiten, die in mir noch so wenig ausgebildet sind, so in Beziehung auf schöne Wissenschaften, Hinausschieben meines Hauptplans für meine Zukunft (akademische Laufbahn) auf eine Art, die ihm den Todesstoß wohl geben könnte; alles Dies bedachte ich nicht im ersten Augenblicke, und erst ein miß-billigendes Kopfschütteln Weishaars [2], dem mein Vater noch am nämlichen Vormittage den Antrag eröffnete, machte mich darauf auf-merksam.   Indeß sah die Mutter und die Schwester auch die Sache, wie der Vater, für ein großes unerwartetes Glück an. — — — Die verschiedensten Gefühle durchkreuzten mich.   Auf dieser Seite die so einladenden Gründe f ü r , auf der anderen die so triftigen d a g e g e n ; dann im Hintergrunde und als Bedingung des Ganzen das Examen, zu welchem ich mich noch zu schwach fühlte, also immer, wenn ich

---

[1] Vgl. oben Abschnitt III am Ende.
[2] Sein älterer Freund Weishaar (s. oben Abschnitt III) hatte ihn von jeher aufge-muntert, die akademische Laufbahn zu ergreifen.

mich dafür entschied, noch nicht des Erfolgs gewiß sein konnte, — wirklich, so heftige, verschiedenartige Gefühle, wie an diesem Tage, bewegten mich noch nie. — — Ich ging noch Abends zu Weishaar, um mit ihm zu sprechen. Ich sah, wie es ihm so nahe ging, alle seine Pläne in Hinsicht auf mich, seine ganze Freude, mich von allen Seiten ausgebildet zu wissen, nun scheitern und vernichtet werden zu sehen. Er sprach äußerst dagegen, zeigte mir die sichersten Aussichten, wenn ich nach seinem Plane meine künftigen Jahre eingerichtet hätte, ja Aussichten, die mir in der Ferne einen Platz zeigten, an dem ich ungleich mehr Nutzen meinem Vaterlande bringen konnte, als wenn ich im 40. Jahre etwa Direktor eines Collegii würde, was freilich meinem Vater und meinen Onkels, welche die Kanzlei als Etwas ansehen, extra quam nulla salus, das Höchste und die schönste Karrière schien. Unschlüssig, aber voll Dank gegen Weishaar ging ich nach Hause. — Den anderen Tag fragte mein Vater Mehrere um Rath — ein Fehler (das viele Um-Rath-Fragen und das Zu-viele-Mittheilen), den ich leider auch ein wenig von ihm erbte, und gegen den ich ernstlich kämpfen muß. Bolley[3], der wahrscheinlich mich hauptsächlich dem Minister empfohlen hatte, war ganz dafür und sprach mir namentlich wegen des Examens, — das mir besonders, aber **bloß** wegen der zu großen B e s c h l e u n i g u n g desselben etwas furchtbar war, — **Muth** ein. — Weishaar ließ mich noch einmal zu sich kommen, sprach wieder eben so eifrig dagegen, wie gestern. — — Allein mein Vater hielt eben doch die Annahme des Antrages für das Beste, wegen der gänzlichen Versorgung, weil ich dann doch schon die sichersten, nicht zu entreißenden Aussichten auf weitere und schnelle Beförderung hätte, weil wegen meiner Jugend die Karrière um so glänzender sei, und ich meinen Hauptplan doch immer noch, ja noch gewisser und — äußerlich [aber gewiß nicht innerlich] vortheilhafter erreichen könnte, weil endlich er ja bald sterben könnte, und dann die Mutter und die Schwestern eine sichere Stütze hätten. Übrigens sei es ganz meine Sache, und er überlasse Alles — mir. Allein der letztere Grund, den er anführte, schlug mich gänzlich und bestimmte mich. Und was war es auch für ein Ganz-mir-Überlassen, da er seinen innigen Wunsch so deutlich erklärt hatte? — — Mir war kein Ausweg mehr offen, und so entschloß ich

---

[3] Der bekannte juristische Schriftsteller.

mich denn, den Antrag anzunehmen, aufs eifrigste, — aber mit
pochendem Herzen — zu arbeiten, um das Examen in 2 Monaten
machen zu können (mir wahrlich unter diesen Umständen ein Riesen-
werk), und wenn der Plan ausgeführt würde, alle Zeit anzuwenden,
theils um der ehrenvollen Auszeichnung mich würdig zu zeigen, theils
um in der juristischen Theorie nur in der Philosophie so viel zu thun,
um der akademischen Laufbahn würdig zu werden. — — So also:
alea iacta est! Ich will sehen, wie Gottes Vorsicht („Sie hat es
überaus herrlich gelenkt" schrieb er im Januar 1819 auf den Rand)
es weiter lenken wird." —

Weishaar, welchem er seine Entschlüsse brieflich dargelegt,
schrieb ihm (4. Aug. 1818): „So ungern ich mich von den Hoffnungen
trenne, die ich mir in Beziehung auf Sie gemacht habe, weil mir noch
nie ein junger Mann bekannt geworden ist, in dem ich das Ideal so
gewiß realisirt zu sehen hoffen mochte, als bei Ihnen, wegen des
schönen Einklangs von Kopf, Gefühl und Phantasie, woraus der tüchtige Mann hervorgehen muß; so sehe ich es nunmehr als eine unver-
meidliche Nothwendigkeit an und ergebe mich darein. Nicht als ob ich
meine Hoffnungen aufgäbe, sondern nur darein muß ich mich ergeben,
daß sich nicht Alles so schön und harmlos entfalten wird, nicht auf die
Weise, welche ich für geeignet hielt. Sorgen Sie nur dafür, daß das
Ideal, welches Ihnen vorschwebt, immer hell und klar Ihnen vor-
leuchte, dann werden Sie gleichwohl demselben immer näher kommen;
am Ende sind es nicht die Verhältnisse, in denen man lebt, sondern
die Art, wie man in denselben lebt, welche den Mann ehren. Darum
wird Ihnen meine innige Theilnahme und meine Freundschaft nie
fehlen, weil ich gewiß bin, Sie werden sich stets würdig benehmen, in
welche Lage Sie auch durch die Umstände versetzt werden —."

Und — das Examen wurde gemacht. Er schreibt hierüber an
seinen Vater: „Tübingen, den 19. September 1818, Abends 10 Uhr.
Theuerster Vater! Das Examen ist nun ganz vorüber, und zwar in
jeder Hinsicht so glücklich, und so befriedigend für mich, als ich es nur
je wünschen konnte und nie erwartet hatte, selbst wenn ich mir den
besten Erfolg dachte. Letzten Freitag machte ich das schriftliche. Mit
etwas pochendem Herzen nahm ich doch die Fragen in die Hand, als
ich in der Aula angekommen war; als ich aber alle überlesen hatte,
fand ich doch, daß zwar einige sehr schwierige, die eine sehr weitläufige

Ausführung erforderten, dabei waren, daß ich aber doch alle befriedigend werde beantworten können (eine ausgenommen, über welche ich
gar nicht orientirt war, die ich indeß aufs Gerathewohl beantwortete,
und gerade — das Richtige traf). Ich steckte daher meine Pfeife an
(denn mein lustodirender Professor übergab die custodia dem Pedell,
und so brauchte ich mich nicht zu geniren) und machte mich an die Arbeit, ohne mich übrigens im geringsten zu übereilen, weil ich Alles
so vollständig als möglich beantworten wollte, so daß ich auch erst —
Nachts um 2 Uhr fertig wurde, also volle 19 Stunden angestrengt
gearbeitet hatte, und den Examinatoren 7 gedrängt volle Bogen lieferte (ohne sie vorher koncipirt zu haben). Als ich den andern Tag
nun über die Fragen meine Bücher nachschlug, fand ich, daß ich Alles
richtig beantwortet hatte, was mir großes Vertrauen zum mündlichen
Examen gab, auf welches mir es ohnehin beinahe gar nicht bange war.
Heute war nun dieses letztere — — — [folgen die einzelnen 14 Fragen
und die Äußerungen der Examinatoren, welche sämmtlich die vollste
Befriedigung ausdrückten]. — Mit welch freudiger Stimmung ich
meine lateinische Abschieds- und Danksagungs-Rede hielt, und mit
welchem Freudensprunge ich aus dem Examens-Zimmer hinaus in den
Neuenbau hinüber setzte, können Sie sich denken." —

Sonntag den 20. „Soeben komme ich von S ch r a d e r [De-
kan der Fakultät]. Er empfing mich mit den herzlichsten Glückwünschen
und solchen Lobeserhebungen, daß ich sie kaum zu verdienen glaubte,
und sagte mir noch: ich hätte das bei weitem vorzüglichste Examen
unter allen meinen Vorgängern in diesem Semester gemacht, eine
Ansicht, welche die ganze Fakultät geäußert habe; mein Zeugnis werde
in den meisten Fächern auf v o r z ü g l i ch e, in den übrigen aber auf
s e h r g u t e Kenntnisse lauten, und in Beziehung aufs Doktoriren
habe die Fakultät (nachdem sie vor einiger Zeit 4 Grade der Doktoren
nach ihren Kenntnissen festgesetzt habe) unanimiter beschlossen, mir
auf meinem künftigen Diplome den ersten und höchsten Grad (cum
eximia eruditione) zu ertheilen! Wahrlich einen solchen Erfolg hätte
ich mir nicht geträumt! —"

In sein Tagebuch schrieb Wächter am Tag nach dem schriftlichen
Examen in Betreff desselben: „Ich bin aufs Urtheil der Examinatoren
darüber sehr begierig, besonders da ich den Ansichten einiger in manchen
Hauptpunkten direkt widersprach und die Unrichtigkeit derselben zu

zeigen suchte. Morgen ist das mündliche Examen. Gott wird auch
dieses, wie das gestrige, gut lenken." — (Sonntag den 20. Abends
11 Uhr.) „Und Gott hat es herrlich gelenkt. Im mündlichen Examen
wegen der schriftlichen Fragen-Beantwortung und wegen der mündlichen mit Lobeserhebungen meiner Lehrer überhäuft, — was sollte
mir zu wünschen übrig bleiben?"

„Heute nun ging ich zu Schrader, und er empfing mich mit so
herzlichen, väterlichen Glückwünschen, daß es mich wirklich äußerst
rührte. Er sagte mir, wie es ihn so unendlich gefreut habe, mich in
diesen Tagen die Früchte meines Fleißes so herrlich ernten zu sehen,
wie die ganze Fakultät in mein Lob eingestimmt habe, wie ich das
b e s t e Examen unter den vielen in diesem Semester Examinirten gemacht habe, wie mein Zeugniß daher mir allein in den meisten Fächern
v o r z ü g l i c h e Kenntnisse beurkunden werde, wie die Fakultät einstimmig den Beschluß gefaßt habe, mir in meinem künftigen Doktor-
diplom den ersten und höchsten Grad (unter 4 Graden) zu geben (cum
eximia eruditione) — — wahrlich, hier schon gab mir Gott eine
herrliche, ja unverdiente Ernte meiner vollbrachten akademischen Jahre!
— Und am Abende, den ich bei Schraders beim Thee zubrachte, wie
herzlich wünschte S i e mir Glück, wie innig drückte Sie ihre Theilnahme an Allem, was mich betraf, aus[4] und ebenso seine Mutter,
wie herzlich und innig waren Er, Sie und Alle beim Abschiede! Ich
habe mir hier die Liebe und Achtung vortrefflicher Menschen erworben."

Die Fakultät stellte ihm den 20. September 1818 das Z e u g -
n i ß aus: „daß Herr Iuris Cand. Carl Georg Wächter aus Marbach
während seines Aufenthalts auf hiesiger Universität seit Ostern 1815
die hierüber verzeichneten Vorlesungen mit anhaltendem Fleiß besucht
und bei der von uns mit ihm vorgenommenen Prüfung im Proceß,
römischen und württembergischen Privat- und peinlichen Recht v o r -
z ü g l i c h e, im deutschen und Lehen-Recht s e h r g u t e, im kanonischen
Recht v o r z ü g l i c h e, im Naturrecht s e h r g u t e, in der Rechtsgeschichte und Exegese v o r z ü g l i c h e Kenntnisse gezeigt habe".

Schon nach 2 Monaten sollte er die höhere Dienstprüfung für
das Departement der Justiz erstehen. Er schreibt in seinem Tagebuch:
„Den Tag vor meinem Geburtstage war das mündliche Examen.

---

[4] Vgl. Abschnitt III am Ende.

Daßelbe dauerte 4 Stunden (ſonſt gewöhnlich höchſtens 2—3 Stunden). Der Examinator gab mir einen Rechtsfall zu entſcheiden. Ich
entſchied ihn mit manchen Diſtinktionen. Er antwortete: daß meine
Entſcheidung zwar ſcharfſinnig ſei, er ſie aber doch für unrichtig halte;
ich vertheidigte mich — und er gab mir endlich Recht — — — und
dann — war ich für immer von allem Examiniren frei. Gott hat
auch Dieſes wieder gut gelenkt, wie er bisher mein ganzes Leben ſo
gut mir gelenkt hat! Das Reſultat dieſes Examens weiß ich noch
nicht; indeß erwarte ich es ruhig.“ — Sein Zeugnis über die bei dem
Königl. Ober-Tribunal zu Stuttgart beſtandene Dienſt-Prüfung
(30. Januar 1819) lautete „ſehr gut“.

In ſein Tagebuch ſchrieb er (30. Januar 1819): „Heute kam
(Ober-Tribunals-)Präſident v. G. zu meinem Vater, gratulirte ihm
und mir zu dem ſo glücklich überſtandenen Examen, da ich in die
2. Klaſſe und zwar mit Annäherung an die erſte gekommen ſei. Es
ſei, ſetzte er hinzu, davon die Rede geweſen, mich in die 1. Klaſſe zu
thun, da es aber Grundſatz ſei (toll genug!), Keinen in dieſe Klaſſe
zu ſetzen, ſo ſei man davon wieder abgegangen. — Wirklich ein Reſultat, das wieder meine Erwartungen übertraf. Ich bin nun der
Einzige (außer Einem), der je dieſes Zeugnis vom Ober-Tribunal
erhalten hat; ich habe wenigſtens das beſte erreichbare Zeugnis
bekommen, und wenn man weiß, wie äußerſt ſtrenge Grundſätze dieſes
Kollegium bei der Beurtheilung hat, ſo will dies ſehr viel ſagen. —
Aber nun weiter. — G. ſagte ferner: Im Kriminalrecht allein laute
mein Zeugnis nicht auf Annäherung an die erſte Klaſſe. — Das Ober-
Tribunal ſelbſt ſei erſtaunt über meine genaue, ſelbſt auf die ſpeciellſten
Beziehungen gehende Kenntnis des Civilrechts, und beſonders über
meine genaue Kenntnis des Corpus Iuris. Im Kriminalrecht aber
habe ich mehrere Fragen unrichtig beantwortet — nämlich — nach der
Welcker'ſchen Theorie: da es nun aber nur Eine Wahrheit gebe und
jene Theorie und die Folgerungen daraus unrichtig ſeien, ſo hätte ſo
geſtimmt werden müſſen!!! Wahrlich dieſe Sprache giebt das lebendige leibhafte Bild eines eingefleiſchten Praktikers, der zu bequem iſt,
das Neue zu prüfen, ſich aus ſeinem alten Schlendrian zu reißen, und
dem gerade dieſer Schlendrian das Höchſte, die einzige Wahrheit er-
ſcheint. — — — G. ſprach nun weiter mir ſehr zu, mich ja keiner
praktiſchen Laufbahn zu widmen, ſondern die akademiſche zu ergreifen,

aber mich nicht aufs Kriminalrecht — wegen Welckers Irrlehren! —
sondern auf das Civilrecht zu legen, ohnehin da ich weit berühmter
dadurch werden würde, indem ich als ein noch so junger Mensch schon
so viel im weiten Felde des Civilrechts leiste, welches sich ja zum Kriminalrecht wie 6 : 1 verhalte. — — Ich bin sehr zufrieden mit
diesem Resultat. Mag auch das Ober-Tribunal Dummheiten oder Ungerechtigkeiten begangen haben, ich danke Gott, der mich auch hier so
väterlich gütig schirmte und mir so große Auszeichnung verlieh.
Mein Leben verfloß mir bis jetzt beinahe in jeder Hinsicht so ganz nach
Wunsch, daß ich Gott nur bitte: erhalte mich immer so glücklich, wie ich
wirklich [gegenwärtig] bin — nämlich je nach den Umständen — denn ich
denke auch an e i n e Emilie —; und mache mich täglich besser, tugend-
hafter und fester im Guten! Was aber G.'s Rath mit dem Kriminalrecht
betrifft, so soll er mich gerade zum Gegentheil lenken. Mit doppeltem
Eifer will ich mich darauf legen, Welckers Theorie von Neuem zu
prüfen; was ich aber dann als Wahrheit nach meiner festen und reinen
Überzeugung gefunden habe, auch überall und immer als Wahrheit
bekennen, verkünden und verbreiten, und nie sie verleugnen. Mein
Wahlspruch sei hier mit Zasius: Communibus uti opinionibus, si
vel textus iuris vel ratio manifesta repugnet, hoc nos certam
veritatis pestem dicimus et contestamur. Und: Invaleat ergo,
invaleat opinatorum turba; inferi, superi et medioxumi; opinio, opinio inclament! Nos stentorea voce: veritas, veritas,
acclamabimus!«

Zugleich schrieb der Justizminister an Wächters Vater: „Ich freue
mich der Aussicht, eine so vorzügliche Erwerbung für mein Département zu machen".

Indeß blieben die Lebenspläne des Staatsdienst-Aspiranten auf
das Ziel der akademischen Thätigkeit gerichtet.

Bei Beginn des Jahres 1819 hatte er den Plan, wenn er vom
praktischen Staatsdienst loskäme, Advokat und dann in etwa einem
Jahre akademischer Lehrer zu werden. Er erfreute sich einige Monate
der Muße, seine wissenschaftlichen Studien zu ergänzen. „Ich habe
nun (schreibt er) in Beziehung auf mein Studium sehr angenehme
Tage vor mir, so wie ich sie wohl in meinem ganzen Leben nie mehr
bekommen werde. Ich bin ganz Herr meiner Zeit, Herr meiner Beschäftigungen, und habe nun alle Muße, die Lücken, die ich in mir

fühle, und die ich leider täglich in größerem Maaße fühle, etwas zu ergänzen."

Daneben war auch seine Lektüre eine vielseitige. „Angefangen habe ich: Hugo Grotius de veritate religionis Christianae; Herodot; Titan von Jean Paul; Ciceronis officia; Xenophons Memorabilien; Calderons Schriften und Einiges von Klinger. Von Mösers patriotischen Phantasieen habe ich mehrere gelesen und Manches hat mir recht gut gefallen." — Er benutzte diese Zeit der Muße, um höheren Interessen zu leben. Wie schon längst die griechischen und römischen Klassiker, so wurden von nun an die deutschen Dichter seine Begleiter fürs Leben. Schillers Gedichte, Hölty, Salis und Andere in seiner Bibliothek tragen seinen Namen mit der Jahreszahl 1819. Von Jean Paul las er Vieles mit warmer Sympathie. Er baute sich seine innere ideale Welt und malte in ihrem Lichte in manch einsamer Stunde sich die Zukunft aus, die er erringen wollte. Diese Seite seines Wesens blieb in ihm immer rege und wie sie ihn bewahrte von dem Aufgehen in äußerlichem Ehrgeiz, so erhielt sie ihm noch in hohem Alter die Wärme, womit er die Herzen der Jugend zu erfassen verstand. Jene Klassiker und Dichter, namentlich aber auch das Neue Testament und einige Werke über christliche Dogmatik, waren immer in der Nähe seines Schreibtisches oder in seinem Schlafzimmer, so daß er nach des Tages Lasten daraus neue Kraft nehmen konnte.

Die alten drei römischen Rechtsregeln: honeste vivere, neminem laedere, suum cuique tribuere [ehrbar leben, Niemanden verletzen, Jedem das Seine geben] waren ihm in Fleisch und Blut übergegangen.

Aus Jean Paul notirte er sich einige Maximen, die er denn auch immer befolgte: I. Verschiebe Nichts auf die folgenden Stunden; denn in diesen wird dir's nicht leichter. II. Schätze Nichts, weil es an dir ist und sieh' nicht immer auf dich. III. Handle niemals auf Geheiß der Empfindung, ohne vorher die Vernunft gefragt zu haben. IV. Meide geselliges Verleumden. V. Versprich nicht und biete dich nicht unnöthig an und nicht so, daß du es bereuest.

Er übte strenge Kritik seines inneren Lebens. So schreibt er im Tagebuch (21. Januar 1819): „Ich verfalle oft in einen alten Fehler, den ich schon tausend Mal abzulegen mir fest vornahm, gegen den ich schon seit meinem 12. Jahre kämpfe, und den ich noch nicht besiegt habe, ja der oft mit neuer Gewalt mich zu verstricken droht. Es ist der — zu schwärmen, romanisiren, mir Zukünfte — so muß ich sagen, denn es ist nicht Eine — zu malen, die ich doch nie erreichen und erringen kann. Es zehrt diese leidige und schwache Bilder= malerei an der Kraft zum thätigen früchtetragenden Handeln in der Gegenwart für die Zukunft, am Säen eines kräftigen Samens, der tüchtige Früchte tragen soll und keine elenden Seifenblasen. Ich will aber doch sehen, ob ich nicht einmal Herr werde dieser Schwäche, dieser schlechten Anwendung oder vielmehr dieses schmarotzenden Miß= brauches meiner Phantasie. Zwar habe ich dieses „Ich=will=doch= sehen ꝛc." schon oft gedacht und niedergeschrieben, z. B. gar oft in meinem Tagebuche von 1815; allein ich bin seit der Zeit nun doch um 4 Jahre älter geworden, und hoffe auch um 4 Jahre kräftiger zu sein. Zwar scheint dieses Alter auch mehr mich zu Träumen zu be= rechtigen, je mehr ein Theil der Früchte nun herannahen könnte. Allein eben darum soll ich nicht träumen, sondern handeln, um der Früchte, sei es bloß in mir, oder auch dabei außer mir, gewiß zu sein." — 27. Januar: „Ich habe viele köstliche Zeit ver= loren durch ein geschäftiges Nichtsthun, d. h. ein Arbeiten ohne Plan, ein dürftiges Kosten eines Buches, ohne es durchzulesen und durch= zudenken. Möchte ich diesen Fehler in Beziehung auf die Arbeit, und dann noch einen großen Fehler in Beziehung auf das Moralische, nämlich eine gute Dosis Egoismus verbannen und mir auf immer vernichten! —"

Über den Sinn, in welchem er sein Tagebuch führte, bemerkt er '19. August 1819): „Ein Hauptzweck meines Tagebuches ist, von mir — wenn nicht ausdrücklich, doch mittelbar — ein Bild für jede Woche wenigstens zu entwerfen, um nach Jahren sehen und sagen zu können, so dachtest, so fühltest, so urtheiltest Du damals, Das wurdest Du, dahin kamst Du nach und nach, und um aus diesen Bil= dern meiner früheren Zustände, möcht' ich sagen, — immer zu lernen für die Zukunft, und aus mir selbst mich zu verbessern."

Ein schönes und beglücktes Familienleben war es, dessen er sich im Elternhause erfreuen durfte. Er schreibt (18. Januar 1819): „Meine Eltern haben nun 12 Kinder und Enkel in einer Stadt um sich versammelt. Möchte uns nur die Vorsehung Zufriedenheit und

Muth, die kleinen Beschwerden des Lebens, und sollten einst größere kommen, auch diese freudig und getrost zu ertragen, und Eintracht schenken!"

V. Abschnitt.

Richteramt.

Nunmehr lag es dem geprüften Juristen ob, als Referendar bei einem der Kreis-Gerichtshöfe einzutreten. Am 14. März erhielt Wächter seine Einberufung zu dem Gerichtshofe des Neckarkreises nach Eßlingen. Dieser „Probedienst" hatte aber nicht acht Tage gewährt, als durch Dekret vom 22. März 1819 der „bisherige Referendar bei dem Königl. Gerichtshofe in Eßlingen, Wächter, zum Assessor bei demselben" ernannt wurde mit einem Gehalt von siebenhundert Gulden.

Im August 1819 schreibt er in sein Tagebuch: „Ich kam als Assessor gerade nun vor 5 Monaten hierher — ohne recht zu wissen, wie mir wurde. Ohne alle Kenntniß des praktischen Lebens, ja ohne von dem Kollegial-Geschäftsgang nur irgend deutliche Begriffe zu haben, sollte ich, der einzige Junge unter alten gereisten Praktikern, den man gewiß um so schärfer beobachtete und beurtheilte, je größer die mir widerfahrene Auszeichnung war, gleich als Assessor mit Sitz und Stimme am Tage nach meiner Ankunft mitarbeiten und zwar, nach den mir zugemessenen Geschäften, mit Schnelligkeit und Gewandtheit. Ich war die 2 ersten Sitzungen, wo ich zum Glück noch Nichts zu referiren hatte, beinahe wie verblüfft, nahm mir aber doch heraus, sogleich meine abweichende Ansicht in manchen Sachen strikte zu vertheidigen. Es mußte mir doch ein sehr guter Ruf vorangegangen sein; denn meine Kollegen zeigten mir viel Vertrauen. Auch errang ich durch Aktenlesen und durch den Grundsatz in den Sitzungen: arripe aures, binnen 3 Wochen wenigstens so viel, daß ich in allen Arbeiten mit Bestimmtheit und Festigkeit auftreten konnte, und jetzt glaube ich nach 5 Monaten, die Praxis so eingesehen und mitgemacht zu haben, daß ich für Wissen und Wißbegierde genug davon habe."

Demgemäß sollte denn auch dieser Abschnitt der kürzeste seines Lebensganges sein.

\- \- \-

VI. Abschnitt.

Der junge Professor.

Die juristische Fakultät in Tübingen hatte die ihr aus dem Examen bekannte Begabung des jungen Assessors für die akademische Wirksamkeit im Auge behalten und mittelst Ansuchens vom 21. April 1819 denselben, „der sich durch seine vorzüglichen Talente und Kenntnisse auszeichnet und zugleich durch seine übrige gelehrte Bildung und lebhafte Neigung für die Wissenschaften sehr gute Anlagen zu einem Docenten zu haben scheint" zu einer außerordentlichen Professur vorgeschlagen. Durch königliche Entschließung vom 13. August 1819 wurde Wächter zum außerordentlichen Professor der Rechte an der Universität Tübingen ernannt.

Sein Tagebuch sagt: „Wenn alle Wünsche in meinem Leben so richtige Prophezeihungen werden, wie die Hauptüberschrift dieses Heftes, so darf ich auf ein schönes glückliches Leben rechnen, wenn ich dann dabei nur immer die Kraft habe, zu machen, daß die in n e r e Würde und Würdigkeit der äußeren Lage entspreche. Dieses Heft trägt die Überschrift „akademischer Lehrer", als meinen innigen Wunsch und mein unwandelbares Streben, und ich bin seit einigen Tagen zum — Professor ernannt. — Gott gebe mir Kraft, Muth, Beharrlichkeit, Geist und ernstlichen, tüchtigen Eifer, um meiner Stelle Ehre zu machen! Er hat mich bisher so unendlich gütig gelenkt, und wird auch ferner mich leiten und kräftigen!"

Seine Vorlesungen hatte er zum Theil noch vor M i t studirenden der vorangegangenen Jahre zu halten. Da galt es, sich die gehörige Autorität zu erringen. Er entsprach dieser Anforderung, indem er

anfänglich auf eine Vorlesungsstunde zehn Stunden Vorbereitungs-
arbeit rechnete.

Der Vorlesung über das Strafrecht, mit der im Wintersemester
1819/20 die Lehrthätigkeit eröffnet wurde, schließen sich schon im
nächsten Halbjahre Institutionen, im Studienjahre 1820/21 Pandekten, im Winter 1822/23 Strafproceß an und alle diese Vorlesungen, zu denen vom Sommer 1825 an noch die Vorlesung über
das württembergische Privatrecht hinzukommt, mit einziger Ausnahme der processualischen, lehren durch die ganze Periode der Tübinger Professur regelmäßig wieder[1].

Den 14. Juni 1822 wurde ihm die ordentliche Professur
übertragen und den 16. Juli desselben Jahres promovirte ihn die
Juristenfakultät »virum praenobilissimum et doctissimum, doc-
trinae et ingenii virtute praefulgentem, nunc tribus ex annis
in universitate nostra iurisprudentiae professorem, de studiis
et litterarum cultu optime meritum, collegam et amicum aestu-
matissimum« zum Doctor iuris utriusque.

Zum Behufe der Promotion hat Wächter seine erste Schrift
(Dissertatio de condictione causa data causa non secuta
in contractibus innominatis. Tub. 1822) der Fakultät vorgelegt[2].

Diese seine Erstlingsschrift überreichte Wächter dem König mit
einem Schreiben, vom 29. Juli 1822, worin er seinen Dank für die
Ernennung zum ordentlichen Professor ausspricht und seinen seitherigen Lebensgang berührt. Das ihm vor drei Jahren übertragene
Richteramt habe ihn durch zur Anwendung und Ausübung seiner
Wissenschaft gegebene Gelegenheit zum mehreren Eindringen in die
Theorie selbst, zum vielseitigeren Auffassen derselben, zu ihrer an-
schaulicheren und lebendigeren Darstellung als Lehrer fähiger gemacht. In Betreff der schriftstellerischen Arbeit bemerkt er: „Zwar
leiste ich erst nach drei Jahren der durch eine allgemeine Sitte dem
Docenten auferlegten Pflicht Genüge, sich durch eine Schrift auch
in einem größeren Kreise bekannt zu machen zu suchen. Allein ich
konnte in den Jahren, in denen mir noch so sehr Vieles selbst zu

---

[1] Mandry a. a. O. S. 35.
[2] Er schreibt hierüber 37 Jahre später: „Die Grundansicht und das Einzelne halte
ich noch jetzt (1859) für richtig. Die Ausführung im Appendix über das Wegfallen der con-
dict. ob caus. dator. in Deutschland (gegen die Ansicht, welche damals herrschte) ist jetzt
allgemein angenommen."

lernen übrig war, unmöglich den Beruf und Muth fühlen, vor einem größeren Kreise schon aufzutreten, und ich glaubte, durch ein Zögern in dieser Beziehung um so mehr die Möglichkeit zu erlangen, um so öfter nun bald in dem Kreise, den ich nun zum ersten Male betrete, wieder aufzutreten."

Den 14. November 1822 hielt Wächter seine Habilitationsrede zum Eintritt in den akademischen Senat (De conditione et statu iuris criminalis positivi et de methodo tractandae nostris temporibus in academiis iuris scientiae criminalis). In seinem dem Einführungs=Programm beigegebenen (lateinisch geschriebenen) Lebenslauf betont er namentlich den Werth, von welchem die praktische Laufbahn als Richter für seinen wissenschaftlichen Beruf gewesen [3].

In diesem Winter las er zuerst — neben den Pandekten — Strafproceß. Er schreibt darüber: „Der Kriminalproceß zieht mich sehr an, besonders da ich ihn bisher gar nicht recht kannte, indem ich auf der Universität ihn gar nicht gehört hatte. Ich gebe meinen 45 Zuhörern alle 8 Tage einen beim Gerichtshofe vorgekommenen Fall zur Entscheidung, was mir zwar viele Mühe macht, aber für mich und sie von großem Nutzen ist."

Indeß sollte ihm auch eine unverdiente Kränkung nicht erspart bleiben. Während ihm Nichts ferner lag als Geiz oder Illiberalität in Geldsachen, zumal gegen Studenten, und während er in liberalster Weise — wiewohl er ökonomisch keineswegs in der Lage war, auf Einkommenstheile zu verzichten — stets den bedürftigen Zuhörern die Honorare nachgelassen hatte, fand er sich doch einmal durch eingerissene Mißbräuche, in Übereinstimmung mit mehreren Kollegen, veranlaßt, einige Zuhörer, welche die seit 2 Monaten rückständigen Kollegiengelder nicht leisteten, mahnen zu lassen. Die Folge war ein Vorgang, worüber sein Tagebuch (14. Februar 1823) sagt: „Mein oft unterbrochenes Tagebuch fange ich gewöhnlich wieder an in Momenten, die mir für mein Leben sehr wichtig sind, oder in denen ich gerade besonders froh oder besonders traurig gestimmt bin. So auch wieder heute, wo mir Etwas, was mir sehr Sorge für mein künftiges Leben macht, widerfuhr. Bisher stand ich bei den Studenten in dem Ruf der Liberalität — aber ohne daß ich in Reden oder That von meinen Grundsätzen abwich — und war beliebt. Heute widerfährt mir aber so zu sagen eine der gröbsten Injurien. Ich lese von 4—5 Kriminalproceß — und wie mir schien, nicht ohne Beifall. Als ich heute in den Kollegiensaal gehen wollte, sah ich eine Menge Studenten an der Kirche stehen und hörte, daß sie lachen. Es fiel mir auf, allein an das Weitere dachte ich nicht. Als ich in den Saal trat, war — kein Mensch darin, bloß eine

<hr>

[3] »Quod munus suscepisse semper mihi gratulor, cum vera lux maxime per ipsam praxin theoriae affunderetur, et negotia forensia tractando iuris principiorum verus tenor et nexus clarius patefieret, mihique in illo munere contigerit, ut modum et formam, quibus res iudiciales in foro tractentur, penitius cognoscerem. — — Post quinque vero et quod excurrit menses — — ad munus, quod iam dudum votis et studiis exoptaveram, evocabar — —.«

Mappe und ein paar Bücher. Ich kann im Saale 10 Minuten nach dem Schlage nicht auf Studenten warten und das Ganze schien mir eine verabredete Sache. Also noch weniger warten! Ich gehe. Als ich aus dem Hause trete, sehe und höre ich einen Theil der Menge an der Kirche wieder lachen — gewiß waren es meine Zuhörer. Ich aber gehe nach Hause; muß es! Was war der Grund? War es verabredet, warum? Ich bin mir durchaus Nichts bewußt, was Veran-lassung hätte geben können. — Eine Stunde später. Um 5 Uhr hatte ich Pandekten zu lesen vor anderen Zuhörern. Ich gehe mit etwas pochendem Herzen hin, weil ich fürchtete, es würde sich die Sache weiter erstrecken. Allein es waren beinahe Alle da. Nur bemerkte ich an ihnen (oder täuschte ich mich) ein besonderes Beobachten meiner und eine Befangenheit. — Meine gute Emilie ist ein treffliches, liebevolles, beglückendes Weib. Sie sagte auch gleich: "Hat es nachtheilige Folgen für Dich, so schränken wir uns eben etwas mehr ein!" —

Den 15. Februar. "Ich hatte richtig gesehen." [Folgt die Erklärung des Vorgangs aus dem Munde eines verwandten Zuhörers R.] — — R. sagte mir sogar: Alle erkennen in Hinsicht der Kollegiengelder meine bisherige Liberalität an; um so auf-fallender sei ihnen der Schritt gewesen. — Also, weil ich liberal war, injuriren sie mich!! Ich sagte ihm: heute, Sonnabend, werde ich nicht lesen, und er werde selbst einsehen, daß meine Ehre es nicht gestatte, wenn nicht sie selbst Schritte gegen mich thun, weiter zu lesen. Ich würde also am Dienstage bekannt machen lassen, daß die Herren ihre Honorare durch den Pedell bekommen würden, ich aber das Kollegium nicht fortsetzen werde. — Man muß gegen diese Leute fest und be-stimmt auftreten und seine Ehre und Achtung zu erhalten wissen. Er war sehr be-stürzt darüber. Meinen Pandektisten aber, die mehr Zutrauen zu mir beweisen, glaubte ich für dieses Zutrauen danken und ihnen einige Worte zu meiner Recht-fertigung sagen zu müssen. Ich sagte ihnen namentlich: — "Ich glaubte bis-her, daß man über einen Docenten, der mit Liebe für sein Amt und seine Zuhörer und für die Studirenden überhaupt, zu denen er selbst früher ganz gehörte, Zu-trauen und Achtung immer seinen Zuhörern bewies, und wie ich es von mir wohl glaube, sagen zu dürfen, auch ihr Zutrauen bisher genoß — daß, wenn über einen Lehrer Mißverständnisse entstehen, man hier nicht gegen ihn präsumiren, son-dern genauer untersuchen sollte, ob er sich des bisher bewiesenen Zutrauens un-würdig gemacht habe. — Gerade in Beziehung auf die Kollegiengelder kann ich Ihnen wohl sagen, und Sie dürfen mir es wohl glauben, da ich es in den früheren Semestern durch die That bewies, daß mir es höchst unangenehm ist, irgend je gegen Sie als Gläubiger aufzutreten —" (folgt die Darlegung der Bestimmungen des Universitätsgesetzes, welchen gemäß so wie geschehen gehandelt werden mußte, und die Erläuterung, wie an einem ungeeigneten Vorgehen des Justitiars der Docent keine Schuld trage) "Ich bitte Sie daher, wenn in Abweichung von der bisherigen Form vorgegangen wurde, Das was ohne mein Wissen und Wollen geschah, als nicht geschehen anzunehmen. Denn ich bin mir hier durchaus nicht eines Un-rechts, selbst nicht eines nur illiberalen Vorgehens bewußt. Ihnen, m. H., danke ich für das Zutrauen, das Sie mir hier bewiesen, und seien Sie überzeugt, daß ich dasselbe nie täuschen werde und daß Sie in jeder Lage auf mich bauen können." — Es machte sichtlich den besten Eindruck auf meine Zuhörer. Meine Emilie aber, deren Geburtstag ich heute sonst — abgesehen von diesem Vorfall — sehr froh feierte, ist ein herrliches, treffliches Weib und jetzt ärgert mich die Sache nicht mehr." — — Eine spätere Aufzeichnung sagt: "Die Ungeschliffenheit meiner Proceß-Zuhörer verbesserten sie dadurch, daß sie durch eine Deputation revociren und "um Verzeihung bitten" ließen (den 25. Februar). Manchen, den ich in den letzten Tagen examinirte, mag es doppelt leid gewesen sein; allein ich ließ es sie so wenig fühlen, daß ich dieser gerade mich besonders annahm und ich es besonders war, der ihnen in der Fakultät ein besseres Zeugniß erwirkte."

Mit besonderer Freude erfüllte ihn die Geburt des württem-bergischen Kronprinzen, des jetzt regierenden Königs Majestät. Er schreibt in seinem Tagebuch von 1823: „Den 6. März wurde uns ein Kronprinz geboren, zu aller Württemberger, besonders der konstitutionell gesinnten großer Freude". Wächter erfreute sich in Stuttgart der aus Anlaß dieser Feier veranstalteten allgemeinen Beleuchtung.

Im Jahr 1826 gründete er mit gleichstrebenden Freunden (R. Mohl, A. Rogge, K. Scheurlen, Ed. Schrader und K. Wächter) die Tübinger Kritische Zeitschrift; einen sprechenden Beweis des lebendigen Aufschwunges, den mit dem Eintritte Wächters und unter seiner Einwirkung die juristische Fakultät Tübingens und die wissenschaftlichen Bestrebungen an derselben genommen haben. Im Jahre 1819 dem Aussterben nahe und in der Zuziehung junger Docenten bis dahin wenig glücklich, vermag die Fakultät oder vermögen wenigstens die im Laufe weniger Jahre theils berufenen, theils der Praxis entnommenen neuen Lehrkräfte jetzt in geschlossenen Reihen auf den wissenschaftlichen Kampfplatz zu treten und den Kampf für die neue von Schrader vertretene Richtung durch sechs Bände hindurch mit Ehren und Erfolg zu führen[4].

Wächter selbst las neben den Rektoratsgeschäften z. B. im Sommer 1826 vier Kollegien (Institutionen, römisches Erb- und Familien-Recht, Strafrecht und württembergisches Privatrecht) in 18 wöchentlichen Stunden vor 108 Zuhörern. Und daneben hat er sein großes bahnbrechendes Werk, das Lehrbuch des römisch-deutschen Strafrechts fertig gestellt[5].

In Tübingen bildete sich ein belebter und angenehmer Kreis von Familien, besonders Professoren und Beamten, meist früheren Studiengenossen oder Zuhörern.

Auch neue freundschaftliche Verbindungen wurden angeknüpft, z. B. mit Gustav Schwab auf einer gemeinsamen Tour[6].

---

[4] Mandry a. a. O. S. 35.

[5] Den 6. Juli 1626 schreibt Wächter: „Das Buch ist nun fertig! Am 31. Mai schrieb ich die Vorrede. Statt 9—12 Bogen, wie ich es Anfangs berechnet, wurde es über 60 Bogen stark. So ging es mir bis jetzt beinahe mit allen meinen Arbeiten. Leicht und kurz nahm ich sie, schwer und lang wurden sie. Das Lehrbuch machte mir viele Sorge, viele Mühe und raubte mir schöne Zeit. Doch glaube ich, ist auch viel Gutes darin, wiewohl es mich von vielen Seiten gar nicht befriedigt."

[6] Derselbe schreibt an Wächter (1625): „Theuerster Freund! Ich wollte Dir mit dem herzlichen Nachruf nach unserer köstlichen, mir durch Eure liebe Bekanntschaft ganz besonders gewürzten Reise, mit dem Dank für Deinen herzlichen Brief, den ich Deiner allzu zarten Schuldenscheu verdanke, und mit der Empfehlung des Überbringers, iur. stud. M., eines

In den Herbstferien 1830 machte Wächter einen Ausflug nach Heidelberg — damals eine langwierige Eilwagenfahrt. Anregendes Zusammensein mit den Professoren **Mittermaier**, **Thibaut**, **Abegg**, **Roßhirt** u. A., Erinnerungen der alten Studentenzeit[7].

VII. Abschnitt.

Hausstand.

Nach zwei Jahren der angestrengtesten Arbeit als Professor schien die Zeit gekommen, da er seinem lange gehegten Wunsche eines häuslichen Glücks näher treten durfte. Er schrieb den 5. August 1821 an Kaufmann S. R. Baumeister in Hamburg: „Euer Wohlgeboren gaben mir vor nun bald anderthalb Jahren die Erlaubnis, auf einer Reise nach Norddeutschland Sie im Herbste dieses Jahres in Hamburg zu besuchen, um durch persönliche Bekanntschaft Ihnen und Ihrer verehrtesten Tochter es möglich zu machen, über das Wichtigste meines künftigen Lebens zu entscheiden. Meine Gesinnungen und Gefühle,

---

meiner feinsten Schüler, zugleich Dein gütigst geliehenes Halstuch zuschicken, allein die Wäscherin hat nicht eingehalten, und Du mußt Dich noch ein paar Tage gedulden. Auch ich habe Alles wohl angetroffen und es ist mir bei den lieben Meinen unaussprechlich wohl. Die „by Eyd gesetzten Pflichten" sind fröhlich wieder aufgenommen und auch der Schularren fängt morgen wieder an zu rollen. Empfiehl mich Deiner verehrten Frau und bewahre die neu geschenkte Freundschaft Deinem Freund und Verehrer Gustav Schwab."

[7] Er schreibt von dort (29. September) an seinen Vater: „Mein ehemaliger Gegner Geheimer Justizrath **Martin** ist auch hier. Es wollte mich gestern einer meiner Kollegen bestimmen, ihm einen Versöhnungsbesuch zu machen (Martin hatte gerade vorher mit ihm wegen meiner gesprochen). Ich erklärte ihm aber, daß ich dies **nicht** thue, theils weil ich der Beleidigte sei, theils weil Martin der Ältere, Angesehenere und Berühmtere sei; hier würde man mir es dann als Kriecherei anrechnen, wenn ich ihm zuerst den Besuch mache, und mein eigenes Gefühl von Ehre lasse es auch nicht zu. Komme aber Martin zu mir, so könne er gewiß sein, daß ich ihn freundlich empfangen werde. Ich erlaubte ihm zugleich, alles Dieses Martin zu sagen. Einige Stunden darauf (wohl ehe noch Jener mit Martin gesprochen hatte) klopfte es bei mir an, ein ältlicher, freundlicher Mann tritt herein, bietet mir die Hand und producirt sich mir als — Martin. Wir saßen dann eine halbe Stunde zusammen, unterhielten uns sehr lebhaft und freundlich, sprachen aber von unseren litterarischen **Händeln Nichts**, wohl aber von unseren litterarischen **Arbeiten**. Ich habe diesen Besuch von ihm um so höher anzurechnen, als er manchen hiesigen juristischen Professoren, z. B. Roßhirt, gar keinen Besuch machte."

wie sie in jener Zeit und schon früher waren, meine feste, auf ein mich
wohl nicht täuschendes Gefühl und auf die Eigenschaften Ihrer theuren
Tochter gegründeten Überzeugung, nur in ihrer Liebe und in ihrem
Besitze das Glück des Lebens einst zu finden, welches einzig mir bei
der innigsten unauflöslichen Verbindung mit einem geliebten Wesen
wünschenswerth und als das Höchste erschien, sind noch immer unver-
ändert dieselben. Das Herannahen jenes Zeitpunktes, in welchem mir
Ihre Güte gestattete, der Entscheidung über das Glück meines künftigen Lebens entgegenzusehen, wird mir nun es bald möglich machen,
Ihnen jene Gefühle, die mich beleben, persönlich auszudrücken. Sobald meine Vorlesungen und andere Berufsgeschäfte es zulassen, was
ungefähr in den ersten Tagen des September sein dürfte, denke ich
von hier abzureisen, und etwa in der zweiten Hälfte des September
in Hamburg einzutreffen. Ich freue mich, Ihnen dann auch meinen
innigsten Dank für Ihr mich so ehrendes Zutrauen persönlich sagen
zu können, mit dem Sie das Glück Ihrer Ihnen so theuern Tochter
mir anvertrauen würden, wenn unsere Neigungen übereinstimmen
werden und Sie die Überzeugung haben sollte, daß Sie in einer Verbindung mit mir das Glück finden würde, welches mir allein i h r e
Liebe geben könnte." — — In seinem Tagebuch findet sich aus der
Folgezeit die kurze Notiz: „Den 1. und 3. September Kollegien geschlossen und gleich den 3. meine wichtigste Reise angetreten. Froher
Muth kommt gleich bei Dettenhausen (der ersten Poststation)." Die
Reise, im „Eilwagen" zurückgelegt, währte (mit kurzem Aufenthalt in
Frankfurt, Kassel (Wilhelmshöhe), Göttingen und Hannover bis
22. September. In gewohnter Pünktlichkeit finden sich alle Ausgaben auf derselben (Summa 146 Gulden) notirt. Besonders wurden überall die „Bettler" reich bedacht. Am 23. September fuhr er
von Hamburg nach Wandsbeck, dem Landsitz der Baumeister'schen
Familie. In seinem Kalender hat er den 27. September 1821 als
den schönsten Tag seines Lebens angeschrieben, den Tag, da er in
Hamburg sich mit Emilie Baumeister verlobte. — Am 6. Juni 1822
wurde die Ehe geschlossen, aus welcher 2 Söhne und 2 Töchter ent-
stammten, denen, wie der Gattin, es beschieden war, ihn zu überleben.

    In Tübingen baute er sich ein Haus vor dem Neckarthor, das-
selbe, welches nach seinem Weggang aus Tübingen späterhin Ludwig
Uhland erwarb. Auch legte er mit eigener Hand sich einen ausge-

dehnten Garten am Österberg an, in dessen Obstkultur er seine liebste Erholung fand.

Im Sommersemester 1823 las er täglich drei Kollegien (Institutionen, Erbrecht und Strafrecht). Daneben arbeitete er angestrengt an dem Handbuch des Strafrechts. Er schreibt: „Viel Arbeit an meinem Buche, welche mich sehr interessirt, mir aber sehr viel Mühe macht, da ich gewissenhaft dabei bin, keine Blößen geben will und namentlich kein Buch anführen, das ich nicht selbst gelesen habe". — Sehr beglückt fühlt er sich durch die Geburt des ersten Kindes und dessen Entwickelung, namentlich im Blick auf die Freude der Mutter. — „Wie glücklich fühle ich mich durch die glückliche Mutter! — Möchte ich nur lauter solche ruhig frohe Tage genießen. Allein post equitem sedet atra cura, und das S o r g e n hört nie im Menschenleben auf, doch lenkt's ja Gott! (16. Juni 1823). Den 17. ebenso schöner Tag wieder durch Emilien. Unser Kind macht uns sehr glücklich, besonders die Mutter. Heute ist es aber nicht ganz wohl. O, möchte es uns doch Gott erhalten. Verlören wir es, so wäre es mir einer der größten und herbsten Schmerzen, besonders wegen meiner geliebten, theuren Emilie, welche so viel für dasselbe litt, — doch Gott wird's gut lenken!" — Die Sorgen hörten freilich nicht auf. Öfter mußte er — bald in Briefen an benachbarte Pfarrer, bald zu Pferd — nach einer Amme für ein sorglich erkranktes Kind suchen.

Den 24. Juni 1823 schreibt er: „Gearbeitet. — Unser Töchterchen schrie aber die ganze gestrige Nacht und den heutigen Tag furchtbar. Ich hatte recht Sorge. Möchte sie nur nicht wahrhaft krank sein. Sie zu verlieren wäre mir ein furchtbarer Schmerz, weniger weil ich sie missen müßte, — denn über diesen, freilich auch herben Schmerz würde ich wohl, so weit nöthig, Herr werden — sondern weil ich den unendlichen Schmerz meiner lieben Frau, die jetzt so glücklich ist, doppelt und dreifach schneidend nachfühlen würde. Diesen G e d a n k e n hatte ich heute Abend bei Tisch recht lebhaft, und er griff mich so an, daß ich schnell blaß wurde und sie voll Angst mich fragte, was mir passirt sei. O, wir schwachen Menschen. Möge nur die gute Vorsehung Alles glücklich lenken, und uns diesen tiefen Schmerz ersparen."

Den 11. Juli: „S u s t i n e   e t   a b s t i n e. — Epiktet hat sehr

Recht. Dies sollte immer der stereotype Wahlspruch unseres Lebens sein. Man wird dadurch — ob irdisch glücklicher, ist die Frage — aber doch ruhiger, über Alles erhoben und kann nicht unglücklich werden. Wenigstens sollten wir es uns immer als ein Ziel, das man zwar nicht ganz erreicht, aber nach dem man doch strebt, und das man wenigstens immer im Auge behält, vorstecken."

20. Juli. „Gute Tage, Ruhe, angenehme Arbeit ꝛc. Dabei keine pekuniären Sorgen, sondern von Gott recht mit Gütern, wie ich sie in diesem Alter wünschen mag, d. h. nach Dem, was ich verdiene im Verhältnis mit anderen Menschen gesegnet. Ich nahm — nicht vom Vermögen meiner Frau, sondern durch meinen Fleiß — in diesem Jahr schon über 2200 Gulden ein, und meine Kasse beträgt dermalen schuldenfrei gegen 1000 Gulden baar Geld. Hätte ich nur als Student eine solche Kasse gehabt! Ob ich sie aber besser angewendet hätte?? Gott macht Alles gut."

Den 13. Mai 1827. „Manche Sorgen habe ich in diesen Tagen durchgemacht. Allein glücklich liegen sie hinter mir, und ich fand dabei von Neuem, daß Sorgen das beste Bildungsmittel zur Tugend, Kraft und zum Edelmuth sind, das die Vorsehung wählen konnte."

VIII. Abschnitt.

Rektor und Vicekanzler.

Schon im Jahre 1825 wurde Wächter zum Rektor der Universität erwählt, welche „wohl seit langer Zeit kein so jugendliches Haupt gehabt hatte", und blieb nicht wie üblich ein Semester, sondern über drei Jahre in dieser leitenden Stellung, in der er nach damaliger Geschäftsbehandlung nicht bloß der Vorstand, sondern auch der ständige Referent des Senats war und übernahm in unmittelbarer Fortsetzung die durch das Statut vom 18. Januar 1829 geschaffene Vicekanzler-stelle[1].

---

[1] So Mandry a. a. O. S. 35.

Indeß war schon das Rektorat dem jungen Gelehrten, welcher in seiner Wissenschaft den Mittelpunkt seines Lebens suchte, vielfach lästig geworden.

In einem Gesuch an den König vom 7. Februar 1827 um Enthebung von der Bekleidung dieses Amtes sagt Wächter: „Ich habe jährlich 6 Hauptkollegien zu lesen übernommen, nämlich Kriminalrecht, württembergisches Privatrecht, Institutionen und Pandekten, welche letztere, da ich an ihnen im Winter 2, im Sommer 1 Stunde täglich vortrage, für 3 Kollegien zu rechnen sind. Um diese Kollegien gehörig vorzutragen, muß ich täglich 3 Stunden lesen. — Will ich diese Kollegien so vortragen, wie es von einem gewissenhaften, seinem Amte gehörig genügenden Lehrer verlangt werden kann, so fordern sie tägliche, gründliche Vorbereitung und genaues fortgesetztes Studium älterer und neu erscheinender Werke. Außerdem wird mir meine Zeit noch vielfach beschränkt durch die alle halben Jahre wiederkehrenden Prüfungen der Rechtskandidaten. — Dabei glaube ich auch verpflichtet zu sein, durch schriftstellerische Arbeiten, so weit es in meinen Kräften steht, theils für mein Amt unmittelbar, theils für Wissenschaft und Praxis überhaupt wirken zu sollen. Namentlich nahm ich in dieser Hinsicht an einem Institute Theil — der seit einiger Zeit hier herauskommenden kritischen Zeitschrift für Rechtswissenschaft —, dessen Fortsetzung und Gedeihen selbst im Interesse der Universität liegen dürfte, und das ebenfalls viel von meiner Zeit in Anspruch nimmt. Bei diesen vielen Arbeiten würde jedes weitere etwas umfassendere, wenn auch völlig geordnete und die Funktionen auf bestimmte Zeiten des Tages beschränkende Amt schon eine große, von einem Manne mit nicht ganz fester Gesundheit, wie die meinige ist, in die Länge nicht wohl tragbare Last sein. Dies ist aber wohl noch weit mehr der Fall bei dem Rektoratamte der Universität, welches seit nun beinahe anderthalb Jahren zu führen ich durch eine allerhöchste Verfügung gewürdigt wurde. — — Die Erfahrungen, welche ich während der Führung desselben zu machen Gelegenheit hatte, beweisen mir, daß nach den jetzt und seit langer Zeit bestehenden Einrichtungen die Verwaltung dieses Amtes nicht nur mit vielen Unannehmlichkeiten verbunden ist, sondern auch einen ganz unverhältnismäßigen Aufwand von Zeit und Mühe, und zwar einen solchen fordert, der einem mit Kollegien noch vielfach beschäftigten akademischen Lehrer es unmöglich macht, längere Zeit das Amt zu führen, ohne entweder sein akademisches Lehramt ganz zu vernachläſſigen oder seine Geſundheit zu gefährden." — —

Auf dies Anſuchen um Enthebung vom Rektorat bittet der Kultusminiſter (10. Februar 1827) ihn, wenn es nur ſeine phyſiſchen Kräfte erlaubten — denn von geiſtigen oder moraliſchen Schwierigkeiten könne bei ihm nicht die Rede ſein — „die allerdings ſehr undankbare Laſt" noch ein Semeſter zu tragen, da es für die Regierung in dieſem Augenblick eben ſo ſchwer ſein würde, eine andere Wahl zuzulaſſen, als einen interimiſtiſchen Vorſtand der Univerſität ex officio zu beſtellen.

Im Jahre 1828 ſuchte er abermals um Enthebung von dem Rektoramte nach. Er bemerkt, daß er Vormittags drei Vorleſungen zu halten und noch eine Stunde den bureaukratiſchen Arbeiten des Rektorats ſich zu widmen hätte und in ſeinen Verhältniſſen als akademiſcher Lehrer den Laſten eines bloß vorübergehenden Amtes zu viel aufopfern müſſe. Überdies ſetze ihn dies Amt ſo mancherlei Verdrießlichkeiten und kleinlichen Reibungen aus, daß dadurch die Führung desſelben doppelt ſchwierig und läſtig werde.

Einige Monate ſpäter ſchreibt er an den Miniſter: „Meine Geſundheit iſt im letzten Sommerhalbjahr durch die vielen Arbeiten, denen ich mich zu unterziehen hatte, — drei Vorleſungen täglich ꝛc. — ſehr angegriffen worden [2] —".

Durch königliche Entſchließung vom Januar 1829 wurde Wächter „zum Beweiſe höchſter Zufriedenheit mit den von ihm während

---

[2] Sein natürlicher Humor verließ ihn auch als Rektor nicht. Als er einſt bei einer mediciniſchen Diſputation opponirte, erklärte er, ſeine Oppoſition in der 7fachen Eigenſchaft zu machen: „als Rektor, als Juriſt, als Philolog und dabei ein wenig als Laie in der Phyſiologie, Chemie, Medicin und in ſpecie in der Logik"; in all dieſen Beziehungen ging er der Diſſertation zu Leibe. In Betreff der Phyſiologie ſagte er: „Etwas ganz Neues fand ich auf der an Ungewohntem ſo reichen pagina 4, was aber wiſſenſchaftlich ſehr von Wichtigkeit ſein kann und worauf ich meine mediciniſchen Herren Kollegen aufmerkſam machen wollte. Bisher war ich der unmaßgeblichen Meinung, daß, was erſt erſchaffen werden ſoll, noch keinen Körper habe, und daß, was ſchon einen Körper hat, nicht noch nicht erſchaffen und gezeugt ſein kann. Nun finde ich aber pag. 4, und ich muß als Laie es dem Mediciner und Phyſiologen aufs Wort glauben, daß Jemand ſich aus ſeinem eigenen Körper heraus ſelbſt erſt zeugen kann. Ein Analogon fand ich einmal in einem Trauerſpiel, in welchem der Held, nachdem er viel Unglück erlebt hatte, am Ende ſich aus Verzweiflung ganz aufaß bis auf Stumpf und Stiel, und am Ende, wie er mit dem Rumpf fertig war, auch ſeinen eigenen Kopf noch verzehrte. — Der Herr Verfaſſer liefert hiezu nun ein intereſſantes Gegenſtück, welches vielleicht zu tiefen mediciniſchen Entdeckungen Anlaß geben könnte und beſonders für die Fortpflanzung des menſchlichen Geſchlechtes ſehr von Wichtigkeit wäre — eine materia animalis, quae in proprio (ſollte heißen humano) corpore gignitur."

der letzten drei Jahre geleisteten Diensten zum Vicekanzler für die drei nächsten Jahre bestellt". Auch in dieser Stellung, als Dirigent des Senates, war seine Funktion eine bedeutende, wie denn (13. Februar 1830) der Minister an ihn schreibt: „Es gereicht mir in der That zu großer Beruhigung, den akademischen Senat in dem gegenwärtigen kritischen Momente unter die verständige Leitung eines Mannes gestellt zu wissen, der in jeder Beziehung die Spreu von den Körnern zu sondern und die Leidenschaften zu zügeln weiß". Die wichtigen und umfassenden Verhandlungen über die neue Organisation der Universität Tübingen nahmen auch jetzt wieder viele Zeit und Kraft in Anspruch. Im März 1830 legte Wächter dem König eine eingehende Denkschrift über den Entwurf dieser Organisation vor, worin er seine abweichenden Anschauungen ausführlich begründete. Diese Schrift wurde in einer Gegenschrift von Professor Gmelin in gehässiger Weise zu widerlegen gesucht[3]. Hierüber schreibt (April 1830) Wächter an den Minister:

„Die Litteratur über die Organisation unserer Universität ist in den letzten Tagen wieder um 2 Schriften vermehrt worden. — Die Schrift von Professor Gmelin ist bloß eine Recension über meine Schrift. Hätte sich dabei der Verfasser auf die Sache beschränkt und die Ansichten des Recensirten treu referirt, so wäre seine Absicht, eine auch noch so strenge Recension zu schreiben, nicht zu tadeln gewesen. Jenes that aber Professor G. nicht. In sehr vielen Punkten, in welchen er meine Behauptungen anführt, giebt er dieselben ganz entstellt und unwahr. — Auf solche Weise kann allerdings bei dem

---

[3] Eine von Professor Thiersch veröffentlichte Rede über die Universitätsverhältnisse gab zu einer Erwiderung Anlaß, welche Robert Mohl verfaßte, nachdem er mit Wächter darüber Rücksprache genommen. Eine Partei im Tübinger Senat unter Führung der beiden Professoren Gmelin suchte Wächters Haltung in der ganzen Organisationsfrage zu verdächtigen und erließ in diesem Sinne eine öffentliche Erklärung. In welch milder und friedliebender Weise Wächter diese ihm peinliche Sache behandelte, davon giebt ein Brief an seinen Vater (17. Januar 1830) Zeugnis: — „Eine Gegenerklärung (auf die Gmelin'sche Annonce) ist wohl unvermeidlich. Ich suchte aber bei derselben Alles zu vermeiden, was irgend reizen könnte, und eben deßhalb habe auch ich es verhindert, daß eine zweite Auflage vom (Mohl'schen) Schriftchen gemacht werde, wiewohl es schon seit 3 Tagen vergriffen ist. — Auf meine Amtsführung wird der Vorgang von meiner Seite keinen Einfluß haben. Ich werde ruhig und unparteiisch sein, und ich hoffe, daß in dieser Hinsicht Niemand wird Klage führen können." Und wenige Tage vorher (14. Januar) im Hinblick auf dieselbe Sache: „Ich sehne mich nach dem Augenblick, an welchem ich mein Vicekanzlariat wieder niederlegen und mich ganz meinen Vorlesungen und wissenschaftlichen Studien — die mir weit mehr Genuß, Ruhe und Vortheil bringen — wieder widmen kann".

größeren Publikum, das nicht näher untersucht und die Schriften lieber liest, in welchen es Persönlichkeiten findet, der Gegner die Stimmen gewinnen. Die Persönlichkeiten, mit welchen G., ungeachtet seiner Versicherung im Eingange seiner Schrift, gegen mich zu kämpfen sucht, sind dieselben, welche Hofrath Thiersch in seiner Schrift schon andeutete. Ich darf wohl sagen, daß dieses Bestreben, meinen Charakter zu verdächtigen, das meine Gegner an den Tag legen, mich um so mehr verletzte, als ich Reinheit des Charakters von jeher höher stellte, als geistige Auszeichnung, und als durch solche Verdächtigungen meine Wirksamkeit als akademischer Lehrer ungemein gehemmt werden muß. Mein Schriftchen enthält den reinen Abdruck meiner Überzeugung. Ich war beim Ausspruch dieser Überzeugung um so unbefangener, als ich mir bewußt war, durchaus in keiner Beziehung hierbei von persönlichen Absichten geleitet zu werden."

Wiederholt suchte Wächter um Enthebung von der Stelle eines Vicekanzlers nach. Da er immer glaube, daß er der Universität ersprießlichere Dienste leisten könnte, wenn er ganz seiner litterarischen Bestimmung und den Pflichten seines Lehramtes zurückgegeben würde, während jetzt die Reibungen, denen dieses amtliche Verhältnis ihn aussetze, seiner Thätigkeit als Lehrer äußerlich und innerlich Eintrag thun müsse. Die Anforderungen jener Stelle machten es ihm unmöglich, in seiner Thätigkeit als Lehrer und in seinen wissenschaftlichen Arbeiten einem festen Plan sicher zu folgen. — Diesem wiederholten Gesuche wurde endlich durch königliche Entschließung vom 20. Oktober 1830 entsprochen.

Nun konnte er wieder seiner Wissenschaft leben. Aber sein Name hatte im Land einen so guten Klang erworben, daß ihm bald die wiederholte Aufforderung zuging, sich zur Ständeversammlung wählen zu lassen.

Das Wahlkomité für den Oberamtsbezirk Münsingen richtete unter dem 1. November 1831 an Wächter die Anfrage, ob er nicht geneigt wäre, die Wahl als Ständemitglied für das Oberamt anzunehmen. Er lehnte indeß ab, obwohl er „tief fühle, wie sehr es heilige Pflicht jedes Bürgers sei, diesem Rufe, sobald das Vertrauen seiner Mitbürger denselben an ihn gelangen läßt, wenn irgend es ihm möglich ist, zu folgen, im Hinblick auf die bereits übernommenen Pflichten des akademischen Lehrers, eines Berufs, welcher mehr als jeder andere Beruf Zeit und Kraft in Anspruch nimmt. Ohne stetes Fortschreiten in der Wissenschaft, ohne fortgesetzte gründliche Studien, ohne tägliches Forschen in der alten, neuen und neuesten, jeden Tag sich vermehrenden Litteratur wird ein akademischer Lehrer seine

Stellung mit Erfolg und Würde zu behaupten niemals im Stande sein, besonders wenn derselbe, wie es bei mir bis jetzt der Fall ist, eine Reihe der wichtigsten Fächer vorzutragen übernommen hat. — — Wollte ich der Stelle eines Abgeordneten möglichst genügen, so müßte ich schon von jetzt an meine Studien auf Gegenstände lenken, welche mir seither ziemlich fern standen, wie Finanzen, Staatsverwaltung, eine genaue Kenntnis von dem in den letzten 10 Jahren in der Kammer Verhandelten. — Auch ist das Amt des akademischen Lehrers gerade eines der wenigen oder vielmehr das einzige, welches durch einen Stellvertreter sich nicht wohl besorgen läßt, indem, wenn auch andere Kollegen während seiner Abwesenheit seine Fächer übernehmen wollten, bei diesem Amte mehr als bei irgend einem andern die Beziehung des persönlichen Zutrauens der nur wenige Semester sich hier aufhaltenden Zuhörer in Betracht kommt." — —

Einen gleichen Antrag erhielt er von demselben Tage aus dem Oberamt Heidenheim: „Die Stellung der nächsten Ständeversammlung dem In- und Auslande gegenüber erheischt Männer, welche mit unerschütterlichem Muthe, mit Überlegung und Sachkenntnis die Rechte und Freiheiten der Unterthanen vertheidigen können und es aus Liebe für das allgemeine Beste auch wollen. Durch mehrseitige Schilderungen in Ihnen diesen Mann für uns erkannt zu haben, gestehen wir Ihnen offen und frei und vereinigen deßhalb unsere Bitte an Sie, dem Vaterlande auch in dieser Beziehung Ihre Dienste nicht zu versagen."

Wächter antwortete unter dem 5. November: „Ich bekenne gern, daß mir nicht leicht ein ehrenvollerer Antrag hätte gemacht werden können, als derjenige ist, den Ihr Schreiben enthält. Ich fühle tief die Wichtigkeit des Berufes eines Volksabgeordneten, des Vertreters der Rechte und wichtigsten Interessen seiner Mitbürger und um so ehrender ist es mir, wenn meine Mitbürger mich dieses wichtigen Berufes für würdig halten. Bei diesen Gesinnungen kostete es mich vielen innern Kampf, eine ähnliche Anfrage, welche ich vorgestern von einem Wahlcomité erhielt, ablehnend beantworten zu müssen und dieser Kampf erneuerte sich bei mir, als auch Ihre Anfrage mir zukam. Es scheint mir nämlich bis jetzt mein Beruf als Universitätslehrer die Übernahme der Stelle eines Abgeordneten nicht wohl zu gestatten, besonders bei den mehrfachen, sehr wichtigen Fächern, welche ich derzeit zu lehren habe. Würde ich auch bei meiner jetzigen Stelle davon absehen, daß sie während meiner Anwesenheit bei den Ständen durch Stellvertreter eigentlich nicht versehen werden könnte, so fordert mein jetziger Beruf, wenn ihm gehörig genügt werden soll, ein so stetes und unausgesetztes Studium, daß mir scheint, es müßte demselben in meiner Stellung empfindlich geschadet werden, wenn ich die so wichtige Stelle eines Abgeordneten annehmen würde, eine Stelle, welche für lange Zeit alle meine Kraft und meinen Fleiß in Anspruch nehmen müßte. So scheint mir daher bis jetzt eine bereits übernommene Pflicht zu gebieten, den Ruf zur Übernahme einer andern — so schwer mir auch die Ablehnung derselben wird und so höchst ehrenvoll mir auch dieser Ruf ist — abzulehnen, da ich von der ersteren mich doch nicht ganz losſagen, sie aber neben der neu zu übernehmenden nicht so, wie es sein sollte, erfüllen könnte. Immer aber werde ich stolz darauf sein, daß viele meiner Mitbürger nach freier Erwägung und ihrer wahren Überzeugung mich für würdig hielten, den wichtigsten und schwierigsten Beruf des Staatsbürgers zu bekleiden und der Vertreter ihrer größten Interessen zu sein. Für dieses erhebende Vertrauen sage ich Ihnen meinen innigsten Dank und bitte Sie, auch Ihren Mitbürgern diese meine Gefühle des wärmsten Dankes auszudrücken. Mein unablässiges Bestreben wird es sein, in meinem Kreise so weit es meine Kräfte erlauben, für das Wohl des Vaterlandes mitzuwirken und so mich jenes Vertrauens immer mehr würdig zu machen."

Als ihm einst vorgestellt wurde, welche Stellung er im württembergischen Staatsdienst erreichen könne, antwortete er (August 1835): „Ich bin allerdings nicht ohne Ehrgeiz. Allein mein Ehrgeiz ist mehr auf das Wissenschaftliche und auf eine im Allgemeinen geachtete Stel-

lung und nicht im Mindesten auf großen Einfluß und Excellenz-
oder andere Titel gerichtet. Dabei wünsche ich gehöriges otium und
ein ruhiges Leben zu haben."

IX. Abschnitt.

Drei Jahre in Leipzig.

Im December 1832 erhielt Wächter eine Vokation an die neu
errichtete Universität Zürich, da der Erziehungsrath seinen Stolz
und seine Ehre darein setze, der jungen Anstalt ausgezeichnete Männer
zu gewinnen. In dem bezüglichen Schreiben vom 26. December
sagt Präsident Dr. Keller: „Helfen Sie uns dazu, unseren kleinen
Freistaat zu einem ehrenhaften Wohnsitz politischer und wissenschaftlicher Freiheit zu machen!" Wächter antwortet ablehnend (30. December): — „Ich schätze es als eine der schönsten Belohnungen meiner
Anstrengungen auf dem Felde der Wissenschaft und als Lehrer, von
so hochverehrten Männern, welche wie Sie, in der Wissenschaft sich
so sehr ausgezeichnet haben, für würdig und tüchtig erachtet zu werden, an Ihrer neu errichteten Hochschule als Lehrer mitzuwirken,
und zu ihrem Emporblühen beizutragen. Dabei mußte auch die ehrenvolle und so freundliche Weise, mit der Sie mich zur Annahme des
Rufes einladen, die herrliche Lage von Zürich, das gesellige Leben
dort und noch so vieles Andere zu einem Eingehen auf den Ruf
doppelt einladen." Obwohl er manche sehr triftige Gründe habe,
mit seiner gegenwärtigen Lage nicht zufrieden zu sein, so erscheine
doch die Aussicht in Zürich etwas prekär und es lasse für die ersten
Jahre die neue Universität nicht wohl eine namhafte Frequenz erwarten.

Kaum war die Ablehnung der Vokation nach Zürich abgegangen,
so traf der Ruf nach Leipzig ein. Der Chef des sächsischen Kultus-
ministeriums Dr. Müller schreibt unter dem 27. December 1832:

„In dem Ministerium ist bei der Berathung über die Wiederbesetzung einer ordentlichen Professur in der Juristenfakultät zu Leipzig, deren Inhaber zunächst zu Vorlesungen über das Kriminalrecht verpflichtet ist, vermöge der Verdienste, welche Sie sich in dieser Wissenschaft durch ihre litterarischen Produkte und besonders durch Ihr Lehrbuch des römisch-deutschen Strafrechts erworben haben, und Ihres Rufes als akademischer Lehrer der Wunsch lebhaft geworden, daß Sie sich entschließen möchten, diese erledigte Stelle einzunehmen." Wächter antwortete (4. Januar 1833) zustimmend.

Der Tübinger Fakultät machte Wächter (4. Februar 1833) Anzeige von seinem Entschluß, indem er den Dank aussprach „für die vielen Beweise wahrer Freundschaft und kollegialischer Freundlichkeit", welcher er sich während seiner vierzehnjährigen Theilnahme an den Arbeiten der Fakultät zu erfreuen hatte.

In einem Abschiedsschreiben an den akademischen Senat sagt Wächter von der nun abschließenden Periode: „Ich habe während dieser Wirksamkeit vielfach Erfahrungen zu machen Gelegenheit gehabt, welche mir für meine künftige Laufbahn von mannigfacher Wichtigkeit sein werden, und wenn unter denselben auch einige trübe waren, so wird doch die Rückerinnerung an die Universität, bei welcher ich so viele theure Freunde zurücklasse und bei der ich die schönsten Jahre meines Lebens in den angenehmsten Verhältnissen zubrachte, mir stets eine der wohlthuendsten meines Lebens sein".

Die philosophische Fakultät in Tübingen kreirte ihn zum Doktor der Philosophie. Die Studirenden brachten ihm einen glänzenden Fackelzug.

Nach Leipzig schreibt er: „Ich verlasse zwar viele angenehme und anziehende Verhältnisse, indem ich aus Tübingen und Württemberg scheide; allein ich glaube durch die Annahme des Rufes nach Leipzig in einen großartigeren Wirkungskreis und in weit interessantere Verhältnisse versetzt zu werden, so daß ich mit freudigem Vertrauen der neuen Laufbahn entgegengehe".

In der That fand er sich in seinen Erwartungen nicht getäuscht. Überall wurde ihm in Leipzig das freundlichste Entgegenkommen. Seine Vorlesungen — in Pandekten und Strafrecht sofort über 100 Zuhörer — erfreuten sich des höchsten Beifalls; die angenehmsten geselligen Kreise eröffneten sich ihm und auch im häuslichen Leben fühlte er sich völlig befriedigt [1].

An manchen ungewohnten Übungen sollte es dem Leipziger Professor nicht fehlen. Die damalige Leipziger Sitte erforderte, lateinische Reden zu halten und so bei akademischen Gelegenheiten lateinisch zu sprechen. Um auch hierin nicht zurückzubleiben, mußte der 37jährige Professor lateinische Konversationsstunden nehmen, was er auf Spaziergängen im Rosenthal mit Dr. Clee ins Werk setzte. Sodann hatte er die Obliegenheit, in die Kommunalgarde einzutreten und an deren Übungen Theil zu nehmen. Um diesen lästigen Zeitverlust zu sparen, ließ er sich wiederholt Urlaub geben. Einem solchen Gesuch wurde (6. Januar 1834) auf 6 Monate entsprochen mit dem Anfügen „jedoch haben Sie sich bei Generalmarsch und Feuerlärm, bei wirklichem Tumult oder Feuer jedenfalls einzustellen. Dem Gardist, Herrn Dr. und Prof. Wächter." — Späterhin (am 23. Juli 1835) wurde dem „Gardist Wächter" nochmals ein Urlaub auf 3 Monate gewährt.

Das sächsische Ministerium kam ihm in jeder Weise entgegen und suchte ihm den Eintritt in die neuen Verhältnisse zu erleichtern. Insbesondere gab es ihm anheim, vorerst von den Arbeiten des Spruchkollegiums, in welcher Eigenschaft die juristische Fakultät jährlich etwa 3000 Processe — Civil und Kriminalsachen — zu entscheiden hatte, dispensirt zu werden. Dies Erbieten lehnte Wächter (9. Januar 1833) ab: „Ganz befreit von den Arbeiten des Spruchkollegiums zu werden, wünschte ich nicht. Ich sehe und sah von jeher die Praxis als ein höchst wichtiges, vor Einseitigkeiten bewahrendes und auf manche neue Blicke führendes Bildungsmittel des Theoretikers an, und freue mich gerade, bei dem großen Umfange der Arbeiten des Spruchkollegiums dieses Bildungsmittel vielfach für mich benutzen zu können. Nur kann ich den Umfang der Arbeiten und ob und in wie weit sie meinen theoretischen Arbeiten mehr oder

---

[1] Er schreibt (16. August 1834): „Das erste Jahr ist hier allerdings für einen Fremden etwas hart und mit Anstrengungen verknüpft. Hat man aber dieses und seine Schwierigkeiten überwunden und begünstigt den Professor Beifall: so giebt es kaum eine angenehmere Lage, besonders wenn der Professor sich nicht in seine Bücher vergräbt, sondern auch aus dem Leben zu studiren sucht. Hier sehe ich erst, was wahre Freundlichkeit ist und welchen Genuß eine sehr geachtete Stellung, die man keiner Seele, als sich selbst zu verdanken hat, gewährt."

minder Eintrag thun könnten, noch nicht ermessen, und in dieser Hinsicht würde es für mich wünschenswerth sein, wenn mir für die ersten Jahre freigestellt würde, nach Umständen nur eine kleinere Aktenzutheilung anzunehmen."

Als in der Folge (1834) in Leipzig ein Appellationsgericht errichtet, und diesem die wichtigeren seither von der Fakultät als Spruchkollegium behandelten Kriminalsachen zugewiesen wurden, war es für Wächter erwünscht, um die praktischen Arbeiten fortzusetzen, an den Geschäften des Kriminalsenats dieses neuen Gerichtes Theil zu nehmen. Er sagt in einem bezüglichen Antrage an das Justizministerium (16. März 1834): „Einem akademischen Lehrer, welcher solche Theile der Rechtswissenschaft vorzutragen hat, die von der größten Bedeutung für die Anwendung sind, muß es von hohem Interesse sein, in steter Verbindung mit der Praxis zu stehen, um den Gang und die Grundsätze derselben immer genau zu kennen und eines Bildungsmittels nicht zu entbehren, das auch für den Theoretiker von wesentlichem Nutzen und ihn auf manche Vervollständigung der Theorie zu führen im Stande ist. Besonders wichtig ist diese Verbindung für den Strafrechtslehrer bei dem jetzigen Zustande der Strafgesetzgebung und wird auch bei einer neuen umfassenden Straflegislation, welche doch immer sehr Vieles der Praxis wird anheimstellen müssen, von besonderer Wichtigkeit bleiben." Gleichzeitig gab er dem Kultusministerium von jenem Anbringen Kenntnis und schreibt: „Die Überzeugung, daß es für den Lehrer des Strafrechtes von der größten Wichtigkeit ist, auf der Praxis immer genau bekannt zu sein, erregte in mir den Wunsch, bei den bevorstehenden Änderungen in der Justizverfassung des Königreichs, — statt an den Geschäften der Fakultät als Spruchkollegium, an den Geschäften des Kriminalsenates des neu zu errichtenden Appellationsgerichtes zu Leipzig künftig Theil nehmen zu dürfen". Das Justizministerium erwiderte, ihm könne dieser Wunsch nur erfreulich sein. Demgemäß wurde Wächter zum Appellationsrath an diesem Gericht ernannt.

Im Juli 1834 lehnte Wächter einen Ruf an die Universität Erlangen ab. Der sächsische Minister drückte ihm (31. Juli) seine Genugthuung hierüber aus und wies zu Gunsten der Stellung in Leipzig darauf hin, daß Wächter hier hoher Achtung und Freundschaft bei seinen Amtsgenossen, so wie der aufrichtigsten Anhänglichkeit und Verehrung bei den Studirenden in demselben Grade wie des besonderen Vertrauens der Regierung sich erfreue.

Im Februar 1835 kam ein Ruf an die Universität Bonn. Er fand sich durch diese Anerkennung freudig überrascht; gleichwohl aber veranlaßt, abzulehnen und schreibt (13. Februar 1835): „Ich lebe zwar in Leipzig in sehr angenehmen geselligen Verhältnissen und glaube — was dem akademischen Lehrer das Wichtigste sein muß — in meinem Kreise mit Anregung zu wirken und bin in dieser Hinsicht von großem Glücke begünstigt. Allein besonders e i n Verhältnis minderte sehr die Annehmlichkeit meiner Lage. Unser Spruchkollegium hat im Jahr über 3000 Processe zu entscheiden, und wenn ich gleich verhältnismäßig nur wenig in demselben arbeite, so mußten mir doch diese Arbeiten (z. B. im letzten Jahre 73 Kriminalprocesse) und die vielen Sitzungen für meine wissenschaftlichen Studien und meine litterarischen Plane bange machen, so sehr ich von der anderen Seite e i n i g e praktische Beschäftigung wünsche, weil ohne sie der Theo- retiker immer einseitig bleiben wird. Dabei zieht es mich sehr nach dem Süden und die herrliche Natur Bonns — — — mußte mich mit dem Gedanken an einen Wechsel sehr befreunden. Nach einer bei uns bestehenden Verordnung müssen wir, ehe wir auf einen Ruf antworten, denselben unserer Regierung vorlegen. Ich that Jenes sogleich am anderen Tage nach dem Empfang Ihres verehrten Schrei- bens, indem ich jene Verhältnisse, die mich auf den Ruf einzugehen bestimmen würden, berührte, und bat um die Erlaubnis, auf den- selben eingehen zu dürfen. Die Antwort, welche ich gestern bekam, setzte mich in große Verlegenheit. — Wenn gleich dadurch nicht alle meine Wünsche erfüllt sind, und ich überzeugt bin, daß Bonn mir größere Genüsse und Vortheile als meine hiesige Lage bieten würde: so fühle ich doch durch jenes von mir nicht erwartete Zuvorkommen in einem Hauptpunkte meiner Wünsche mich moralisch gefesselt und hauptsächlich die Besorgnis, undankbar zu erscheinen, zwingt mich, mit großem, sehr großem inneren Kampfe Euer 2c. zu sagen, daß ich mich verpflichtet glaube, für jetzt meine Verhältnisse zur Universität Leipzig nicht zu ändern." —

Aus Anlaß der Berufung nach Bonn hatte Wächter dem sächsi- schen Ministerium gegenüber hervorgehoben, wie die Arbeiten für das Spruchkollegium und wöchentlich zwei lange Sitzungen der Fakultät ihm für litterarische Arbeiten beinahe keine Zeit übrig lassen. Der Minister entsprach nun seinen Wünschen, dispensirte ihn von den Versprucharbeiten bei der Fakultät und bot ihm Sitz und Stimme im Kriminalsenat des neu errichteten Appellationsgerichtes zu Leipzig an.

Die Studirenden in Leipzig bekundeten ihre Freude an Wächters Bleiben durch einen glänzenden Fackelzug, den sie ihm brachten. Inzwischen war auch in Württemberg Wächter nicht vergessen. Aus Anlaß eines von ihm erstatteten umfassenden Gutachtens über den Entwurf eines württembergischen Strafgesetzbuches wurde ihm von König Wilhelm mit gnädigstem Handschreiben (3. April 1835) in Anerkennung seiner Verdienste um die württembergische Gesetzgebung das Ritterkreuz des württembergischen Kronordens verliehen.

X. Abschnitt.

Rückkehr ins Vaterland.

In den Herbstferien des Jahres 1835 machte Wächter eine Reise in sein Vaterland, nach welchem, so gut es ihm auch in Leipzig erging, er das Heimweh nie unterdrücken konnte. Auf dieser Reise besuchte er seinen alten Lehrer Reuß[1], seine Freunde in Tübingen und eilte sodann ins Elternhaus nach Stuttgart.

---

[1] Am 3. Oktober 1835 schreibt Reuß an Wächter: „Es sind gerade heute acht Tage, daß Sie mich mit Ihrem Besuch, mit der Äußerung Ihres alten Wohlwollens so sehr erfreut, und mich mit sehr interessanten Mittheilungen vertrauend beschenkt haben. Noch bedaure ich, daß ich wegen unverschieblicher Geschäfte die Begleitung nicht weiter fortsetzen konnte. — Machen Sie doch — ich bitte angelegentlich — Ihre nächste oder folgende Vaterlandsreise wieder über Blaubeuren, und fahren Sie dann sogleich vor mein Haus."

Und auf die Nachricht von der Ernennung Wächters zum Kanzler (19. Oktober 1835): „So hat denn der Genius des ersten, ursprünglichen Vaterlandes gesiegt, die alte Eberhardina ihren schmerzlichen Verlust wiedererseßt, und mit dem zurücksehnten Lehrer zugleich ein Oberhaupt, dem Wahrheit, Recht, Liebe und Friede gilt, gewonnen. Dank der Stuttgarter Regierung, daß sie treulich sorgte, und weislich den Zeitpunkt benußte! Und Dank dem Edlen, der den schwäbischen Ruf mit schwäbischem Herzen aufnahm, und, was ihm die größere, selbstständigere und geistig freiere Stadt an der Pleiße und Elster zu seiner reinen Freude war, nun in die kleinere am Neckar verpflanzt, hier blühen und fruchten

Hier erhielt er ein Schreiben vom württembergischen Kultmini-
sterialchef (Schlayer) vom 14. October 1835, worin ihm die Stelle
eines Kanzlers und außerordentlichen königlichen Bevollmäch-
mächtigten an der Universität Tübingen und zugleich ersten Mit-
gliedes der Juristen-Fakultät angeboten wurde: „Se. Majestät der
König beabsichtigen, diese Stellen wieder mit einem Manne zu besetzen, der Ihres Höchsten Vertrauens besonders würdig und zugleich
als Gelehrter und als Geschäftsmann zum ersten Mitglied des akademischen Senats vorzüglich geeignet ist".

Im Gefühl der Dankbarkeit für die Beweise hohen persönlichen
Vertrauens, welches der König von Württemberg ihm gegeben und
in der Hoffnung, seinem Vaterlande nützlich werden zu können —
nahm er den Ruf an. Er schreibt an den König von Württemberg:
„Der Gedanke, von nun an immer meine Kräfte dem Dienste Ew.
Königl. Majestät und meinem Vaterlande wieder widmen zu dürfen,
erfüllt mich mit dem frohesten Bewußtsein, und das erhebende Vertrauen, mit welchem Allerhöchstdieselben in mein Vaterland mich
zurückzurufen geruhten, giebt mir reichen Ersatz für Alles, was durch
eine besondere Gunst der Verhältnisse meine Lage in Sachsen mir
geboten hatte".

In einem Brief vom 16. Oktober macht Wächter dem sächsischen
Kultusminister — neben einem officiellen Schreiben an das Ministerium — Mittheilung von seinem Entschluß: — „Ich erhielt vorgestern von des Königs von Württemberg Majestät einen Ruf zur
Stelle des Kanzlers und außerordentlichen Regierungsbevollmächtigten
an der Universität Tübingen. Offen gestehe ich es, daß der mir ge-

---

läßt. — Mit herzlicher, ausgezeichneter Verehrung virl magnifici et in praeceptorem,
quem puer habuit, pii cultor observantissimus et pie amantissimus Reuss."

Mit diesem früheren Lehrer blieb Wächter fortan in freundschaftlichem Verkehr. Zu
Neujahr 1846 schreibt Reuß: — „Der Allerhöchste, der Ihnen Talente, wie ganz Wenigen,
verliehen, und der Sie nun auch zum wirksamen Mentor des vaterländischen Telemach berufen hat [diese Bemerkung bezieht sich darauf, daß Wächter dem Kronprinzen Vorträge zu
halten hatte], sei Ihnen ferner recht nahe mit seinem Licht und seiner Kraft und lasse Sie
in langem, frohem Dasein befriedigendes Gedeihen wie der 'auf Wahrheit und Menschen-
bildung redlich tendirenden) Wissenschaften, so der bereits gemachten und noch zu machenden
Errungenschaften des kleineren und größeren Vaterlandes auch als Frucht Ihres geistreichen
und edlen Strebens und vielfachen Wirkens erleben, begleitet von den besten Familien- und
Vaterfreuden. Dies besonders beim Jahreswechsel der Wunsch Desjenigen, der sich glücklich
schätzt (aber deßwegen weit nicht überschätzt, vielmehr Ihnen und der göttlichen Gnade das
Beste dankend zurechnet), Sie unter die Angehörigen seiner Eßlinger Schulthätigkeit zählen
zu dürfen!"

wordene ehrenvolle Antrag mit den widerstreitendsten Gefühlen mich erfüllte. Denn ich lebte in Leipzig wirklich glücklich, wenn ich gleich ein Heimathgefühl nach meinem Vaterlande nie ganz unterdrücken konnte. Als ich aber die Verhältnisse, die mir geboten wurden und den großen Wirkungskreis, der bei denselben sowohl für die Universität Tübingen, als auch (durch die mit dem Kanzleramte verbundene Stelle eines Mitglieds der Kammer der Abgeordneten) in noch allgemeineren Beziehungen für mein Vaterland sich mir eröffnete, von der andern Seite bei dieser Stellung, welche mir kein anderes Land bieten kann, die große wissenschaftliche Muße, die mir dieselbe gewährt und die Verhältnisse der Universität Tübingen, für welche ich gerade im jetzigen Zeitpunkte einiges Ersprießliche wirken zu können hoffen darf, in Erwägung zog, als ich mich ferner überzeugte, daß meine Wirksamkeit als akademischer Lehrer in Leipzig, so wohlwollend und überschätzend dieselbe auch in Anschlag gebracht werden möchte, doch unschwer sich ersetzen lassen wird, und ich endlich meine Familie, die Gefühle, die mich nach meinem Vaterlande mehr ziehen, als ich es bei meinem Weggehen von demselben mir dachte und die Beweise hohen persönlichen Vertrauens, die mir des Königs von Württemberg Majestät durch d i e s e n Ruf zu geben geruhten, berücksichtigte: faßte ich und mußte ich den festen Entschluß fassen, den mir gewordenen Ruf anzunehmen und so schmerzhaft mir Dieses fällt, mein Gesuch um Entlassung vorzulegen."

Wächter eilte zunächst nach Leipzig zurück. Damals gab es keine Eisenbahn, sondern nur die Post, mit welcher er drei Nächte durchzufahren hatte. Von Leipzig schreibt er an seinen Vater (26. Oktober 1835): "Hier wird mein Weggehen mehr und allgemeiner, als ich dachte, bedauert; allein Niemand hat mir bis jetzt Unrecht gegeben, selbst — mein Minister nicht. Minister Müller ist nämlich seit einigen Tagen hier und ich ging noch gestern Abend zu ihm. Fiel mir das Weggehen von Leipzig in irgend einem Momente schwer, so war es in diesem. Denn Müller machte mir das Beharren auf meinem Entschlusse wahrhaft schwer, nicht durch äußere Hindernisse, sondern durch ein Übermaß von Güte und Vertrauen. Er kam mir mit der größten Herzlichkeit entgegen, und sagte mir: meine Briefe, welche ihm von Dresden hierher nachgeschickt worden, seien für ihn ein wahrer Blitz aus heiterem Himmel gewesen und es hätte ihm nichts Unangenehmeres geschehen können. Er habe mir eine wahre Regeneration des juristischen Studiums zu danken, die Studenten hängen mit seltner Liebe an mir, ich hätte das unbedingte Vertrauen des Ministeriums u. s. w. u. s. w. Endlich fragte er mich mehrmals, ob denn keine Aussicht sei, daß ich bleibe; er sei bereit, mir jeden, jeden Wunsch zu erfüllen, den ich noch hätte und würde selbst persönliche Opfer nicht scheuen. Wolle ich später in den höhern sächsischen Staatsdienst eintreten, so sei er gewiß, daß der Justizminister mich gern in das Ministerium als Rath ꝛc. berufen werde; genug, ich sah, daß er zu Allem bereit war, wenn ich bleiben würde. Ich mußte aber Nein sagen. Am Ende sagte er dann: Wenn denn keine Hoffnung sei, daß ich mein Gesuch (um Entlassung) zurücknehme, so habe er nur zwei Bitten. Die eine sei, daß ich meine Wintervorlesungen noch halte; die andere, daß ich ihm künftig in den Leipziger Universitätsangelegenheiten mit Rath an die Hand gehe, und daß ich gleich jetzt einen Akt der Kuratel für Leipzig ausübe, und ihm meinen Nachfolger vorschlagen möchte. Als ich wegging, wurde er so weich, daß er mir um den Hals fiel und mich seiner unwandelbaren väterlichen Freundschaft auf das Rührendste versicherte. Ich konnte wahrlich auf keine schönere Weise von meinem bisherigen Vorgesetzten scheiden. — Wenn gleich mich, falls ich den Ruf hier erhalten hätte, diese Behandlung in meinem Entschlusse wankend gemacht hätte: so fühle ich doch jetzt, nachdem der Schritt geschehen ist, keine Reue. Aber meine Stellung in meinem Vaterlande wird um so freier sein, da ich wohl sagen kann, daß ich in manchen Beziehungen nicht unbedeutende Opfer bringe."

Bezüglich der Entlassung aus dem sächsischen Staatsdienst schrieb Minister Müller (22. November 1835): „E. H. wird bereits die Allerhöchste und Höchste Entschließung wegen der von Ihnen gesuchten Entlassung aus hiesigem Dienst officiell bekannt gemacht worden sein, und ich habe, nachdem ich Ihnen bereits mündlich meinen innigsten Schmerz über die bevorstehende Trennung habe ausdrücken dürfen, nur noch hinzuzufügen, daß die Mitglieder des Gesammtministerii sowohl als insbesondere des Prinzen Mitregenten Königliche Hoheit bei dem Vortrage des beregten Entlassungsgesuchs ihr Bedauern über Ihren Austritt auf die unzweideutigste Weise ausgesprochen haben. Der Ausdruck dieses Bedauerns ist demnach von E. H. als der Ausfluß des tiefsten und darum wahrhaften Gefühls zu betrachten, was ich Ihnen hiermit noch besonders habe versichern wollen, und in Folge dieser aufrichtigen Anerkennung Ihrer ausgezeichneten Verdienste werden wir von den lebhaftesten Wünschen für Ihr Wohl beseelt sein, auch wenn wir Sie nicht mehr den Unsrigen nennen dürfen!"

Wächter hatte damals — im Strafrecht, wie in den Pandekten — etwa 130 Zuhörer. Sein Abgang aus Leipzig wurde dort schmerzlich empfunden. Aus allen Kreisen empfing er Beweise warmer Anerkennung und Anhänglichkeit. Auch in poetischer Form, in lateinischen und deutschen Versen wurde diesen Gefühlen Ausdruck verliehen. Ein glänzender Fackelzug (über 200 Fackeln) — den 2. März 1836 — mit Überreichung eines silbernen Pokals bekundete die dankbare Liebe der Zuhörer[2].

---

[2] Wächter schreibt an seinen Vater: „Der Fackelzug war der glänzendste, den Leipzig seit vielen Jahren sah und mein Klostergäßchen füllten wohl 600 Studenten oder noch mehr. Überraschend war für mich das Geschenk des Pokals und durch die Art, wie es gegeben wurde, mir eines der wertvollsten Geschenke." Noch in der letzten Lebenszeit hat Wächter das Gedicht, welches den Pokal begleitete, mit zitternder Hand überschrieben „Fackelzug März 1830". Dasselbe lautet:

„So soll des armen Blattes enger Raum
Den letzten Gruß, den Abschiedsgruß Dir bieten!
Das weite Herz faßt die Gefühle kaum,
Die froh für Dich und stolz durch Dich erblühten!
Bald schwand er hin, der schöne goldne Traum,
Bald ist auch er, der theure Mann geschieden.
Dir flammen unsers Herzens schönste Triebe,
Dir unsre Ehrfurcht, Dank und unsre Liebe.

Du hast des Wissens hellen Kerzenschein
Mit Müh' und Fleiß in unserm Geist entzündet.
Du pflanztest uns Gefühl für's Rechte ein,
Und lehrtest uns, wie man das Wahre findet.
Und statt der Forscher irren Grübelei'n
Hast Du uns treu die Wahrheit stets verkündet.
Den kalten Formen hast Du reges Leben
Und Wärm' und Geist und helles Licht gegeben.

Du tratest in die Schranken mutherfüllt
Für Licht und Recht den schweren Kampf zu wagen;
Dich preist der Ruf, so weit das Recht nur gilt,
So weit der Themis hehre Banner ragen.
Es nennt Dein Volk Dich stolz der Wahrheit Schild,
Manch' kühnen Kampf hast Du davon getragen,
Der Freiheit Kämpfer bist Du vorgeschritten,
Hast treu für uns und unser Recht gestritten.

Der Wächter geht, und irrend wankt die Schaar,
Wohl nicht verwaist, doch schmerzensvoll und trübe;
Doch was Dein Geist und was Dein Herz uns war,
Das bleibt in uns, und wenn auch Nichts mehr bliebe,

Noch vor seinem Abgang wurde Wächter von der Leipziger Gesellschaft für historische Theologie (10. Februar 1836)
zum Ehrenmitglied gewählt.

Wächters Nachfolger in Leipzig war Puchta. Dieser hatte, als er die Volation erhielt, an Wächter (15. Januar 1837) geschrieben: „Daß man meine Berufung mit Ihrem Abgang in Verbindung bringen würde, könnte mich freilich
eher zu einer ablehnenden Antwort bestimmen; denn ich habe so vielfach von dem
Ansehen und der Verehrung gehört, in der Sie dort gestanden haben, daß Ihr
Nachfolger ohne Zweifel einen harten Stand haben wird". In der That hatte
Puchta einen schweren Anfang in Leipzig. Der folgende Brief des bedeutenden
und nachgehends zu so hoher Anerkennung gelangten Mannes ist von allgemeinem
Interesse. Puchta schreibt an Wächter (21. Mai 1837): — „Ich habe für den
Anfang mich hier keiner besondern Fortune zu erfreuen. Dem Wunsche des Ministeriums gemäß habe ich Pandekten angekündigt, die ich künftig im Winter lesen
will; aber es will sie fast niemand hören. Nicht besser geht es mir mit meinem
Publikum über das vierte Buch des Gajus. So lese ich Pandekten vor einem Auditorium (si ita dicere fas est), das noch um einen Kopf kleiner ist, als das, vor
welchem ich sie vor 13 Jahren in Erlangen, als gedrückter und erst allmählich her-
anwachsender extraordinarius zum ersten Male las. Und auch mein Gajus, mit
dem ich in München und Marburg Lorbeeren geerntet habe, läßt hier Alles kalt.
— Für meine Wenigkeit ist dieses Evenement gewiß von großem Nutzen. Es gehören starke Schultern dazu, um gute Tage tragen zu können. Geht es einem fort
und fort so gut, wie mir bisher, so setzt sich allerlei Rost in dem Innern des Menschen an, der des Schleifsteins bedarf. In München und Marburg hatte ich Professoren unter meinen Zuhörern (freilich nicht juristische); so ist es gut, hier den
Werth einer Studentenseele schätzen zu lernen. Man hat den Misanthropen gerathen, zur Heilung Eremiten zu werden; hiernach kann ich in meinem Hörsaal
die Menschenfreundlichkeit studiren, womit freilich meiner Frau, die bei den für
uns und unsere Gewohnheit exorbitanten Ausgaben und Kosten der ersten Einrichtung dahier auf Honorarien gerechnet hat, wenig gedient ist. — Aber genug des
Scherzes, die Sache hat ihre ernsthafte Seite. Es ist wohl keine große Eitelkeit, zu
erwarten, die Studenten gingen von der Voraussetzung aus, daß ich die Pandekten
eben so gut vorzutragen verstünde, als der Professor Bruno Schilling und der Dr.
Heimbach. Dazu kommt, daß, nur irgend ein Interesse an dem akademischen Verkehr
vorausgesetzt, für mich der Reiz der Neuheit spricht, und daß mir zwar nicht ein
berühmter Name an der Stirne steht, ich aber doch auch nicht zu den Anonymen
gehöre. Von einem Mangel an Lehrtalent kann ferner hier nicht die Rede sein, da
es sich um mein erstes Kollegium dahier handelt. Was meinen Vortrag anlangt,
so hat diesen zwar meines Wissens noch niemand schön genannt, als Ein Mann,
der sich nach meinem Urtheil wenig darauf verstand, und überdies ihn gar nicht
hörte; aber ich habe Ursache zu glauben, daß meine hiesigen Kollegen wenig thun,

Denn ewig wohnt im hehren Licht und klar
Dein Bild in unsrer Brust, in treuer Liebe;
In spätern Jahren zeigt's der Mann dem Sohne,
Zum Danke Dir und zum verdienten Lohne.

Nimm hin den Becher, den der Dank Dir beut,
Nimm an den Kranz, den Ehrfurcht Dir gewunden,
Nimm hin das Lied, das Dir die Liebe weiht,
Die eng an Dich ein jedes Herz gebunden!
Dies Denkmal ruft vielleicht in ferner Zeit
Dir in die Brust die hier verlebten Stunden!
So zieh' denn hin. — Es folgt auf allen Wegen
Dir unsre Liebe nach und des Gerechten Segen.

um ihre Zuhörer in diesem Stück zu verwöhnen. Ich kann also nicht umhin, anzunehmen, daß seit Ihrem von allen Tüchtigen noch jetzt beklagten Abgang von hier, was Sie während Ihres kurzen Aufenthalts mit Mühe angebaut hatten, wieder eingestürzt, und eine von Manchen nicht bekämpfte, sondern gehegte wissenschaftliche Erstorbenheit wieder eingetreten ist, die denn auch durch manche eigenthümliche hiesige Richtungen und Einrichtungen vielfach begünstigt wird. Wenn Umtriebe mit im Spiel sind, wie Freunde behaupten, oder wenn der Umstand, daß ich nicht diktire, diesen Einfluß hat, so wird die Sache um Nichts gebessert. Kirchenrath Winer meint, Sie hätten bei meinen juristischen Kollegen jedem neuen Ankömmling ein schlimmes Spiel gemacht, da sie nun eine um so größere Furcht vor Jedem, der in ihrer Ruhe und ihrem wissenschaftlichen sans-gêne sie zu stören den Anschein habe, gefaßt hätten. So viel ist richtig, der Ordinarius Günther hatte am Anfang dieses Jahres in einer Gesellschaft weitläufig aus einander gesetzt, wie er sofort in Dresden den Minister bedeuten werde, eine Vokation sei gar nicht nöthig, denn alle Fächer seien vollkommen besetzt. Der Minister soll dann seinen gründlichen Vortrag mit der Versicherung erwidert haben, nicht eine, sondern zwei Vokationen seien für angemessen befunden worden. Denn Das wird Ihnen nun auch schon bekannt sein, daß ich einen Leidensbruder erhalte am Marezoll, der für die Professur des Kriminalrechts mit mir zugleich berufen ward, aber erst künftigen Herbst eintreffen wird. — — Sonst befinde ich mich mit meiner Familie ganz wohl hier. Die Sachsen sind ein ganz guter Schlag Menschen; so zweifle ich nicht daran, die etwaige Kälte einiger meiner juristischen Kollegen noch zu überwinden. Man muß nur billig sein, und eine lange Gewohnheit arbitrio boni viri beurtheilen, die stets eine gewisse Beschränktheit im Gefolge hat. Etwas Bösartiges scheint mir bei keinem im Spiele zu sein (wie ich dies in Marburg zu erfahren hatte), und selbst die Diplomatie des Ordinarius ist nicht so schlimm; er hat am Ende nicht so viel hinter den Ohren, als er vielleicht selbst wünscht, man solle es meinen. Es war doch z. B. ehrlich genug, daß er mit großem Eifer in meinem halben Wunsch, Nichts mit den Alten zu thun zu haben, mich bestärkte, und mir die Unverträglichkeit auch der geringsten Aktenarbeit mit wissenschaftlichem Betrieb, mit der Entschiedenheit einer Herzensüberzeugung auseinandersetzte; ein durchtriebener Kopf hätte mir gewiß nicht so in die Hände gearbeitet, sondern mit anständiger Zögerung auf meinen Wunsch mit dem Anschein der Gefälligkeit einzugehen gesucht[3]. So war es ferner gewiß recht unschuldig von dem Dr. Gerstäcker, daß er mir von seinen ungeheuern Aktenarbeiten, und wie Sie sich bald davon zurückgezogen hätten, erzählend, mit der größten Naivität hinzusetzte: ja, Kollegien lesen, ein Heft vom Katheder vortragen, sei freilich keine Kunst, aber solche Arbeiten, wie sie prästirten —!! Der alte Senior Dr. Brehm empfing mich recht freundlich, beklagte aber, daß der juristische Unterricht sehr gesunken sei. „Die vortreffliche methodus mathematica, setzte er seufzend hinzu, sei ganz abgekommen". Dergleichen hat für mich etwas sehr Rührendes, aber man kann doch den Wunsch nicht unterdrücken, dergleichen Exemplare von allem Einfluß auf Universitätssachen entfernt zu wissen — — —."

Den akademischen Senat zu Tübingen begrüßte Wächter in einer Zuschrift (15. December 1835), worin er seine Freude ausspricht über die Rückkehr in das Vaterland und fortfährt: „Ich wünsche mir zu einem Berufe Glück, welcher mir Gelegenheit giebt, in der Mitte von hochgeachteten Gelehrten, deren Kollege eine lange Reihe von Jahren zu sein, ich früher die Ehre hatte, und Hand in Hand mit denselben für das Wohl einer Hochschule zu wirken, auf welcher ich meine

---

[3] Die Arbeiten im Spruchkollegium waren mit namhaften Emolumenten verbunden, welche die Mitglieder mit dem neuen Referenten zu theilen gehabt haben würden.

glücklichen ersten Studienjahre zubrachte, welcher vom Beginn meiner
akademischen Laufbahn an lange Zeit meine Kräfte gewidmet waren,
und an welche mich ein Band der innigsten ungeheucheltsten Anhänglichkeit knüpft". Der Senat antwortete (21. December): „Je allgemeiner und aufrichtiger vor einigen Jahren unsere Klage über den
Verlust war, welchen die Hochschule im Allgemeinen und unser Kollegium insbesondere durch Eurer Magnificenz Abgang in das Ausland
erlitt: desto lebhafter und ungetheilter ist auch jetzt unsere Freude,
Sie bald und in höherer Wirksamkeit zu uns zurückkehren zu sehen.
Wenn die Studirenden mit Verlangen dem berühmten und beliebten
Lehrer entgegensehen, so haben wir mit Vertrauen und mit Dank
gegen die Regierung in Ihnen einen erfahrenen und gütigen Kollegen,
einen gewichtigen und beredten Vertheidiger unserer Interessen, und
einen wohlwollenden Stellvertreter bei der höchsten Behörde zu erwarten. Mit Vergnügen sehen wir, daß die Zeit Ihres Wiederein-
trittes in das Vaterland nicht mehr weit entfernt ist. Es wird uns
Allen ein Tag der Freude sein, wenn wir Ihnen mündlich und einzeln
die Versicherungen unserer Hochachtung und unseres Vertrauens ausdrücken und um günstige Erwiderung von Ihrer Seite bitten können."

Mit diesem Jahre war der Abschied von Leipzig von dem Gefühle warmer Anhänglichkeit begleitet, so empfing ihn in Württemberg ein nicht minder
warmer Ausdruck der Freude und Anerkennung und das Bestreben,
ihm Ersatz für Das zu bieten, was er aufgegeben.

Ein Willkomm zur Feier des Einzugs sagt:

„Wie sollen Ihm die Feste wir ersetzen,
Die Ihm zu Ehren Leipzig oft beging,
Das vom Empfang bis zu dem Abschied-Letzen
Mit Liebe, ja mit Ehrfurcht an Ihm hing?

Der Fackelzüge Flammen vor dem Hause,
Den von Zuhörern vollgepfropften Saal,
Die glühenden Toasts bei flottem Schmause,
Den ehrenvollen silbernen Pokal,

Der Freunde stets wetteiferndes Bemühen,
Der edeln Männer, Alles Ihm zu sein!
Wird auch bei uns ein solches Eden blühen
Für Ihn in unsrer Armuth? Nein, o nein!

Doch was Dich zog zu uns, Das wirst Du finden — —."

Die Stadt Tübingen verlieh ihm das Ehrenbürgerrecht.
Wächter schreibt hierüber (24. Februar 1836) an den Stadtrath:
— „Dieser Beweis des ehrenvollsten Zutrauens mußte mich um so

mehr erfreuen, als gerade Tübingen es ist, an welches mich das Band
inniger ungeheuchelter Anhänglichkeit knüpft. — — Ich werde stets
durch die That zeigen, wie sehr ich in dem neuen Band, welches mich
nunmehr doppelt an die Stadt Tübingen knüpft, eine doppelte Aufforderung finde und stets finden werde, von meiner Seite, was in
meinen Kräften steht, zur Förderung des Wohles und der wahren
Interessen der Stadt mit dem redlichsten Streben beizutragen. Möchte
es mir gelingen, in diesem Streben glücklich zu sein, und für das unzertrennliche Wohl der Stadt und der Universität mit Erfolg zu wirken
und möchten meine Mitbürger auf meine Bereitwilligkeit, ihre Interessen nach Kräften zu fördern, mit vollem Vertrauen zählen."

Auch von der vaterländischen Presse wurde seine Berufung sym-
pathisch begrüßt.

Selbst der „Beobachter" gab (25. Oktober 1835) in einem Leitartikel „Die
Kanzlerswahl" der allgemeinen Stimme dahin Ausdruck: „Daß die Wahl eines
Kanzlers auf unsern Landsmann Dr. Carl Georg Wächter fiel, befriedigt alle Un-
betheiligten, denen das Wohl der Landes-Universität wahrhaft am Herzen liegt.
Wie der Verlust kaum groß genug angeschlagen werden konnte, den sein Abgang
nach Leipzig unserer Hochschule brachte, so sind wir nun auch des heilsamen Einflusses gewiß, den seine Rückkehr in eine so einflußreiche Stellung auf den Kredit
der ganzen Anstalt, auf die Belebung des wissenschaftlichen Sinnes und insbesondere auch auf eine humane, verständige und versöhnende Handhabung der akademischen Gesetze äußern muß. Seit seinem ersten Auftreten glänzt Wächters Name
in der Reihe der ersten Gelehrten Deutschlands. Mit dem seltenen Fleiß, dem
glücklichen Gedächtnis und dem Scharfsinn, die ihn zum Gelehrten stempeln,
vereinigt sich aber in ihm auch noch Kenntnis des Lebens, ein praktischer Blick und
das Talent der freien und klaren Rede, so daß er, noch überdies im ersten Decen-
nium des Mannesalters stehend, wie Wenige in Deutschland, ein ausgezeichneter
öffentlicher Lehrer ist. Es kann nicht fehlen, daß ein solcher Mann auch für die
Ständeversammlung, der er als Kanzler der Universität anzuwohnen hat,
in vielfacher Beziehung von der größten Bedeutung ist." — — —

Am 31. März 1836 hielt Wächter seinen Einzug in Tübingen.
Er schreibt hierüber an seinen Vater: „Von Waldenbuch an konnten
wir den Wagen zurückschlagen, da der Regen nachließ und Sonnen-
schein sich zeigte. Als wir nach Lustnau kamen, trafen wir vor dem
Adler eine Abtheilung der Tübinger Bürgergarde zu Fuß und zu Pferd.
Der Anführer bewillkommte mich im Namen der Bürgerschaft und
des Stadtraths und erbat sich die Erlaubnis, mich mit der Garde nach
Tübingen begleiten zu dürfen. Voran ritt nun eine Abtheilung Ka-
vallerie, dann kam mit Musik eine Abtheilung zu Fuß und den Schluß
machte wieder eine Abtheilung Kavallerie. So ging's, natürlich im
Schritt, nach Tübingen und [durch eine errichtete Ehrenpforte] durch
Tübingen bis zu Schraders Hause [in welchem das Absteigequartier

4 *

war] an den vollgepfropften Fenstern vorbei. In Lustnau und vor Schraders Hause wurde mir ein Hoch gebracht. Dieser glänzende Empfang rührte mich sehr und war mehr, als ich erwarten konnte. Er war gleichsam ein Pränumeriren auf meine künftigen Verdienste. Möchte es mir gelingen, die Pränumeranten zu befriedigen."

Auch die Studirenden veranstalteten einen festlichen Kommers. Zu ihnen sprach Wächter: — „Sie haben mich in hohem Grade erfreut durch die Freundlichkeit, mit der Sie mir entgegenkommen, und durch das Zutrauen, mit dem Sie mich bei meinem Wiedereintritt in Tübingen in diesem Augenblicke empfangen. Noch ist mir der Moment in lebhaftem Andenken, an welchem Ihre Kommilitonen vor 3 Jahren bei meinem Scheiden aus Tübingen mir ein ähnliches Fest bereiteten. Dieselbe Anhänglichkeit, dasselbe Zutrauen, das mich damals bei meiner Trennung begleitete, finde ich zu meiner großen Freude wieder hier bei meiner Zurückkunft. Dieser Moment, der mir diese Gewißheit giebt, ist mir von hohem Werthe! Bewahren Sie mir stets Ihr Zutrauen, kommen Sie mir stets in allen Ihren Angelegenheiten mit Offenheit und Vertrauen entgegen. Sie werden stets in mir einen warmen Freund der Studirenden und einen, wenigstens dem Streben nach, eifrigen Beförderer Ihrer wahren und wohlverstandenen Interessen finden. — So hoffe ich, werden wir durch gegenseitiges Vertrauen glückliche Resultate erzielen und wird mein Wirkungskreis durch Ihr Vertrauen zu mir ein doppelt schöner sein."

Bei Beginn seiner Vorlesungen (über Geschichte des Strafrechts) brachten ihm die Studenten einen großen Fackelzug. Wächter aber schreibt: „Mein Haus, die Meinigen und meine Wissenschaft, mit der mich immer mehr zu beschäftigen ich wahrhaft dürfte, und die mir auch im Äußeren der schönste und zuverlässigste Halt sind, genügen mir völlig".

In seinen Vorlesungen erfreute Wächter sich großen Erfolges. In den Pandekten hatte er sofort 60 Zuhörer, „was in Tübingen wohl ein unerhörtes Pandektenkollegium ist". Am 6. November hielt er seine akademische Antrittsrede. Er schreibt hierüber: „Ich hatte die Satisfaktion, ein Auditorium aus allen hiesigen gebildeten Ständen von mehr als 600 Personen zu haben, und die noch größere, daß die Rede — ganz gegen die sonst hier und anderwärts herrschende Sitte — mit der tiefsten Stille angehört wurde und kein Zuhörer vor be-

enreter Rede wegging. Ein hiesiger Buchhändler schrieb mir am
anderen Tage und ersuchte mich, ihm die Rede in Verlag zu geben."

Noch in demselben Jahre begann er die Vorarbeiten zu dem großen
Werk seines Württembergischen Privatrechts. König Wilhelm
faßte die zeitgemäße Umgestaltung des bestehenden Privatrechts ins
Auge und ließ (25. September 1836) den Wunsch an Wächter gelangen, er möge, da er mit einer umfassenden wissenschaftlichen Bearbeitung des gesammten in Württemberg geltenden Privatrechts beschäftigt sei, seinem Werk in der fraglichen Richtung Fortgang geben,
und in seinen Plan außer der vollständigen Übersicht über das bestehende Recht auch die Sammlung der wichtigeren Kontroversen des
vaterländischen Privatrechts und die Vorbereitung zu ihrer Entscheidung mit aufnehmen.

XI. Abschnitt.

Kanzler und Präsident.

In Tübingen begann für den Kanzler nun eine Zeit der inten-
sivsten Arbeit. Neben den amtlichen Arbeiten und Vorlesungen förderte er die Herausgabe seines Württembergischen Privatrechts. Er
fühlte sich in der neuen Stellung befriedigt, wiewohl er Anfangs die
größeren Leipziger Kreise vermissen mochte.

Er schreibt an seinen Vater (Tübingen 8. Oktober 1836) : — —
„Möchten Sie nur auch mehr mit Dem, was in dieser Welt geschieht,
sich aussöhnen. Es fällt freilich Vieles in der Welt vor, worüber man
den Kopf schütteln muß. Allein im Ganzen und im Resultat geht es
doch gut und hieran, glaube ich, müssen wir uns hauptsächlich halten.
So ist mir auch hier Manches nicht recht zu Sinn, besonders daß
Tübingen nur 10,000, und nicht 50,000 Einwohner hat. Allein ich
suche dies mit dem manchen andern Guten, das ich hier habe, zuzu-
decken, und sehe meinen Aufenthalt hier hauptsächlich als ein Tus-
tulanum zum Studiren und Bücherschreiben an, bei dem

man aber oft wegreisen muß, um nicht zu versauern. —— Vor einigen
Tagen erhielt ich von M a r t i n aus Jena einen Brief. In diesem
nennt sich dieser mein ehemaliger schärfster litterarischer Gegner, der
auf mich den 28 jährigen mit aller Schwere seiner Autorität und seines
Alters herfiel, nunmehr meinen „wärmsten Verehrer". —"

Als Wächter den ersten Band seines Württembergischen Privatrechts dem
preußischen Minister v. K a m p tz zugesandt hatte, schrieb dieser (20. Juni 1537):
— — „Genehmigen Sie meinen innigsten und herzlichsten Dank für Ihr freundliches, unschätzbares Andenken. — Welches Werk haben Sie der Litteratur, welches
Vorbild der Bearbeitung des Privatrechts eines Landes geschenkt. Dazu in einem
Privatrecht, welches so viele innere und äußere Schwierigkeiten hat, wie das
Ihrige, wiewohl dasselbe an Materialien reicher ist, wie das mancher anderen
deutschen Länder. Der erste Theil enthält überdem einen Theil des Privatrechts,
für welchen der Sinn in anderen Ländern sonst fast erstorben ist, die historische Entwicklung und die äußere Rechtsgeschichte und Litteratur, ohne welche eine gediegene
Darstellung des Rechts selbst ebenso ungedenkbar ist, als eine gründliche Dogmatik ohne Kirchengeschichte. Möchte, während Württemberg Ihnen ein solches
Werk verdankt, das letztere anderen Ländern zum Muster und Nachahmung dienen!
— ← Mit recht großer Freude habe ich Ihr neues S t r a f g e s e tz b u c h erhalten
und freue mich, daß es noch Zeit ist, dasselbe bei dem hiesigen zu benutzen. Grundsätze und Fassung sind gleich vortrefflich. Euer Hochwohlgeboren haben Sich auch
hiedurch einen recht großen Anspruch auf die Dankbarkeit des deutschen Vaterlandes und der Wissenschaft erworben. Möchte ich Dasselbe über das Tübinger
Gutachten in der H a n n o v e r'schen Sache sagen können!" — Folgen die Bedenken gegen dieses Gutachten.] In letzterem Betreff antwortet Wächter mit voller
Freimüthigkeit: — „An dem Gutachten der Tübinger Juristenfakultät über die
Hannover'sche Angelegenheit hatte ich, wie E. E. annehmen, wirklich keinen Antheil. Ich bin nicht Mitglied der Tübinger Juristenfakultät. Das Gutachten, als
ich es gedruckt in die Hand bekam — denn früher lernte ich seinen Inhalt nicht
näher kennen — mißbilligte ich in formeller Hinsicht entschieden. Es sind Punkte
in demselben berührt, die nicht zur Sache gehören, und Manches ist in demselben
gesagt, was in dieser Weise nie hätte gesagt werden sollen. Allein, was die Haupt-
grundsätze selbst betrifft, so konnte ich in denselben etwas Ahndungswürdiges nicht
finden. Irre ich nicht, so konnten sie großentheils mit ausdrücklichen Stellen
unserer süddeutschen Gesetzgebungen belegt werden. Die ganze Hannover'sche Angelegenheit aber scheint mir ein Unglück für Deutschland und für die deutschen Verhältnisse genannt werden zu können. Euer Excellenz darf ich es wohl offen gestehen, daß ich den Gang, welchen die Hannover'sche Sache nahm, mit tiefem
Schmerz beobachtete; denn, sowohl in rechtlicher, als namentlich auch in politischer
Beziehung von der Richtigkeit des Königlichen Württembergischen Votums beim
hohen Bundestage durchdrungen, fürchte ich, daß wir, wie schon theilweise in der
jetzigen Zeit, noch mehr in späteren Zeiten, jenen Gang in traurigen Folgen zu
fühlen haben werden. Ich glaube annehmen zu dürfen, daß der Charakter der
Deutschen im Ganzen durch und durch rechtlich ist und durch Achtung vor dem
Rechte und Festhalten an demselben sich auszeichnet. Aber gerade dieser Charakter
scheint mir durch die einseitige Aufhebung des Hannover'schen Staatsgrundgesetzes
und durch die weiteren Wege, welche die Hannover'sche Regierung einschlägt, tief
verletzt zu sein."

In der S t ä n d e v e r s a m m l u n g nahm er hervorragenden Antheil an Berathung des S t r a f g e s e tz b u c h e s, dessen Entwurf er
schon 1835 eingehend begutachtet hatte. Die vielbändigen Protokolle
dieser Kammerverhandlungen sind eine Fundgrube seiner schlagenten

Bemerkungen über alle Fragen des Strafrechts. So oft die Debatte sich in ein Chaos von widerstreitenden Ansichten verlief, hat sein Eingreifen Klarheit und Entscheidung gebracht.

In politischen Fragen erfuhr seine Haltung mannigfache Angriffe. Als die Grundsätze, welche er in der Kammer vertreten hatte, von einem politischen Blatt angegriffen wurden, schrieb Wächter an seinen Vater, von welchem ihm jener Artikel zugeschickt worden (10. November 1836): — „Ich habe von diesen Seiten gar keine andre Beurtheilung erwartet — aber auch jetzt noch nach reiflicher Überlegung nehme ich keinen einzigen der Grundsätze zurück, die ich in der Kammer vertheidigte [1]. — — Es ist mir aber sehr lieb, wenn die Stuttgarter recht offen sagen, was sie über mich denken. Denn auf diese Weise lerne ich Die, mit welchen ich in Berührung komme, immer mehr kennen. Auch hat jede Recension, wie sie auch geschrieben sein mag, am Ende irgend eine Seite, die man benutzen kann: — Für jetzt aber liegen mir meine Wissenschaft und meine litterarischen Arbeiten mehr am Herzen, als Stuttgart und Landtag."

Die Gesetze über Ablösung der Feudallasten verdanken ihr Zustandekommen wesentlich auch Wächters vermittelnden Bemühungen. Durch Kabinetsschreiben vom 22. Juli 1836 ließ der König seine Genugthuung und besondere Zufriedenheit dem Kanzler Wächter eröffnen über dessen „thätiges und sachgemäßes Hinwirken auf die endliche von Seiten der zweiten Kammer erfolgte Annahme der durch den Zeitgeist so dringend geforderten Feudal-Ablösungsgesetze".

Im Februar 1839 wählte ihn die Abgeordnetenkammer — und nach Ablauf der Wahlperiode (1845) wiederholt — auf 6 Jahre zu ihrem Präsidenten. Er mußte nun seine Lehrthätigkeit einstellen und seinen Wohnsitz nach Stuttgart verlegen. — Von allen Parteien ist

---

[1] In einer Aufzeichnung vom 22. Oktober 1836 erwähnt er des Gespräch mit einem Freund über die ständischen Verhandlungen: „Ich sagte ihm u. A., und es ist auch meine volle Überzeugung, daß ich nach gewissenhafter Wiedererwägung und Durchlesung der landständischen Protokolle von Allem, was ich in der Kammer gethan und gesprochen, kein Wort zu bereuen oder zurückzunehmen finde. Nur in Einem Punkte sei ich zweifelhaft; ich hätte für weitere Emancipation der Juden gestimmt und dies bereue ich halb und halb. Denn es sei dies am Ende der Weg, den christlichen Staat in einen halbjüdischen zu verwandeln. — Er schwieg dazu; denn er mißbilligte Manches von Dem, was ich sagte, da er auf der extremen Opposition steht. Nur mit der Judenemancipation gab er mir Recht und sagte: wegen dieser Frage sei es ihm lieb gewesen, nicht Kammermitglied zu sein. Denn wegen seiner Stellung und übrigen Grundsätze hätte er dafür sprechen müssen (! so macht es unsere Opposition), während er doch seiner Überzeugung nach dagegen sei."

sein Präsidium als unübertroffen anerkannt, namentlich die Klarheit seiner erschöpfenden und maßgebenden Resumés, die Präcision der Fragestellung, die einsichtsvolle Förderung der Geschäfte, die Unparteilichkeit, Energie und persönliche Autorität, womit er die schwierigsten Probleme zu befriedigender Erledigung führte.

Eine besondere Anerkennung brachte ihm ein allerhöchstes Handschreiben vom 26. September 1839: „Mein lieber Präsident der Kammer der Abgeordneten, Kanzler von Wächter. Die rühmliche Thätigkeit, womit Sie Ihren Berufsgeschäften als Präsident der Kammer der Abgeordneten mit entsprechendem Erfolge bisher sich widmeten, haben Ihnen Ansprüche auf Meine wohlwollende Anerkennung erworben. Ich habe daher, um Ihnen ein Merkmal desselben zu ertheilen, Mich bewogen gefunden, Ihnen das Komthurkreuz Meines Ordens der Württembergischen Krone zu verleihen, welches Ich Ihnen in der Anlage übersende. Hiernächst verbleibe ich, Mein lieber Präsident der Kammer der Abgeordneten, Kanzler von Wächter, Ihr gnädiger König Wilhelm." — Mit ähnlichem Handschreiben vom 12. November 1847 wurde ihm das Großkreuz des Friedrichs-Ordens verliehen.

Wie er es für seine Pflicht hielt, stets dem Könige die volle Wahrheit und Auffassung der politischen Sachlage darzulegen und mit Freimuth seine Anschauungen und Überzeugungen zum Ausdruck zu bringen, so war er auch von aufrichtiger Loyalität beseelt. Es war ihm eine hohe Genugthuung als König Wilhelm am 27. September 1841 sein 25jähriges Regierungs-Jubiläum feierte, die leitende Persönlichkeit für alle Vorbereitungen und für die ganze Festfeier zu sein. Er war es auch, welcher die Initiative ergriff zu der Festsäule, welche, zur Erinnerung an diese Feier, den Schloßplatz zu Stuttgart schmückt [2]. Er hat die Stände veranlaßt, dieses Denkmal zu errichten und hat dessen Ausführung im Einzelnsten geleitet.

Im Oktober 1842 wurde ihm die Auszeichnung, daß er dem Kronprinzen Karl, des jetzt regierenden Königs Majestät, Vorträge über Encyklopädie des Rechts zu halten hatte. — Im August 1847 wurde er von den kronprinzlichen Herrschaften auf drei Tage nach Schloß

---

[2] Auf den Reliefs dieser Säule befindet sich an der Spitze der Kammer der Abgeordneten Wächter in vorzüglich gelungenem Portrait.

Friedrichshafen eingeladen, Tage, welche ihm unvergeßlich geblieben sind.

Die Muße, welche ihm während der Vertagung des Landtags häufig gegönnt war, hat er vorzugsweise für seine wissenschaftliche Arbeit (Württembergisches Privatrecht und „Erörterungen") verwerthet.

Als Kammer-Präsident erachtete er den persönlichen vielfachen und namentlich geselligen Verkehr mit den Ständemitgliedern für eine nicht zu vernachläßigende Aufgabe. Er lud dieselben während des Landtags jede Woche auf einen Abend in sein gastliches Haus ein, damit auf neutralem Boden die Angehörigen der verschiedenen Parteien sich ungezwungen besprechen und beim Glase Wein die Persönlichkeiten sich näher treten könnten. Er hatte denn auch die Genugthuung, daß diese geselligen Vereinigungen in seinem Hause stets ebenso zahlreich besucht, wie von der freundlichsten Stimmung belebt waren.

Daß Wächter in dieser Zeit durch das ihm von allen Seiten, auch von den hohen und höchsten Kreisen der Gesellschaft entgegenkommende Wohlwollen getragen, die Freuden einer edlen, vielleicht zuweilen „überschäumenden" Geselligkeit mit der ernstesten Arbeit zu verbinden wußte, ist in Württemberg bekannt; doch war es eine Verkennung seines Wesens, wenn man in einzelnen Kreisen besorgte, oder wenn, wie Dernburg[3] glaubt, die öffentliche Meinung finden wollte, daß die Hofluft der Haltung des Gelehrten und Staatsmannes Abbruch thue. Von jeher hatte Wächter in anregendem geselligem Verkehr die Anfrischung zu ernster wissenschaftlicher Arbeit gefunden, nie aber die geselligen Genüsse um ihrer selbst willen kultivirt. In seiner Stellung als Präsident hielt er es für Pflicht, die socialen Beziehungen, namentlich auch in den höheren Kreisen zu pflegen, indem er sich hierdurch vielfach in der Lage fand, Schwierigkeiten des Amtes zu ebnen, Mißverständnisse zu beseitigen, Intriguen zu zerstreuen und namentlich bei gelegentlicher Besprechung die Geschäfte der Kammer ganz wesentlich zu erleichtern und zu fördern. Aber nicht nur mit seinen Kollegen und den Kreisen des Hofes pflegte er die geselligen Beziehungen. Er hat auch in den Bewegungsjahren in Stuttgart einen vaterländischen Sprech-Verein gegründet, in welchem er nament-

---

[3] Vortrag, gehalten in der juristischen Gesellschaft Berlins. Halle 1880. S. 11.

lich jungen Kaufleuten und Handwerkern Gelegenheit und Anleitung
bot, sich über Fragen des öffentlichen Lebens Kenntnisse und Übung
der Debatte zu erwerben[4]. Es war also keineswegs einseitig die „Hofluft", in welcher er sich bewegte. Aber gerade in dieser hat er nie die
volle Unabhängigkeit seiner Stellung und die Freiheit seiner Überzeugungen verleugnet, vielmehr durch unumwundenes Aussprechen
wahrhaft liberaler Anschauungen mit manchen Vertretern der Reaktion
Konflikte gehabt. Er hielt es aber für eine Schwäche der früheren
Opposition, daß ihre Häupter sich den Berührungen mit den Kreisen
der Bureaukratie und des Hofes ängstlich entziehen zu müssen glaubten.
Diese staatsmännische Auffassung und die Weite seines Gesichtskreises
hat ihm allerdings manche Verkennung seiner Absichten zugezogen,
kann ihm aber bei Verständigen gewiß nicht zum Vorwurf gereichen.

Als Kanzler hatte Wächter in die Angelegenheiten der Universität in einer Richtung einzugreifen, welche ihm von seinen Gegnern vielfach zum Vorwurf gemacht wurde.

Als es sich um Besetzung der zweiten philosophischen Lehrerstelle an der Universität Tübingen und die Anstellung von Dr. Eb Zeller handelte, kam dessen
Stellung zum Christenthum zur Sprache und Kanzler Wächter erhielt vom
Minister den Auftrag, sich über den bezüglichen Bericht des akademischen Senats
gutächtlich zu äußern. Der Senat hatte nämlich vorgeschlagen, den Widerspruch
zwischen der Berechtigung der freien Spekulation einerseits und den kirchlichen Anforderungen andererseits dadurch zu heben, daß statt eines Lehrers zwei angestellt
würden, von denen der eine der freien spekulativen Richtung angehörte, bei dem
andern aber „die Philosophie in keinen Widerspruch mit den Grundlehren des
Christenthums käme". In seinem sehr ausführlichen Gutachten vom 31. Juli 1843
zeigt Wächter wie der Widersinnigkeit jenes Vorschlags und wie durch denselben der
Widerspruch, in den der Staat bei seiner Grundlage mit sich selbst kommen würde,
nicht gehoben werden könnte. Zur Sache selbst bemerkt er (bei aller Anerkennung
der geistigen Bedeutung des Vorgeschlagenen): — „Allerdings, wenn ein Staat
von dem Grundsatze ausgeht, wie z. B. Nordamerika, daß er sich um die Religion
der Staatsbürger nicht im mindesten zu kümmern habe: so muß es ihm auch vollkommen gleichgültig sein, auf welche Weise die Philosophie, welche von den von
ihm angestellten Lehrern gelehrt wird, zu irgend einer oder zu allen der verschiedenen Religionen, die seine Bürger bekennen, sich etwa verhalten mag. Allein dies
ist bei unserem Staate doch entschieden anders. Zwar kann man in gewissem Sinne
sagen, daß der Staat an sich keine Religion habe, wiewohl schon hierin Viele bei
dem lebendigen Organismus des Staates anderer Ansicht sein werden und auch
viele Staaten entschieden von einer anderen Ansicht ausgehen. Jedenfalls aber
sieht unser Staat die christliche Religion als eine seiner Grundlagen an. — —
Würde nun der Staat einen philosophischen Lehrer anstellen, dessen Lehre mit den
Grundlagen der christlichen Religion im direktesten Widerspruch stände, der den

---

[4] Dieser Sprech-Verein hatte den Zweck: „Übung im parlamentarischen Reden
und gegenseitige Belehrung in Allem, was für den Staatsbürger von Wichtigkeit ist", zu
geben. Es sollten die politischen und socialen Fragen des Tages in freier Unterhaltung be-
sprochen werden.

Glauben an den historischen Christus und an die Attribute, die ihm die Religion beilegt, sogar den Glauben an einen persönlichen Gott und an eine über den Menschen stehende und waltende Vorsehung, an eine persönliche Fortdauer des Menschen u. A. m. als unvernünftige Vorstellungen nachzuweisen strebt: so würde doch wohl der Staat, der an jener christlichen Grundlage sonst festhält, dadurch mit sich selbst in den entschiedensten Widerspruch kommen und seine Studirenden durch die Anstellung eines solchen Lehrers doch in der That an eine Lehre weisen, die er in keiner Weise billigen kann. Es wäre noch etwas Anderes, wenn, wie dies in früherer Zeit der Fall war, die neuere Philosophie der genannten Seite sich gegen das Gebiet der Religion mehr indifferent verhalten würde. Allein ihre Richtung ist gerade mit wesentlich die, die Philosophie zur Religion zu machen, an die Stelle der christlichen Kirche eine rein philosophische zu setzen; sie muß also stets in direkten, unmittelbaren Gegensatz zur positiven Religion sich zu setzen und dieselbe durch die Kritik aufzuheben suchen. Bei dieser Richtung ist es schon überhaupt ein Widerspruch, an einen Lehrer, der ihr zugethan ist, durch seine Anstellung die Studirenden zu weisen; der Widerspruch wird aber noch besonders groß, wenn der Staat die Sorge für die Studirenden der christlichen Theologie mit übernimmt, sie anhält, ihr theologisches Studium durch philosophisches vorzubereiten, und sie dann an einen Lehrer der Philosophie weist, bei welchem sie, wie die katholisch-theologische Fakultät nicht unrichtig sagt, in der Philosophie ihre Religion ganz verleugnen müßten, während sie dann nachher wieder in der Religion ihre Philosophie zu verleugnen hätten und so in einen inneren unauflöslichen Widerstreit gesetzt würden, von dem auch schon manche Studirende traurige Beispiele gegeben haben und der auch schon bei manchen Gemeindegliedern zu mißlichen Zweifeln an ihren Seelsorgern führte. — —" Minister Schlayer war in seiner Antwort vom 14. August mit dieser Ausführung keineswegs einverstanden, und meinte: die Befolgung des Satzes, daß der Staat keinen Lehrer der Philosophie, welcher mit den Grundlehren des Christenthums in Widerspruch stehe, anstellen dürfe, „würde der Regierung wohl kein rühmliches Blatt in der Geschichte verschaffen". — Wächter gab hierauf (14. September) eine ausführliche Entgegnung, worin er u. A. sagt: — — „Ich muß mich meiner vollen Überzeugung nach wiederholt zu jenem Grundsatze bekennen und bin stets bereit, dies offen zu thun und die Verantwortung desselben sowie der etwaigen Folgen seiner Befolgung zu übernehmen".

In gleichem Sinne, wie bei Dr. Zeller, hatte Kanzler Wächter Anlaß, sich über Professor Fr. Vischer (den berühmten Ästhetiker) zu äußern, als dieser in seiner Inauguralrede (1844) sich starke Angriffe gegen den christlichen Glauben erlaubte. Von dem Minister zur gutächtlichen Äußerung über die zu treffende Verfügung aufgefordert, sagte Wächter in seinem eingehenden Gutachten (2. Februar 1845) unter Anderem: „Professor Vischer bekennt sich in seiner Rede und in der dem Rektor eingereichten, der Rede vorgedruckten Vertheidigungsschrift, was seine philosophische Überzeugung betrifft, die bei ihm durchaus die religiöse vertritt, offen und unumwunden zu dem Pantheismus, einer Philosophie, die für sich allein den Namen der Wissenschaft und das Prädikat der Wahrheit in Anspruch nimmt. In dem Princip, das er für das seinige erklärt, ist begriffen das Leugnen eines über und außer dem Menschen stehenden persönlichen Gottes, wie die christliche und die jüdische Kirche, wie überhaupt die Religion ihn auffaßt; in seinem Princip ist begriffen das Leugnen einer Vorsehung, die mit jener pantheistischen Ansicht etwas völlig Unvereinbares ist; es ist in ihr begriffen das Leugnen einer Unsterblichkeit des Einzelnen als Solchen, überhaupt das Leugnen eines Jenseits für den Menschen. — — — Allerdings bin ich entfernt, darin (wogegen Vischer sich vertheidigen zu müssen glaubt) eine „Verhöhnung" der Religion zu sehen. Aber ein Leugnen der Grundlage jeder Religion — — liegt offenbar darin. Vischer sagt selbst (S. 24 seiner Rede), ob sein Princip noch Religion zu nennen sei, darüber lasse sich streiten, und deutet in dieser Wendung an, daß es in der That nicht mehr Religion zu nennen sei. ein Sinn, dem jeder Zuhörer in diesen Worten finden mußte. — — Habe ich das Princip, zu dem Vischer sich offen und unumwunden bekennt, richtig aufgefaßt: so kann es keinen Zweifel leiden, daß es mit ben Principien der christlichen Kirche, daß es überhaupt mit der Grundlage jeder Religion im entschiedensten Widerspruche steht. Daß aber auch unsere Staaten auf diese Grundlagen gebaut sind, daß sie jedenfalls, wie man auch darüber, so fern von Dem die Rede ist, was sein sollte, denken mag, auf diese Grundlagen für gebaut sich halten und sie deßhalb in sich aufnahmen, darüber kann wohl kein Zweifel sein. Die gesammten Einrichtungen unseres Staats, wie die der anderen europäischen Staaten, und unser Grundgesetz selbst beweisen, daß der Staat sich keineswegs indifferent zur Religion und Kirche, wie z. B. die Republiken von Nordamerika es thun, verhalte. Dabei ist wohl zu beachten, daß Bischer bei seinem Princip keineswegs ein besonderes Gebiet des religiösen Glaubens gegenüber von dem philosophischen Streben und Forschen anerkennt, daß er vielmehr seine Philosophie lediglich an die Stelle der Religion setzt; sich somit in directen, unmittelbaren Gegensatz zur Religion stellt und dieselbe durch seine philosophische Kritik aufzuheben sucht. Gehe ich nun auch davon aus, daß für die Freiheit der akademischen Lehre und Forschung die Schranken möglichst weit zu stellen sind, daß man der Wahrheit, auf welcher Seite sie stehen mag, es überlassen soll, sich ihre Bahn zu brechen, und bin ich daher nicht gemeint, daß den philosophischen Richtungen der Schule, zu welcher Bischer sich bekennt, das Lehrgebiet auf der Universität entzogen werden sollte: so scheint es mir doch eine andere Frage zu sein, welche Anforderungen in dieser Hinsicht an den vom Staate anzustellenden oder angestellten Lehrer zu machen sein möchten. In Beziehung auf diese Frage bin ich noch der Ansicht, welche ich im Jahre 1843 in zwei Berichten vom 31. Juli und 14. September an den Minister des Innern und des Kirchen- und Schulwesens aussprach. Zunächst handelte es sich bei diesen letzteren Berichten von einem erst anzustellenden Lehrer, welcher ganz die Grundsätze theilte, zu denen Bischer sich bekennt. — — — Allerdings handelt es sich bei Bischer nicht erst von seiner Anstellung als Lehrer, sondern davon, ob der angestellte Lehrer in der ihm — angewiesenen Wirksamkeit zu belassen sei. Allein abgesehen davon, daß — — in beiden Fällen die Frage im Wesentlichen die gleiche sein dürfte: so kommt nun noch die besondere Erklärung hinzu, welche Bischer in seiner Rede vor öffentlicher, feierlicher Versammlung der Lehrer und Studirenden darüber giebt, wie er sich in dem ihm übertragenen Amte zu verhalten gedenke. Er erklärt (S. 26 f.) dem Princip, auf das unsere Religion und unsere Kirchen gebaut sind, und eben damit dem ganzen Gebiete unseres religiösen Glaubens den entschiedensten, rückhaltlosesten Kampf, er erklärt diesem Princip seine volle, ungetheilte Feindschaft, seinen offenen und herzlichen Haß (vgl. auch die Rechtfertigung S. XXII); er erklärt also gegen dasselbe eine Gesinnung, mit der man nur das Böse, Schlechte und durchaus Verwerfliche verfolgen könnte, und er erklärt dabei, daß er diesem Hasse durchaus praktische Folge geben, daß er ihn als Lehrer geltend machen werde, daß er sogar „die unangenehme Kraft des Lächerlichen, die man ihm böswillig als Frivolität ausbeute, nicht sparen werde, um alles Das zu verfolgen, was er als eine rohe Trübung der reinen Idee auf dem Boden der Wissenschaft erkenne". Es handelt sich hier keineswegs, wie Einige meinten, darum, zwischen dem geistigen Wesen, sittlichen Gehalte des Christenthums und seinen positiven Formen und Dogmen zu unterscheiden; denn soll man nicht die Vorsehung und die Unsterblichkeit zu dem ersteren Gehalte rechnen, gegen die Bischer mit den Waffen der Feindschaft und des Hasses aufzutreten erklärt? Und würde es sich auch bloß von positiven Formen und Dogmen handeln: so hätten dieselben doch eine Rücksicht und Achtung anzusprechen, welche durch eine Erklärung, wie die vorliegende, in der That mit Füßen getreten wird. — Kann der Staat — und dies ist die Frage, auf die mir Alles anzukommen scheint — einen Mann als Lehrer der Jugend beibehalten, kann er ihn als den von ihm bestellten Lehrer beibehalten und dadurch die Jugend ganz besonders an diesen Lehrer weisen, welcher die Grundlagen unserer Religion, den festesten Halt der Sittlichkeit, welcher den religiösen Glauben beinahe aller Staatsbürger für hassenswürdig erklärt, welcher erklärt, daß er gegen jene Grundlagen selbst mit den Waffen des Lächerlichen auftreten, daß er sie ohne Rückhalt wie der haßerfüllte, entschiedenste Feind bekämpfen und so seinem Princip Geltung zu verschaffen suchen werde?

Kann der Staat einen solchen Mann bei solchen Erklärungen, kann er einen solchen Verkündiger des letzteren Princips als Lehrer beibehalten? Daß ich nach meiner Überzeugung die Frage verneinen muß, ergiebt sich aus der ganzen obigen Ausführung." — —

Wenn in der Zeller'schen Sache Minister Schlayer sich gegen Wächters Thesis, daß ein Gegner des Christenthums nicht als Lehrer vom Staat angestellt werden dürfe, aussprach, so war es eine eigenthümliche Nemesis gegen Schlayer, daß dieser zwei Jahre später, als seine politischen Grundsätze in einem von Professor Robert von Mohl aus Anlaß der Wahl zur Ständeversammlung ergangenen Schreiben angegriffen wurden, indem er den Kanzler zur Äußerung über die nunmehr zu treffende Verfügung aufforderte, den Satz aussprechen mußte (23. November 1845), „daß der politische Gegner einer Regierung nicht zugleich Staatsdiener sein kann". Bekanntlich hatte dieses Schreiben Mohls Versetzung als Rath an eine Kreisregierung und somit seinen Weggang aus Württemberg zur Folge. Kanzler Wächter jedoch sprach sich (25. November), bei aller Mißbilligung der von Mohl in jenem Briefe gebrauchten Ausdrücke, doch auf das Entschiedenste gegen jene . Maßregel aus.

Als nach zehn Jahren eine Berufung Mohls nach Göttingen im Werke war und von da, weil in Hannover Bedenken wegen „der Mohl'schen Affaire in Württemberg, welche seine Versetzung in den Staatsdienst und seinen Weggang aus Württemberg zur Folge hatten" obwalteten, Wächter um Auskunft hierüber angegangen wurde, schrieb dieser (an Professor Hanssen, 23. Juni 1855): — — „Mit Vergnügen gebe ich Ihnen diese Mittheilung, und ich danke Ihnen die Gelegenheit, die Sie mir geben, gegenüber von dem nachtheiligen Lichte, welches jener Vorgang auf Mohl warf, zur richtigen und gerechten Beurtheilung Mohls vielleicht Einiges beizutragen. Ich glaube, ein ziemlich sicheres Urtheil in den berührten Beziehungen geben zu können, da ich mit Mohl seit meinen Jugendjahren in genaueren Verhältnissen stehe, ihn in seiner ganzen Thätigkeit lange Zeit unmittelbar beobachten konnte und was jenen fatalen Vorgang betrifft, in dieser Sache mehr, als mir lieb war, selbst thätig sein mußte. Beifügen darf ich, daß ich gewiß bin, in meinem Urtheile durch meine freundschaftlichen Beziehungen zu Mohl in keiner Weise bestimmt zu werden. [Folgt eine Darlegung von Mohls politisch-konservativem Verhalten während der ersten zwei Decennien seiner Lehrthätigkeit in Tübingen, und wie Mohl zu dem inkriminirten Brief über das Ministerium Schlayer gekommen.] — — Als ich jenen Brief las, war ich wie aus den Wolken gefallen; es war mir unfaßlich, wie Mohl so an einen Dritten schreiben konnte. Ich schrieb sogleich an Mohl, indem ich aufs stärkste einzelne Stellen des Briefs mißbilligte und ihn auf unangenehme Folgen aufmerksam machte. Mohl bedauerte ebenso sehr die Veröffentlichung, allein — sie war nun eben einmal nicht mehr rückgängig zu machen. Ich erfuhr, daß, wie natürlich, der König die Sache in hohem Grade mißfällig aufgenommen. Um Nachtheiliges möglichst von Mohl abzuwenden und da ich für die Loyalität seiner Gesinnung bürgen konnte — erbat ich mir — im Vertrauen gesagt — eine Audienz bei Seiner Majestät; sie wurde mir gewährt und der König war in seinem hochherzigen Sinne so geneigt, das Geschehene ganz der Vergessenheit zu übergeben, wenn Mohl, seinen Fehler einsehend, auf ein halbes Jahr um Urlaub etwa zum Besuche seines Bruders in Paris bitten würde. Ich ersuchte Mohl zu mir nach Stuttgart zu kommen und gab ihm den Rath zu der Bitte um Urlaub, natürlich ohne ihm von der Audienz Etwas zu sagen, aber ihm andeutend, daß ich damit Alles beseitigt zu haben glaube. Er nahm sich die Sache zur Überlegung und ich bin gewiß, daß er meinen Rath befolgt und Württemberg an ihm noch dermalen einen ausgezeichneten akademischen Lehrer und treuen und loyalen Beamten haben würde, wenn nicht ein sehr bedauerlicher Zwischenfall eingetreten wäre. Als nämlich Mohl von der Unterredung mit mir nach Tübingen zurückkam, traf ihn ein Erlaß des Ministers von Schlayer an das Rektorat, in welchem das Letztere beauftragt wurde, Mohl über die Autorschaft des Briefs zu befragen. Dabei äußerte sich aber der Erlaß in so scharfen, harten und verletzenden Ausdrücken über den Verfasser des Briefs, daß Mohl sich aufs tiefste gekränkt und beleidigt fühlte und fühlen mußte und, nicht mit Unrecht, darin eine Exekution vor dem Richterspruch fand. Nun hielt er es für Ehrensache und Pflicht, die Angelegenheit ihren amtlichen Weg gehen zu lassen und war nicht mehr zu bewegen, meinen Rath zu befolgen, wodurch Alles niedergeschlagen worden wäre. — [Folgt die Darlegung des weiteren Verlaufs und der seitherigen Haltung Mohls.] — — Nach allem Diesem könnte ich, wenn Sie mich fragen, ob man wohl Mohl mit Vertrauen zu einer Professur des Staatsrecht oder der Staatswissenschaften berufen könnte, eine solche Frage mit voller Überzeugung mit einem Ja beantworten. Hätten wir nur viele Männer wie Mohl! Ich bin überzeugt, daß er bei seiner gebiegenen und umfassenden Gelehrsamkeit, dem Ernste seines Strebens, seinem unermüdlichen Eifer und seiner Gewandtheit, neben der Tüchtigkeit und Ehrenhaftigkeit seines Charakters eine glänzende Erwerbung für eine Universität sein würde."

Eine unerquickliche Fehde war noch mit Professor R e y s c h e r zu bestehen. Dieser hatte in der Vorrede (vom 6. November 1845) zur zweiten Auflage seines Württembergischen Privatrechts einen sehr unmotivirten persönlichen Angriff gegen Wächter gemacht und nun diesem gleichwohl das Buch zugeschickt. Hierauf schrieb Wächter: „Durch die Sendung, welche Sie mir machten, sehe ich mich in eine mir höchst unangenehme Nothwendigkeit versetzt. Sie machen mir ein Geschenk mit einem Buche, in dessen Vorwort Sie mich einer Verletzung guter Lebensart anklagen. Einer solchen Verletzung bin ich mir nicht bewußt, am wenigsten dadurch, daß ich einen Streit abbrach, welcher persönlich geworden war, mich aber dennoch nicht abhalten ließ, in meinen wissenschaftlichen Arbeiten Ihre Leistungen, wie die anderer Schriftsteller, zu berücksichtigen, also auch in lediglich an die Sache sich haltender wissenschaftlicher Erörterung einzelne Ihrer Behauptungen und Annahmen, mit denen ich nicht einverstanden sein konnte, zu bekämpfen, wenn ich der Sache dadurch dienen zu können glaubte. Aber einer Verletzung Dessen, was die Ehre gebietet, würde ich mich schuldig machen, wenn ich ein Geschenk, das von dem Geber mit dem oben berührten Vorwurfe begleitet ist, nicht ablehnte. Ich bedaure diese Sache, von Anderem abgesehen, um so mehr, als eine freundliche Vereinigung unserer Kräfte dem wichtigen Felde, welchem wir unsere Thätigkeit widmen, gewiß erfprießlich gewesen wäre, werde aber auch in Zukunft denselben Weg festhalten, den ich bisher befolgte, und ohne Rücksicht auf persönliche Beziehungen stets bloß Das im Auge zu behalten suchen, was ich der Sache schuldig zu sein glaube."

Nun schrieb Reyscher (13. November 1846), er habe das corpus delicti vernichtet und schicke den Karton der g e ä n d e r t e n V o r r e d e mit der Bemerkung, daß derselbe den bisherigen Abnehmern der neuen Auflage zugeschickt und in den großentheils noch vorräthigen Exemplaren das betreffende Blatt kassirt worden". Wächter antwortete (22. November 1846): — „Ich berge nicht, daß mir der Inhalt Ihres Briefes ebenso unerwartet war, wie mir der Inhalt Ihrer Vorrede vom 6. November 1845 ganz unerwartet sein mußte. Ich war mir nicht bewußt, in den Schriften, auf welche sich jene Ihre Vorrede bezog, die Person irgend mehr oder anders berührt zu haben, als die Sache, der es galt, nöthig machte. Ich glaubte vielmehr, wie ich es Ihnen auch früher offen gesagt hatte, persönliche Angriffe von Ihrer Seite — vergessen zu haben und hatte sie auch zu vergessen gesucht, wie Ihnen namentlich mein Benehmen in den Tagen, die dem 6. November v. J. vorausgingen, bewies. Und nun erhielt ich Ihre Vorrede, welche mir, ich gestehe es, bei den neu angeknüpften Verhältnissen ganz unbegreiflich war. Abgesehen davon, daß ich das Buch zurücksenden mußte, war ich entschlossen, bei nächster Gelegenheit kurz darauf öffentlich zu antworten. Die Gelegenheit gab sich mir dieses Frühjahr mehrfach. Allein ich unterließ es damals, sie zu benutzen, weil ich einem schwer erkrankten Gegner nicht etwas Unangenehmes sagen wollte. Jetzt unterdrücken Sie ohne all mein Zuthun den hauptsächlich verletzenden Theil der Vorrede. Freilich werden die bisherigen Abnehmer Ihres Buches sich nicht recht klar darüber werden, und Manche können leicht dazu kommen, die Sache auf meine Kosten auszulegen und mir dabei Unrecht zu thun. So hätte ich vielleicht den offenen Streit vorzuziehen gehabt. Allein ich nehme Ihr Entgegenkommen an. — Lassen wir nun den angeregten Streit ruhen, mit geeinigten Kräften im

Dienste der Wissenschaft und unseres Vaterlandes fortzustreben und wo wir in Streit über die Sache kommen, was nicht zu vermeiden sein wird, ihn bloß der Sache gelten und gegenseitig offen Das zugestehen, was der Andere gut und gründlich arbeitete und etwa richtiger sah. Freilich kann man auch da, wo es bloß der Sache gilt, nicht immer die Person ganz unberührt lassen. Allein dies wird von meiner Seite gewiß stets ohne ira et studium in Beziehung auf die Person geschehen. In dieser letzteren Hinsicht muß ich mir namentlich wenigstens vorbehalten, vielleicht noch irgend einmal von den verschiedenen Standpunkten zur gemeinsam bearbeiteten Wissenschaft zu sprechen, welche Sie in Beziehung auf uns in Ihrer Vorrede berühren, indem ich Ihre Prämissen nicht ganz, noch viel weniger aber die Konsequenzen, die Sie daraus ziehen, zugeben kann. —"

Eine schöne Episode in seinem württembergischen Leben bildete die Germanisten-Versammlung in Lübeck. Hier erntete er recht eigentlich die Früchte seiner stillen wissenschaftlichen Arbeit.

In Lübeck verlebte er — Ende September 1847 — einige sehr genußreiche Tage, lernte die bedeutendsten Männer persönlich kennen und fühlte sich ganz überrascht durch die hohe Anerkennung, welche ihm von allen Seiten widerfuhr. Er notirt z. B.: „Beseler sprach auf eine Weise, die mir keinen Zweifel an seiner Aufrichtigkeit ließ, seine größte Hochachtung gegen mich als Schriftsteller aus, namentlich über mein Württembergisches Privatrecht, welches er bei seinem Deutschen Privatrecht durchweg und am meisten benutzt habe, und über meine Abhandlung über Kollision der Gesetze. Das Gleiche sprach gegen mich Thöl aus; er sagte, Alles, was ich geschrieben habe, liege auf seinem Tische, er könne mir nicht ausdrücken, wie sehr es ihn anspreche und wie vielen Dank er mir schuldig sei. Ähnliches geschah mir noch von einer Reihe Anderer — ich erntete hier wahrlich den schönsten Lohn für alle meine Anstrengungen, Anstrengungen die mir doch beinahe durchaus nur Genuß waren. Heise wußte — was ich wahrlich nicht geahnt — mein Strafrechtskompendium nicht genug zu rühmen und machte mir die größten Vorwürfe, daß ich keine zweite Auflage besorgte. Der alte ehrwürdige Falck kam nach der Rede, die ich gegen die Geschworenen-Gerichte gehalten hatte, zu mir, drückte mir aufs herzlichste die Hände und sagte mir: „Noch nie in meinem Leben ist mir ein Jurist vorgekommen, mit dem ich in Allem, was er geschrieben und gesagt hat, so durchaus und vollständig einverstanden gewesen wäre, wie mit Ihnen, noch nie hat mir in Allem Jemand so aus dem Herzen geschrieben und gesprochen wie Sie". — Wahrlich, ich habe hier Triumphe gefeiert, wie ich sie mir nie träumen lassen konnte. Dies incidenter." — Die Versammlung machte mit ihren Wirthen eine Festfahrt nach Travemünde (30. September); hier fand ein Mittagessen von 280 Personen statt. Auch Wächter wurde aufgefordert einen Toast auszubringen. Er berichtet: — „Ich sprach gegen eine halbe Stunde und wurde wenigstens sechs Mal mit dem allgemeinsten Zuruf und Beifall unterbrochen. Ich habe noch nie eine Rede gehalten, die solchen Beifall geerntet hätte. Alles drängte sich zu mir und als nachher Asher von Hamburg meine Ge- sundheit ausbrachte, wurde sie mit wahrhaft stürmischem Zurufe aus- gebracht. Es war dies eine der lohnendsten und schönsten Stunden meines Lebens. Noch eine Menge der freundlichsten Einzelnheiten widerfuhren mir, aber ich habe weder Zeit noch Lust, sie zu notiren."

In der Versammlung selbst[5] hat Wächter sich gegen die Ge- schworenen-Gerichte ausgesprochen. Er betonte, daß er von jeher ein Vertheidiger der öffentlichen und mündlichen Rechtspflege gewesen, „ebenso bin ich in jeder Beziehung dafür, daß in politischen Dingen die Rechte des Volkes auf das Freisinnigste festgestellt werden, und deßhalb glaube ich, wenn ich gegen das Geschworenen-Gericht spreche, nicht in den Verdacht zu gerathen, als wollte ich vernunftgemäßer freier Bewegung des Volkes in irgend einer Beziehung zu nahe treten". Im Verlauf seiner Rede führte er aus, daß eben die Geschworenen faktisch keineswegs bloß über die Thatfrage urtheilen, daß aber der Geschworene über die juristische Frage zu urtheilen, nicht fähig sei. „Wir leben in einer Zeit der Theilung der Arbeit. — — Wir gehen nicht zu einem Bauern, wenn wir einen Proceß haben, sondern zum Juristen. Aber das Wichtigste, über Freiheit und Ehre nach den Ge- setzen und nach juristischen Principien zu erkennen, diesen Beruf soll man Jemand anvertrauen, der nie sich auf diesen Beruf vorbereitet, nie in ihm gelebt hat, diesen wichtigen Beruf soll jeder Laie im Volke bekleiden können, Jeder soll den Beruf zum Geschworenen sofort durch die Geschworenen-Liste erhalten? Davon kann ich mich nicht über- zeugen." — „Ich halte den Geschworenen für abhängiger, als irgend einen Richter des Staates, für abhängig von der erst sich machenden, noch nicht ganz reisen, also von der gefährlichsten öffentlichen Mei- nung". — — „Allerdings in den Staaten, welche politisch noch zurück

---

[5] Verhandlungen der Germanisten zu Lübeck am 27., 28. und 30. September 1547. Lübeck 1543. S. 118 f.

sind, welche noch nach freien Institutionen zu streben haben, in diesen Staaten sind die Geschworenen vorläufig ein sehr wichtiger Ersatz für den Mangel an freisinnigen politischen Institutionen". — „Ich will die Freiheit des Volkes möglichst gefördert in Dingen, — — die vielleicht wichtiger und dringender sind, als die Geschworenen-Gerichte. Ich will nicht die ungeheure Ausdehnung der Polizei in unseren Staaten, ich will nicht, daß sie Strafbehörde sei; ich wünschte, daß wir in dieser Hinsicht dem guten Beispiele eines deutschen Staates nachfolgten, in welchem die Polizei bloß anklagt, aber der Richter straft."

Auf derselben Versammlung[6] sprach Wächter über die Stellung der Germanisten und Romanisten zu einander. — Er betonte das richtige Zusammenwirken beider Elemente. — — „In manchen Dingen wäre es mehr als gut, wenn wir recht zu dem römischen Rechte zurückkehrten. Wenn ich mich z. B. an unsere Bauern wenden wollte, und in der einen Hand den Kodex des römischen Rechts, in der andern den des germanischen halten und sie dann fragen: wollt ihr frei sein von den Jagdrechten, von Dem, was das römische Recht nicht kennt und das deutsche Recht eingeführt hat, wollt ihr frei sein von den Frohnen und Roboten? der Römer hat sich so Etwas nie bieten lassen, es ist ein Erbstück aus der Zeit des Faustrechts, woran wir noch leiden; wenn ich sie endlich fragen wollte: wollt ihr frei sein von allen Reallasten? im römischen Rechte findet ihr Nichts davon, das deutsche hat sie euch gebracht, so würden sie antworten: wir wollen das römische Recht haben. Ich führe nur diese paar Beispiele an, um zu zeigen, daß wir billig sein und bedenken müssen, daß dieses Recht, über das manches harte Urtheil ergangen ist, doch manches Tüchtige in sich hat. Wir wollen Beides verbinden, das Gute des einen mit dem Guten des andern. — — Wenn wir so Beides verbinden und möglichst Tüchtiges für das Vaterland leisten, so werden immer mehr die Gegensätze zwischen beiden ausgeglichen, wenn wir uns gehörig die Hand dazu bieten wollen. Streben wir nach Einheit in unserem Rechte in Deutschland! — — — Wenn wir das große Ziel erreicht haben, daß ein Gesetzbuch im Straf- und Privat-Rechte herrscht, dann Friede zwischen Germanisten und Romanisten, dann wird der Gegensatz durchaus wegfallen, und dazu wollen wir die Hand bieten, daß wir nach diesem Ziele streben, um den Frieden nicht

---

[6] Verhandlungen a. a. O. S. 236 f.

G. G. v. Wächter, Leben.　　　　　　　　　　　　5

bloß zwischen Germanisten und Romanisten herzustellen, sondern um
die heißesten Wünsche unseres Vaterlandes zu befriedigen und den Tag
seines wahren Wohles kommen zu sehen."

XII. Abschnitt.

Politische Thätigkeit in den Jahren 1848 und 1849.

Die Hoffnungen einer Neugestaltung Deutschlands hatte Wächter
mit frohen Erwartungen begrüßt; war es doch immer seine Überzeugung
gewesen, daß unter dem Dualismus von Östreich und Preußen, daß
mit dem Bundestag, daß ohne eine starke deutsche Centralgewalt und
ohne ein mit umfassender Kompetenz ausgestattetes Parlament eine
ersprießliche Entwicklung der deutschen Verhältnisse nicht möglich sei.
Im Inneren war Württemberg längst ein wahrhaft konstitutionelles
Land. König Wilhelm gab hierin ein leuchtendes Vorbild. Als aber
die demokratische Partei in der Kammer mehr und mehr mit überstür-
zenden Forderungen hervortrat, da war es vor Allen Kanzler Wächter,
welcher das Recht der Krone zu achten verlangte, ohne dabei irgend
seine wahrhaft liberalen Anschauungen zu verleugnen. Er war allerdings nicht ein Mann der politischen Aktion, nicht angelegt die Führer-
schaft einer Partei zu übernehmen. Auf diesem Feld pflegte er sich
eine gewisse Zurückhaltung aufzuerlegen; denn sein Beruf lag auf
einem anderen Gebiet und hätte sich mit dem Hineingerissenwerden in
das Vordertreffen der politischen Kämpfe nicht wohl vertragen.

Indeß erwies er sich auch im politischen Leben als den eminenten
und praktischen Juristen von staatsmännischem Blick und unbestech-
lichem Wahrheitssinn. Wahrhaft national und liberal gesinnt, er-
innerte er doch stets an die gegebenen Grenzen des praktisch Möglichen, und während er die Konsequenzen des konstitutionellen Systems
überall vertrat, hielt er, selbst in den Zeiten trübster Gährung, un-
verbrüchlich den Rechtsboden fest.

Wächter hat in späteren Jahren besonderes Gewicht darauf gelegt, daß seine politische Haltung in den Jahren 1848 und 1849 nicht

verkannt werden möge, und, während er sonst keine Aufzeichnungen
für die Darstellung seines Lebenslaufes machte, dies in Anführung
seiner bezüglichen Reden und anderer auf seine ständische Thätigkeit
bezüglichen Momente gethan. Hierdurch mag es gerechtfertigt erscheinen, wenn im Folgenden näher auf diese Reden eingegangen
wird, welche übrigens auch an sich den Charakter und Geist des Re-
denden in prägnanter Weise zeichnen.

Als Präsident der Kammer der Abgeordneten eröffnete er die erste Sitzung
des neuen Landtages[1] mit einer Ansprache: „Wir leben in einer Zeit des entschiedenen Fortschrittes und zwar nicht in einer Zeit des Fortschrittes, dem erst in seinen
Principien Bahn zu brechen wäre, sondern wir beginnen schon die Früchte von
dem Fortschritte zu ernten. Die Principienfragen sind meistentheils, ich glaube
Das sagen zu dürfen, auf unserem festen konstitutionellen Boden glücklich gelöst.
In den allgemeinen Grundsätzen herrscht beinahe durchweg zwischen der Regierung
und den Ständen Einklang und es waltet über dieselben in unserem Staate zu
Folge seiner politischen Ausbildung kein Zweifel, kein Zwiespalt mehr ob.
Wer würde sich noch jetzt gegen die Preßfreiheit erheben? Regierung und
Stände sind einig, daß die Preßfreiheit etwas nothwendig Gewordenes sei. Wer
würde wohl der Freiheit des Bodens nicht das Wort sprechen? auch in den Kreisen,
welche bei dieser Frage nicht von der Seite der Verbindlichkeit, sondern von der
Seite der Berechtigung betheiligt sind, spricht sich überall nur Eine Stimme dahin
aus, daß die Freiheit des Bodens etwas durch die Zeitverhältnisse Gebotenes sei.
Wer ist es, der noch jetzt gegen Öffentlichkeit und Mündlichkeit des Gerichtsverfahrens nicht bloß in Kriminal-, sondern auch in Civilsachen sich erheben wollte?
Wer ist es, der nicht ganz dafür sich aussprüche, daß in unserem Deutschland bei
den meisten Verhältnissen Alles noch weit gemeinsamer werden müsse? Wer sollte
je in Deutschland sein, der nicht mit der größten Freude zu einem gemeinsamen
deutschen Gesetzbuche „Ja" sagen wollte? Wer ist es, der nicht entschieden anerkennt, daß wir gegen das Ausland eine ganz andere Stellung einnehmen müssen,
als bisher, daß wir namentlich in den Merkantilverhältnissen uns nicht mehr so
viel dürfen gefallen lassen, als vor 10 oder 15 Jahren? Es handelt sich nur um
die Durchführung der Principien und davon, mit der Regierung die rechten Mittel
und Wege zu finden, diese Principien aufs entschiedenste zu realisiren. — Welchen
Standpunkt wird bei all diesen Fragen die Kammer der Abgeordneten einnehmen?
Auf dem vorigen Landtage, auf welchem wir unter Verhältnissen zusammenkamen,
die allerdings etwas bange machen konnten, auf jenem Landtage schon hatte ich die
Überzeugung und Zuversicht, daß die Kammer sich auf den Standpunkt des entschiedensten Fortschrittes und Freimuthes, verbunden mit Festhaltung an wahrer
Loyalität stellen, und daß sie in diesem Sinne der Regierung entgegenkommend
gern in jeder Beziehung die Hand bieten werde. Ich habe mich in dieser Zuversicht, die ich am ersten Tage des außerordentlichen Landtages ausgesprochen, nicht
getäuscht. Ich konnte am Schlusse des Landtages bezeugen, daß die Stände sich
immer am rechten Platze finden lassen, wenn es das Wohl von König und Vaterland gilt, und daß sie mit entschiedenstem Freimuth im Sinne des Fortschrittes
gesprochen und gehandelt, aber dabei die Schranken durchaus geachtet haben, die
das Gesetz und die Sitte vorschreiben. Ich glaube mit gleicher Zuversicht auf den
Beginn des gegenwärtigen Landtages blicken zu können. Bieten wir uns gegenseitig redlich die Hand zum gemeinsamen Werke; wollen wir uns nicht verhehlen,
daß die letzten drei Jahrzehnte, die wir durchlebten, so lange Württemberg eine
Geschichte hat, die glücklichsten unseres Vaterlandes gewesen, ein Satz, den gewiß
Jeder, der unsere Geschichte kennt, leicht nachzuweisen im Stande sein wird.

---

[1] 24. Januar 1845, Protok. 1848, Bd. 1, S. 3.

Bringen wir das Gute, das wir haben, das Gute, das wir noch erzielen wollen, immer mehr zu weiterer Entwicklung; vermeiden wir die in Extremen auslaufenden Abwege und lassen Sie uns so auf dem festen Boden unserer Verfassung, die wir noch manchem deutschen Bruderstamme zu seinem Wohle gewiß sehr gönnen werden, gewissenhaft für das Wohl unseres Königs und Vaterlandes wirken."

In Betreff der Ablösung der Zehnten war bereits auf mehreren Landtagen der Antrag auf ein Gesetz eingebracht worden, welches jedem Pflichtigen ermöglichte, die in eine feste Rente verwandelten Zehnten abzulösen. Der Präsident erklärte in der Sitzung vom 12. Februar 1848[2], daß hierüber in der Kammer keine Meinungsverschiedenheit bestehe, daß aber die Regierung nicht nur sofort die Staatszehnten und zwar ganz in Übereinstimmung mit der Kammer der Abgeordneten im Verwaltungswege fixiren, sondern auch im Übrigen ein Gesetz einbringen werde. Sollte Dieses materiell den Wünschen der Kammer nicht entsprechen, so möge gleich nach der Vertagung, welche eben bevorstand, der Gegenstand wieder zur Sprache gebracht werden. Ebenso sei die Vertagung eines Gesetzentwurfs über die Aufhebung der Bannrechte in Aussicht zu nehmen und über die Einführung der deutschen Wechselordnung. — Jene Erklärung Wächter's über die Intention der vormärzlichen Regierung erhielt denn auch nach dem Wiederzusammentritt der Ständeversammlung ihre Bestätigung durch die in der Sitzung der Kammer der Abgeordneten vom 14. März 1848 abgegebene Erklärung des Märzministeriums: daß über die Entlastung des Grundeigenthums von der früheren Regierung ein umfassender Gesetzesentwurf ausgearbeitet (aber vom Geheimrath noch nicht berathen) worden sei.

Am 12. Februar 1848 wurde der Landtag vertagt.

Die Märzereignisse des Jahres 1848 schienen eine neue Zeit im Völkerleben anzubahnen. Überall wurde mit dem Alten gebrochen. Auch die vormärzliche Ständeversammlung wurde aufgelöst. Am Schluß des Landtags[3] nahm Wächter Anlaß, darauf hinzuweisen, wie die Kammer Hand in Hand mit der Regierung schon vor den Märztagen dem wahren Fortschritt gehuldigt habe: „Es ist gewiß noch kein Landtag in Württemberg, so lange unsere Verfassung besteht, unter so wichtigen Verhältnissen geschlossen worden, wie dieser. Wenn ich auf diese Verhältnisse näher eingehen und die Gedanken und Gefühle, die sich mir hiebei aufdrängen, hier aussprechen wollte, so würde ich Ihre Geduld ermüden. Ich beschränke mich zunächst auf den Wunsch, daß in dieser wichtigen und schwierigen Zeit die Vorsehung schirmend über unserem König und über unserem speciellen Vaterlande, daß sie schirmend stehen möge über unserem allgemeinen deutschen Vaterlande, daß sie unsere Bestrebungen für Freiheit und Recht und für das Wiederaufstehen Deutschlands aus der Asche zum Ziele fördern und ihren Segen zu diesem großen Werke geben möge. Was insbesondere unsere Kammer betrifft, so glaube ich noch auf einen Punkt aufmerksam machen und dies hier öffentlich aussprechen zu dürfen. In der Zeit der größten Ruhe, vor einem Jahre, auf dem außerordentlichen Landtage, habe ich in dieser Kammer öffentlich ausgesprochen, daß wir den Weg des entschiedensten Fortschritts und Freimuths gehen, daß wir aber mit dem entschiedensten Fortschritt und Freimuth Loyalität verbinden müssen. Ich habe aber auch am Schlusse jenes Landtages öffentlich ausgesprochen, man möge nur unsere Protokolle lesen, um sich zu überzeugen, daß die Kammer diesen Weg gegangen sei, daß sie den entschiedensten Freimuth bewiesen habe, daß sie dem Fortschritt niemals entgegengetreten sei, daß sie aber ebenso auch festgehalten habe an der Treue, welche sie unseren Rechten und unserem Fürsten schuldig sei. Dies hat die Kammer bewiesen. Ich glaube schuldig zu sein, dies hier öffentlich auszusprechen gegenüber von manchen Stimmen, welche in dieser Hinsicht der Kammer vielleicht etwas zu nahe treten möchten."

Der Märzsturm sollte auch Wächter's Stellung als Kammerpräsidenten beseitigen. Er selbst schreibt hierüber: „Als im März 1848 aus der Minorität

---

[2] Protok. S. 160.
[3] Sitzung vom 28. März 1848. Protok. S. 277.

einer freisinnigen und loyalen Kammer und ohne Vorwissen ihres Präsidenten ein Ministerium gebildet und der Chef der Opposition zum Minister-
präsidenten ernannt wurde, — was hatte die Kammer, was hatte ihr Präsident zu
thun? Der Präsident mußte abtreten, die Kammer mußte das Ministerium, so
lange es nicht falsche Wege einschlug, nach den gegebenen Verhältnissen unterstützen. Sie mußte Letzteres, weil nun einmal der verhängnisvolle Schritt von
der Regierung geschehen war, er unter den gegebenen Verhältnissen vorerst nicht
mehr rückgängig gemacht werden konnte und ein Zwiespalt zwischen Regierung
und Kammer, so lange die Regierung die extremen Wege vermeiden würde, zu den
unseligsten Folgen für das Land hätte führen müssen. Beschloß die Kammer eine
Unterstützung des Ministeriums, so lag darin unter den gegebenen Verhältnissen
keine Inkonsequenz, sondern bloß die Erfüllung einer schweren Pflicht — gerade
(si magna licet c.) wie im Februar 1855 die englische Opposition der Torys und
Radikalen das aus Palmerstonianern, Peeliten und Anderen zusammengesetzte
Ministerium vorerst zu unterstützen beschloß — die Vertreter des Volkes durften in
dieser kritischen Lage des Landes keiner andern Stimme Gehör geben, als der —
des Patriotismus. — Was that die Kammer? In allen ihren Fraktionen versammelte sie sich unter meinem Präsidium (im Gasthof zum Hirsch) Abends, be-
sprach die Angelegenheiten des Landes, beschloß, das Ministerium nach seinem
Programm zu unterstützen, und beauftragte mich, davon in Aller Namen (den
Chef des Ministeriums) Römer in Kenntnis zu setzen.

Was that der Präsident? Siehe meine Erklärung in der ersten Sitzung,
in welcher die Minister in der Kammer erschienen [Sitzung vom 14. März, s.
unten]. Was ich dort erklärte, hatte ich schon 8 Tage vorher dem früheren Ge-
heimenraths-Präsidenten v. M. erklärt: als er eines Abends zu mir kam, um mich
von der Bildung des Märzministeriums in Kenntnis zu setzen, fragte ich ihn:
„Wer hat Seiner Majestät den Rath zur Bildung dieses Ministeriums gegeben"?
In sichtbarer Verlegenheit antwortete er: „Ich denke, seine bisherigen Rathgeber, die
Minister". Ich: „Dann, Euer Excellenz, haben die Minister des Königs Demselben einen schlimmen Rath gegeben. Man muß nicht in der ersten Gefahr die
letzte Karte ausspielen. Aus einer ganz kleinen Minorität einer loyalen und freisinnigen Kammer ohne Weiteres das Ministerium zu bilden — ist ein folgen-
schwerer, nicht gerechtfertigter Schritt. Mich dauern nur meine Kollegen, welche
bisher den Kampf gegen eine zu weit gehende Opposition mit Erfolg bestanden
haben; sie sind dieser Opposition geopfert worden und müssen gleichsam, als ob
sie Unrechtes begangen hätten, sich aus der Stadt schleichen. Ich aber — entsage
fortan einer leitenden Thätigkeit auf dem Gebiete der württembergischen Politik
— ich lege mein Amt nieder und gehe im nächsten Herbste nach Tübingen und lese
wieder Pandekten." — Ich habe dies gehalten!

Auch Wächters politisches Verhalten wurde in jenen Tagen ver-
dächtigt. Er sah sich daher veranlaßt unter dem 13. März dem König zu schreiben: „Über mein politisches Verhalten in den letzten acht Tagen trug man sich in
manchen Kreisen mit Gerüchten, nach welchen jenes Verhalten in einem zweideu-
tigen Lichte erscheinen würde. Ich bin mir bewußt, auch in dieser ernsten Zeit
ohne Nebenrücksichten redlich Dem gefolgt zu sein, was ich für recht und gut hielt,
und Das gethan zu haben, was Pflicht und Treue gegen König und Vaterland
mir gebot. Tief schmerzen müßte es mich, wenn ich in diesen Beziehungen von
Eurer Königlichen Majestät verkannt werden sollte. Werde ich auch in nicht langer
Zeit wieder in meinen früheren Beruf des akademischen Lehrers zurücktreten, so
möchte ich doch das Bewußtsein mit mir nehmen, der Achtung Eurer Königlichen
Majestät gewürdigt zu sein. Erlauben mir deßhalb Eure Königliche Majestät, daß
ich in der Anlage ein kurzes Memoire über mein Verhalten am 5. und 6. März
Höchstdenselben vorlege, und was die von mir im Ausschusse nach meinen Pflichten
beantragte Abresse betrifft, anführe, daß ich am Abende vorher den hier anwesen-
den Mitgliedern der Kammer der Abgeordneten von meiner Absicht, diese Abresse
zu beantragen, Kunde gab, und meines Erinnerns Alle von den verschiedensten

Fraktionen der Kammer ohne Ausnahme, namentlich auch Freiherr von Linden, mir hierin durchaus beistimmten."

Hierauf ließ ihm der König (16. März) erwiedern: „In Zeiten, wie die gegenwärtigen müsse Jeder nach seinem Charakter und seinen Grundsätzen handeln; Höchstdieselben haben nicht im Mindesten E. H. einen Vorwurf zu machen, und Sie möchten sich deßhalb ganz beruhigen, dabei aber der letzten Unterredung sich erinnern, welche Seine Königliche Majestät mit Ihnen gepflogen und worin Höchstdieselben namentlich die bekannten Horaz'schen Worte allegirten: si fractus illabatur orbis, impavidum ferient ruinae."

Bei dem Wiederzusammentritt der vertagt gewesenen Ständeversammlung, den 14. März 1848, da die Märzminister am Ministertische waren, eröffnete Wächter als Präsident die Sitzung[4] mit einer Anrede: „Wir sind wiederum zusammengetreten, nachdem wir uns vor wenigen Wochen getrennt hatten, weit früher als gewiß irgend Jemand in diesem Saale und außer demselben es nur ahnen konnte. Wir sind wieder zusammengetreten unter Umständen, so völlig verändert, wie es Niemand in unserem Vaterlande vor einigen Wochen nur entfernt denken und hoffen konnte. Daß in Deutschland überhaupt schnell wie ein Lauffeuer alle Verhältnisse sich umwandeln werden, war nach den Ereignissen in einem Nachbarstaate nicht zu verwundern, denn nach der Weise, wie Alles sich gestaltet hatte, mußte es so kommen. Der politische Gedanke, der ganz Deutschland durchweht und von dem wir nun sehen, wie er Deutschland belebt, hat längst in unserem Vaterlande geschlummert und bedurfte nur eines anregenden Moments, um, wenn er zur Entwicklung kam, sich so schnell und schneller zu verbreiten, als ein elektrischer Telegraph seine Kunde in die entferntesten Gegenden bringt. Ich begrüße diese Ereignisse mit Freude. Ich glaube, es ist eine Sonne über unserem Deutschland aufgegangen, bei der wir die Aussicht haben, daß wir uns endlich einmal als Nation werden fühlen können, und das drückende Gefühl über unsere Verhältnisse, das jedem Deutschen seit mehr als 30 Jahren die Brust beengen mußte, endlich verschwinden wird und wir freier athmen können und nicht mehr erröthen müssen, wenn wir Deutsche mit anderen Nationen zusammengestellt werden. Es wird aber auch eine Sonne über alle einzelnen deutschen Lande aufgehen, und manches Bedauern, das wir für andere Brüder hatten, werden wir künftig nicht mehr auszusprechen haben. Möchte diese Sonne eine belebende und **wohlthuende** Wärme über uns verbreiten und eine Sonne sein, die nicht bloß ein freies, sondern auch ein Volk bescheinen möchte, das in Recht, Ordnung und Sicherheit lebt. Was unsere speciellen Verhältnisse und gerade unsere Stellung hier in der Kammer betrifft, so ist bei dieser Stellung wohl zu beachten, daß wir, wie ich schon an einem andern Orte bemerkt habe, in den letzten acht Tagen mehr als acht Jahre, ja mehr als ein viertel Jahrhundert zurückgelegt haben; daß die Erfahrungen, die wir in dieser Zeit machten, wahrlich weder für uns noch für irgend Jemand in unserem Lande verlorene Erfahrungen sein werden, und daß der Mann, wenn er zum Handeln berufen ist, den völlig veränderten Verhältnissen die gehörige Rechnung tragen wird. Es kommt darauf an, daß wir dem hochherzigen Sinne folgen, in dem unser König in der letzten Zeit handelte — bei dieser Veranlassung werde ich wohl das Eine Mal jenen Namen aussprechen dürfen. — **Schaaren wir uns fest um den Thron und den Bund, und geben wir rückhaltslos, redlich und treu unsere volle Unterstützung den Rathgebern, die unser König gewählt hat.** Das ist meine ehrliche Überzeugung, welche ich offen auszusprechen mich gedrungen fühle."

Über seine Stellung als **Präsident** gab Wächter in der Sitzung vom 14. März[5] folgende Erklärung: „Ich habe mich in den letzten Tagen in den verschiedensten Kreisen und auch selbst gegen die neuen Minister auf das Entschiedenste gegen die Auflösung der Kammer ausgesprochen, denn es war meine redliche Überzeugung, daß eine Reihe bringender Angelegenheiten zuerst festgestellt

---

4 Protok. S. 163.
5 Protok. S. 179

werden sollte, indem ich davon ausgehe, daß die Mehrheit unserer Mitbürger auf Resultate wartet, welche Regierung und Stände ihnen bieten sollten, und daß sie gar zu leicht ungeduldig werden könnten, wenn diese Resultate sich so weit hinauszögen, bis eine neue Kammer gewählt ist und zusammentritt. Sodann glaube ich aber auch, daß in den nächsten Tagen und Wochen Ereignisse kommen könnten, die es der Regierung unendlich wichtig machen dürften, die Stände um sich zu haben. Ich ging hiebei davon aus und habe mich entschieden dahin ausgesprochen, daß, falls die Kammer nicht aufgelöst würde, ich meine Stelle als Präsident niederlegen werde. Mit der Auflösung der Kammer höre ich auch auf, Präsident zu sein, und wenn ich somit gegen eine Auflösung sprach, so könnte man dies etwa auch so auffassen, als ob ich gegen mein Aufhören als Präsident sprechen wollte. Ich war aber auch noch aus einem andern Grunde entschlossen, diese Stelle niederzulegen. Das Ministerium ist dem System und den Personen nach wesentlich geändert, die Verhältnisse überhaupt sind ganz andere geworden, die ganze Kammer steht auf einem andern Standpunkte, wir sind um ein halbes Jahrhundert fortgerissen worden. Bei diesem veränderten Standpunkte muß es der Regierung und den Ständen von Wichtigkeit sein, sich über Diejenigen auszusprechen, welche, wenn ich so sagen darf, die Chargirten der Kammer sind. In diesem Augenblicke nun glaube ich sowohl dem Ministerium als der Kammer schuldig zu sein, auch ihnen die möglichste Freiheit zu gestatten, sich über Denjenigen auszusprechen, welcher künftig Präsident sein soll. Wenn ich aber jetzt sehe, daß wir in wenigen Tagen aufgelöst werden, so glaube ich meine Stelle nicht niederlegen zu sollen, da in diesen wenigen Tagen die Kammer nicht zu einer neuen Wahl wird schreiten wollen. Auch glaube ich die Pflicht zu haben, in diesen wenigen Tagen das Amt eines Präsidenten fortzuverwalten, gleichwie Sie, meine Herren, die Überzeugung haben, daß es Ihre Pflicht ist, diese wenigen Tage noch mit der neuen Regierung fortzuarbeiten.

In der Sitzung vom 25. März 1848[6], als die Annäherung von Freischaren und Massen bewaffneter deutscher Arbeiter aus Frankreich gemeldet wurde, bemerkte Wächter als Präsident: — „Uns Allen ist jetzt Gelegenheit gegeben, zu zeigen, daß wir zwar Alle Freiheit wollen, aber nicht in der Weise, wie sie uns gebracht werden will, sondern Freiheit mit Recht und Ordnung".

Am Tage vor der Auflösung der Kammer[7] entwickelte Wächter (indem er den Präsidentenstuhl dem Vicepräsidenten abtrat) seine Motion über die deutschen Verhältnisse: „Sie werden mir erlauben, daß ich die Motion, die ich in Ihrer Mitte vorzutragen die Ehre haben werde, entwickle, ohne etwas Schriftliches vor mir zu haben. Wir leben in einer Zeit, wo Alles mit Sturmeseile geht, und wenn da der Einzelne auch gedrängt wird, so wird er auf Entschuldigung rechnen dürfen. — Das Wesentliche, Das, was den Kern meiner Anträge bildet, werde ich Ihnen aus einem Kommissionsbericht des gewesenen Abgeordneten Welcker über eine Motion des Abgeordneten Bassermann mittheilen. Auch dafür, daß ich gerade diese wichtige Frage unseres jetzigen deutschen Staatslebens hier vorbringe, werde ich eine Entschuldigung nicht nothwendig haben. Ich glaube, wir müssen bei allen großen politischen Fragen besonders zwei Momente ins Auge fassen, die Möglichkeit und die Nothwendigkeit. Der Staatsmann hat diese nach meiner Überzeugung besonders festzuhalten. Er hat die Gedanken, welche die Zeit bewegen, möglichst mitzudenken und mitzuleben, und ihnen gemäß zu handeln. Als vor einiger Zeit Bassermann die Motion über ein deutsches Parlament in Karlsruhe eingebracht, hat es an der Möglichkeit gefehlt. Aber, was damals für undurchführbar gegolten, ist jetzt durchführbar und zwar durchführbar auf legalem Wege — — und so begrüße ich und gewiß Jeder in Deutschland freudig diese Durchführbarkeit. — — Ich glaube aber, daß wir uns herausnehmen sollten, über diese hochwichtige Frage noch vor unserem Scheiden unsere Ansicht vor Deutschland offen auszusprechen." — Im Einzelnen erklärt sich Wächter im Wesentlichen für die in der badischen Kammer bezüglich der Bassermann'schen Motion einstimmig angenommenen Kommissions-Anträge

---

und betont insbesondere die Nothwendigkeit der Gründung eines freien deutschen Parlaments unter einem Bundeshaupte und der Kompetenz-Erweiterung für den deutschen Bund unter Garantie nationaler Volksvertretung, sprach sich für den Wegfall des Gesandtschaftsrechts der Einzelstaaten aus und für Errichtung eines Reichsgerichts, dagegen für Schwurgerichte nur unter dem Gesichtspunkte politischer Nothwendigkeit und hielt seine Bedenken gegen allgemeines direktes Wahlrecht nicht zurück.

Hinsichtlich des Strafverfahrens sagte Wächter: „Ich halte nie mit Dem zurück, was ich früher vertheidigte und sprach, und habe auch gar keinen Grund, irgend Etwas von Diesem zurückzuhalten. Von jeher und selbst in einer Zeit, wo ich in vielen Kreisen wenig Eingang fand, habe ich mich auf das Entschiedenste für Öffentlichkeit und Mündlichkeit des gerichtlichen Verfahrens erklärt und deßhalb auch weder für unsere Kriminal-Proceßordnung gestimmt, noch für sie gehandelt. Als Jurist war ich aber gegen Geschworenen-Gerichte und habe mich vor einem halben Jahre in Lübeck öffentlich und klar darüber ausgesprochen. Ich habe allerdings anerkannt, daß die Schwurgerichte zu den Fragen gehörten, die in ernste Erwägung zu ziehen seien, glaubte aber, es sei der Sprung von dem heimlichen schriftlichen Verfahren über die Öffentlichkeit und Mündlichkeit hinüber gleich zu den Schwurgerichten zu groß, und habe deßhalb in Lübeck gebeten, man möchte vorläufig die Frage vertagen, bis wir durch die Öffentlichkeit und Mündlichkeit das Volk weiter herangebildet hätten. Nun aber bestehen die Schwurgerichte in den Rheinlanden und sie wurden in Baden, Hessen und Baiern zugestanden, und ich habe nun, ehe sie in Württemberg zugegeben wurden, erklärt: jetzt scheinen mir die Schwurgerichte eine politische Nothwendigkeit zu werden. Der Jurist muß bei einer solchen politischen Nothwendigkeit schweigen. Hier haben Sie nun die Ansicht, die ich früher aussprach und die ich jetzt wieder ausspreche.“

Am Schluß seines Vortrages warnte er vor der Gefahr, das Werk an Differenzen über Einzelnes scheitern zu lassen und mahnte zu rascher Einigung über die Hauptfragen. „Wir müssen stark und gerüstet sein, namentlich nach außen nach mehr als einer Seite hin, und wenn wir zu langsam bauen an dem großen Dom, den wir über Deutschland zu bauen haben, wenn Andere, die uns etwa zu nahe treten wollen, uns noch im Bau begriffen, vielleicht im Hader über diesen Bau finden, — wir dürften dann vielleicht sehr zu beklagen haben, daß unsere kaum angebrochene Freiheit wieder zu Grabe ginge.“

Im April ging Wächter zum Vorparlament nach Frankfurt und wurde in den Funfziger-Ausschuß gewählt. Er betrachtete diesen Ausschuß keineswegs als ein Organ parlamentarischer Regierung, sondern[8] seine Stellung als „eine ähnliche, wie die einer Ständeversammlung gegenüber einer Regierung“. Als Mitglied des Funfziger-Ausschusses hatte er an der Deputation Theil zu nehmen, welche nach Böhmen entsendet wurde, um dort die Beschickung des deutschen Parlaments zu bewerkstelligen. Nach der Rückkehr von Frankfurt übertrug ihm die Regierung das Präsidium der inzwischen eingesetzten Organisationskommission, welches er jedoch nach kurzer Zeit niederlegte, um seine Vorlesungen zu halten.

Im Herbste des Jahres 1848 begann er wieder in Tübingen Pandekten zu lesen, erachtete es aber für seine Pflicht, bei besonders wichtigen Fragen seinen Sitz in der Kammer einzunehmen.

Als die Regierung, welche durch anarchische Bestrebungen in einzelnen Landestheilen mit Truppensendungen eingeschritten war, hierüber in der Kammer[9] Rede zu stehen hatte, beantragte Kanzler Wächter, über die Interpellation zur Tagesordnung überzugehen, und rügte dabei die früher zu große Langmuth des Märzministeriums, betonte die Nothwendigkeit des Festhaltens an Recht und Ordnung und beleuchtete den Einfluß der demokratischen Agitation auf den Volkswohlstand: „Von dem Augenblick an, als die gegenwärtigen Mitglieder des Ministeriums in dasselbe traten,

---

8 Vgl. Protokoll vom 18. April 1848.
9 4. Oktober 1848. Protok. 1848—49. Bd. 1, S. 133.

bis jetzt, ist viel von dem Vertrauen die Rede, das man in dieses Ministerium setze. Wir haben es auch Alle mit Vertrauen begrüßt, und auch die frühere Kammer hat dieses Vertrauen entschieden gegen das Ministerium ausgesprochen. Wir gingen hiebei davon aus, daß dieses Ministerium dem entschiedensten Fortschritte huldigen, aber in dem Bestreben, diejenigen Institutionen bei uns einzuführen, die der entschiedene Fortschritt verlangt und der Umschwung der Zeit erlaubt, nicht zu weit gehen und sich nicht überstürzen werde. Wir vertrauen, daß es fest halten werde an der konstitutionellen Monarchie und an der Treue, die wir dem Fürsten und dem Volke geschworen haben. Wir haben es mit Vertrauen begrüßt, weil wir besonders von dem Chef des Ministeriums überzeugt waren, daß er mit aller Energie und Entschiedenheit Denjenigen entgegentreten werde, die gegen Recht, Ordnung und Gesetz sich auflehnen. Ich bin in diesem Vertrauen nicht wankend geworden, aber mit Bedauern habe ich oft gelesen und oft gehört, daß man, während man das Vertrauen zu dem Ministerium auf den Lippen führte, auf indirektem Wege auf alle Weise es zu untergraben suchte: Ich habe es bedauert, weil ich ihm Vertrauen schenkte auf dem Wege, den es bis jetzt ging, weil es sich nicht auf dem Wege des Fortschritts maßlos überstürzte. Es ist in dieser Hinsicht, d. h. in Beziehung auf die Forderungen und die Ansichten, die man von vielen Seiten aufstellt, in der letzten Zeit weit gekommen, und ich habe deßhalb die Energie, mit der das Ministerium nun auftrat — denn offen gestanden, glaubte ich früher, daß dasselbe nach Umständen zu viel Langmuth zeigte — mit großer Freude begrüßt. Es ist das Princip, worauf unsere ganze Staatsverfassung ruht, nicht bloß theilweise mit den Waffen in der Hand, sondern auf einer Reihe von Volksversammlungen auf das Entschiedenste angegriffen, ja sogar in einer Adresse an unsere Ständeversammlung, wenn ich es recht auffaßte, uns die Zumuthung gemacht worden, uns auf den Standpunkt zu stellen, als ob die Frage: ob Monarchie oder Republik? rein in den Händen der künftigen konstituirenden Versammlung Württembergs liege. Ja es wurde sogar in einem öffentlichen Blatte gefragt, wo der Mann sei, der es noch wage, sich zu dem Programm zu bekennen, welches das Bürgerhaus im März unter dem Vorsitz unseres gegenwärtigen Kammerpräsidenten aufgestellt hat? Wenn man diese Frage an Sie, meine Herren, richtete, so würden wir wohl nicht wenige Männer zählen, die es noch wagen, zu der konstitutionellen Monarchie und zu dem Programm der Treue, aber auch der entschiedenen Freiheit und der Ausbildung der Freiheiten des Volkes, so weit diese irgend mit Recht, Gesetz, Ordnung und beschworenen Pflichten vereinbar ist, sich zu bekennen, und es würde sich zeigen, ob nicht die überwiegende Mehrheit der Württemberger, wenn man ihnen heute wieder das erwähnte Programm vorlegte, sich dafür auf das Bestimmteste aussspräche. Auf dem Wege dieses Programms ist unser Ministerium ganz, und wenn es auf demjenigen Wege fortwandelt, den es bis jetzt ging, so wird es auch von der überwiegenden Mehrheit aller seiner Mitbürger auf jede Weise unterstützt werden.

Solche Interpellationen aber, wie wir sie heute hörten, können, wenn sie auch im besten Sinne vorgebracht sind, sehr dazu dienen, Mißtrauen im Volke, wenigstens bei Denjenigen zu verbreiten, die die Verhältnisse nicht zu erwägen und zu beurtheilen wissen. Wenn gleich bei den ersten Schritten, die das Ministerium gegen die Anarchie nach seiner Meinung thun zu müssen glaubte, Fragen an dasselbe gestellt werden, wenn gleich und während die Sache noch im Gange ist, nähere Auskunft darüber verlangt wird, so frage ich, ob dadurch nicht einestheils ein gewisses Bedenken gegen das Ministerium an den Tag gelegt, und andererseits denn doch der Gedanke erregt wird, als ob Diejenigen, welche die Sache in solcher Weise zur Sprache brachten, glauben, es hätten jene Gegenben, in welchen solche Bewegungen stattfinden, nicht so ganz Unrecht oder sie ständen wenigstens nicht so ganz auf dem Boden des Unrechtes? Könnte ferner hiedurch nicht auch das Bestreben in anderen Gegenden unterstützt werden, auf ähnliche Weise Versuche zu machen, wie anderwärts, indem man denkt, dem Ministerium würden dann die Hände gelähmt? Und dann die Appellation an die Steuerpflichtigen! Kann hierdurch nicht der Irrthum erzeugt werden, als ob an der Noth und an der Erhöhung der Steuern, der wir entgegensehen, zum Theil die Schritte unserer Regierung Schuld seien? Fassen wir in dieser Hinsicht und in Beziehung auf die Behauptung, daß der früheren Zeit die jetzige Noth zuzuschreiben sei, die Verhältnisse genau ins Auge! Am Anfang dieses Jahres kam ein Landtag zusammen. Es waren einige Jahre großer Noth und Drangsal an uns vorübergegangen; große Theurung war eingebrochen und der Staat mußte ungeheure Opfer bringen. Gleichwohl erklärte am Anfange dieses Jahres die Kammer der Abgeordneten und die Regierung, daß ungeachtet aller der großen Opfer, die der Staat brachte, eine Erhöhung der Steuer nicht nöthig sei. Auf dem Standpunkte also, worauf wir im Januar 1848 standen, hätten wir alle Bedürfnisse der nächsten drei Jahre mit der gewöhnlichen Steuer decken können. Jetzt ist dagegen die Regierung genöthigt, zu außerordentlichen Hilfsmitteln und ich glaube auch anzunehmen zu müssen, zu einer **Erhöhung** gewisser **Steuern** zu schreiten. Was ist die Ursache hiervon? Nicht die, daß die gegenwärtigen Minister jetzt an der Spitze der Regierung stehen. Sie traten im März ihr Ministerium an, sie haben ihr Programm verkündigt und die Freiheiten, die im März Deutschland sich errungen hat, sind theils bei uns schon ins Leben getreten, theils so garantirt worden, daß, wenn Alles seinen Gang ungestört fortgegangen wäre, diese Freiheiten gewiß, ja noch gewisser gekommen sein würden, als wenn die Regierung auf dem Wege zu deren Verwirklichung stets durch Störungen unterbrochen wird. Da kam aber zunächst der Aufstand von Hecker. Unsere Truppen mußten gegen diesen zu Felde ziehen. Als diese Gefahr beseitigt und die Regierung in der Lage war, eine Verminderung in dem Militärstande eintreten zu lassen, kam später eine Ursache nach der andern, um immer wieder die Beurlaubten einberufen zu müssen, und jetzt stehen wir auf dem vollen Kriegsfuße. Wem haben wir dies zu verdanken? Gewiß nicht Denjenigen, welche die bürgerliche Freiheit unter dem Banner der konstitutionellen Freiheit erringen wollen, nicht Denjenigen, die Das, was wir auf dem Boden des Rechts erreichen wollen, nämlich die ausgedehnteste Freiheit des Volks, so weit es mit konstitutioneller Monarchie, Recht und Ordnung vereinbar ist, zu verwirklichen suchen! Denjenigen ist es zu danken, die noch über Recht und Ordnung und konstitutionelle Monarchie hinausgehen, die das Maßlose erreichen wollen, und damit den Untergang der wahren **Freiheit** im deutschen Vaterlande herbeiführen. Wenn man also den Steuerpflichtigen sagt: ihr werdet jetzt große Opfer zu bringen haben, so fordert die Gerechtigkeit und die Billigkeit, daß man ihnen auch sagt, wem sie dies zu verdanken haben. Aus diesen Gründen sollten wir meines Erachtens in Beziehung auf die gemachte Interpellation unbedingt zur Tagesordnung übergehen, und was das Vertrauen zu dem Ministerium betrifft, so schenke ich ihm nicht Vertrauen, **obgleich** es in der letzten Zeit so handelte, sondern ich bin in meinem Vertrauen bestärkt, **weil** es in der letzten Zeit so handelte.“

Als am folgenden Tage anläßlich einiger Petitionen der Antrag auf Einberufung einer Verfassung gebenden (**konstituirenden**) Versammlung auf der Tagesordnung stand und der Berichterstatter das Princip voranstellte: Recht und Macht der Regierung haben nur im vernünftigen Volkswillen ihre Grundlage, andere Redner aber überhaupt die Abschaffung der bestehenden Verfassung dem Belieben der Volksvertretung vindicirten, betonte [10] Wächter das Princip des **Vertrags** zwischen Krone und Ständen und trat mit Entschiedenheit den demokratischen Anmaßungen entgegen und für das Recht, auch die Achtung des Rechts der Krone ein. — „Ich habe den Kommissionsbericht zwei- und dreimal durchgelesen, allein er ist so unbestimmt und vieldeutig gefaßt, daß ich glaube, er würde dem Gott in Delphi Ehre gemacht haben, wenn er von diesem ausgegangen wäre. — — Wir leben aber jetzt in einer Zeit, wo es doppelt wichtig ist, daß gerade über die Hauptfragen unseres Staatslebens die Kammer sich **bestimmt** gegenüber von ihren Mitbürgern ausspreche, daß sie den Irrthum, in den so vielfach unser Volk und unsere Bürger geführt werden, nicht durchwuchern lasse, sondern entschieden

---

[10] Protok. S. 149.

und offen die Farben bekenne und ausspreche, was an der Sache, die vorliegt, wirklich sei. — — In dem Kommissionsbericht kann man den Sinn finden, als ob es lediglich der künftigen konstituirenden Versammlung anheimgegeben sein solle, eine Verfassung, nicht wie sie früher in manchen deutschen Staaten von o b e n oktrovirt wurde, sondern gleichsam v o n u n t e n z u o k t r o v i r e n. Auf diesem Boden stehen wir in Württemberg nicht. Es ist in Zeiten großer Bedrängniß, in welchen in vielen deutschen Staaten der konstitutionellen Freiheit sehr zu nahe getreten wurde, von Württemberg stets rühmend anerkannt worden, daß es auf dem Boden des f r i e d l i c h e n V e r f a s s u n g s - V e r t r a g e s mit seinen Verfassungs - Verhältnissen stehe; stets wurde der König gerühmt, weil er in jenen Zeiten, wo großer politischer Muth dazu gehörte, es zu thun, den Monarchen Deutschlands das Beispiel gab, wie ein Fürst es versucht, mit seinem Volke über die Gründung des gesammten Staatslebens einen freien Vertrag zu schließen. Wenn wir Das damals als etwas Großes bei dem Fürsten erkannten, sollten wir es nicht jetzt, wo — man kann es wohl sagen — die Macht in die Hände des Volkes gelegt ist, als etwas Großes von Seiten des Volkes erkennen, wenn es diese Macht nicht mißbraucht, sondern dem Rechtsprincipe die volle Ehre giebt und sagt: Wir bleiben auf demselben Boden stehen, auf welchem der Fürst stand, als es in seiner Macht lag — ich sage in seiner M a c h t, und nicht in seinem R e c h t — diesen Boden zu verlassen? Darauf sollten wir unsere Mitbürger bei jeder Gelegenheit aufmerksam machen. Wir wollen gerade in Zeiten, in denen man so sehr versucht ist, die Grenze des Rechts zu überschreiten, weil faktisch die Möglichkeit hiezu so leicht gegeben ist, zeigen, daß der Deutsche seinen wahren Ruhm darein setzt, d e m R e c h t stets die Ehre zu geben, aber allerdings, indem er dem Recht die volle Ehre angedeihen läßt, auch alle die F r e i h e i t e n reklamirt, die einem mündigen, einem seiner Würde bewußten Volke gebühren. Es geht allerdings unsere Verfassung wesentlichen Änderungen entgegen, ja es sind schon wesentliche faktische Änderungen in Beziehung auf dieselbe eingetreten. Unter dem Letzteren verstehe ich, daß nunmehr die Verfassung eine Wahrheit geworden ist, weil sie es nun erst werden konnte. Ich bin immer davon ausgegangen, daß in Zeiten, wo die Großstaaten in Deutschland, wo Östreich und Preußen, absolute Staaten, alle ihre Macht anwendeten, um jeden Schimmer und Schein der konstitutionellen Freiheit in den einzelnen deutschen Staaten zurückzudrängen, eine noch so freisinnige Verfassung in einem kleinen Staate von 1½ Millionen Einwohner nicht zur vollen Wahrheit werden kann, eben weil eine größere faktische Gewalt es unmöglich macht, ihr die volle Wahrheit zu geben. Das war d i e D i f f e r e n z, i n der ich früher mit der Opposition stand. Im Princip, d. h. in Beziehung auf die politische Freiheit selbst, herrschte keine Differenz; aber in Beziehung auf die Frage, was a u s f ü h r b a r und was zu thun sei, wie weit man u n t e r d e n g e g e b e n e n und drohenden V e r h ä l t n i s s e n gehen könne, war ich einer andern Ansicht. Nun sind aber alle diese faktischen Prämissen weggefallen, jetzt kann unsere Verfassung eine Wahrheit werden und unser Ministerium hat auch durch seine Handlungen gezeigt, daß es in diesem Sinn verfahren will. — Das ist d i e f a k t i s c h e Veränderung, die in unseren Verfassungsverhältnissen eingetreten ist. Es sind aber auch wesentliche r e c h t l i c h e Änderungen in unseren Verfassungsverhältnissen nothwendig, wenn auch keine Grundrechte von Frankfurt in den nächsten Wochen publicirt würden. Das müssen wir zugeben, daß mit der jetzigen Zeit Privilegien, oder privilegirte besondere Stände sich nicht vertragen; und würden auch keine Grundrechte verkündigt werden, so müßten wir doch versuchen, die Hand an die Veränderung der Verfassung zu legen, um die volle Gleichheit der Staatsbürger vor dem Gesetze herzustellen. Außerdem giebt es auch noch einige andere wichtige Punkte, wie z. B. die Stellung des Geheimrathes, in denen unsere Verfassung auch abgesehen von allen Fragen in Frankfurt, einer wesentlichen Umgestaltung bedarf. Wäre die Kommission hierbei stehen geblieben, so hätte ich ihr vollkommen Recht gegeben. Hätte sie den Petenten gesagt, die Kammer sehe durchaus ab von den Motiven, womit die Adresse begleitet worden, bemerke aber den Einsendern, daß sie die Nothwendigkeit der Einberufung einer konstituirenden Versammlung schon ausgesprochen habe, daß sie aber die nächste Zeit, so lange das Wahlgesetz von der Regierung nicht vorgelegt und in Vollzug gebracht ist, dazu benutzen werde, um wo möglich die materiellen Fragen zur Erleichterung des Volkes zu berathen, dann wäre ich mit ihr vollkommen einverstanden. Die Kommission hat sich aber hierauf nicht beschränkt, sondern verweist die Petenten auf die Adresse in einer Weise, die in Beziehung auf die ganze Stimmung der Kammer und die Grundansicht, von welcher dieselbe geleitet ist, nothwendig irre führen muß; sie verweist sie, sage ich, auf die Adresse in einer Weise, in der sie am Ende glauben könnten, daß, wie schon Einige gesagt haben, der ganze Boden, worauf unsere Verfassung steht, völlig umgeändert werden müsse, oder wie Einige meinten, das Wesen der künftigen konstituirenden Versammlung darin bestehe, nur rein nach eigener Willkür auf dem Boden unserer bisherigen Verfassung stehen zu bleiben, oder ihn ganz umzuwerfen, ja sogar auf den Glauben gebracht werden könnten, daß es sich künftig von einem erblichen Präsidenten oder nicht einmal davon handeln werde. Eben darum nun, weil ich glaube, daß wir bestimmt, offen und entschieden in solchen Dingen uns aussprechen müssen, und wir am wenigsten zu einem Irrthum, der die unseligsten Folgen haben könnte, die Hand bieten dürfen, trage ich darauf an, nicht zur Tagesordnung zu geben; denn Etwas müssen wir den Petenten doch antworten, aber nicht Das, was die Kommission antworten will." — —

Auf die Verdächtigung, früher anders und minder liberal sich ausgesprochen zu haben, als jetzt im Jahre 1848, entgegnete Wächter[11]: "Ich habe aus meinen politischen Grundsätzen nie ein Geheimniß gemacht. Zu dem Programm, zu dem ich mich heute bekenne, habe ich mich zu jeder bekannt; ich habe heute kein Wort gesprochen, das ich nicht schon früher gesprochen hätte. Wenn ich mich aber je in Acht nahm, nicht anders zu sprechen, als früher, so habe ich mich in den letzten sechs Monaten in dieser Beziehung in Acht genommen. Im Funfziger-Ausschuß hätte ich Gelegenheit genug gehabt, mich zu überstürzen; lesen Sie meine Worte nach, ob ich dort nicht mit demselben Streben nach Mäßigung und Besonnenheit, aber auch mit demselben Festhalten an konstitutioneller Freiheit, gesprochen habe, wie heute. Zu einer Zeit, als man an die französische Revolution noch nicht entfernt dachte, im September vorigen Jahres, habe ich in einer großen Versammlung mein politisches Glaubensbekenntniß ganz offen ausgesprochen. Lesen Sie es nach, ob Sie darin einen Widerspruch finden mit den Ansichten, die ich heute ausgesprochen. In einem Punkte aber stehe ich und stehen Sie Alle auf einem andern Standpunkte. Früher habe ich Manches für unpraktisch und unausführbar gehalten, von dem ich sehr gewünscht hätte, daß es praktisch und durchführbar gewesen wäre. Dieses ist nun praktisch geworden und, meinem früheren Princip folgend, suche ich nun Das, was jetzt praktisch ist, in meinem geringen Theil möglichst zu verwirklichen. Aber ich protestire gegen jede Verdächtigung, als ob ich jetzt eine andere Fahne aufgesteckt hätte, als früher, als ob ich irgend ein anderes, freieres Wort jetzt spräche, als ich früher gesprochen habe."

Als die Regierung den Entwurf eines Gesetzes, das Jagdwesen betreffend, einbrachte, welche dem Princip der Freiheit des Grundeigenthums keineswegs genügende Rechnung trug, bekämpfte Wächter diese Inkonsequenz des Märzministeriums und trat sehr entschieden für jenes Princip ein. Diese Ausführung[12] ist auch juristisch von großem Interesse: "Ich gehe von der Ansicht aus, daß die Frage über die Aufhebung des Jagdrechts auf fremdem Grund und Boden eine entschiedene sei, daß Niemand in diesem Saale sein wird, welcher gegen die unentgeltliche Aufhebung dieses Jagdrechts stimmen würde. Ich stelle mich daher bei Dem, was ich vorbringen möchte, durchaus auf den Standpunkt, daß das Jagdrecht als ein vom Eigenthum gesondertes Recht, aufgehoben sei, und daß wir nun bloß darüber zu berathen haben, ob und wie etwa diese Aufhebung mit Modalitäten geschehen solle? — Schon vor 10 Jahren suchte die Regierung dem Jagdrecht

---

[11] Sitzung vom 5. Oktober, Protok. S. 160.
[12] Protok. S. 213.

einen Todesstoß zu versetzen,, durch den sogenannten Jagdartikel, den sie im Entwurf des Strafgesetzbuches einbrachte. Dieser Artikel giebt dem Grundeigenthümer das Recht, das zu Schaden gebende Wild auf seinem Grund und Boden zu tödten, freilich — so fern ihm das Jagdrecht nicht zusteht — mit Ablieferung des Wildes an die Jagdberechtigten. Wir in der Kammer der Abgeordneten begrüßten diesen Artikel als einen erfreulichen Anfang, dem Jagdrecht entgegen zu wirken; wir nahmen ihn an: aber die Kammer der Standesherren verwarf ihn dreimal, und er war leider damals nicht durchzuführen. Jetzt — ist die Zeit eine andere geworden; keine Schranke steht entgegen, das Eigenthum in sein volles, freies Recht wieder einzusetzen. Ich zweifelte nicht, daß dies der Entwurf in vollstem Maße thun und der Kommissionsbericht hierin ihm beitreten werde. Allein — wie sehr täuschte ich mich in meiner Annahme! Ich gestehe, daß Entwurf und Kommissionsbericht mich schmerzlich berührten, in ihrer Halbheit von der einen Seite, in ihrer destruktiven, widerrechtlichen Stellung von der andern Seite. Ich will jene Halbheit und diese Richtung näher beweisen. Der Gesetzesentwurf huldigt dem Grundsatz, daß das Jagdrecht auf fremdem Boden aufgehoben werde, und daß es an den betreffenden Grundeigenthümer übergehen solle. Er ist somit auf dem einzig rechten Wege. Allein er macht von seinen Grundsätzen eine solche Ausnahme, durch die er wahrlich ganz wieder in die Ungerechtigkeiten der alten Zeit fällt. Er will das ausschließliche Jagdrecht nur solchen Grundeigenthümern zurückgeben, welche wenigstens ein zusammenhängendes Gut von 50 Morgen besitzen. Der kleinere Grundeigenthümer aber soll gar kein Jagdrecht auf seinem Grund und Boden haben, für ihn soll seine Gemeinde es ausüben! Und wie soll die Gemeinde es für ihn ausüben? Es ist wahrlich merkwürdig, was hierüber der Gesetzesentwurf sagt, merkwürdig, wie er scheinbar Etwas einräumt, um es gleich nachher illusorisch zu machen, und wie er dabei mit natürlichen und juristischen Begriffen umgeht. Die Gemeinde soll für den kleinen Grundeigenthümer das Jagdrecht „in dessen Namen", aber — „für Rechnung der Gemeindekasse" ausüben! Wahrlich dies ist ein wahres juristisches Monstrum, — ein Monstrum sowohl nach juristischen Begriffen, als nach gesundem Menschenverstande. Wenn Jemand für mich und in meinem Namen ein Recht ausübt, so heißt dies doch in aller Welt so viel als: er ist mein Instrument, der Nutzen des Rechts aber fällt mir zu, er muß mir abliefern, was er für mich einnimmt. Wenn also die Gemeinde in meinem Namen das Jagdrecht ausüben soll, so würde dies so viel heißen: sie übt es für mich aus, die Revenuen muß sie mir abliefern. Aber wie übersetzt der Entwurf die Ausübung des Rechts im Namen des Grundeigenthümers? Die Gemeinde soll das Jagdrecht ausüben, zwar Namens des Eigenthümers; aber allen Nutzen, die Revenuen der Ausübung, soll sie für sich behalten; sie sollen in die Kasse der Gemeinde, nicht in die des Eigenthümers fallen. Das ist doch ein ganz eigener Verwalter fremden Gutes, der die Einkünfte des Gutes sich zueignen darf! Warum spricht der Entwurf nicht offen und ohne Winkelzüge? Er sage gerade heraus, was er will. Er will allen kleineren Grundeigenthümern das Jagdrecht nehmen und es den Gemeinden geben. Früher hatte der Staat ein ungerechtes Jagdregal mit Hilfe verkehrter Theorieen unserer Germanisten sich geschaffen. Dieses Jagdregal hat er durchaus beibehalten bis auf unsere Zeit. Jetzt ist die Zeit gekommen, in welcher die Ungerechtigkeit gehoben werden könnte. Die Herrschaft des Regals ist erloschen. Aber was thut nun der Gesetzesentwurf? An die Stelle der alten Ungerechtigkeit setzt er eine neue; er hebt das Regal des Staates auf, will aber an dessen Stelle ein eben so ungerechtes Jagdregal der Gemeinden setzen! Aber noch nicht genug. Das war denn doch das Wenigste, was man erwarten konnte: daß der Entwurf für den kleinen Grundeigenthümer den Schutz einführen würde, den die Regierung vor 10 Jahren durch den Jagdartikel den Grundeigenthümern gewähren wollte. Allein nicht einmal Dieses; selbst dieser Schutz soll dem Grundeigenthümer vorenthalten werden!

Es heißt in Artikel 3: „Jeder Eigenthümer eines Grundstückes hat das Recht, das Wild jederzeit von demselben abzutreiben und durch bleibende Anstalten von demselben abzuhalten". Also bloß a b t r e i b e n, nicht tödten! Wenn also auf meinen kleinen Grundbesitz, auf meine 20, 30 oder 40 Morgen ein Reh kommt und Schaden anrichtet, so soll ich es bloß wegjagen und wegscheuchen dürfen: aber nicht schießen, damit es vielleicht in der Nacht wiederkommt und mir Schaden zufügt! Also, der Gesetzesentwurf geht in dieser Beziehung nicht einmal so weit, als der bekannte Jagdartikel, und auf der anderen Seite giebt er ein rein illusorisches Recht, er giebt dem kleinen Grundeigenthümer ein Jagdrecht, das er nicht ausüben darf, das die Gemeinde zu ihrem Vortheil ausübt. Und nun die Kommission! Ich glaubte bestimmt, die Kommission würde im Sinne wahren Fortschrittes die Mängel des Entwurfes verbessern, namentlich den Artikel 3 geradezu streichen. Aber wie sehr täuschte ich mich! Statt zu verbessern, geht die Kommission im Verschlimmern in einer Weise weiter, daß ich mich nicht nur sehr darüber wunderte, sondern es, besonders in Rücksicht auf die traurigen Principien, die den Vorschlägen zu Grunde liegen, sehr bedauerte; bedauerte namentlich von dem Standpunkte des Fortschrittes aus; denn ich sehe in dem Kommissionsberichte keinen Fortschritt, sondern einen Rückschritt. Der Gesetzesentwurf räumt wenigstens Besitzern von 50 Morgen ein Jagdrecht auf ihrem Boden ein; die Kommission aber nimmt sogar dieses Recht, denn nach ihr sollen nur Besitzer von zusammenhängenden g r o ß e n Gütern das Jagdrecht auf ihrem Grund und Boden haben. Auf wie großen Gütern? — Dies drückt die Kommission, nebenbei gesagt, auf eine eigene Weise aus, die ich nicht recht verstehe. Es heißt Seite 2, Spalte 1 des Berichts: „Besitzer größerer zusammenhängender Güter von mehr als 50 und wenigstens 100 Morgen". Was sind das für Besitzer? Man sieht aus dem später vorgeschlagenen Artikel, daß die Kommission die Worte „mehr als 50" nicht ernstlich meinte, daß sie solche Besitzer versteht, welche wenigstens 100 Morgen besitzen. Also diesen soll das Jagdrecht allein gelassen werden, und an die Stelle aller übrigen soll die Gemeinde treten. Denn die Kommission schlägt vor, daß, wenn Jemand nicht wenigstens 100 Morgen zusammenhängenden Landes besitze, in seinem Namen die Gemeinde zu seinem Vortheile die Jagd ausüben soll. Also auch die wunderliche Form des Entwurfes, die Monstrosität desselben, daß die Gemeinden zu i h r e m Vortheil das Jagdrecht im Namen des Grundeigenthümers ausüben sollen, dieses Verstecken der Ungerechtigkeit in einer wunderlichen Formel, hat die Kommission beibehalten. Aber die Kommission geht in der Ungerechtigkeit gegen den Grundeigenthümer noch viel weiter als der Entwurf. Nicht schon bei 51, erst bei 100 Morgen Grundbesitz soll der Eigenthümer ein Jagdrecht haben; aber nicht genug — selbst bei 100 Morgen soll er nicht ein a u s s c h l i e ß l i c h e s Jagdrecht haben, wie der Entwurf bei 50 Morgen ihm gewähren wollte, sondern die G e m e i n d e soll n e b e n ihm auch ein Jagdrecht zu ihrem Vortheil ausüben dürfen und auf allem kleineren Grundbesitz es allein ausüben! Wie hat nun aber die Kommission ihre Anträge gerechtfertigt? auf der einen Seite am Schluß ihrer Anträge, stellt sie das Jagdrecht als etwas ganz U n b e d e u t e n d e s dar, das man deßhalb ganz leicht den Gemeinden einräumen könne, weil der Eigenthümer dadurch nicht viel verliere; auf einer anderen Seite des Berichts aber behauptet sie, daß diese „nicht unbedeutende Revenue" aus der Mitjagd doch den Gemeinden zu gönnen sei! Also um die Gemeinden theils vor Wildschaden zu sichern, theils ihnen eine nicht unbedeutende Revenue zuzuwenden, soll dem kleinen Grundeigenthümer das Jagdrecht g a n z, dem großen Grundeigenthümer sein a u s s c h l i e ß l i c h e s Jagdrecht geradezu genommen werden! Die Gemeinde soll gerade so gut wie der Eigenthümer Jagdherr sein; der große Grundeigenthümer soll bei der Jagd nur so nebenbei mitlaufen dürfen! Ja es soll auf dem Grundbesitze des Staates, in großen zusammenhängenden Waldungen nicht der Staat das ausschließliche Jagdrecht haben, sondern auch hier den Gemeinden das Jagdrecht zustehen! Das ist eine E x p r o p r i a t i o n in ganz neuer Weise, wie unsere frühere Zeit sie nicht sah. Man nimmt dem Eigenthümer ohne Weiteres sein Recht aus Nützlichkeitsrücksichten und schenkt es einem Andern. Wenn Sie auf d i e s e m Wege fortfahren, wenn wir in d i e s e r Weise mit den Privatrechten verfahren, wenn wir d i e s e m Beispiele fol-

gen, dann ist es mit dem Rechte aus, dann ist das Eigenthum aufgehoben! Wir haben bisher unter den ungerechten Privilegien des Fiskus gelebt;
bisher haben wir gegen diese Privilegien opponirt, und nun, wo die Zeit gekommen
ist, in welcher diese Privilegien aufgehoben werden könnten — was will man
thun? Man nimmt sie dem Staate, aber giebt nicht das ungerecht entzogene Recht
dem Eigenthümer zurück, sondern setzt nur an die Stelle des alten
Privilegirten einen neuen, in unserer Zeit gefährlicheren Privilegirten:
man schafft nun Privilegien der Gemeinden. Und in diesem Schaffen
von Gemeindeprivilegien, womit droht uns die Kommission, wenn man
nicht auf die Sache eingehe? Mit der Unzufriedenheit des Volkes, mit bedenklichen nicht zu begreifenden Folgen, mit Nichtachtung des Gesetzes, mit
dem Weichen der Ordnung aus ihren Angeln! — Soll uns dies zwin-
gen, eine Ungerechtigkeit zu begehen? Nein, auf diesem Wege wollen
wir nicht fortgehen; wir wollen gleich bei dem ersten Anlaß den Muth haben, zu
zeigen, daß wir dem Rechte, daß wir dem Fortschritte, aber nur dem wahren
Fortschritte huldigen; wir wollen gleich dem ersten Schritte, der uns in das
ungemessenste Unrecht führen könnte, muthig entgegentreten. Denn das
ist kein Fortschritt, den die Kommission hier vorschlägt. Nein, es ist Dieses der
größte Rückschritt, der überall da ist, wo das Recht seine Geltung verloren hat. —
Und wie verhält sich der Gesetzesentwurf und der Vorschlag der Kommission zu den
Beschlüssen der Nationalversammlung in Frankfurt? Die Nationalversammlung
hat beschlossen, daß jeder Grundeigenthümer auf seinem Grund und Boden das
Jagdrecht, und zwar nur eines haben soll. Die Nationalversammlung hat durch
diesen Beschluß erklärt, daß die natürlichen Rechte des Grundeigenthums gewahrt
werden sollen. Die Nationalversammlung hat ihrem Beschlusse nur noch beigefügt, daß in polizeilicher Hinsicht, in Rücksicht auf öffentliche Sicherheit,
den einzelnen Staaten überlassen bleibe, die Ausübung des Jagdrechtes polizei-
lich zu regeln. Wie versteht aber die Kommission diese polizeiliche Regulirung?
Ich darf in dieser Angelegenheit wohl mitsprechen. Ich war stets ein Gegner
einer übergreifenden und Alles fesselnden, das Recht nicht ach-
tenden Polizei; ich habe stets offen mich in dieser Hinsicht ausgesprochen; ich
habe im vorigen Jahre namentlich in öffentlicher Rede und durch die Presse
erklärt, daß der Polizei jedes Strafrecht entzogen werden sollte, um sie in ihre
rechten Schranken zurückzuweisen. Nun aber nach den Anträgen Ihrer Kommission, welchen Gebrauch macht sie von der Polizei — wie legt sie die polizeilichen
Vorkehrungen aus! Da mögen wir doch vor der Polizei der Kommission bewahrt
werden! Die frühere Polizei ließ uns doch noch unser Eigenthum; allein wie
macht es die Polizei der Kommission? Ich wiederhole es nochmals, die Nationalversammlung hat beschlossen, daß jeder Grundeigenthümer das Recht haben solle,
auf seinem Grund und Boden zu jagen, aber wegen Mißbrauchs in der Ausübung soll die Polizei, in Rücksicht auf die öffentliche Sicherheit, das Nöthige
vorkehren. Dies legt die Kommission so aus: die einfachste polizeiliche Vorkeh-
rung ist — wir nehmen dem Eigenthümer sein Recht und geben es den Gemeinden; dann kann der Eigenthümer in der Ausübung seines Rechtes keinen Mißbrauch machen. Wahrlich ein einfacher Weg; aber solcher Polizei wollen wir
doch den Eingang verwehren! Wenn Sie je solche Fortschritte wollen sollten,
wenn je das Recht so behandelt werden sollte, dann ist es um alles
Recht geschehen, und dann wüßte ich wahrlich nicht, wozu wir noch hier in diesem
Saale sind! — Wir wollen den wahren Fortschritt und die Freiheit durchaus, so
weit sie mit einer kräftigen Regierung vereinbar sind; aber — vergessen Sie nie,
daß Freiheit und Fortschritt nie ohne Achtung des Rechtes bestehen! Ich stelle den Antrag, daß wir lediglich den vorläufigen Beschluß der
Nationalversammlung annehmen sollten. Der Grundeigenthümer soll das ausschließliche Jagdrecht auf seinem Grund und Boden haben, wegen etwaiger Ge-
fährdung der öffentlichen Sicherheit wären noch Maßnahmen zu berathen."

Als von demokratischer Seite die Berechtigung der sogenannten Privilegirten
(Kanzler, Prälaten und Ritterschaft), in der Kammer zu sitzen, von dem Abgeord-

neten eines Bezirkes angefochten wurde, mit der Behauptung, bei dieſer Zuſammenſetzung könne die Kammer, in welche nur die „vom Volk gewählten"
Abgeordneten gehörten, den gerechten Erwartungen des Volkes nicht entſprechen,
erklärte Wächter [13], daß er zwar die Überzeugung habe, daß nach der künftigen
Verfaſſung der Kanzler als Solcher hier nicht ſitzen ſolle (— „eine Überzeugung, die
ich ſchon im März ausgeſprochen und wonach ich meine Maßregeln bereits getroffen habe" —), ſo lange indeß die dermalige Verfaſſung noch beſtehe, müſſe die
Kammer in ihrer jetzigen Zuſammenſetzung als die competente Kammer in aller
und jeder Beziehung anerkannt werden, „wenn irgend Geſetz, Recht und Ordnung
in unſerem Lande beſtehen ſollen". „Und wer iſt denn das Volk? Gehören nicht
wir Alle, die wir hier verſammelt ſind, zum Volk? Und von wem ſind Diejenigen gewählt, die ſich rühmen, die alleinigen Vertreter des Volkes zu ſein?
Bloß von einem Theile des Volkes. Denn Proletarier, Staatsbeamte (zum
größten Theil) und Ritterſchaft haben bei Ihrer Wahl nicht mitgewirkt. Alſo Sie,
meine Herren, können ſich nicht rühmen, vom Volke gewählt zu ſein. Und glauben Sie, daß wir nicht ebenſo für das Volk fühlen, wie Sie, daß wir nicht ebenſo
bereit ſind, für das Volk Gut und Leben zu laſſen, wie Sie? Und was die Verfaſſung betrifft, — wir Alle, die wir hier ſitzen, haben geſchworen, das Wohl des
Volkes im Auge zu haben, und ich füge noch bei: das unzertrennliche Wohl des
Volkes und des Regenten."

Er betonte, daß, ſo begründet an ſich das Verlangen einer Reform des Wahlgeſetzes ſei, doch zunächſt für die materiellen Bedürfniſſe des Volkes geſorgt
werden müſſe: „Das Volk erwartet dringend materielle Erleichterungen. Würde
jetzt ein Wahlgeſetz eingebracht, ſo würde die konſtituirende Verſammlung in einem
Vierteljahre höchſtens zuſammenkommen können, und dann würde ſie doch gewiß
viele Wochen zu dem wichtigen Werke der Verfaſſung brauchen? Im günſtigſten
Falle käme daher die neue Ständeverſammlung erſt in einem Jahre an — Das,
was das Volk ſchon jetzt erwartet. Ich wiederhole, das Volk will materielle Erleichterungen; es erwartet, daß wir ſeine Übelſtände berathen, daß wir insbeſondere den bedrängten Gewerben an die Hand geben und die Ablöſungsgeſetze erledigen. Wenn Sie jetzt alle dieſe Maßregeln bei Seite ſchieben, dann entſprechen
Sie den Erwartungen des Volkes nicht."

Gegen die maßloſen Angriffe, womit namentlich von der Finanz-Kommiſſion
die frühere Kammer der Abgeordneten überhäuft wurde, nahm Wächter, welcher
ihr Präſident geweſen war, dieſelbe 4. Januar 1849, energiſch in Schutz [14].

„Die Zeit iſt ſchon etwas vorgerückt, und ich nehme das Wort deßhalb nur
ſchüchtern, ich glaube aber, eine doppelte Pflicht erfüllen zu müſſen, ſollte jedoch
die Kammer der Anſicht ſein, daß der Gegenſtand ſchon erſchöpft ſei, ſo möge ſie
mich unterbrechen, wenn ich ihr zu viel ſpreche.

Der Berichterſtatter der Finanz-Kommiſſion hat ein ſehr freimüthiges und,
wie ich glaube, in den allgemeinen Ausdrücken ein ſehr wahres Urtheil
über den Bericht der Finanz-Kommiſſion gefällt. Er ſei „durchaus mangelhaft", hat er geſagt, die Finanz-Kommiſſion habe nicht kräftig und ausführlich genug die nöthige Sprache geſprochen. Allerdings hat ſie nicht die nöthige Sprache
geſprochen, und es wäre ſehr zu wünſchen geweſen, ſie hätte auf andere Weiſe, als
es hier in dieſem Berichte geſchehen, geſprochen, es würde dann nicht ein ſo lückenhafter Bericht zur Vorlage gekommen ſein. Der Bericht iſt durchaus einſeitig —
ich muß das offene Urtheil darüber fällen — gearbeitet; er läßt auf alle Verhältniſſe des Staates, auf die Vergangenheit und, ich bemerke es ausdrücklich, auch
auf die Gegenwart ein ſo fahles Licht fallen, daß die wahre Farbe der Gegen
ſtände nicht mehr zu erkennen iſt.

Meine Herren! Es glauben ſich in der jetzigen Zeit ſo Viele berufen, die
Ärzte des Staates zu machen; ſie glauben, dieſen Staat recht in die Fieberhitze
bringen zu ſollen, um dann bernſten zu werden, ihn zu kuriren. Es ſollte aber

[13] Protokoll vom 27. Oktober, S. 267, S. 269.
[14] Sitzung vom 4. Januar 1849, Protok. 1848—49, Br. 2, S. 1048 f.

eben deßhalb genauer untersucht werden, ob das in Wahrheit die berufenen Aerzte sind, und ob sie wirklich auf dem Wege sind, auf welchem der Staat allein Glück, Heil und Gedeihen erlangt. Ich will nachher auf die Vorwürfe, welche der Vergangenheit gemacht worden, näher eingehen, denn ich glaube, die erste Pflicht ist, wenn man eine neue Bahn mit Erfolg einschlagen will, auch Gerechtigkeit nicht bloß gegen sich, sondern auch gegen Andere und gegen die Vergangenheit zu üben. Zunächst und vorerst habe ich eine Bemerkung zu machen über die Anträge der Finanz-Kommission Seite 4. Ich bin vollkommen einverstanden mit den drei letzten Anträgen Seite 4 unten, welche die Arbeiten der Organisations-Kommission, das Diätenregulativ und die Stellenbesetzungen betreffen, aber nicht mit dem Antrage Seite 4 oben, der mir ganz gegen die Gewohnheit dieses Hauses zu sprechen scheint. Wenn die Finanz-Kommission der hohen Kammer zumuthet, jetzt zu beschließen,

„die Regierung um alsbaldige Berücksichtigung und wo möglich um schleunige Durchführung der auf Ersparnisse gerichteten Anträge Ihrer Finanz-Kommission zu bitten",

wie ist das gemeint? daß wir jetzt schon beschließen sollen, die Regierung solle auf alle Anträge der Kommission eingehen, ohne daß wir irgend diese Anträge einzeln berathen haben? Ein solches Vertrauen sollen wir der Finanz-Kommission schenken, die uns einen solchen Bericht geliefert hat? Manche ihrer Anträge sind von der Art, daß ich ihnen beistimmen könnte, manche aber müßte ich für sehr verderblich halten. Ich will nur ein Beispiel im Kleinen anführen, über eine ganz kleine Summe, welches gerade dem Herrn Berichterstatter sehr nahe steht und auch mir. In Tübingen ist vor einigen Jahren eine neue Klinik errichtet worden, es war dies ein sehr großes Bedürfniß; nur dadurch wurde es möglich, den medicinischen Unterricht zu heben, und ausgezeichnete Männer für die Fakultät zu gewinnen. Die Fakultät hat sich nun einen ehrenvollen Namen in Deutschland gemacht, die medicinischen Hörsäle, die früher ziemlich leer standen, haben sich in diesem Semester wieder gefüllt. Um nun die neue Klinik in volle Thätigkeit setzen zu können, worauf die ganze Einrichtung basirt wird, verlangt die Regierung noch jährlich 6000 fl. Diese streicht die Finanz-Kommission. Auf diese Weise kann das blühende Institut nicht fortgeführt werden, und Sie haben die Rubrik einer Petition von Studirenden der Medicin heute gehört, in welcher diese erklären, daß sie, wenn das Institut nicht so fortgeführt wird, wie es angelegt worden, genöthigt seien, die Universität Tübingen zu verlassen. Sie ersparen auf diese Art 6,000 fl. auf der einen Seite und die Stadt Tübingen unmittelbar, der Staat verliert 20,000, 30,000, vielleicht 50,000 fl. Ist dies die rechte Sparsamkeit?

Nun will ich auf die Vorwürfe, welche der Bericht der Vergangenheit macht, näher eingehen. Ich gestehe, als ich den einleitenden Bericht der Finanz-Kommission in die Hände bekam, erwartete ich von demselben, neben dem freiesten Urtheil über die Vergangenheit, etwas ganz Anderes, als er uns giebt. Ein solcher einleitender Bericht ist allerdings etwas Außergewöhnliches. Weil aber etwas Außergewöhnliches ist, glaubte ich auch, die Kommission werde das Außerordentliche vollkommen rechtfertigen durch die Art und Weise des Berichtes; ich nahm an, weil wir in außerordentlichen Zuständen und Bedrängnissen leben, würde sie diesen Zuständen gehörig Rechnung tragen und uns in den Stand setzen, vor dem Beginne unserer finanziellen Berathungen vollkommen zu überblicken, wie sie die Mängel heilen will und die Anträge der Regierung, von denen ich einen Theil für nicht durchführbar halte, beurtheile, welche Hülfe sie geben, wie hoch sie das Deficit berechnen würde; ich erwartete, daß diese Berechnung und jene Nachweise möglichst genau erfolgen würden. Dann hätten wir sicher und fest vorschreiten können. Früher waren solche einleitende Berichte nicht in Übung, eben weil damals kein Deficit vorlag; jetzt aber wissen wir nicht, wie wir die fehlenden Millionen decken, wie weit wir sparen sollen, wie weit das Deficit reicht, denn mit drei Millionen Deficit ist nicht genug gesagt; in solchen Fällen muß ganz genau zu Werke gegangen werden, um dann mit Sicherheit darauf bauen zu können.

Statt Dessen wurde uns ein Bericht geliefert, der von allen Diesem Nichts giebt, der aber voll der maßlosesten Vorwürfe über die Vergangenheit ist. Es wird das bisherige System der Leitung des Staates ein — mit diesen Worten — durch= aus verderbliches genannt. Es ist nicht meine Sache, dieses System, so fern es die Leitung des Staates und der Regierung bis zum März vorigen Jahres betrifft, zu rechtfertigen; das ist die Aufgabe Anderer; es finden sich auch viel= leicht Manche in diesem Saale dazu berufen, da sie in den verschiedensten Stufen als hochgestellte Beamte bei den einzelnen Ministerien unter diesem Systeme ge= dient haben und bestimmte Auskunft geben können, es entweder zu rechtfertigen oder anzuführen, was sie von ihrer Seite zur Bekämpfung dieses Systems gethan haben.

Es ist ferner in den heutigen mündlichen Nachträgen des Berichterstatters ein großer Vorwurf gegen die Kammer der Standesherren erhoben worden. Auch hier ist es nicht meine Sache, dieser das Wort zu reden, ja ich muß sogar offen und mit Bedauern gestehen, daß allerdings an dem Widerstand dieser Kammer vieles Gute, das die Kammer der Abgeordneten beschlossen hatte, und was dem Lande gute Früchte getragen haben würde, erbarmungslos gescheitert ist; ich muß das sehr bedauern und glaube verpflichtet zu sein, Dieses auch hier offen auszu= sprechen.

Ein dritter Vorwurf, den der Bericht zwar nicht ausdrücklich erhoben hat, der aber in jedem Blatt des Berichtes durchschimmert, trifft die Kammer der Ab= geordneten und besonders die Majorität aus den letzten 10 bis 12 Jahren. Meine Herren! Ich fühle mich verpflichtet, durch meine frühere Stellung, die ich in dieser Kammer einnahm, hier die Sache dieser vielfach gemißhandelten Kammer — ich darf das wohl sagen — zu führen. Es ist über diese früheren Kammern in öffentlichen Blättern zum Theil maßlos der Stab gebrochen worden, und wenn dieser Bericht Zeile für Zeile Wahrheit enthält, dann wären diese Kammern der Abgeordneten bisher sehr ihrer Pflicht vergessen gewesen.

Es ist allerdings wahr: das konstitutionelle System in den kleineren Staaten von Deutschland, wie ich schon früher einmal hier zu sagen die Ehre hatte, konnte sich unmöglich ganz freie Bahn brechen, so lange Östreich und Preußen mit unversöhnlichem Hasse gegen Alles, was nach Konstitution roch, auftrat; aber so weit ging der Spielraum dieser Kammer doch, daß sie Vieles zum Segen des Volkes wirken konnte, wenn sie nur wollte. Dieses zu thun, würde die Kammer unterlassen haben, wenn die Vorstellung der Vergangenheit, wie sie uns dieser Bericht giebt, richtig sein würde. — Hiegegen aber, glaube ich, verdient die Kammer gerechtfertigt zu werden. Was ich also sage, betrifft bloß die Rechtfer= tigung Dessen, was die Kammern von 1839, 1842, 1845 und 1847 gethan haben. Ich will mich möglichst kurz darüber fassen.

Die Finanz-Kommission stößt einen doppelten Seufzer aus, einen Seufzer über das maßlose Wachsen der Staatsausgaben in den letzten 10 bis 15 Jahren. Hierüber hat der Herr Finanzminister so geantwortet, daß ich nichts Wesentliches beizusetzen wüßte.

Der zweite Seufzer betrifft das maßlose Steigen der Staatsein= nahmen in diesen Jahren. Ich glaube die Engländer können besser rechnen, als wir; sie haben mehr Erfahrung im Staatshaushalte, im Gewerbsleben und der Volkswirthschaft. Aber ein Engländer würde maßlos staunen, wenn irgend ein Blatt, z. B. die Times, etwa sagen würde: welches Unglück für England, wir haben im letzten Vierteljahre im paar Millionen mehr eingenommen, als man nach den Voranschlägen erwartete! So aber wird hier in diesem Berichte gespro= chen; und wie? Nach diesem Berichte bekommt es den Anschein, als ob eine zur Steuererhöhung bereite Kammer die Lasten des Volkes maßlos gesteigert, immer Steuer über Steuer aufgelegt hätte und dadurch die Staatseinnahmen gestiegen wären, während die Sache sich doch völlig anders verhält. Z. B. da heißt es Seite 1 des Berichtes: „auch die Wirthschaftsabgaben stiegen nahezu um 300,000 fl. Jeder, wer dies liest, muß, wenn er mit den Verhältnissen nicht vertraut ist, dies so auffassen, daß in den letzten zehn Jahren sogar das Umgeld bedeutend erhöht worden sei. So wurde es auch gleich nach dem Erscheinen dieses Berichtes in öffentlichen Blättern dargestellt, so daß der Nichtunterrichtete glauben mußte, man habe dem armen Gewerbs- und Landmanne noch Steuererhöhung in den letzten zehn Jahren zugemuthet. Der wahre Verhalt der Sache ist aber der: die Kammer der Abgeordneten von 1839 hat die Wirthschaftsabgaben, das Umgeld, um ein Viertel vermindert, und diese Verminderung hat, wie es scheint, bei wachsendem Durste unserer Landsleute bewirkt, daß die geminderte Steuer weit mehr eintrug, als die früher höhere. Ich glaube, wenn wir so die Einnahme steigern, das ist der rechte Weg und ich wünsche nur, daß auch für die Zukunft auf diese Weise stets die Einnahme sich steigern möge.

Ich erlaube mir, nur in ganz Kurzem den Überblick in Ihr Gedächtnis zurückzurufen, rein auf dem Boden des Finanz-Etats, was die letzten Kammern in dieser Beziehung gethan haben. Zuerst was that die Kammer von 1839, eine Kammer, über welche besonders harte Urtheile gefällt wurden, weil sie allerdings wenig oppositionelle Elemente in sich enthielt. Aber an Freimuth und einem redlichen, auf das Wohl des Volkes gerichteten Willen fehlte es ihr wahrlich nicht. Ich erinnere mich noch, wie mir eine Reihe von Mitgliedern privatim sagte, wenn die Regierung die direkten Steuern nicht um ein Sechstel herabsetzen würde, so würden sie das Budget nicht verwilligen. Das haben mir viele Mitglieder damals gesagt, und was that jene Kammer? sie hatte die jährlichen Steuern herabgesetzt um beinahe eine Million, um 930,000 fl., die Grund-, Gewerbs- und Gefäll-Steuer um ein Sechstel herabgesetzt, um 500,000 fl., die Accise auf Fleisch und Vieh aufgehoben, etwa 79,000 fl., die Güteraccise um die Hälfte vermindert, also um etwa 150,000 fl., das Umgeld um ein Viertheil vermindert, um etwa 250,000 fl., die Abgabe für Viehurkunden, welche 17,000 fl. betrug, aufgehoben. Sollte nun wohl diese Kammer, welcher der Vorstand der Finanz-Kommission solche Vorwürfe machte, sollte sie nun die Besoldungs- und Kapitalsteuer hinauffetzen? was wäre das für eine Gerechtigkeit? Während man alle Klassen des Volkes durch Steuerverminderung erleichtert, sollte die eine oder andere Klasse an dem allgemeinen Steigen der Einnahmen nicht Theil nehmen, nein, sie soll nicht nur nicht eine geringere Steuer erhalten, sondern noch einen Zusatz, was wäre das für eine Gerechtigkeit? — Was that aber die Kammer von 1839 weiter? Sie hatte über beinahe 5 Millionen Überschüsse zu verfügen, und ich gebe zu, daß, wenn über die Art der Verwendung dieser Überschüsse ein Vorwurf zu machen ist, dieser die Kammer der Abgeordneten treffen würde, denn diese Verfügung war in ihren Händen, hing in letzterer Instanz wesentlich von ihr ab. Aber wie verfügte sie über diese Überschüsse? Es wird in dem Berichte der Finanz-Kommission der Vergangenheit der Vorwurf gemacht, daß sie die armen Schulen und Schulmeister so furchtbar vernachläßigt habe. Nun, wie ist dieser begründet? die Kammer von 1839 hat die Schulmeister-Pensionsklasse mit beinahe einer Million, mit 930,000 fl. ausgestattet. Ferner hat sie die Wittwen der Staatsdiener mit 700,000 fl. bedacht, welches Letztere aber eigentlich durch Beiträge der Staatsdiener allmählig zusammengeschossen war; ferner hat sie für Straßenbauten eine halbe Million votirt, für Schuldentilgung eine ganze Million; dann hat sie, was sonst ihr zum Vorwurfe gemacht wird, auch gebaut, Schulhäuser, Universitätsgebäude mit 180,000 fl., Strafanstalten — eine traurige Nothwendigkeit — mit 200,000 fl., dann auch Kasernen und Militär-Spitäler gebaut mit 580,000 fl. Gerade wegen der letzteren Bauten wurden ihr große Vorwürfe gemacht; aber, meine Herren, wer wohnt in diesen Kasernen? Officiere in der Regel nicht, nur wenige, sondern die Söhne unserer Bauern und Handwerker; die Kammer ging davon aus, daß diese auch eine ordentliche Unterkunft finden und nicht in Ställen liegen sollen. Sie hat ferner auch für Kunst und Kunstschulen 514,000 fl. ausgegeben; auch dafür, überhaupt wegen aller ihrer Verwendungen zu Staatsbauten hat sie herber Tadel getroffen. Aber ich erinnere hier nur an Das, was Perikles über seine vielen Bauten den republikanischen Athenern sagte. Freilich perikleische Bauten sind unsere Bauten nicht, in dieser

Beziehung wird noch Manches auszusetzen sein. Aber bauen muß man in Zeiten des Überflusses, denn in Zeiten der Noth wird Niemand mehr daran denken, und wir dürfen der früheren Zeit danken, daß wir jetzt diese Bauten haben, daß sie das Geld nicht verschleuderte, sondern so anwendete, daß es jetzt noch Nutzen bringt. Und was that die Kammer von 1842? Abgaben-Minderungen konnte sie nicht mehr einführen, sie glaubte, daß die Kammer wenigstens nicht zu hoch gegriffen seien; aber eine Abgabe erhöhte sie; doch werden darüber Alle einverstanden sein, daß sie hierin Recht hatte; es war die Steuer auf Hunde. Wegen der anderen Steuern glaubte sie, daß das Volk zwar über Kommunal-Abgaben klagt, nicht aber über die Größe der Staats-Abgaben, und daß diese in der That nicht zu hoch seien. Auch sie hatte Überschüsse, und darüber verfügte sie in folgender Weise: auch sie bewilligte für Bauten zum Beispiel für Kasernirung 87,000 fl., für Universitäts-Bauten 12,000 fl., für Strafanstalten 348,000 fl. u. s. w., aber die Haupt-Ausgaben, zu denen sie die Überschüsse verwendete, waren polizeiliche Beschäftigungs-Anstalten auf den Wunsch der Gemeinden, wofür 75,000 fl. bewilligt wurden, für Straßen- und Brücken-Bau 620,000 fl., für Flußschifffahrt 193,000 fl., überhaupt für Verkehr, Straßen-, Brücken-Bau und Schiffahrt mehr als 800,000 fl., neben dem bedeutenden ordentlichen jährlichen Bedarf. Gleiches könnte ich ebenfalls von der Kammer von 1845 anführen.

Ich wollte hier nur zeigen, daß gewiß von Verschleuderung nicht gesprochen werden kann, daß die frühere Kammer der Abgeordneten stets in Beziehung auf den Finanz-Etat das Beste und das Wohl des Volkes ehrlich und redlich im Auge hatte. Daß sie im Einzelnen geirrt haben könnte, ist ein Schicksal, dem wir Alle unterworfen sind, aber es war ihre feste Absicht, Das zu thun, was Pflicht gegen das Volk und Ehre ihr auferlegt. In dieser Beziehung zeichnet sich noch der Landtag von 1845 aus; es wurden nämlich durch die Kammer dem Ablösungs-Fonds an Gefällen 350,000 fl. zugewendet, für Straßen, Brücken und Flußschiffahrt neben dem ordentlichen Etat noch außerordentlicher Weise 895,000 fl. bewilligt, zur Aufbesserung der Gehalte armer Schullehrer außerordentlicher Weise 90,000 fl. verwendet, abgesehen von Dem, was gewöhnlich jährlich bewilligt wird. Dabei wurden noch eine Reihe der bedeutendsten Anerbietungen an die Regierung von der Kammer gemacht, und es ist nur zu bedauern, daß die Regierung nicht darauf einging; ich darf sie aber nur kurz angeben, um zu zeigen, welcher Geist damals die Kammer beseelte. Es wurden von der Kammer der Regierung angeboten die Mittel zur Verbesserung des technologischen Unterrichtes, also zum Besten der Gewerbe — allein 150,000 fl. — ferner Mittel zur Hebung der Linnenindustrie, zur Übernahme der Schußgelder der Kommunwaldschützen auf die Staatskasse, zu einem Lesebuch für Volksschulen, zur Unterstützung der Schullehrer-Wittwen und -Waisen — allein 50,000 fl.; zu weiteren Mitteln für Straßenbau wurden neben den schon bewilligten außerordentlichen Mitteln noch weitere 700,000 fl. angeboten. Die Regierung ging nicht darauf ein, die Kammer aber, glaube ich, hat gewiß im Sinne des Volkes gehandelt, indem sie diese Anträge stellte.

Und nun diese Vorwürfe im vorliegenden Berichte, als ob in unserem Württemberg keine Kammer existirte, die Herz für das Volk gehabt hätte! als ob die früheren Kammern nicht werth wären, die Schuhriemen der jetzigen Finanz-Kommission zu lösen! als ob die früheren Kammern gar keinen Begriff von dem Wohl des Volkes, von der Volkswirthschaft, von der Finanzwissenschaft gehabt hätten! Erlauben Sie nur, daß ich noch auf Einiges eingehe. Seite 2 des Berichtes heißt es:

„Die Hauptquellen der Überschüsse verdanken ihren Ursprung großentheils der Vertheurung der unentbehrlichsten Bedürfnisse des Menschen, der Grundlagen seines Gewerbefleißes".

Allerdings, wenn Nichtunterrichtete Dieses lesen, so werden sie glauben, bisher habe sich die Kammer und die Regierung bloß bestrebt, die unentbehrlichen Bedürfnisse des Volkes zu vertheuern, um so sich und die Staatsdiener zu mästen; so aber war es wahrlich nicht. Es werden den Kammern zum Vorwurfe gemacht hohe Holz-, Frucht- und Salz-Preise. Hohe Holz- und Frucht-Preise! — sind wir denn Schuld daran — die Kammern oder das Finanz-Ministerium? Auch in dieser Beziehung hat der Herr Finanz-Minister vollkommen richtig geantwortet; können wir die Holzpreise steigern machen? nur der dritte Theil des Waldareals im Lande gehört dem Staate, zwei Drittel gehören den Gemeinden und Privaten und diese haben es in ihren Händen, die Preise zu steigern. Wenn aber die Holzpreise steigen, sollen wir das Holz wegwerfen, sollen wir es verschenken, um ja keine Überschüsse zu bekommen? In dieser Beziehung läßt die Kommission ein sehr schiefes Licht fallen auf die Art und Weise, wie das Holz bisher zu verwerthen gesucht wurde; Seite 2 spricht sie von den ökonomisch und sittlich verderblichen Folgen, welche unsere Methode des Holzverkaufes auf viele früher tüchtige Bürger äußerte. Nun, meine Herren, wie verhält sich auch hier die Sache? Die Kommission hat die Geschichte dieses Holzverkaufes nicht beleuchtet. Früher, noch im Jahre 1833, vergab der Staat sein Holz um die Revierpreise an besonders Begünstigte, d. h. die Revierförster mußten haften für die Einlieferung des bestimmten Geldbetrages und daher gab er das Holz natürlich nur an solche ab, von denen er sicher war, daß sie pünktlich bezahlen, und dadurch waren allerdings die Reichen sehr begünstigt; das erregte allgemeine Klagen im Lande, diese wurden laut und drangen in diese Kammer, welche sie geltend machte. Die Regierung suchte nun einen andern Weg einzuschlagen, und man sollte glauben, der leichteste Weg wäre, zu sagen: hier ist mein Holz, wer kaufen will, kaufe es, und wenn ich nicht weiß, wen ich begünstigen soll, so versteigere ich es. Dieser Weg wurde eingeschlagen, und in der Kammer verlangt, daß auf diesem Wege fortgefahren werde. Diesen Weg aber hat die Regierung vor dem Jahr 1836 nur theilweise eingeschlagen, theilweise das Holz versteigert, theilweise die Revierpreise beibehalten. Dies taugte aber wieder nicht, weil das alte Mißverhältnis immer noch theilweise blieb und deßhalb verlangte die Kammer, die Regierung solle durchaus versteigern. Namentlich wurde dies verlangt von den Abgeordneten D e f f n e r und von Z w e r g e r besonders auf dem Landtage von 1842. Dabei sprach der Landtag auch aus, und dies wurde 1845 wiederholt, die Regierung solle auch Unbemittelte ins Auge fassen, an die Gemeinden um niedrige Preise Holz abgeben, um die Bedürftigen zu unterstützen. D a g e g e n wird sich doch wahrlich Nichts einwenden lassen, während, wenn man den Bericht unserer Finanz-Kommission liest, man glaubt, daß die Gemeinden schmählich mißbraucht worden seien von Seite des Staates, der Kammer u. s. w. Allerdings war es ein Übelstand, daß man bei den Versteigerungen zu lange Kredit schenkte, zum Theil mit Rücksicht auf die Bedürftigen, und das hat gemacht, daß der Holzhandel zum Theil in Wucher überging und mißbraucht wurde. Aber über die allgemeine Einrichtung wurde nicht geklagt. Auch der Abgeordnete S c h w e i c k h a r d t — er war Mitglied der Finanz-Kommission und Referent im Forstwesen war der Abgeordnete D ö r t e n b a c h — erhob im Jahr 1845 keine Klage darüber. Wenn man glaubt, so wie es jetzt die Finanz-Kommission thut, über die Vergangenheit den Stab brechen zu sollen, wenn ich das geglaubt hätte, würde ich das auch früher in der Kammer vorgebracht haben, um abzuhelfen. Aber was schlägt nun die Finanz-Kommission zur Abhilfe vor, was sagt sie überhaupt in ihrem Specialberichte über diese Frage? Ich habe mit großem Interesse den Bericht, der heute erst unter die Kammermitglieder vertheilt worden ist, in die Hand genommen; es ist der Bericht über die Forstverwaltung, und da glaubte ich nun, daß, was die Finanz-Kommission in ihrem einleitenden Berichte über die Belege der Mißbräuche verspricht, die Finanz-Kommission nicht nur diese Belege liefern, sondern auch Anträge machen werde, um das System von Grund aus umzugestalten.

Lesen Sie aber nun die Anträge der Finanz-Kommission Seite 5, so werden Sie finden, sie schließt sich durchaus an das Bestehende an, sie schlägt aber einige beachtenswerthe Modifikationen, jedoch bloß wegen des Kreditgebens vor. Dieses Kreditsystem glaube auch ich kann unmöglich zum Guten führen. Das ist ein Beispiel und in Beziehung auf dieses sagt nun der vorliegende einleitende Bericht der Finanz-Kommission Folgendes: „U n s e r e S t a a t s -

männer waren bemüht, die Preise des Brennmaterials zu steigern, weil sie die Staatskassen-Überschüsse als schönste Blüthen der Staatswirthschaft betrachteten".

Meine Herren! Kann man, wenn man auch nur irgend gerecht sein will, so sprechen, wenn unsere Staatsmänner bloß bemüht waren — in dieser Beziehung, sonst will ich sie nicht rechtfertigen — denjenigen Weg bei Veräußerung des Holzes und Brennmaterials einzuschlagen, wodurch Niemand begünstigt werden würde?

Ein anderer Vorwurf ist die Salzsteuer; man nennt es Steuer, aber noch ist die Frage, ob man sie so nennen kann, wenn der Staat, was ihn wenig kostet, theuer verkauft.

Allein auf dem Landtage von 1833 ist der jetzige Preis des Salzes festgestellt worden, theilweise durch bedeutende Herabsetzung, und es ist allerdings zu wünschen, daß das Salz noch wohlfeiler wird, und man wird diesen Wunsch Niemand verdenken können; wenn irgend es die Verhältnisse zulassen, sollte man an Dieses gehen; aber ungerecht ist es über die Vergangenheit so große Vorwürfe zu erheben, als ob der Staat Wucher treibe, damit der Bauer und Gewerbtreibende das Salz recht theuer bezahlen müsse. Sie dürfen nur nachschlagen, was 1845 in dieser Kammer verhandelt wurde, auf einen Bericht des Herrn Schweickhardt selbst, des Vorstandes der jetzigen Finanz-Kommission. In diesem sagt allerdings die Kommission, eine Preisverminderung bei erleichterten Kommunikations-Mitteln würde wahrscheinlich zu größerem Absatz und daher zu größerer Einnahme führen und zugleich den Zweck erreichen, ein Bedürfniß wohlfeiler zu erhalten. — Aber dann sagt sie weiter, Ihre Kommission würde deßhalb den Antrag stellen — nicht an die Kammer, sie sollte höhere Salzpreise verweigern, sondern — die Kammer möchte der Regierung zur Erwägung geben, ob nicht die Herabsetzung des Preises angemessen wäre. Allein die Zeiten — fährt jene Kommission fort — sind für solche Versuche ungünstig und Verträge mit den Zollvereins-Staaten stehen hemmend im Wege.

Meine Herren! Wenn man Das liest, was im Jahre 1845 geschah, und vergleicht es mit Dem, was hier gesagt wird, und wie hier der Stab über die Vergangenheit gebrochen wird, so traut man seinen Ohren kaum.

Über die Vorwürfe, welche hinsichtlich des Zolles von Zucker und Kaffee gemacht werden, will ich mich hier nicht weiter einlassen, indem sie durch den Chef des Finanz-Departements bereits gehörig beantwortet wurden. Der Zoll wurde beim Eintritte in den Zollverein herabgesetzt! und nach diesem Eintritte konnte man nur im Einverständnisse mit den anderen Zollvereinsstaaten handeln, und es ist natürlich, daß unser Staat hier Nichts mehr einseitig thun konnte. Aber auch in Beziehung auf den Zehnten und auf die Hemmnisse, welche durch den Fortbezug desselben der Landwirthschaft erwuchsen, trifft die früheren Kammern kein Vorwurf. Die Kammer hat stets gethan, was in ihren Kräften stand, um den Grund und Boden von den ihn drückenden Fesseln zu befreien, und wenn ihre Bemühungen nicht von dem Erfolge gekrönt waren, so trug nicht sie die Schuld daran, sondern eine andere Macht, welche sich ihr entgegenstellte.

Wenn aber die Finanz-Kommission billig sein wollte, wenn sie anerkennen wollte, was von früheren Kammern in dieser Beziehung geschehen ist, so mußte sie dies in ihrem Berichte wenigstens sagen; sie durfte nicht verschweigen, daß die Kammer der Abgeordneten im Jahre 1845 die Staatsregierung aufforderte, ihren Zehnten im Wege der Verwaltung zu fixiren.

Auf diese Weise wollte man damals, offen gesagt, die Kammer der Standesherren umgehen, und die Finanz-Kommission hätte dies in ihrem Berichte nicht unerwähnt lassen sollen.

Seite 3 des Kommissions-Berichtes heißt es:

    „es sei mit den Mitteln des Staates auf eine Weise gewirthschaftet worden, daß für die Zwecke der sittlichen und geistigen Bildung, für die Hebung der Produktion durch Erleichterung des Verkehres und durch

Begünstigung des Gewerbfleißes nur höchst ungenügende Mittel übrig blieben".

Auch hier, meine Herren! hätte doch erwähnt werden sollen, was die Kammern vom Jahre 1839 an gethan haben. Man würde dann gefunden haben, daß in diesem Zeitraume, neben 30 Millionen für Eisenbahnen, für Straßen und Brückenbauten allein sieben Millionen in unserem verhältnismäßig kleinen Lande verwilligt wurden, und daß für Flußbauten noch außerdem in diesem Zeitraume mehr als eine halbe Million verausgabt wurde.

Dann heißt es weiter:

„wie wenig von Seiten der Staatsbehörden für das Volks-Schul-wesen geschah, erhellt aus dem fortdauernden Klagen und aus der untergeordneten Stellung des Lehrerstandes".

Diese Klagen, meine Herren! werden leider nicht aufhören und auch weder Sie noch eine spätere Kammer werden im Stande sein, dieselben ganz verstummen zu machen.

Daß aber die frühere Kammer der Abgeordneten diesen Klagen nach Kräften abzuhelfen suchte, will ich nur mit einigen Worten nachweisen.

Ich sehe ab von Dem, was auf die Anregung meines verstorbenen Freundes Walz in dieser Beziehung im Jahre 1833 und 1836 geschah; aber in den Jahren von 1839/46 wurde außer Dem, was unter der allgemeinen Exigenz „für Besoldungen der Geistlichen und Schullehrer" begriffen war, für Schulen und Schullehrer-Bildungsanstalten, Beiträge an die Gemeinden zu den Gehalten ihrer Schullehrer u. dergl. jährlich etwa 110,000 fl., also in diesen 9 Jahren beinahe eine Million verwilligt und dazu noch außerordentlicher Weise eine Million für Schullehrer-Schulen. Es wurden also in diesem Zeitraume zwei Millionen für die genannten Zwecke verwilligt und dazu noch die Regierung eingeladen, wenn sie es für gut finde, von der Kammer noch weitere Mittel zu jenen Zwecken zu verlangen.

Meine Herren! Wenn man in der Weise über ein System des gesammten Staates den Stab bricht, wie es die Finanz-Kommission thut, so muß man sich doch wenigstens desjenigen Faktors der Gesetzgebung annehmen, der wenigstens von seinem Standpunkte aus bemüht war, so wohlthätig wie möglich auf unsere Staatsverhältnisse einzuwirken, und stets wenigstens redlich bestrebt war, seiner Pflicht in möglichstem Umfange zu genügen.

Was die Thätigkeit der Kammern, welche seit dem Jahre 1839 beisammen waren, in anderen als den bereits angeregten, in nicht finanziellen Beziehungen betrifft, so suchten die Kammern vom Jahre 1839, 1842, 1845 durchaus den Weg des Fortschrittes freisinnig einzuschlagen.

Allerdings suchten sie Das, was sie nach ihrer Überzeugung unter den damals nun einmal gegebenen Verhältnissen nicht durchzuführen vermochten, nicht dennoch durchzuführen, aber sie thaten dies, weil sie dadurch im wahren Interesse des Landes, das sie nicht gefährden wollten, zu handeln glaubten.

Ich erinnere nur an die Ereignisse in Hannover, welche jeden Deutschen damals mit tiefem Bedauern erfüllten; es war nur eine Stimme der Mißbilligung in diesem Saale über Das, was in Hannover geschah, und der darüber gefaßte Beschluß war einstimmig. Als den Herzogthümern Schleswig-Holstein eine große Mißhandlung von Seiten Dänemarks drohte, war auch hierüber nur eine Stimme der Entrüstung in dieser Kammer.

Als im Jahre 1845 der damalige Abgeordnete Römer die geheimen Wiener Konferenz-Beschlüsse zur Sprache brachte, erhob sich auch nicht eine mißbilligende Stimme gegen seine Erklärung, daß er hoffe, die Kammer werde sich in keiner Beziehung an diese Beschlüsse halten.

Als die Herstellung der Preßfreiheit in der Kammer auf dem Landtage beantragt wurde, entschied sich die Kammer mit entschiedener Majorität — mehrere Male, wenn ich mich recht erinnere, mit Stimmen-Einheit — für die Preßfreiheit und deren Durchführung. Auch der Nichtlebenslänglichkeit der Gemeinderäthe nahm sich die Kammer stets aufs entschiedenste an.

Allerdings wurde mancher Beschluß hier gefaßt, mit welchem auch ich nicht einverstanden gewesen bin, und ich will keineswegs Alles rechtfertigen, was in dieser Beziehung geschehen ist. Ich will nur an die Beschlüsse über den Kriminal-proceß erinnern; hier war ich im Princip und in der Ausführung ganz anderer Meinung, als die Kammer.

Wenn es mir erlaubt ist, gerade hierbei auch über m e i n e Thätigkeit Einiges zu äußern, so darf ich die Versicherung aussprechen, daß auch von meiner Seite stets dahin zu wirken gesucht wurde, einer freisinnigen Richtung möglichste Geltung zu verschaffen. Und auch auf diesen Gebieten war unser Bestreben nicht ohne Erfolg. Ich darf hier das Zeugnis aussprechen — und ich bin bereit, es jedem Zweifler zu belegen — daß schon zu Anfang des Jahres 1848, ehe noch irgend Jemand eine Ahnung von einer französischen Revolution hatte, zugegeben war, daß in Württemberg die Preßfreiheit verwilligt werden müsse, trotz des entgegen-stehenden Bundesbeschlusses, und noch vor Ausbruch der Revolution waren bereits in dieser Hinsicht die entschiedensten Schritte gethan, es war der Bundesversamm-lung ein Termin gesetzt worden, nach welchem, wenn sie nicht handeln würde, die Preßfreiheit für unser Land eingeführt werden sollte. Ebenso war noch vor dem Ausbruche der Revolution die Einführung der Ö f f e n t l i c h k e i t und Münd-l i c h k e i t im C i v i l - und K r i m i n a l v e r f a h r e n zugegeben und beschlossen. Ebenso kann ich versichern, daß bereits zugegeben war, daß die L e b e n s l ä n g-l i c h k e i t der Gemeinderäthe abgeschafft werden müsse. Ich führe dies Alles nur deßhalb an, um zu zeigen, daß wahrlich Das, was aus der letzten Kammer und aus den früheren Zeiten hervorging, doch nicht so verwerflich und werthlos war, als man es jetzt darzustellen sucht.

Der Herr Berichterstatter der Finanz-Kommission hat gesagt, man habe die Wünsche, die Klagen des Volkes gar nicht kennen lernen können. Aber ich rufe Jeden zum Zeugen auf, ob nicht h i e r in d i e s e m S a a l e jeder Wunsch, jede Klage frei und ungehindert ausgesprochen werden konnte, ob nicht die freiesten Worte wirklich hier gesprochen wurden? Wenn das Volk Wünsche und Klagen hier aussprechen wollte, so waren Männer genug da, welchen es dieselben anver-trauen konnte, und wenn dies geschah, so wurden sie in unseren Protokollen ohne irgend eine Censur abgedruckt. In dieser Beziehung ist gewiß unrichtig, wenn man sagt, die Wünsche des Volkes haben sich nicht aussprechen können.

Der Zustand unserer Presse war allerdings sehr traurig, aber daran, meine Herren, waren wir n i c h t S c h u l d!

Werfen wir noch einen Blick auf die Finanzlage, wie sie am Ende jener Pe-riode sich darstellte, so finden wir in dem Etat, welchen die Regierung zu Anfang des Jahres 1848 auf 3 Jahre einbrachte, die Zusicherung, daß die Staats-Regie-rung ungeachtet der großen Opfer, welche die Eisenbahnen und die letztvergangene Noth und Theurung erheischten, dennoch im Stande sein werde, die Bedürfnisse des Staates zu bestreiten, ohne dem Volke auch nur einen Kreuzer an neuen Lasten aufzubürden. Seit jener Zeit ist allerdings ein vollkommener Umschwung der Dinge eingetreten. Manches von Dem, was damals nicht durch-führbar erschien, ist indessen durchführbar geworden, und vieles von Dem, was wir vergeblich auszuführen strebten, ist bereits vollkommen ausgeführt. Aber Das, was wir errungen haben, ist auch mit vielen Opfern errungen worden. Wenn die Finanz-Kommission in dieser Beziehung Alles richtig darstellen wollte, so mußte sie auch sagen, daß der jetzigen neuen Zeit und Dem, was sie uns brachte, unsere heutige Finanznoth zuzuschreiben ist; sie mußte namentlich sagen, daß der jetzige hohe Militär-Etat es ist, der diese Opfer kostet; daß auch die Zehnt-Ablösung, deren Folgen wir jetzt schon in Berechnung nehmen müssen, uns große Opfer auferlegt, und daß vor Allem das, wie die Finanz-Kommission selbst es nennt, „einmal vernichtete Vertrauen" es ist, an welchem wir in diesem Augenblicke leiden. Dieses Vertrauen, meine Herren, wollen wir wieder herzustellen suchen. Aber dies geschieht nicht durch Berichte wie der vorliegende, sondern dadurch, daß wir Recht und Gerechtigkeit in der Gegenwart gegen die Vergangenheit üben, daß wir dem

Fortschritte ohne Umsturz huldigen, und daß wir im Urtheilen und Handeln stets gerechte Wage halten. "

Von mehreren Seiten angegriffen wegen der im Eingang seiner Rede gemachten Äußerung, daß so Viele sich berufen glaubten, die Ärzte des Staates zu machen u. s. f., entgegnete Wächter [15]: „Was ich gesagt habe, ist — glaube ich — eine Wahrheit für unsere Zeit. Eine Verdächtigung wollte ich nicht aussprechen, aber eine Wahrheit, die man gegenwärtig in jedem Staate finden kann. Bezüglich der Rechtfertigung des Regierungssystems habe ich nur gesagt, meine Aufgabe sei es nicht, das System besonders zu rechtfertigen. Dagegen sei es aber meine Pflicht, die Sache der Kammer zu führen, aus deren Majorität ich als Präsident hervorging. Ich habe dies aus ehrlicher und redlicher Überzeugung gethan. Meine Herren! Ich stehe für jedes Datum ein, das ich anführte. Ich war nie gewohnt, Autoritäten anzuführen. Es kann sein, daß ich Etwas übersehen habe, daß ich im Irrthum bin; aber so weit ich irgend dafür einstehen kann, stehe ich für Alles ein, was ich gesagt habe. Wenn ich auf die Beamten hindeutete, welche früher höhere Stellen bekleidet haben, so wollte ich zunächst an deren nähere Kenntniß der Umstände appelliren. Übrigens ist mir eben ein Blatt zur Hand gekommen, nach welchem eben derjenige Herr, der vor mir gesprochen hat, hinsichtlich der musterhaften Verwaltung des Finanz-Ministeriums und der Gewissenhaftigkeit der Bestrebungen desselben die Erklärung abgiebt, daß nach seiner Überzeugung ein Tadel nicht erhoben werden könne. Nun, meine Herren, wenn die Verwaltung des Finanz-Ministeriums nach meiner Überzeugung eine so musterhafte wäre, dann würde ich nicht so gesprochen haben, wie eben jener Herr Abgeordnete."

Auch in einer spätern Sitzung [16] nahm Wächter Anlaß, die frühere Kammer (in Betreff des kronprinzlichen Palais in Stuttgart, dessen Erbauung diese Kammer verwilligt hatte) nach jeder Richtung zu rechtfertigen.

Mehrfach war Wächter in der Lage, den Rechtsboden gegen ungerechte Anträge zu vertheidigen. Als ein Gesetzentwurf, welcher das Einkommen aus Kapitalien, Besoldungen, Pensionen u. dergl. zu der direkten Gemeindesteuer heranzog, von der Kommission dahin amendirt werden wollte, daß die Wirksamkeit des Gesetzes schon auf den 1. Juli 1848 zurückbezogen werde, trat Wächter diesem Antrag [17] auf das Entschiedenste entgegen: „Ich bin weit entfernt, gegen diese Steuer sprechen zu wollen; ich finde, daß es schon längst billig und gerecht gewesen wäre, daß, so gut der Grundeigenthümer, ebenso auch der Kapitalist, der besoldete und, so zu sagen, der ein geistiges Gewerbe Treibende, der Advokat, der Arzt u. s. w. an den Lasten der Gemeinde Antheil nehme. Also im Princip stimme ich mit dem Gesetzentwurfe vollkommen überein. Ich habe mich nur zum Wort gemeldet, um mich in Beziehung auf die Frage, welche zunächst vorliegt, ob diese angesonnene Steuer auf ein Jahr zurückwirken soll, zu äußern. Glauben Sie, daß, wenn Sie Dieses beschließen, Sie, indem Sie ein langjähriges Unrecht wieder gut machen wollen, es thun würden mit einem neuen sehr großen Unrecht. — — — — Der Berichterstatter sprach hier von „juristischen Bedenklichkeiten", welche gegen den Antrag erhoben werden, durch die man sich aber von der Annahme desselben nicht abhalten lassen könne. Wenn Sie, sobald es sich von dem viel und oft genannten Rechtsboden handelt, oder von der Frage, ob dieser Rechtsboden durchlöchert werden soll, von bloßen juristischen Bedenklichkeiten sprechen, dann sind Sie auf dem Wege, die Grundlagen des Staates zu erschüttern. Ich möchte Sie fragen: zu welchem Zweck sind Sie hier? Ich möchte Sie fragen: mit welchem Rechte sind Sie hier? mit welchem Rechte nehmen Sie Antheil an der Berathung und Beschlußnahme über die wichtigsten Staatsangelegenheiten? bloß deßhalb, weil sie auf dem Rechtsboden stehen; setzen Sie sich außerhalb des Rechtsbodens, so kann Jeder kommen und die quaestio status in Beziehung auf Ihr Hiersein machen, es kann Jeder sagen,

---

[15] Protok. S. 1057.
[16] Sitzung vom 28. März 1849, Protok. S. 2464—2467.
[17] 30. März 1849, Protok. Bd. 4, S. 2520.

man hätte sich um Das nicht zu bekümmern, was Sie hier thun und beschließen. — Setzen Sie sich außerhalb des Rechtsbodens, sei es auch in minderwichtigen Fragen — ich halte aber die vorliegende Frage nicht für eine unwichtige — welches Beispiel geben Sie damit dem Volke, das Sie hierher gesendet hat? Sie sollen dem Volke vorausleuchten durch Ihren Freisinn und Freimuth; Sie sollen aber auch festhalten an dem Rechte und der Verfassung, die Sie beschworen haben; wenn Sie aber glauben, bloß nach Gutdünken, bloß nach Nützlichkeitsrücksichten, nach scheinbaren Billigkeitsrücksichten über den Rechtsboden sich hinwegsetzen zu dürfen, was wollen Sie dann dem Despotismus, dem Unrecht entgegensetzen, wenn sich seine Gewalt und Willkür gegen uns wenden würde? Nichts als den schützenden Schild, als die Waffe des Rechtsbodens, und wenn Sie diesen zerstören, so zerstören Sie die Grundlagen, auf der Sie, der Staat, und das Wohl des ganzen Vaterlandes ruht." — — — Hierauf wurde [18] von einem demokratischen Abgeordneten entgegnet: „Gegen eine Partei, welcher anzugehören ich die Ehre habe, ist der Herr Kanzler mit einer Wühlerrede ins Feld gerückt", und von einem Andern: „Der Herr Kanzler als berühmter Jurist wird recht gut wissen, daß bei dieser Frage vor Allem unterschieden werden muß zwischen öffentlichem und Privatrecht —. Was sodann die Deklamation des Herrn Kanzlers über den Rechtsboden betrifft — u. s. f." In seiner Entgegnung hierauf sagte Wächter [19]: „— Was die Frage der Rückwirkung betrifft, so gestehe ich, daß mir die Theorie, welche aufgestellt wurde, eine neue ist. Ein wesentlicher Unterschied soll sein zwischen öffentlichem und Privatrecht, in Betreff der Rückwirkung. — — Wenn die Rückwirkung im öffentlichen Rechte Grundsatz wäre, wohin würde das führen! — Gehen Sie die öffentlichen Rechtsverhältnisse durch und Sie werden sich überzeugen, daß bei ihnen dieselben Grundsätze in Beziehung auf die Rückwirkung gelten müssen, wie im Privatrechte. Allerdings kommen auch im Privatrechte Ausnahmen vor, allein so fern diese Ausnahmen in bestehende Privatrechte oder vielmehr in bestehende Rechte von Privatpersonen eingreifen, können sie nur durch besondere Gesetze gemacht werden, und fordert dann die Gerechtigkeit — dies habe ich, so lange ich diese Lehre vorgetragen habe, stets bemerkt — daß Denjenigen, welche darunter leiden, volle Entschädigung dafür gegeben werden müsse. Dieser Grundsatz der Nichtrückwirkung auf Rechte Einzelner ist anerkannt werden zu allen Zeiten und von allen Völkern, bei welchen nur eine höhere Ausbildung des Rechtes finden. Selbst bei den despotischen römischen Imperatoren war dies der Fall, selbst ein Justinian erklärte, er würde erröthen, wenn er diesen Grundsatz nicht achten würde. Ich gebe zu, daß dem ungeachtet es einzelne Gesetze giebt, welche zu Zeiten dagegen verstießen; allein diese Ausnahmen lassen sich eben nicht rechtfertigen. Allerdings können auch politische Nothwendigkeiten eine Ausnahme von jenem Grundsatz gebieten, aber dann muß Dieses gebörig gerechtfertigt sein, und es muß da, wo dadurch in Rechte Einzelner eingegriffen wird, Entschädigung gegeben werden. Wenn Sie Ihre Grundsätze von Rückwirkung ins Leben führen, so weiß ich nicht, wie noch ein Rechtszustand dabei gesichert sein soll. — Es wurde sodann — noch gesagt, ich hätte Deklamationen über den Rechtsboden vorgebracht. Meine Herren! Wenn man Das, was ich über den Rechtsboden gesagt habe, was ich einfach in voller rechtlicher Überzeugung und in rechtlicher Begründung ohne alle Floskeln gesagt habe, wenn man Das, sage ich, Deklamationen nennt, so habe ich Nichts weiter darüber zu sagen. Dagegen aber muß ich mich entschieden erklären, wenn derselbe Abgeordnete bei dem Bekämpfen der Rückwirkung von einem Anklammern an alte Mißbräuche spricht, so daß man glauben möchte, ich habe nicht bloß die Rückwirkung, sondern die Steuer selbst bekämpfen wollen. Von einem solchen Anklammern war nicht entfernt die Rede; wir Alle sind darüber einstimmig, daß diese Steuer eingeführt werden müsse, nur dagegen hat man sich erklärt, daß

---

[18] In derselben Sitzung. Protok. S. 2525.
[19] Protok. S. 2527.

die Maßregel rückwärts wirken solle, weil dadurch das Recht verletzt und verkümmert würde. — — Wenn ein anderer Redner von dem Umsturz des Rechtsbodens sprach, der im vorigen Jahre vor sich gegangen sein soll, muß ich wenigstens Einiges erwidern. Ich erinnere mich noch lebhaft einer Unterredung, welche ich vor einigen Jahren mit einem Freunde auf meinem Zimmer hatte. Ich sagte damals: So lange der deutsche Bund besteht, kann von einer wahren Entwicklung der Freiheit in Deutschland nicht die Rede sein. Aber ebenso entschieden sagte ich, daß es Pflicht sei, nicht zu konspiriren, sondern die Ereignisse abzuwarten, die ihm sein Recht zu Theil werden lassen würden; denn diese können nicht ausbleiben. Sie blieben auch nicht mehr lange aus. Wir kamen im vorigen Jahre im Vorparlamente zusammen, und der deutsche Bund hat, bewältigt von den eingetretenen Ereignissen, selbst seine Macht dem Vorparlamente zu Füßen gelegt. Damit war der große Schritt der Revolution geschehen, die, ich gebe es zu, allerdings nothwendig war. Aber diese Revolution ist in einer Weise ausgeführt worden, daß Diejenigen, bei welchen die Macht dem formellen Rechte nach war, selbst davon abtraten. Nun handelt es sich aber darum, auf diesem neu gewonnenen Rechtsboden die neue Freiheit anzubauen; aber Freiheit kann ohne Recht nicht bestehen. Gehen Sie die Republiken des bewunderten Alterthums durch; so lange das Recht bei ihnen heilig galt, waren sie groß und mächtig und stark, sobald aber die Achtung vor dem Rechte bei ihnen verschwand, gingen sie im Despotismus unter. Von einem Vorredner wurde rühmend England angeführt. Auch ich habe stets gewünscht, daß die parlamentarische Regierung zur Wahrheit werden möchte in dem Sinne, wie es in England der Fall ist; ich habe mich für die Volkssouveränetät ausgesprochen, aber bloß in dem Sinne wie sie in England aufgefaßt und gehandhabt werde. Aber welche Achtung ist in England vor dem Rechte! Welche Scheu der großen englischen Staatsmänner, dieses irgend auch nur entfernt anzutasten! Welches Festhalten an alter Sitte, an dem aus früherer Zeit Überlieferten, um jedes Überstürzen zu vermeiden und nur Erprobtes und Bewährtes im rechtlichen Wege allmählich in das Leben einzuführen! Fragen Sie einen englischen Staatsmann, wie hoch er das bestehende Recht hält. Die Freiheit wurde in England in Jahrhunderten erbaut, nicht durch jähes Überstürzen, sondern allmählich durch große Opfer ... (Mehrere Stimmen: Nein, durch eine Revolution.) Die Revolution brachte ihre Früchte nur langsam und allmählich. Es war in England eine Revolution in einer Zeit der Ungerechtigkeit, eine Revolution, die damals für England eine Nothwehr war. Es kommen im Leben der Völker Momente vor, in denen solche Handlungen zur Nothwendigkeit werden und diese läßt sich für England in der damaligen Zeit nachweisen. Aber wie hat nachher England nur Schritt für Schritt seine Freiheiten aufgebaut und fortgebaut in Achtung vor Recht und Gesetz, und welche Beispiele gab es stets in der Art und Weise, wie es den Rechtsboden festhielt!"

In einer späteren Sitzung [20], als es sich um Verminderung der Apanagen handelte, sagt Wächter: „Man hat sich auf das Verlangen des Volkes berufen. Wenn aber das Volk von mir etwas Unrechtes verlangt, so werde ich Nein sagen, und sollte auch mein Leben darüber zu Grunde gehen. Überhaupt müßte man, wenn man aus dem Grunde des Volksverlangens nachgeben wollte, auch in allen übrigen Punkten dem Verlangen nachgeben." Zu diesem Protokoll machte Wächter die Randbemerkung: nec civium ardor prava iubentium.

Das liberale Ministerium hatte einen Gesetzentwurf über die Herabsetzung der Pensionen der Civilstaatsdiener eingebracht. Die staatsrechtliche Kommission der Kammer beantragt Anwendung dieses Gesetzes auf die bereits angestellten Staatsdiener. Auch hier ist Wächter [21] für die Wahrung der durch Anstellung erworbenen Rechte eingetreten: „Wenn ein Staatsbeamter in dieser Sache das Wort nimmt, so muß er eigentlich etwas schüchtern sein, weil man glauben könnte, er streite für den eigenen Herd. Ich bin aber in der Lage sagen zu können,

---

[20] 11. April 1849, Protok. S. 2570.
[21] Sitzung vom 12. April 1849, Protok. S. 2580.

daß ich kein persönliches Interesse in dieser Sache habe; einestheils bin ich in Folge einer Volation und eines besondern Vertrages im württembergischen Staatsdienste, und andernfalls hoffe ich, daß ich nie in den Fall kommen werde, von der württembergischen Staatskasse eine Pension zu beziehen. — Die Pensionslast ist in unserem Vaterlande allerdings groß, d. h. im Verhältnis zu den übrigen Ausgaben des Staates sind die Pensionen eine sehr bedeutende Ausgabe, und es ist deßhalb erklärlich, daß man namentlich in jetziger Zeit über diese Last sehr klagt und Erleichterung fordert. Die Größe der Last an und für sich kann nun aber doch in der That kein Moment sein, besondere Klagen und Forderungen zu erheben. Noch größer ist ja die Last der Zinse aus der Staatsschuld, und da man vom Rechtsboden Nichts mehr hören will, so sehe ich nicht ein, warum man nicht auch den Antrag stellt, die Zinse aus der Staatsschuld auf 2 Procent herabzusetzen. Man könnte sich hierbei auf einen Vorgang nach dem dreißigjährigen Kriege berufen; da hat man sich gerade auf diese Weise geholfen; ob aber das Recht im Staate, der Krebit und das Wohl der Staaten dabei gut gefahren sind, das ist eine andere Frage. Wenn Sie nun aber dem Übelstande, der in der Größe der Pensionslast liegt, auf eine solche Weise abhelfen wollen, so muß man in der That sagen: die Staatsgläubiger haben nicht mehr Recht, als die Staatsdiener. — Meine Herren! Ich sehe einige von Ihnen eine verneinende Bewegung machen.— Allein ich wiederhole: wenn von zwei Personen jede ein verschiedenes Recht, aber jede ein gut begründetes Recht hat, so kann man nicht sagen, das eine Recht dürfe man eher verletzen, als das andere; denn jedes Recht steht als solches mit gleicher Kraft und gleich unantastbar da. — Früher war die Pensionslast in Württemberg allerdings weit geringer; noch im vorigen Jahrhundert belief sie sich nur auf 7,000 bis 8,000 Gulden jährlich. Allein wie waren damals die Verhältnisse der Beamten? In der Regel wurde kein Beamter pensionirt; der Alte, der unfähig Gewordene blieb in seinem Amte und Gehalte, man gab ihm aber eine Stütze an die Seite, und das kostete den Staat verhältnismäßig weit mehr, als ihn nun die Pensionirung kostet. — Es liegen verschiedene Vorschläge vor uns, um dem in der Größe der Pensionslast liegenden Übelstande abzuhelfen. Die Minorität der Kommission beantragt, künftig alle Beamten nur unter der Bedingung anzustellen, daß sie keine Pension mehr bekommen. Dagegen läßt sich von der Rechtsseite Nichts erinnern, allein sehr viel von der politischen Seite. Die Kommission meint, wenn man dem Beamten beim Antritte seines Amtes jene Bedingung mache, so könne und werde er während seiner Dienstzeit durch Zurücklegen von seinem Einkommen für seine und seiner Familie Zukunft sorgen. Blicken Sie auf die Verhältnisse der großen Mehrzahl der Beamten in unserem Lande. Wie können diese, wenn ihnen keine Pension zugesichert wird, für ihre spätere Zukunft sorgen? Die Gehalte unserer Beamten sind in der Regel geringer, als die der Beamten in den übrigen deutschen Staaten. Ich kann hier an die Erfahrung der meisten unserer Beamten appelliren. Nennen Sie mir Beamte der niederen und mittleren Kategorie, welche von ihrem Gehalte etwas Erhebliches zurücklegen könnten! Was sollen also solche Beamte thun, wenn ihnen der Staat keine Pension gewährt? Man sagt, sie mögen sich in Lebensversicherungsgesellschaften und dergleichen einkaufen, allein dazu gehören auch die Mittel; wenn Sie also den Beamten keine Pension mehr gewähren, so müssen Sie ihnen die Mittel zu jenem Zwecke durch Erhöhung ihrer Besoldung verschaffen, und so würde für den Staat Nichts gewonnen. Eine radikale Abhilfe schlägt allerdings der Abgeordnete v. Z. vor; wir sollen nach ihm nicht bloß auf die künftig erst anzustellenden, sondern geradezu auch auf die schon angestellten Beamten den Grundsatz der Nichtpensionirung wirken lassen. Dies würde für die Zukunft allerdings helfen, obwohl nicht für die nächste Zeit, allein, meine Herren, Sie werden selbst der entschiedenen Ansicht sein, daß hierdurch das Recht auf das Direkteste verletzt würde, und ich glaube daher nicht nöthig zu haben, über diesen Vorschlag weiter ein Wort zu sagen. — Die Majorität der Kommission geht von der Ansicht aus, daß, wenn man nun ein neues Pensionsgesetz erlasse, alle gegenwärtig angestellten Beamten sich demselben unterwerfen müssen. Untersuchen wir aber, ob das viel helfen würde für die jetzige Zeit der Noth, so glaube ich, daß es im Ganzen nur sehr unbedeutend wirken könnte. Faffen Sie dabei ins Auge, was die Regierung vorgeschlagen hat, daß nämlich allen denjenigen Beamten, welche von der Erlassung des Gesetzes an in irgend ein höheres Amt eintreten, zur Bedingung gemacht werden soll, sich dem neuen Gesetze zu unterwerfen, so werden Sie finden, daß schon in 5 oder 6 Jahren ein großer Theil der Beamten dem neuen Gesetze unterworfen sein wird, eben weil sie allmählich doch wenigstens einen kleinen Schritt im Staatsdienste vorwärts rücken und dieses Vorrückens wegen auf die Beneficien des alten Gesetzes verzichten werden. Wenn wir die Sache praktisch auffassen, so wird die Rückwirkung, welche Sie zu beschließen im Begriffe sind, hauptsächlich bloß die alten Männer treffen, welche schon 30 und mehr Jahre im Staatsdienste stehen, welche seit dieser Zeit dem Staate treue Dienste geleistet haben in der Überzeugung, daß auf die im bestehenden Gesetze garantirte Weise für ihre Zukunft gesorgt sei, welche jetzt gerade auf dem Punkte stehen, in die Pension einzutreten, und gegen Diese, meine Herren, sollte man am wenigsten die Rückwirkung beschließen. Was werden Sie auch durch diese Rechtsverletzung gewinnen? Der Gewinn wäre so unbedeutend, daß wahrlich kein einziger Steuerpflichtiger auch nur das Geringste davon in seinem Steuerzettel verspüren würde. — Was nun das Rechtsverhältnis der Staatsdiener selbst betrifft, so scheint mir hier überhaupt eine merkwürdige Umwandlung der Ansichten vorgegangen zu sein, wie noch in manchen anderen Beziehungen seit einem Jahre eine Änderung der Ansichten stattgefunden hat. Früher war es herrschende Ansicht, namentlich in der Ständeversammlung, daß der Staatsdiener möglichst selbständig gegenüber der Regierungsgewalt gestellt, daß er gegen diese in seinem Rechte möglichst geschützt werden soll, damit er ungerechten und unbilligen Zumuthungen der Regierung entgegentreten kann, damit er, der doch in Wahrheit bloß für das Volk vorhanden ist, auch seine Pflichten gegen das Volk vollständig erfüllen kann, selbst gegenüber von ungerechten Zumuthungen der Regierungsgewalt. Deßhalb hat die Mehrheit der Kammer der Abgeordneten stets den Grundsatz ausgesprochen, daß der Staatsdienst auf einen Vertrag sich gründe, daß der Staat sehr Unrecht habe, wenn er an diesem Vertrage rüttle, daß es bisher ein Unrecht in Württemberg gewesen sei, wenn der Geheimerath die Ansicht festhielt, es sei Sache der Administrativjustiz, über die Rechtsverhältnisse der Staatsdiener zu entscheiden, daß der Staatsdiener, wenn er von der Regierung in seinem Rechte irgend verletzt werde, nach unserer Verfassung Schutz vor den Gerichten verlangen kann. Jetzt, meine Herren, sind Sie auf einmal im Begriff, eine andere Ansicht aufzustellen, jetzt wird behauptet und zu beweisen gesucht, das Staatsdienerverhältnis beruhe nicht auf Vertrag, seine Normirung hänge lediglich von der Willkür der Gesetzgebung ab; der Staatsdiener soll jetzt ein unselbständiges Organ der Regierung sein, er soll in ein ähnliches Verhältnis treten, wie es in Frankreich früher bestand und noch jetzt besteht, wo, wenn das Ministerium sich ändert, auch alle Beamten der Verwaltung bis in die untersten Schichten wechseln können. Um dieser Ansicht zu entsprechen, müßten unsere Staatsdienstverhältnisse völlig umgestaltet werden. Allein stichhaltige Gründe zu einer solchen Änderung der Ansicht habe ich in der That nicht aufzufinden vermocht. Näher darauf einzugehen, daß der Staatsdienst auf einem Vertrage beruhe, halte ich nicht für nöthig, die Sache ist unwidersprechlich. Allein in der Beziehung muß ich ein paar Worte sagen, daß es mir wirklich eine Verwirrung der Begriffe zu sein scheint, wenn man das Vertragsprincip zugiebt, dieses Princip aber doch nicht wirken lassen will auch auf die zugesicherte Pension. Denken wir uns irgend ein Privatverhältnis. Ein reicher Fabrikherr z. B. hat eine Menge von Arbeitern; es kommen noch andere, welche in seiner Fabrik arbeiten wollen; sie melden sich bei ihm, wie eben ein Kandidat sich um einen Staatsdienst beim Minister bewirbt, und der Fabrikherr erklärt hierauf diesen Arbeitern, er wolle sie in Dienst nehmen, und gebe ihnen so und so viel Lohn, und wenn sie wenigstens 30 Jahre lang in seinen Diensten gestanden und dann arbeitsunfähig werden, so gebe er ihnen so und so viel zu ihrem Lebensunterhalte. Welcher Jurist wird nun behaupten, daß der Fabrikherr, wenn 30 Jahre nahezu vorüber sind, den Arbeitern erklären könnte, er habe inzwischen sich anders besonnen und werde ihnen keine Pension geben? Welcher Jurist würde wohl auftreten und sagen, daß diese Fabrikarbeiter nicht wegen verletzten Rechts klagen können? Nur diesen einfachen Fall lege ich Ihrem Rechts- und Billigkeitsgefühle vor Augen und mutatis mutandis findet dasselbe Verhältnis auch durchaus bei den Staatsdienern statt. Man hat auf unbegreifliche Weise das Recht auf künftige Pension völlig in gleiche Kategorie gesetzt mit bloßen Hoffnungen. Das Verhältnis der Staatsdiener fällt unter die Kategorie des bedingten und betagten Rechtes und dieses bedingte Recht, d. h. daß man sich den Folgen des Eintritts der Bedingung unterwerfen muß, ist so gut ein erworbenes Recht, wie jedes andere Recht. Darüber wird wohl wenig Meinungsverschiedenheit unter den Juristen sein. Was wird nun aber die Folge sein, wenn wir auf diese Weise von dem Grundsatze ausgehen, daß die Beamten in dieser Hinsicht unselbständig, in dieser Hinsicht abhängig, in dieser Hinsicht unsicher in ihren künftigen Rechten sein sollen, wie solches durch die Annahme der fraglichen Anträge eigentlich faktisch ausgesprochen wird? Glauben Sie, daß wir dem Beamten hiedurch eine besondere Freudigkeit in seinem Berufe geben, daß wir ihn in seinem Eifer besonders anspornen werden, oder glauben Sie etwa, daß wir das Talent, daß wir den Tüchtigen, der sich fühlt, besonders anspornen werden, in Zukunft dem Dienste des Staates sich zu widmen? Ich glaube dies nicht! Vielmehr wird, wenn wir in dieser Weise mit den Beamten zu verfahren beginnen und fortfahren, gegen dieselben zu Werke zu gehen, in Zukunft Jeder, der sich fühlt, oder der Kraft bewußt ist, auf anderem Wege selbständig fortzukommen, jedes Talent, das sich die Kraft zutraut, in einer andern Laufbahn Erfolg zu haben, aus dem Kreise des Staatsdienstes scheiden, und so werden Sie, indem Sie einige 10,000 oder selbst 100,000 Gulden sparen, doch für das wahre Interesse des Volkes wahrhaftig nicht sorgen. Blicken Sie zurück in eine Zeit, welche Württemberg noch im Anfange unseres Jahrhunderts hatte, die jetzt noch manche Staaten in Europa haben, in welcher nirgends eine Klage über hohe Gehalte oder hohe Pensionen gehört wurde, in welcher die Gehalte nominell sehr gering waren. Blicken Sie auf den Anfang dieses Jahrhunderts, wo ein Oberamtmann vielleicht nur ein Paar 100, ein Rath 700 und ein Sekretär 300 Gulden Gehalt hatte. Wie war es damals? Wenn uns die Bauern von damals und die Handwerker von damals erzählen könnten, was sie bei jedem Gange zu dem Beamten mitnehmen mußten, um sich geneigtes Ohr zu erwerben, was man im Herbst und zu Neujahr von ihnen erwartete, kurz was Alles auf diese Weise per nefas bezahlt wurde, so würden wir finden, daß das Volk damals auf Umwegen verhältnismäßig weit mehr zu leisten hatte, als es jetzt auf ehrlichem und direktem Wege bezahlen soll. Wenn Sie aber die erlaubten Bezüge zu sehr schmälern, so ist sehr zu befürchten, daß solche Umwege am Ende einen Beamtenstand korrumpiren könnten, der jetzt den Ruhm und das Zeugnis für sich hat, daß er einer der unkorrumpirtesten ist. Zwar beruft man sich auf die politische Nothwendigkeit. Ich gebe zu, daß es politisch nothwendig ist, auf irgend eine Weise das Deficit, welches wir haben, zu decken zu suchen, und bin ich überzeugt, daß Keiner von uns, Staatsdiener wie Nicht-Staatsdiener, Opfer scheuen wird, die hiezu nothwendig sind. Wir wollen Alle auf gleiche Weise an diesen Opfern Theil nehmen und Das, was wir haben, dem Staate weihen, damit er seine Verbindlichkeit erfüllen könne, nicht aber auf der einen Seite sagen, Dieser und Jener soll Opfer bringen, um Verbindlichkeiten erfüllen zu können, während der Staat mit der andern Hand Verbindlichkeiten verletzt, um wiederum andere Verbindlichkeiten zu erfüllen. Wir wollen Jedem gleiche Lasten zuweisen, Jeder soll gleich tragen, und wenn in Rechte eingegriffen werden soll, so können wir nicht einen einzelnen Stand herausnehmen, und ihm sagen, daß dieser es theilweise gleichsam entgelten solle, sondern wollen auf dem Wege, den das Gesetz und die Verfassung offen läßt, nämlich auf dem Wege der Besteuerung in gerechter und gleichmäßiger Weise die Opfer auflegen und ich bin überzeugt, daß Jeder, wenn es ihn auch noch so hart trifft, sich gern diesen Opfern unterwerfen wird, wogegen Derjenige, dem durch Verletzung des Rechtes Opfer aufgelegt werden, in dieser Hinsicht immer einen Stachel im Herzen tragen müßte." — Auf einige Entgegnungen gegen seine Argumentation erwiderte Wächter[22]: — „Man hat mir vorgeworfen, daß ich durch Vergleichungen Beweise zu führen gesucht habe. Ich gestehe, daß ich die Frage für mich als entschieden ansah; um aber auch Sie zur Billigkeit und zum Rechtsgefühle in dieser Sache hinzuleiten, habe ich zum Gleichnisse meine Zuflucht genommen, wie ja Gleichnisse am besten überzeugen. Allerdings hinkt jedes Gleichnis, so auch mein Gleichnis von den Fabrikarbeitern. Der Fabrikherr hat keine Gewalt, er kann vor dem Gerichte belangt werden, seine Pflicht zu erfüllen; der Staat aber hat die Gewalt, Unrecht zu thun. Wir haben aber, wenn die künftigen Gesetzgebungen der Provinzen Deutschlands sich sehr zum Unrecht hinreißen lassen, die Aussicht auf die künftigen Reichs-Gerichte. — Ich wurde aufmerksam gemacht auf den Unterschied zwischen Privatrecht und öffentlichem Recht. Ich habe diesen Unterschied nicht verwischt. — Es kann ein Verhältnis eine doppelte Seite haben; es kann in einer Beziehung wesentlich dem öffentlichen Rechte angehören, in einer andern wesentlich dem Privatrechte. — Es wurde hier viel argumentirt aus dem Gesichtspunkte des modernen Staates im Gegensatz zu dem Feudalstaate. Ich glaubte bisher, daß wir eigentlich aus dem Feudalstaate herausgekommen waren, sobald wir mit unserem Könige die Verfassung paciscirt hatten, so daß um die Konsequenzen der Verfassung vollkommen eintreten zu lassen, nur noch ein Zweites fehlte — die Freiheit von Deutschland überhaupt. Aber was soll man unter dem modernen Staate verstehen? Es scheint mir das ein so vielseitiger, vielseitig behandelbarer Begriff zu sein, daß er sich am Ende zu jeder Argumentation hergiebt. Ich gestehe offen, ich habe bisher die Engländer um ihre Staatseinrichtungen, um ihre Freiheit, Kraft und Macht, und um das Recht beneidet, welches dort herrscht. Man würde das z. B. nicht einen modernen Staat nennen; ist aber unser Deutschland in allen Beziehungen ein moderner Staat? das Wort „moderner Staat" ist eben ein solcher Begriff, wie „Demokratie"; man kann es so oder so nehmen, es ist ein Wort wie ein Chamäleon, es kommt viel darauf an, wann und wo es gebraucht wird. Aber ich glaube, daß das Wort Nichts beweist, so lange man nicht sagt, was unter diesem modernen Staate verstanden werden soll. Soll aber durch den modernen Staat das Recht selbst aufgehoben werden, dann ist dies nicht der rechte Staat. Überhaupt gehen wir Schritt für Schritt auf dieser fatalen Bahn vorwärts. Vor 14 Tagen, als wir ebenfalls eine solche Rechtsfrage zu behandeln hatten, wurde das Entgegenhalten des bestehenden Rechts bloß für eine „juristische Bedenklichkeit" erklärt; heute geht man einen Schritt weiter und nennt das Entgegenhalten des bestehenden Rechtes eine „juristische Spitzfindigkeit"; am Ende meint der Berichterstatter, „warum man überhaupt nur über die Rechtsfrage debattire", man brauche dies gar nicht zu thun, sondern einfach darüber wegzugehen, so daß man zuletzt auf den Standpunkt käme, gar nicht mehr vom Recht zu sprechen. Wohin soll dies führen? Die heutige Verhandlung giebt den sprechendsten Beleg dafür, wohin es am Ende führen wird. Die Minorität der Kommission will sich noch auf dem Rechtsboden halten: sie trägt darauf an, bloß die künftig „anzustellenden" Staatsdiener dem neuen nachtheiligen Pensionsgesetze zu unterwerfen. Weiter geht die Majorität der Kommission; sie übertritt das Gebiet des Rechtes; nach ihr soll das Gesetz auch auf die bereits angestellten Staatsdiener sich beziehen; noch weiter im Durchlöchern des Rechts geht der Abg. von Göppingen, nach ihm sollen auch Diejenigen, welche bereits im Genusse von Pensionen sind, dem künftigen Gesetze unterworfen werden, wenn ihre Pension über 2000 Gulden beträgt; dies wird ergriffen von einem andern Abgeordneten, um noch weiter zu gehen; nach ihm sollen alle gegenwärtigen Pensionäre dem künftigen Gesetze unterworfen werden. Sofort führt dies zu einer weiteren Überschreitung des Rechtes. Nicht bloß die Pensionen, auch die Besoldungen der aktiven Staatsdiener sollen herabgesetzt werden. Meine Herren! das sind in der That große Fortschritte, die Sie auf dem Durchlöchern des Rechtsbodens machen. Man hat uns

---

[22] Protok. S. 2592.

freilich zu Gemüthe geführt, daß, wenn in Beziehung auf die Pensionen nicht nachgegeben werde, leicht der Fall eintreten könnte, daß einzelne Steuerpflichtige nicht mehr bezahlen können, ja man hat sogar für diesen Fall von einer Eruption beim Volke gesprochen. Ich will mich nicht näher darauf einlassen, da schon von Seiten des Ministertisches darauf gehörig geantwortet wurde; das Eine aber sollte man sich immer klar machen, daß wir berufen sind, die Regulatoren der Volksmeinung zu sein, ihm mit gutem Beispiele voranzugehen, und zwar dadurch, daß man das in kürzester Zeit thue, was die Noth des Volkes erfordert, von der anderen Seite aber auch unsere Pflichten gegen das bestehende Recht zu erfüllen."

Als am 13. April 1849 der Antrag auf der Tagesordnung stand, die Regierung aufzufordern, die Reichsverfassung anzuerkennen und die ablehnende Antwort des Königs von Preußen auf das von der Nationalversammlung gemachte Anerbieten der deutschen Kaiserkrone der gehässigsten Kritik unterzogen wurde, sprach Wächter sich entschieden für den Anschluß an Preußen aus[23]: „Ich ging immer davon aus, daß ein Heil für Deutschland nur dann gefunden werde, wenn nicht mehr zwei Großmächte in demselben herrschen, wenn sie nicht mehr die Herrschaft entweder unter sich theilen, oder durch gegenseitige Eifersucht ein kräftiges, heilbringendes Wirken paralysiren. Ich ging immer davon aus, daß die Größe des deutschen Vaterlandes, seine freie Entwicklung im Innern und ein würdevolles Auftreten gegen außen nur dadurch möglich werde, wenn eine vollkommene Vereinigung aller deutschen Bruderstämme zu wahrer Einheit erzielt werden könne. Vielleicht wäre es möglich gewesen, diese Vereinigung auf einem andern Wege zu erreichen, als der ist, den die deutsche Nationalversammlung eingeschlagen hat — —. Allein, was bleibt uns nun zu thun übrig? Wollen wir zurücktreten in unsere früheren Verhältnisse? Wollen wir den alten deutschen Bund? Das ist nicht möglich. Wollen wir künftig auch noch zwei Großmächte in Deutschland haben, die Deutschland spalten, die sich gegenseitig feindlich gegenüberstehen, die ihn unmächtig nach außen machen und seine freie Entwicklung nach innen verhindern? Das können wir Alle nicht wollen. Wir müssen endlich einmal anfangen mit einem Punkte der Vereinigung, an welchen die übrigen Theile Deutschlands sich anschließen können, und deßhalb können wir nicht sagen, es würde auf dem Wege der Nationalversammlung ein Kleindeutschland gegründet werden, sondern es handelt sich darum, einen Kern für die künftige Vereinigung von ganz Deutschland zu bilden, einen Kern, der allerdings, wie es so häufig mit dem Anfange der Fall ist, nicht mit dem Ganzen, sondern nur mit einem Theile desselben, aber mit dem bedeutendsten beginnen wird. Die Nationalversammlung hat dem Könige von Preußen die deutsche Kaiserkrone angeboten. Man sagte, er habe sie ausgeschlagen. Allein, das kann man nicht sagen. Ich halte mich hier nicht an Das, was der König der Deputation der Reichsversammlung persönlich geantwortet hat, sondern an die officielle Erklärung der preußischen Regierung, die sie in der späteren Cirkulardepesche an ihre Gesandten erließ. Der König von Preußen hat erklärt, daß er zuerst hören wolle, wie die Regierungen und Völker Deutschlands die Sache aufnehmen, und daraus geht hervor, daß er für seine Person der Annahme der Kaiserkrone nicht abgeneigt sei, wenn diese Erklärungen entgegenkommend lauten. Gerade in Beziehung auf diese Erklärung, in Beziehung auf die Möglichkeit, im Könige von Preußen noch ein Haupt für Deutschland zu finden, hätte ich gewünscht, daß Manches, was heute in dieser Beziehung gesagt wurde, nicht gesprochen worden wäre; denn eine Krone, die wir schaffen wollen, soll in reinem, ungetrübtem Glanze strahlen, soll von Allen in voller Achtung anerkannt werden! Nach dieser Erklärung handelt es sich darum, was wir in diesem entscheidenden Augenblicke thun wollen; es handelt sich eigentlich nur von der Frage, auf welche Kräfte und Zustimmungen Preußen und die Nationalversammlung rechnen kann, es handelt sich eigentlich um eine allgemeine Abstimmung in Deutschland. Ich wenigstens fasse den vor-

---

[23] Protok. S. 2635.

liegenden Antrag so in dieser größeren Bedeutung auf, daß alle deutschen Volks-stämme sich nun erklären sollen, ob sie den Beschlüssen der Nationalversammlung mit aller ihrer Kraft beitreten wollen, und fällt diese Abstimmung günstig aus, so zweifle ich nicht daran, daß die Beschlüsse der Nationalversammlung auch vollzogen werden. Deßhalb bin ich dafür, daß auch wir diese Abstimmung vornehmen, uns in diesem Sinne den Beschlüssen unterwerfen und trotzdem, was in letzter Zeit ge-schehen ist, wiederholt erklären: ihr könnt auf uns zählen; wenn es sich um die Gründung eines einigen großen Deutschlands handelt; ihr könnt auch bei dieser Abstimmung auf die süddeutschen Volksstämme vertrauen! Um diese Über-zeugung zu kräftigen, sollten aber namentlich auch diese Stämme entschieden ihr Votum in die Wagschale legen. Ich verkenne die Gefahren nicht, welchen wir da-durch entgegengehen. Allein verhehlen wir es uns nicht, wir mögen thun, was wir wollen, überall bleibt die Gefahr gleich groß, und so lassen Sie uns lieber die Gefahren übernehmen, die besonders nach Außen, und bei einem durch das künftige wahre Heil gebotenen Beschlusse drohen mögen, als die nicht minder großen besonders von Innen, denen wir entgegengehen würden, wenn wir unser Vaterland auf den traurigen Standpunkt früherer Zeiten zurückführen sollten. — — Wenn man auf politischem Wege Großes erreichen will, so muß jede Partei die Tugend der Selbstverleugnung üben, jede muß gegenseitig Koncessionen machen, um mit vereinten Kräften vorerst Das zu erreichen, was vor Allem Noth thut. Es kann vielleicht bald die Zeit kommen, wo Jeder von uns diese Tugend üben muß, wo, wenn die Parteien bereits das Schwert gegen einander gezückt haben, sie es wieder in die Scheide stecken müssen, um vor Allem eines gemeinsamen Feindes sich zu erwehren. Setzen Sie den Fall, daß ein auswärtiger Feind uns bedrohen, daß er uns gebieten wollte, eine Verfassung nach seinem Sinne anzunehmen oder zu ver-werfen; da vertraue ich den Republikanern und Demokraten, ich vertraue allen Parteien, daß sie sich offen und redlich die Hand bieten würden, um vor Allem den gemeinsamen Feind zurückzuweisen, und ebenso vertraue ich Ihnen, daß Sie jetzt redlich die Hand dazu bieten werden, um endlich einmal ein Deutschland zu Stande zu bringen. Ist dies geschehen, dann, meine Herren, wollen wir die Kräfte wieder messen, aber dann haben wir einen Schutz, wir haben die Reichsverfassung über uns, und einen festen Boden, auf dem wir stehen, der uns jetzt ganz fehlt! Aber ich verlange die ganze Verfassung, und nicht einen Theil derselben. Ich gestehe offen, daß ich mit manchen Bestimmungen dieser Verfassung nicht einver-standen bin, und wenn ich in späterer Zeit, was ich jedoch nicht glaube, je einmal berufen sein sollte, in der Reichsversammlung als Deputirter zu sitzen, und es wür-den einzelne Artikel der Verfassung zur Sprache kommen, so würde ich nicht jeden derselben vertheidigen. Aber wenn jetzt eine Vereinbarung zu Stande kommen soll, so müssen alle Parteien nachgeben. So ist es auch mit der Verfassung; wenn man auch Dieses oder Jenes daran auszusetzen findet, so wird sie doch im großen Ganzen, sie wird in ihrem Geiste wahrhaft dem Sinne des deutschen Volkes ent-sprechen. Was verlangt dieses Volk? Es verlangt Freiheit, Recht und Ordnung, und, seiner Mehrheit nach, die konstitutionelle Monarchie. Die Verfassung ge-währt die Freiheit in vollem Maße, aber sie giebt auch die Monarchie, und wenn sie der letzteren gegenüber in manchen Punkten vielleicht etwas zu weit geht, so mag die konstitutionelle Monarchie die ihr gemachten Zugeständnisse dagegen in Rechnung bringen, und bedenken, daß man das Eine mit dem Andern erwerben muß! — — Bedenken wir, daß in diesem entscheidenden großen Augenblicke die Augen von ganz Europa auf Deutschland gerichtet sind! Lassen Sie uns durch einiges kräftiges Handeln die Achtung Europa's erwerben, und zeigen wir, daß wir würdig sind, endlich einmal in die Reihe der selbständigen und freien Völker einzutreten!"

Indeß nahm die demokratische und republikanische Bewegung in Süddeutsch-land immer bedrohlichere Dimensionen an. Volksversammlungen tagten da und dort, sprachen sich für den Anschluß an den Aufstand in Baden und der Pfalz aus und rüsteten sich zu bewaffnetem Zuzug, sie begannen auch die Ständeversammlung zu terrorisiren und in der Kammer der Abgeordneten selbst führten die Beförderer dieser Bewegung das große Wort. Eine am 27. und 28. Mai in Reutlingen gehaltene Volksversammlung richtete eine Petition an die Kammer, worin dieselbe aufgefordert wurde, von der Regierung zu verlangen, daß Württemberg mit bewaffneter Hand in der Rheinpfalz und Baden den dortigen Aufstand unterstütze und „den Gegnern der deutschen Sache" entgegentrete. In der Reutlinger Versammlung war unumwunden in Aussicht gestellt worden, „es sei ein großer Theil des Volkes gesonnen, nöthigenfalls mit bewaffneter Hand die Erfüllung dieser Wünsche zu erzwingen". Der Berichterstatter der über diese Petition gewählten Kommission beantragte Namens derselben im Wesentlichen, der Petition zu entsprechen, „das Ansinnen an die Regierung zu stellen, einen Angriff (von Preußen und seinen norddeutschen Verbündeten) auf Baden und die Rheinpfalz nicht zu dulden". Bei der sehr erregten Debatte über den Antrag sprach sich Wächter[24] dahin aus: „Man sagt, oder wenigstens Viele sagen, die Reutlinger Volksversammlung habe einen Antrag an uns gebracht, der den Sinn des Volkes ausdrücke. Ich glaube, wenn man heute das ganze württembergische Volk über diesen Antrag abstimmen ließe, so würde das Volk in seiner entschiedenen Mehrheit Nein dazu sagen. Nach diesem Antrage soll unsere Regierung sofort in Baden und in der Rheinpfalz zu Gunsten dieser beiden Länder einschreiten, sie soll sofort mit denselben ein Schutz- und Trutz-Bündnis schließen, und so lange in diesem Verhältnisse beharren, bis die Nationalversammlung sich dagegen erklärt. Unsere Regierung müßte also erklären: wenn Preußen in Baden oder in der Rheinpfalz einrücken, so hat es Preußen auch mit Württemberg zu thun; sie müßte mit der gegenwärtigen Ordnung — wenn man es so nennen kann — in Baden und Rheinbaiern sich einverstanden erklären, sie müßte Hand in Hand mit diesen Ländern gehen und zwar auf einem Boden, der mit der Reichsverfassung im Widerspruche steht. Für einen solchen Antrag würde unser Volk in seiner entschiedenen Mehrheit ganz gewiß seine Stimme nicht geben, denn er würde uns den Absolutismus nur in der Form der Demokratie bringen, in jeder Form aber wollen wir den Absolutismus bekämpfen. Ich sage deshalb Nein."

Am 9. Juni 1849, als das Rumpfparlament nach Stuttgart übersiedelt war und auf die von der „Reichsregentschaft" an das württembergische Volk und die Soldaten ergangene Proklamation das württembergische Ministerium eine verwahrende und warnende Ansprache an das württembergische Volk erlassen hatte, über welche ein Bericht der staatsrechtlichen Kommission, welche in ihrer Mehrheit den Beitritt zu der Ansprache des Ministeriums beantragte, auf der Tagesordnung stand, kam endlich auch Wächter[25] zum Wort: „Ich glaube, in der vorliegenden Frage kommt es zunächst darauf an, was man von uns will, d. h. was man von äußerer Seite von uns will, und ob wir die Hand zu Dem bieten können, was man von uns will. Was will man von uns? Vor 14 Tagen war eine Volksversammlung in der Nähe von Stuttgart, in Reutlingen, eine sogenannte Volksversammlung, von der man sagte, es seien 25,000 Männer Württembergs da versammelt gewesen, auf welcher aber abstimmende Männer Württembergs kaum 3000—4000 gewesen sind.

(Widerspruch.)

Die Beschlüsse dieser Versammlung wurden an unsere Regierung und an die Kammer gebracht, und wohin gingen diese Beschlüsse? Sofort mit Baden und der Rheinpfalz ein Bündnis zu errichten, Hand in Hand mit diesen zu gehen, die Pläne Badens und der Rheinpfalz weiter zu verwirklichen, und jene Schritte mit ihnen zur Vollendung zu bringen, welche in Offenburg begonnen worden waren. An der Festigkeit der Regierung, an der Festigkeit der Kammer ist diese Zumuthung gescheitert. Nun beschloß die Nationalversammlung, ihren Sitz von Frankfurt nach Stuttgart zu verlegen, und welche Hoffnungen werden sofort auf diesen Beschluß gebaut? Dieselben Männer, von denen der Gedanke der Volksversammlung in Reutlingen ausging, verkünden nun in einer Proklamation dem Volke, den

---

[24] Sitzung vom 31. Mai 1849, Protok. Bd. 5, S. 4037.
[25] Protok. S. 4165.

Volksvereinen, daß jetzt das Schwert Deutschlands, das die Kammer und die Regierung nicht freiwillig in die Hände nehmen wollen, ihnen „in die Hände gedrückt werde; möchte es der Nationalversammlung gelingen, was uns nicht gelungen ist, daß unsere Regierung und mit ihr unser Heer es endlich aus der Scheide ziehe". Das will man also von uns, und der Weg dazu ist die Wahl der Fünferregierung, die das ganze deutsche Reich beherrschen soll, aber zunächst, um dasselbe beherrschen zu können, sich dieses Reich natürlich erst erobern muß. Diese Fünferregierung wird gewiß — und sie kann nicht anders, wenn sie ihre Thätigleit antreten und an irgend einen Erfolg bei ihrer Thätigleit denken will — zunächst mit Zumuthungen an unsere Regierung kommen, in deren Landesmitte sie ihren Sitz aufgeschlagen hat; sie wird, sie muß von uns verlangen, eben Das zu thun, was wir in überwiegender Majorität in der Kammer, was unsere Regierung einstimmig der Volksversammlung in Reutlingen abgeschlagen hat, sie muß verlangen, daß wir nun unsere Kräfte nach Baden hinwenden, daß wir mit Gut und Blut darauf hinarbeiten, um die Pläne Badens zu verwirklichen. Es ist zwar dem Beschlusse der Versammlung, die gestern Abend hier getagt hat, nach welchem Baden unter den Schutz und Schirm der provisorischen Regierung genommen werden soll, ausdrücklich vermöge eines Amendements, damit der Beschluß nicht mißdeutet werden möge, beigefügt worden, daß dieser Schutz und Schirm Baden nur betreffen soll, so weit es auf dem Wege der Realisirung der Reichsverfassung fortwandle. Allein, meine Herren, kann man bei Baden von einem Fortwandeln auf diesem Wege sprechen? Die badische Regierung war die erste in Deutschland, welche das Heer und die Beamten sofort auf die Reichsverfassung beeidigt hat, welche am willigsten und entschiedensten der Reichsverfassung — ich möchte beinahe sagen — zugejauchzt hat, und an einem und demselben Tage, an welchem diese Regierung die Beeidigung des Heeres und der Beamten vornahm, wurde sie zum Lande hinausgejagt. Versteht man auf diese Weise die Verwirklichung der Reichsverfassung? Dann weiß ich nicht, was ich künftig von Wort und Gedanken der Menschen halten soll. Aber genug hievon.

Die Centralgewalt, welche in Stuttgart errichtet worden ist, und die über das deutsche Reich und somit auch über uns herrschen soll, wird in nächster Zeit Befehle an die untergebenen Lande, somit auch an Württemberg Befehle erlassen, und die Frage ist, sollen wir diesen Befehlen Folge leisten? Diese Frage ist bisher von meinen Vorgängern vom praktischen Standpunkte aus beurtheilt worden, von dem Standpunkte aus, daß, wenn die Befehle dieser Regentschaft dem Wohle des Volkes nicht gemäß wären, die Regierung und die Kammern verbunden wären, solche Befehle nicht zu befolgen. Ich achte durchaus diesen praktischen Standpunkt; ich erkenne ihn an; ich halte ihn auch für ein wichtiges Moment bei dem Votum eines Volksvertreters. Allein für mich ist er nicht der entscheidende. Dies wird mich aber nicht hindern, dem Kommissionsberichte, der auch mehr auf diesem praktischen Standpunkte steht, beizustimmen, denn ich glaube, es können und subjektive Bestimmungsgründe bei dem Votum über die Proklamation, über welche die Versammlung zu beschließen hat, subjektive Motive den Abstimmenden leiten; wir können Alle in einem Resultat uns vereinigen, wenn wir auch auf verschiedenem Wege auf dieses Resultat kommen; aber es drängt mich, ehe ich abstimme, über die Motive, welche mich hierbei leiten, mich ganz offen, entschieden und frei auszusprechen.

Ich gehe hier einen etwas anderen Weg, den streng rechtlichen Weg. Mag man mich deßhalb einen Stockjuristen nennen; ich habe mir immer in meinem Leben das Recht zur Richtschnur genommen, und ich glaube, mir das Bewußtsein erhalten zu haben, mit Wissen dieses Recht niemals verletzt zu haben. Auch hier will ich dies nicht thun. In dieser Richtung erlaube ich mir nun die Gründe anzugeben, nach welchen meiner subjektiven Auffassung gemäß die vorliegende Frage entschieden werden muß. Ich glaube, wenn die Nationalversammlung mit vollem Rechte in diesem Hause getagt, mit vollem Rechte eine provisorische Regierung erwählt hätte, so hätten wir dann, wenn wir Befehle von dieser Regierung be-

kämen, nicht das Recht, zu fragen, ob diese Befehle zum Wohle des Volkes ausschlagen würden. Wir müßten sie sofort befolgen. Ich hoffe, wenn einstmals die
Reichsverfassung ins Leben getreten sein wird in unserem Deutschland, wenn ein-
steus der Tag kommen wird — und er kommt gewiß noch, wenn wir auch Alle ihn
nicht erleben, wenn wir auch Alle unser Leben für die neue Gestaltung Deutschlands hingegeben haben — wenn einst Deutschland diesen Tag erleben wird, wenn
es ein Reich sein wird unter einer Verfassung, daß dann, wenn die Reichsgewalt
Befehle an die einzelnen Provinzen erläßt, keine Provinz vorher untersuchen darf, ob diese Befehle gefallen oder nicht, ob sie ihr zuträglich sind
oder nicht, sondern daß dieselben unbedingt befolgt werden müssen, weil sie von
der Reichsgewalt ausgehen. Das ist meine subjektive Ansicht. So müssen auch
jetzt die Regierungen sich unterwerfen den Befehlen einer kompetenten Nationalversammlung. Um aber nach dieser meiner subjektiven Ansicht zu rechtfertigen,
warum ich in der vorliegenden Frage durchaus mit der Majorität der Kommission
stimme, durchaus dem Ministerium bei der vorliegenden Frage beitrete, muß ich
weiter auf eine rechtliche Frage eingehen; ich kann dieselbe nicht umgehen, aber
ich will kurz sein.

Die eine Frage, welche wir uns hier zu beantworten haben, ist: Ist das die
Nationalversammlung, welche gegenwärtig in unserer Mitte tagt, ist dies dieselbe Nationalversammlung, die von dem ganzen deutschen Volke gewählt
worden ist, um einzig und allein für Deutschland eine Verfassung zu geben, ist sie
dieselbe Nationalversammlung, die ein anderes Mandat von dem deutschen Volke
nicht erhalten hat, als eben ihm eine Verfassung zu geben? Es sind verschiedene
Gründe theils für, theils gegen die Bejahung dieser Frage angeführt worden. Allein diese beweisen Nichts. Es hat die Minorität der Kommission — die aber freilich auf ihrem Berichte sich den Namen der Kommission arrogirt hat, indem sie
ihren Bericht auch einen Bericht der staatsrechtlichen Kommission nannte, aber sehr
mit Unrecht — eine Reihe von Gründen zu widerlegen gesucht, aus welchen man
der Nationalversammlung ihre Existenz streitig machen könnte. Ich gebe alles Das
als richtig zu, was die Minorität zu diesem Behufe anführt; aber aus ihrem Ne-
gativen folgt noch nicht das Positive, welches sie aufstellt. Es kann noch ganz andere Gründe geben, die auf ein ganz anderes Resultat führen. Ich gebe zu, daß,
wenn auch nur eine Partei in der Nationalversammlung vertreten ist, dies noch
kein Grund ist, ihr abzusprechen, daß sie doch ganz Deutschland vertreten könnte;
denn wenn heute die Vertreter des Volkes ganz in einer Richtung sich vereinigen,
sollten sie auch mit ihren Mandanten hierin nicht übereinstimmen, so sind und bleiben sie doch die wahren Vertreter des Volkes; wenn neue Wahlen stattfinden, mag
das Volk andere Vertreter schicken. Ich gebe ebenso vollkommen zu, daß die Rück-
berufung einzelner Abgeordneten von ihren Regierungen kein Grund ist, der Nationalversammlung diesen Namen streitig zu machen, denn jene Regierungen von
Oestreich, Preußen u. s. w. waren nicht befugt, den Vertretern des Volkes, welche
vom Volke gesetzmäßigerweise berufen worden waren, durch ein Dekret ihr Mandat zu entziehen. Ich finde auch nicht den geringsten Anstand in den Beschlüssen,
welche die Nationalversammlung gefaßt hat, daß künftig 150 und später 100 Mitglieder hinreichen sollen, um gültige Beschlüsse zu fassen; ich würde auch nicht an-
stehen, einen neuen Beschluß anzuerkennen, welcher diese Zahl auf 50 herabsetzen
würde; solche Beschlüsse können unzweckmäßig sein; aber vorausgesetzt, daß die
Nationalversammlung es ist, die solche Beschlüsse faßt, so würde sie vollkommen
dazu befugt gewesen sein, solche Beschlüsse zu fassen, wie wir heute befugt wären,
mit Zustimmung der Regierung zu beschließen, daß zur Abänderung der Verfassung künftig nicht zwei Drittel der Stimmenden nöthig seien, sondern nur die
Hälfte, wie wir ebenso kompetent wären, in Übereinstimmung mit der Regierung
den Beschluß zu fassen, daß künftig zur Vollzähligkeit der Kammer nicht die
Hälfte, sondern auch weniger hinreichen; wir kennen Versammlungen in Europa,
welche zahlreicher sind als die Nationalversammlung, und bei welchen zur beschluß-
fähigen Zahl weit weniger nöthig sind, z. B. nur 40 Stimmen. Etwas Anderes
ist es, ob solche Herabsetzungen zweckmäßig sind. Allein die Zweckmäßigkeits-

gründe sind es nicht, welche hieher gehören. Die Frage ist nur, war die Versammlung befugt, solche Beschlüsse zu fassen? So gut sie befugt war, den Beschluß zu fassen, daß 200 hinreichen, so gut sie befugt war, sich überhaupt eine Geschäftsordnung zu geben, muß sie auch befugt sein, die Geschäftsordnung abzuändern, und wenn sie dabei noch so weit in Unzweckmäßigkeiten verfallen sollte. Aber, meine Herren! und das ist für mich ein Grund, der mich sehr zweifeln läßt an der Kompetenz dieser Versammlung, ist, die Versammlung, welche dermalen hier tagt, ist das die Nationalversammlung? Um Beschlüsse zu fassen, muß eine wahre Nationalversammlung existiren, müssen es die Vertreter von Deutschland sein; um ganz Deutschland in allen seinen Beziehungen und in allen Theilen zu vertreten, soll die Versammlung aus mehr als 600 Mitgliedern bestehen; davon sind aber beinahe 400 ausgetreten und das Volk hat keine anderen Vertreter an ihre Stelle gesendet.

Meine Herren! Ich glaube, es fängt nun an, der Fall einzutreten, von welchem unser Herr Départements-Chef der Justiz in der Sitzung am 2. Mai gesprochen hat, über welchen er eine Erklärung gegeben hat, auf die er sich um so mehr hier berufen muß, als diese Erklärung beweist — ich darf es wohl sagen — daß sein jetziges Verfahren ganz übereinstimmt mit seinen früheren Aeußerungen in der Mitte dieser Kammer. Er hat erklärt, wie wir Alle, wir unterwerfen uns der Nationalversammlung; möge sie über unser Wohl oder Wehe entscheiden, wir folgen ihr; wir haben in Übereinstimmung mit dem Ministerium und dem Könige bei dem Kampfe, der vor drei Wochen stattfand, erklärt, daß wir uns der Nationalversammlung und ihrem Werke, der Reichsverfassung, unbedingt unterwerfen werden. Aber er hat damals die Bedingung beigefügt, die, glaube ich, wenn das Wort Volksvertretung nicht bloß ein Schein- und Trug-Bild sein solle, wir uns Alle machen mußten; er sagte: „Die Anerkennung der verfassunggebenden Beschlüsse der Nationalversammlung im Allgemeinen setzt Beschlüsse einer Nationalversammlung voraus, d. h. Beschlüsse der Vertreter sämmtlicher Volksstämme der deutschen Nation". Es sind hier die Vertreter der sämmtlichen Volksstämme der deutschen Nation gemeint. „Nun setze ich aber den Fall", fährt Staatsrath Römer fort, „daß wir künftig ein sogenanntes Rumpfparlament erhalten, daß Östreich, Preußen, Baiern sich abgesondert haben. Sollen wir dann auch unbedingt die Beschlüsse anerkennen, welche diese separirte Versammlung fassen wird? Dies kann man uns nicht zumuthen; es kommt auf den Inhalt der Beschlüsse an." Dann hat er erklärt: „wenn die Nationalversammlung je in ihrer Zahl so gemindert würde, daß man unmöglich sagen könnte, daß sie wirklich die Vertretung des deutschen Volkes ist, so müßte ich gegen solche Beschlüsse protestiren, nicht bloß im Namen der Regierung, sondern auch im Namen des Volkes".

Meine Herren! ich möchte hier appelliren an ganz Europa, namentlich an denjenigen germanischen, oder wenigstens theilweise germanischen Volksstamm, in dem wir die größte Erfahrung in der weisen Benutzung der Freiheit und in der kräftigsten Aufbauung der Freiheit achten gelernt haben, ich meine England; dort sind 40 Mitglieder zu einem Beschlusse hinreichend, ja es können noch weniger sein; appelliren Sie an diese, ob in einem solchen Falle, wenn aus dem englischen Parlament, das glaube ich, aus mehr als 700 Mitgliedern besteht, beinahe 400 ausgetreten sind und das englische Volk keine anderen Vertreter sendet, wenn sich ganze Volksstämme abgesondert haben, wenn Irland und Schottland wegfallen, ob man noch davon sprechen kann, daß dann, wenn vielleicht der Zahl nach kaum der zehnte Theil des Landes mehr repräsentirt würde, wirklich eine Fortsetzung des ursprünglichen Parlamentes, das wahre National-Parlament, angenommen werden könne? Ich komme über diesen juristischen Zweifel nicht hinweg, und ich glaube, aus diesem Grunde können wir Handlungen, welche diese Fortsetzung des Parlamentes vorgenommen hat, als juristisch bindend nicht ansehen. Ich ging stets davon aus, daß die Nationalversammlung allerdings beisammen bleiben sollte, auch nachdem sich die größten Schwierigkeiten ihrem Verfassungswerke entgegengestellt hatten, daß sie aber gleichsam der Herd sein solle, auf welchem noch die Flamme der Verfassung von ihr gehegt und sorgsam gepflegt

würde in einer Weise, daß von ihr aus diese Flamme immer mehr und mehr auf-
flammen und am Ende noch alle Theile Deutschlands ergreifen sollte. Als solchen
Herd achte ich auch die Trümmer dieser Versammlung. Aber ich glaube, daß der
Weg, den die Versammlung jetzt eingeschlagen hat, nicht der Weg ist, um diese
Flamme allmählich über ganz Deutschland zu ergießen, sondern ich fürchte, daß es der
Weg ist, auf welchem am Ende der letzte Schimmer dieser Flamme erlöschen werde.

Aber auch die Kompetenz der Nationalversammlung angenommen, wenn
auch diese juristischen Zweifel beseitigt wären, also angenommen, daß diese Versammlung noch die alte Kompetenz der Nationalversammlung habe, so habe ich
doch ein bedeutendes Bedenken gegen die rechtliche Zulässigkeit des von ihr in der
Wahl der provisorischen Regierung für ganz Deutschland begangenen Schrittes.
Hat die Nationalversammlung, muß ich doch fragen, das Recht, die Centralgewalt,
die sie geschaffen hat, geradezu abzusetzen? Ich bin, meine Herren! mit Vielem, was diese Centralgewalt gethan hat, wahrlich nicht einverstanden, am aller-
wenigsten mit Dem, was sie in neuester Zeit gethan hat, mit der Ernennung ihres
Ministeriums. Aber ich möchte doch zunächst fragen, wenn wir auch mit den Anordnungen dieser Centralgewalt, der wir einmal zu gehorchen haben, nicht einverstanden wären, hat die Nationalversammlung auch das Recht gehabt, uns an der
Stelle dieser kompetenten Behörde eine andere Behörde für ganz Deutschland zu
setzen, hat sie wirklich innerhalb ihrer Befugnis gehandelt, hat sie das Recht gehabt, die von ihr eingesetzte Centralgewalt sofort abzusetzen? Es möchte scheinen,
die Antwort auf diese Frage läge schon in der Frage selbst; sie hat sie eingesetzt,
möchte man sagen, und kann ihr Geschöpf auch wieder vernichten, wie der Töpfer
das von ihm verfertigte Thongefäß wieder zerbrechen kann. Aber hier, wenn wir
nach rechtlichen Normen zu urtheilen haben, steht es ganz anders; ich glaube,
daß die Nationalversammlung nicht das Recht hatte, die Centralgewalt abzusetzen, welche durch ein feierliches Gesetz eingesetzt worden war, und ich
möchte gesehen haben, wenn Jemand früher an der Unantastbarkeit dieses Gesetzes
hätte zweifeln wollen, was ihm in der Nationalversammlung entgegengehalten
worden wäre. Durch ein feierliches, im Reiche verkündetes Gesetz wurde die Reichs-
centralgewalt eingesetzt, und zwar, wie es wörtlich in dem Gesetze heißt:
„bis zur definitiven Begründung der Regierungsgewalt";
dann sollte sie aufhören; sie sollte also erst dann „aufhören, wenn das Ver-
fassungswerk in Ausführung gebracht wäre". Nun könnte man mir
einwenden: Wie kann nun diese Erwartung erfüllt werden? Der Reichsverweser
bietet nicht die Hand zur Ausführung des Verfassungswerkes und das Ministerium
hat uns offen den Fehdehandschuh hingeworfen. Dann, meine Herren, weiß ich
keinen andern Weg, als den, welchen die Nationalversammlung, besser sparend
ihre kostbare Zeit, rasch hätte einschlagen sollen, um sich für spätere Zeiten zu
sichern, d. h. die Nationalversammlung hätte zur rechten Zeit ein Gesetz über
Anklage der Minister machen sollen.

(Gelächter.)

Meine Herren! Es ist hierüber um so weniger zu lachen, als die Nationalversammlung bei Einsetzung der Centralgewalt ausdrücklich beschlossen hatte, eine
Handlung ihrer nächsten Thätigkeit solle ein Gesetz über Anklage der Minister sein,
weil man damals wohl gefühlt hat, wenn man der Verantwortlichkeit der Minister
Nachdruck geben wolle, wenn die Verantwortlichkeit zur Wahrheit werden solle, daß
man auch ein Gesetz haben müsse, nach welchem, und eine Behörde, vor welcher
man diese Minister verklagen könne. Auf dem konstitutionellen Boden kann man
nicht an den Regenten, man kann sich bloß an die Minister halten, man kann bloß
gegen diese einschreiten. Nachdem ein unverantwortlicher Reichsverweser
ernannt worden war, konnte man nicht im Widerspruche mit Dem, was die Nationalversammlung in ihrer Majorität über die Unverantwortlichkeit dieses Reichs-
verwesers beschlossen hatte, diesen unverantwortlichen Reichsverweser absetzen und
ihn Das büßen lassen, was nach dem konstitutionellen Principe bloß die Minister
büßen sollen. Das ist mein bedeutender Zweifel, mein entscheidendes juristisches
Bedenken; ich glaube, daß eben aus diesem Grunde die Nationalversammlung

nicht zur Wahl eines andern Reichsregiments schreiten konnte, baß also aus biesem Grunde wir uns ber ernannten Regierung nicht zu unterwerfen haben.

Wenn aber unser Ministerium sich auf einen andern Standpunkt stellt, wenn es sagt, ohne bie staatsrechtliche Frage zu entscheiden, es behalte sich stets eine besondere Kognition vor, ob bie Beschlüsse ber Nationalversammlung, ob bie Anordnungen bes neuen Reichsregiments zum Wohl ober Wehe bes Volkes ausschlagen, wie konnte auf einmal biese Erklärung bes Ministeriums in biesem Kreise von mancher Seite mit Widerwillen aufgenommen werben? Ich erinnere an bie Sitzung, in welcher bas Ministerium gleichfalls in Beziehung auf Befehle ber Frankfurter Centralgewalt erklärte — unb bamals bestanb biese Centralgewalt noch unangetastet unb ihre rechtliche Existenz konnte noch gar nicht in Abrebe gezogen werben — um ver jeber reaktionären Bestrebung biefer Centralgewalt gesichert zu sein, baß es sich in Bezug auf bie Anordnungen biefer Centralgewalt eine jebesmalige Kognition über ihre Befehle vorbehalte. Diese Erklärung wurbe mit Freuden von biefer Kammer aufgenommen; konsequenterweise kann man aber boch nicht verlangen, baß nun bie Regierung unb bas Ministerium sich unbebingt ber neuen Centralgewalt unterwerfe, sonbern jebenfalls muß es ihm im Sinne biefer Kammer vorbehalten bleiben, vorher zu kognosciren, um so mehr in bem jetzigen Augenblicke, wo bie Frage über bie Legitimität unb Kompetenz biefer Versammlung unb biese neuen Centralgewalt für uns so schwer zu beantworten ist.

Wenn wir auf ben Boben ber politischen Gründe übergehen, so werben es brei Gründe sein — wenn wir bie rein praktische Seite ins Auge fassen — welche uns bie Pflicht auferlegen, burchaus bem Kommissions-Antrage beizustimmen. Wir würben unbebingt, wie auch vou anberen Rebnern vor mir ausgeführt worben ist, in ben Kampf geworfen, unb zwar in einen ungleichen Kampf, indem unser Volk, wenn es auch noch so todesmuthig in biesen Kampfstürzen würbe, sein Blut nutzlos vergießen würbe; benn welchen Ausgang ber Kampf hätte, barüber kann in ber That Niemanb zweifelhaft sein. Es wurbe zwar gesagt, biefer Kampf stehe uns keineswegs bevor; wir sollen uns nur mit Baben unb ber Rheinpfalz, überhaupt mit ben Staaten, welche bie Reichsverfassung wirklich in gesetzlicher Weise burchführen wollen, verbinden; allein wenn wir uns mit ben beiben ersten Länbern verbinden, kann ber Kampf unmöglich ausbleiben. Zwar wurbe gestern Abenb in biesem Saale in ber Sitzung ber Versammlung, ber wir biesen Saal zu einigen Sitzungen eingeräumt haben, gesagt, baß burchaus nicht bavon bie Rebe sei, baß bie provisorische Regierung uns in irgenb einen Streit unb Kampf bringen werbe; man habe ja Reichskommissäre abgesenbet, um bie Heere auseinanber zu halten, nicht bloß nach Baben unb ber Pfalz, sonbern auch nach Hessen unb zu ben Mächten, bie ihre Truppen gegen Baben ziehen lassen, seien Reichskommissäre abgesenbet worben! Allein kann bie provisorische Regierung wirklich im Ernste glauben, baß biese Kommissäre Etwas wirken können für bie Abwenbung bes Kampfes, baß sie irgenb von jenen Mächten als Reichskommissäre werben anerkannt werben? Ich glaube, meine Herren! baran ist nicht zu zweifeln; ber Kampf ist unvermeidlich; ber Kampf wird bort bereits begonnen haben, unb wenn wir nun Baben unb ber Pfalz bie Hand bieten sollen — ich nehme theilweise bie Pfalz weit mehr aus als Baben — wenn wir Baben bie Hand bieten, bas, wie gesagt, bie Revolution bamit begonnen hat, seine Regierung zu entsetzen, welche bis bahin burchaus ber Reichsverfassung getreu gewesen ist, bann trifft uns basselbe Verberben, bas jetzt bas arme babische Lanb getroffen hat. Damit, meine Herren! wäre, glaube ich, nicht bloß bas Leben vieler tüchtiger Männer gefährbet, sonbern auch ber Wohlstanb unseres Volkes auf lange Zeit zerrüttet. Zwar ist gestern in berselben Versammlung von bemselben Mitgliebe gesagt worben, wie benn bas Ministerium in seiner Proklamation sagen könne, baß bie provisorische Regierung von bie Nationalversammlung Württemberg Gelbopfer zumuthen wolle; Nichts habe man von Württemberg verlangt, als ein Lokal, um barin zu tagen. Ja wohl! zunächst wird Nichts von Württemberg verlangt werben, zunächst keine klingenbe Münze; ich zweifle nicht an Dem, was von Herrn Becher gesagt worben ist. Die nächsten Bebürfnisse sinb wohl von einem anbern Lanbe, vielleicht auf mehrere

Wochen gedeckt. Aber bedenken Sie nicht, welche andere unzählige Opfer damit verbunden sind, wenn wir nun für die badische Sache das ganze wehrhafte Volk auf die Beine stellen und marschiren lassen sollen und glauben Sie nicht, meine Herren! daß wir in derselben Weise jedenfalls überschwemmt werden von Zuzügen, wie Baden überschwemmt worden ist, und fragen Sie nun die badischen Bürger in Heidelberg und Karlsruhe, welche Opfer ihnen nicht unmittelbar durch Steuern und Auflagen, sondern durch Einquartirungen und Alles, was damit verbunden ist, zugefügt worden sind, und das können wir geradezu unseren Bürgern voraus-sagen, Das wäre das Wenigste, was wir unserem Lande zumuthen würden.

Ich lasse mir aber die Opfer gefallen, wenn nur nicht, und das ist mein drittes Moment, vom praktischen Standpunkt aus betrachtet, wenn nur nicht auf diesem Wege die Freiheit mit verloren ginge. Es ist meine feste Überzeugung, daß auf dem Wege, welchen Baden und die Pfalz eingeschlagen haben, unsere konsti-tutionelle Freiheit und der Schimmer einer besseren Zukunft, der im vorigen Jahre über Deutschland aufging, für Deutschland verloren gehen wird. Ich bin zwar überzeugt, meine Herren, daß der Gang der Zeit auf dem Wege der Freiheit, daß die ungeheuren Schritte, welche im letzten Jahre die politische Entwicklung der Völker gemacht hat, nicht mehr zurückgelenkt werden können zu dem Punkte, von dem sie ausgingen, eben so wenig als die Wellen des Rheins von den Ufern Deutschlands zurückgedrängt werden können zu seinen Quellen in der Schweiz. Aber meine Herren, eine Stockung in unserer Entwicklung in der politischen Aus-bildung des Volkes kann eintreten, wenn wir den Weg einschlagen, welchen ganz besonders Baden eingeschlagen hat. Ich glaube nicht, meine Herren, daß Baden sich rein nur für die Sache der Freiheit erhoben hat. Es kann gegen die jetzige Erhebung ein solcher Gegenschlag kommen, daß man wirklich, um nur wenigstens der Anarchie los zu werden, einen Zustand erträglich findet, in welchem die wahre Freiheit nicht bestehen kann. Ich glaube dagegen, meine Herren, wenn wir auch ferner Hand in Hand mit unserer Regierung gehen, wenn wir Friede, Ordnung und Ruhe in unserem Lande erhalten, wenn wir es dahin bringen, daß keiner unserer Nachbarn mit den Waffen in der Hand unsere Grenze überschreitet, so wird auch kein Preuße diese Grenze überschreiten. Was man auch Nachtheiliges von Preußen sagen kann, welche Fehler auch sein König gemacht, welche Wunden er dem deutschen Vaterlande geschlagen hat, indem er es zu wiederholten Malen in der Hand hatte, die Größe und Einheit Deutschlands zu gründen, und die Gelegen-heit dazu unbenutzt vorübergehen ließ, so bin ich doch überzeugt, daß Preußen in einem Lande nicht einschreiten wird, das einstimmig ist mit seiner Regierung, das Recht und Ordnung aufrecht hält und sagt: wir wollen unsere Freiheit festhalten und werden Jeden für einen Feind ansehen, der es wagt, uns und unsere Frei-heit anzutasten. Ich bin überzeugt, daß wir unter diesen Umständen unsere Frei-heit erhalten werden in demselben Maße, wie wir sie jetzt genießen. Es hat Preußen nirgends ausgesprochen, es wolle den anderen Völkern Deutschlands eine Verfassung aufbringen, es hat nirgends ausgesprochen, daß es eine Verfassung für ganz Deutschland machen wolle, sondern nur für diejenigen Staaten, welche dieselbe freiwillig annehmen wollen; es hat ausdrücklich ausgesprochen, es setze die Mög-lichkeit voraus, daß Preußen und die anderen deutschen Stämme noch durch eine andere Verfassung verbunden werden können; es hat erklärt, daß es nichts Anderes als ein Schutz- und Trutz-Bündnis für diejenigen Staaten wolle, welche seinem Bündnisse freiwillig beitreten wollen. Preußen hat ferner den Krieg nicht gegen die Centralgewalt erklärt, sondern auch Preußen erkennt diese an, und Preußen wird in dieser Hinsicht sein Wort halten und nicht Truppen in ein Land einrücken lassen, das mit seiner Regierung einig ist und sich selbst vollkommen genügt, um in seinem Innern die Ruhe und Ordnung aufrecht zu erhalten, es wird nicht Truppen in ein solches Land einrücken lassen, bloß weil es die Centralgewalt und die Reichsverfassung anerkennt. Meine Herren, wenn wir am Rechte festhalten wollen, wenn wir den Rest von Wohlstand, der noch in unserem Lande ist, nicht zu Grunde gehen lassen wollen, wenn wir unsere politische Freiheit nicht gefährden wollen, dann müssen wir mit dem Antrage der Majorität der Kommission stimmen!"

Während das Rumpfparlament in Stuttgart tagte, nahm die Verwirrung und Anarchie an vielen Orten des Landes einen immer bedenklicheren Charakter an. In Heilbronn kamen grobe Excesse vor; die dortige Bürgerwehr weigerte sich, denselben entgegenzutreten, bot vielmehr direkt ihre Dienste der „Nationalversammlung" und der „Reichsregentschaft" zum Schutz gegen die Regierung an. Das Ministerium sah sich daher genöthigt, die Auflösung dieser Bürgerwehr zu verfügen. Diese Maßregel wurde zum Gegenstand einer Interpellation in der Kammer gemacht. In der hieran geknüpften Debatte [26] nahm auch Wächter das Wort, um den Rechtsstandpunkt klar zu stellen, die seither schwankende Haltung des Ministeriums Römer zu rügen und zu entschiedenem Vorgehen aufzufordern: — „Wir müssen jetzt fest im Auge behalten die Richtschnur und Norm, nach welcher das Verhalten unserer Mitbürger von der Regierung beurtheilt werden muß, nach welcher wir das Verhalten unserer Regierung zunächst zu beurtheilen haben. Was ist das Minimum von Gehorsam, das die Regierung von jedem württembergischen Staatsbürger ansprechen kann? Das ist die Frage, welche hier hauptsächlich aufgeworfen werden muß, um das Benehmen nicht bloß der Heilbronner Bürgerwehr, sondern mancher anderen in unserem Vaterlande zu beurtheilen. Es ist zu bedauern, daß in der früheren Sitzung (9. Juni) die Frage nicht entschieden worden ist, ob diejenige Versammlung, welche von Frankfurt hieher gekommen ist, als beschlußfähige Nationalversammlung zu betrachten; noch mehr, ob die Reichsregierung, welche diese Versammlung gewählt hat, als eine solche anzuerkennen ist. Allein das Wenigste, was die Staatsgewalt in Württemberg, die gesetzgebende wie die vollziehende, was die Regierung mit der Ständeversammlung anerkannt hat, das Wenigste ist, daß die Beschlüsse jener Versammlung und die Beschlüsse jenes sogenannten Reichsregiments in Württemberg an und für sich keine Geltung haben, bis sie von der Regierung beurtheilt und gleichsam das Placet von der Regierung erhalten haben. Das hat die Regierung auf das Entschiedenste erklärt und dem hat die Kammer auf das Entschiedenste beigestimmt. Ich glaube also, daß sich jeder württembergische Staatsbürger gegen die legislative und exekutive Gewalt Württembergs auflehnt, wenn er erklärt, daß er jenen Gewalten unbedingt Gehorsam leiste, und Das ist nun jedenfalls das Wenigste, was die Regierung mit aller Kraft festhalten muß, wenn sie den Namen einer Regierung verdienen und nicht im Augenblick gestürzt sein will. Was die Halbheit in Beziehung auf die Principien betrifft, so gestehe ich auch, daß ich in dieser Beziehung einen entschiedeneren Gang sowohl von Seite der Regierung, als der Ständeversammlung gewünscht hätte. Die Frage muß entschieden werden; wir können uns nicht bloß auf den Boden der Thatsachen stellen: wir müssen am Ende auch die Rechts- und Principien-Frage entscheiden, und ich gebe vollkommen zu, daß in einer solchen verzweiflungsvollen Lage, in der — verbergen wir es uns nicht — unser Staat sich befindet, es am besten ist, wenn Jeder mit voller Entschiedenheit auftritt. Aber einen Wunsch — abgesehen von diesem Punkte — habe ich noch, einen sehr bringenden Wunsch. Betrachten Sie die Lage unseres Vaterlandes, unserer Bürger. Wenn schon in unserer Ständeversammlung eine solche Begriffsverwirrung herrscht, — eine Verwirrung der Begriffe von Reichsverfassung, von Nationalversammlung und dem neu gewählten Reichsregiment, wie wird es dann außerhalb der Ständeversammlung bei unseren Bürgern aussehen? Man benutzt sehr häufig das Panier der Reichsverfassung, um ganz andere Zwecke unter dem Panier und unter dem Namen der Reichsverfassung zu erreichen; man sagt den Mitbürgern: hört! es gilt der Reichsverfassung! während es sich um ein ganz anderes Moment handelt, das man unter jenem Panier schützen möchte. In dieser Lage halte ich für dringendste Pflicht der Regierung, jetzt endlich einmal das Volk zu belehren, ihm klar zu sagen, um was es sich handelt, auszusprechen, daß die Regierung und die Kammer jetzt, wie früher, treu an der Reichsverfassung halten, daß man aber ja nicht mit der Reichsverfassung verwechseln soll das neu eingesetzte

---

[26] 13. Juni 1849, Protok. S. 4215.

Reichsregiment, das mit der Reichsverfassung in Einklang zu setzen schwer fallen würde."

Zu erneuerter Mahnung an den Chef des Ministeriums Römer, entschiedene Stellung zu nehmen, sah Wächter sich am folgenden Tage[27] veranlaßt, nachdem die „Reichsregentschaft" sich herausgenommen hatte, einen württembergischen Divisions-General wegen seiner Weigerung, der Reichsregentschaft Folge zu leisten, abzusetzen: „Es ist in dem Erlaß der provisorischen Regierung die Rede von einer obersten Reichsregierung. Wenn hier in Stuttgart eine solche besteht, so ist unsere Regierung ihr zu gehorchen verbunden. Nun besteht aber in Frankfurt auch eine Regierung, die sich ebenfalls so benennt und als Centralgewalt eingesetzt wurde. Nach welcher von diesen beiden Regierungen sollen sich nun unsere Bürger richten, wenn unsere Regierung in Konflikt gerathen sollte mit der hiesigen oder der Frankfurter Reichsregierung? Durch eine solche Unentschiedenheit müssen nothwendig die rechtlichen Begriffe der Leute verwirrt werden, sie müssen in Zweifel mit sich selbst kommen, wenn sie nicht wissen, was sie thun und welcher Gewalt sie gehorchen sollen. Ich glaube, wir sollten unsere Regierung auffordern, eine bestimmte Stellung zu nehmen." — Auf die Antwort vom Ministertische, daß „über die Rechtsbeständigkeit der gegenwärtigen Nationalversammlung vorerst im Ministerium keine Übereinstimmung herrsche", wiederholt Wächter sein Verlangen: „wenn wir darüber nichts Bestimmtes feststellen, so bleiben wir in einer ewigen Schwebe darüber". Die Erklärungen des Chefs des Ministeriums blieben schwankend[28], und Wächter wies ihm dies nach und bemerkte: „Der Herr Departements-Chef hat früher gesagt, von dem Augenblicke an, wo die Centralgewalt sich mit dem jetzigen Reichsministerium umgeben, habe er ein Mißtrauen gegen dieselbe gefaßt und sich eine Kognition über ihre Befehle vorbehalten. Damit aber ist eine Nichtanerkennung der Centralgewalt nicht ausgesprochen. — Diese Frage ist aber von höchster Wichtigkeit; das Wohl und Wehe unseres Landes kann davon abhängen."

Am 16. Juni hatte die „Nationalversammlung" beschlossen, eine allgemeine Volksbewaffnung auszuschreiben, um mit bewaffneter Macht gegen die ihr widerstrebenden Regierungen vorzugehen. Den 18. Juni stand auf der Tagesordnung der Kammer das Verhältnis zur Nationalversammlung und zur Centralgewalt und der Antrag: die Kammer möge aussprechen, daß sie die Nationalversammlung in ihrer gegenwärtigen Zusammensetzung als zu Recht bestehend anerkenne. Wächter stellt eine Interpellation an das Ministerium[29]: „Ich werde mich zuvörderst auf das Materielle der Frage nicht einlassen. — Zwar hätte ich für meine Person nicht den geringsten Anstand, mich über die Frage, so wie sie vorliegt, entschieden hier auszusprechen. Schon vor acht Tagen habe ich mich in dieser Hinsicht geäußert und meine Ansicht war von Anfang an festgestellt; auch habe ich in der Zwischenzeit bei mehrfacher Wiederüberlegung derselben keinen einzigen Grund gefunden, darin wankend zu werden. Zunächst habe ich bloß das Wort genommen, um Einiges über die Stellung der Kammer zu der vorliegenden Frage zu sprechen, und ihr durch eine Anfrage die Möglichkeit zu geben, diese Stellung gehörig zu behaupten. Auf den ersten Anblick scheint es, als ob der Kammer bloß eine theoretische Frage zur Entscheidung vorgelegt worden sei. — Vor acht Tagen haben wir zunächst gefragt, wie hat sich unser Ministerium gehandelt? — — Es sind aber gewichtige acht Tage vorübergegangen. Die Versammlung, die von Frankfurt hierher übersiedelte, und das Regiment, das sie für Deutschland bestellte, haben die wichtigsten Schritte eingeleitet, Schritte, die, wenn sie für Deutschland durchführbar wären, von großer Wichtigkeit für Deutschland sein, Schritte aber auch, deren Wichtigkeit zunächst unser kleines Vaterland zu fühlen haben würde, wenn von ihrer Durchführung irgend die Rede sein sollte. Ich glaube nun, daß es in Ihrer [der Kammer] Stellung liegt, sich zunächst über die Frage auszusprechen,

27 14. Juni, Protok. S. 4238.
28 Protok. S. 4240.
29 Protok. S. 4266.

was etwa unsere Regierung in dieser Beziehung zu thun hat. Ich kann mir nämlich unmöglich denken, daß die Regierung die Hände in den Schoß legte, während so
wichtige Dinge vorgehen. Ich kann mir unmöglich denken, daß die Regierung nicht
ganz entschieden Dem, was sie vor acht Tagen und sonst ausgesprochen hat, nun
auch die praktische Anwendung gegeben haben wird. Unsere Sache ist es aber
zunächst, und ehe wir irgend einen Schritt in unserer Berathung vorwärts thun
können, uns vollständig zu orientiren, auf welchem Standpunkte wir stehen und
was unsere Regierung in dieser Hinsicht gethan hat. Deßhalb will ich mich vorläufig bloß darauf beschränken, die Frage an den Ministertisch zu richten: „was
hat das Ministerium gegenüber von jener Versammlung und den fünf Männern,
die sie an die Spitze von Deutschland stellen wollte, besonders aber seit den letzten
Beschlüssen, die hinsichtlich der Volksbewaffnung gefaßt wurden, gethan?" Der
Chef des Ministeriums gab die Antwort, das Gesammtministerium habe ausgesprochen, daß es jene Beschlüsse nicht anerkenne und an den Präsidenten der Nationalversammlung die Aufforderung gerichtet, ohne Verzug darauf hinzuwirken,
daß die Nationalversammlung ihren Sitz an einen andern Ort und in ein anderes
Land verlege, und sich energisch gegen das weitere Tagen des Rumpfparlaments in
Württemberg verwahre; eine Antwort auf diese Zuschrift sei indeß nicht erfolgt.
Sofort gab ein Mitglied des Rumpfparlamentes in der Kammer die Erklärung:
„Ich kann die Antwort geben, die nächste Sitzung der Nationalversammlung ist
heute Nachmittag um 3 Uhr". Hierauf stellte der Abgeordnete Mack den von
Wächter in der Vorversammlung für den vorliegenden Fall proponirten und mit
Mack verabredeten Antrag: die Kammer wolle, nachdem sie von dem Verhalten
der Regierung gegenüber der Nationalversammlung und der von ihr eingesetzten
Regentschaft Kenntnis genommen, beschließen, über den Antrag — die Kammer
möge aussprechen, daß sie die Nationalversammlung in ihrer gegenwärtigen Zusammensetzung anerkenne — zur Tagesordnung überzugehen. Und Wächter fügte,
als er das Wort erhielt, bei, daß er diesem Antrag beitrete: „Denn ich glaube, daß
nun Dasselbe zu Stande kommt, was wir vor acht Tagen gewollt haben. Ich für
meine Person habe durchaus keinen Grund, von diesem Standpunkte in dieser Beziehung abzuweichen. Nachdem das Ministerium auf eine Weise gehandelt hat,
wie es, glaube ich, verpflichtet war, zu handeln, unterstütze ich diesen Antrag."
Dieser Antrag wurde angenommen. Und nun hatte die württembergische Regierung die Billigung der Kammer für den Schritt, welchen sie mit der gewaltsamen
Auflösung des Rumpfparlamentes, das sich — als Antwort auf jene Zuschrift wieder zu seiner Sitzung versammelte — an demselben Tage noch ausführte. Damit hatte Wächter in seinem Theil die Aufgabe erfüllt, das Vaterland vor den be-
drohlichsten Konflikten des Weitern zu sichern. In seiner motivirten Abstimmung
über den Antrag sagte er: „Um der Sache Deutschlands und der Freiheit willen
wurde die Nationalversammlung zusammenberufen. Ich fürchte aber, wenn so
fortgefahren würde, wie die Nationalversammlung bisher hier gehandelt hat, so
könnte Deutschland und die Freiheit verloren sein."

In seiner ständischen Thätigkeit hat Wächter stets die volle Unabhängigkeit des Urtheils sich gewahrt. Auch den Ministern gegenüber nahm er eine durchaus selbständige Stellung ein. Mit der
Haltung des Märzministeriums war er vielfach nicht einverstanden und
verbarg dies bei keiner Gelegenheit.

Er nahm späterhin Anlaß, in der Württembergischen Zeitung zu
erklären, daß er keineswegs, wie diese angab, im Jahre 1849 (von
Tübingen aus) in die Kammer bei wichtigen Anlässen gekommen sei,
„um das Ministerium (Römer) zu unterstützen". Vielmehr habe er

sich nicht selten mit dessen Anschauungen in Widerspruch befunden, und damit in der Kammer nicht zurückgehalten. „Diese Erklärung mußte ich, so schließt er, geben", „um nicht bei Manchen in den Verdacht zu kommen, als ob ich j e t z t erst eine solche Ansicht über die Verwaltung des Märzministeriums ausspreche. — — Ich glaube sagen zu können, in der jetzigen Zeit in k e i n e r Beziehung andere Urtheile ausgesprochen zu haben, als in früheren Zeiten."

Wächter erachtete übrigens seine politische Pflicht noch nicht damit abgethan, daß er in der Ständeversammlung seiner Überzeugung Ausdruck gab. Im Moment der höchsten Gefahr, als das Rumpfparlament in Stuttgart tagte, ließ er eine eingehende Auseinandersetzung der Sachlage erscheinen, [30] um den irreführenden Agitationen entgegenzutreten und das Land über die realen Verhältnisse aufzuklären.

XIII. Abschnitt.

Rückkehr zur Universität. Akademische Reden.

Inmitten der politischen Sturmzeit hatte Wächter nie aufgehört, sich als akademischen Lehrer zu fühlen, und bei aller Energie, mit welcher er seine politische Überzeugung geltend machte, ließ er sich nicht über die Grenzen hinausreißen, welche ihm die Festhaltung seines Hauptberufs steckte.

In dieser Hinsicht ist es bezeichnend, wie er die Einladung, einer bei Ulm abzuhaltenden konservativen Volksversammlung zu präsidiren, schon im August 1848 ablehnte.

Er antwortet auf die Einladung: „Vor Allem sage ich Ihnen und allen meinen Mitbürgern, deren Sie erwähnen, meinen aufrichtigsten Dank für das Zutrauen, das Sie mir bethätigen. In Zeiten politischen Kampfes und politischer Wirren wie die jetzigen sind, ist es Pflicht eines jeden Staatsbürgers, entschieden Partei zu nehmen und offen auszusprechen, auf welcher Seite er zu finden ist.

---

[30] Als Beilage zum Schwäbischen Merkur. 4 Quartseiten.

Meine Partei ist die der, auf die freisinnigste Grundlage gebauten, konstitutionellen Monarchie mit allen ihren Konsequenzen. Die Treue, welche ich geschworen habe, und die innigste Überzeugung, daß wahre Freiheit, Kraft und Ordnung in der konstitutionellen Monarchie einen weit sichereren Schutz finden als in der Republik, stellen mich auf diese Seite. Ich stand von jeher auf derselben; nur konnte früher die konstitutionelle Monarchie keine Wahrheit bei uns werden, so lange die Großmächte mit ihrem Absolutismus auf uns drückten; jetzt ist diese Wahrheit möglich; jetzt sind die Konsequenzen des Princips praktisch geworden, während sie früher undurchführbar waren, und so kann ich nun jener Wahrheit und diesen Konsequenzen volle Rechnung tragen, ohne den Principien, zu denen ich mich stets bekannt, irgend ungetreu zu werden.

Wenn ich diesen Grundsätzen die Einladung zu der Leitung der Volksversammlung zu danken habe, so freut mich dies doppelt. Denn ich bin überzeugt, daß je mehr diese Grundsätze entschiedene Anhänger und Anerkennung im Lande erhalten, um so mehr unsere Freiheit und Recht und Ordnung befestigt werden. Auch scheue ich für die Vertheidigung dieses Grundsatzes keine Mühe und keinen Kampf, so weit ich nicht dadurch aus der mir gezogenen Sphäre herauszutreten genöthigt würde. Gerade aber diese letztere Beschränkung nöthigt mich, die mir gewordene Einladung abzulehnen.

Ich will mich hierbei nicht darauf berufen, daß ich gerade jetzt mit dringenden Geschäften so überladen bin, daß es mir unmöglich sein würde, eine halbe Woche von hier abwesend zu sein. Wäre auch dieses Hinderniß nicht: so müßte ich doch die Einladung ablehnen.

Ich erlaube mir, mich darüber offen gegen Sie zu erklären.

Meine Unabhängigkeit in früherer Zeit wurde mir besonders durch die Möglichkeit bewahrt, jeden Augenblick auf den akademischen Lehrstuhl wieder zurückzukehren. Durch diese Möglichkeit wird mir auch in der jetzigen Zeit meine Unabhängigkeit nach jeder Seite bewahrt und ich werde nun, wie ich schon im März d. J. beschlossen und erklärt hatte, von ihr Gebrauch machen. Ich habe auf den Winter meine Vorlesungen in Tübingen angekündigt, und werde mich ganz in den Kreis der akademischen Thätigkeit zurückziehen. Denn ich hoffe, daß durch das Ausscheiden des Kanzlers als Solchen aus der Ständeversammlung mir dazu die Möglichkeit gegeben wird. Zwar halte ich es in unseren Zeiten für Pflicht eines Jeden in dem nächsten Kreise, in den er gestellt ist, auch politisch nach seiner Überzeugung möglichst zu wirken. Deßhalb ging ich als Ständemitglied auf das Frankfurter Vorparlament, weil ich dies für Pflicht eines jeden Ständemitgliedes hielt, deßhalb hielt ich mich für verpflichtet, die Wahl in den Funfzigerausschuß anzunehmen, deßhalb trat ich nach meiner Zurückkunft von Frankfurt in den vaterländischen Verein ein und unterzog mich den Aufträgen, die er mir gab. Aber ganz heraustreten würde ich aus dem Kreise, den mir die Verhältnisse gezogen haben, wenn ich zur Leitung von Volksversammlungen nach Oberschwaben reisen würde. Ich würde mich dadurch in eine politische Agitation werfen, welche in dieser Weise meinem künftigen Berufe fremd ist.

Indem ich Sie ersuche, von diesen meinen Gründen, welche die an mich ergangene Einladung abzulehnen mich nöthigen, unsere Mitbürger in Kenntnis zu setzen, vertraue ich, daß sie denselben ihre Anerkennung nicht versagen werden."

Als im Juli 1849 an Wächter die Frage gestellt wurde, ob er eine Wahl zur nächsten Ständeversammlung annehmen würde, schrieb er: — „Die Vorgänge des März 1848 bestimmten mich schon damals zu dem Entschluß, so weit immer möglich, von jeder politischen Laufbahn in Württemberg mich zurückzuziehen. Zunächst war es die Art und Weise, wie die Majorität der damaligen Kammer behandelt wurde. Ich habe natürlich weit nicht Alles zu vertreten, was jene

Majorität, und noch weniger irgend Das, was das frühere Ministerium that und unterließ. Aber in ihrer Hauptrichtung verdiente jene Majorität — von welcher in den letzten Wochen v o r der Februar-Revolution in öffentlicher Sitzung erklärt wurde, daß in ihr eine ministerielle Partei nicht mehr zu finden sei, sie verdiente die Behandlung nicht, bei der man lediglich durch die Minorität das Ministerium besetzen ließ und die Majorität so zu sagen bei Nacht und Nebel aus Stuttgart sich entfernen mußte. — Ich für meine Person faßte sofort den Entschluß, diesem Felde der Verdächtigungen, die auch mir in reichem Maß und wie ich redlich überzeugt bin, unverdienter Weise wurden, des Mißtrauens und ich darf wohl sagen des Undanks mich bleibend zu entziehen. Meine Wissenschaft, der ich mich fort und fort in vielen Tag- und Nachtstunden, in welchen meine Gegner meist mich dem behaglichen Nichtsthun ergeben glauben mochten, so gewidmet hatte, als ob ich jede Woche von meiner Arbeit Rechenschaft geben sollte — sie hatte mir bis dahin meine Unabhängigkeit nach e i n e r Seite gegeben. Nun sollte sie mir meine Unabhängigkeit nach j e d e r Seite verschaffen. Zur Ausführung meines Entschlusses konnte ich aber freilich erst im Oktober schreiten. Ich verließ die Kammer und Stuttgart und trat wieder in den anspruchslosen Kreis des akademischen Lehrers ein, ich hatte ein reiches und dankbares Material zu verarbeiten, die Ergebnisse unausgesetzter zehnjähriger Studien und eine reiche Erfahrung in dem vielbewegten praktischen Leben; aber um Dieses gehörig zu verarbeiten, um mir eine beherrschende Stellung zu erobern und sie zu behaupten, war ein ganzes Jahr hindurch eine Anstrengung nöthig, wie ich sie nur in meinen ersten jugendlichen Professorjahren gemacht zu haben mich erinnere, und wie ich sie nicht leicht zum dritten Mal durchmachen könnte. Noch wenige Wochen — und der Grund ist gelegt.

Ich bin auch, bis jetzt wenigstens, durch einen Erfolg gelohnt worden, wie ich ihn mir nicht denken konnte, von der einen Seite bei meinen Zuhörern, von der andern durch den Genuß, den mir die Verarbeitung und Bildung meines wissenschaftlichen Stoffes gaben, und durch das Bewußtsein des Standpunktes, zu welchem ich in meiner Wissenschaft, ganz anders als er vor 10 Jahren war, gekommen zu sein glaube.

Und nun die Annahme einer Wahl in die Kammer — sie hieße

geradezu abschneiden, was ich in diesem Jahre mir geschaffen hatte,
einen begonnenen Bau im besten Werke wieder niederreißen, um in
ähnlichem Kreislaufe wie früher nach einiger Unterbrechung den Bau
— von Neuem zu beginnen!

Sehe ich also zunächst auf mich, so würde der Eintritt in die
Ständeversammlung das größte Opfer sein, das ich bringen könnte,
ein Opfer, bei dem ich eine befriedigende Vergangenheit vergessen,
den sichern Boden der Zukunft mit dem unsichersten schwankenden
Brett vertauschen müßte. — Aber — ist es nicht Pflicht, dieses
Opfer zu bringen? Meine nächste Pflicht ist nun, an unserer Universität zu wirken. Ein Lehrer kann keinen Stellvertreter stellen.
Kann ich nächsten Winter nicht Pandekten lesen — und würde ich in
die Kammer treten, so könnte ich es nicht — so würden vielleicht
wieder, wie in früheren Wintern gewöhnlich, die Juristen nach Heidelberg ziehen. Ich bin der Universität, der ich meine Unabhängigkeit
danke, verpflichtet, so lange ich hier bin, meinem Beruf möglichst treu
zu bleiben. Auch wäre gerade für mich die Stellung in der Ständeversammlung eine sehr schwierige und leicht fruchtlose. — Ich achte
die Märzminister als redliche Männer, ich vertraue ihnen unbedingt
darin, daß sie keinen Schritt zurückgehen werden. Aber ich bin
in Vielem von Dem, was sie thaten, und mit noch weit mehr von
Dem, was sie unterließen, nicht einverstanden mit ihnen und könnte
ihnen als Ministern ein Vertrauensvotum nicht geben. Schwanken sie
bei der Verfassung in ähnlicher Principlosigkeit, wie bei der National-
versammlungsfrage, lassen sie sich bei ihr eben so geduldig ihre Vorlage korrigiren, wie bei ihren meisten bisherigen Gesetzen und namentlich bei dem Wahlgesetz, — — lassen sie in ähnlicher Weise wie meist
bisher die Dinge in der Kammer gehen, wie sie eben gehen wollen,
so sehe ich fatalen Krisen entgegen, in deren Mitte ich voraussichtlich
meine Kraft nur nutzlos aufzehren würde — selbst ganz abgesehen
davon, daß in mir die alte Neigung erloschen ist, auf dem Feld der
württembergischen Ständeversammlung zu kämpfen (und den Stein
des Sisyphus zu wälzen) und· alles Das mitzumachen, was in ihr
durchzumachen ist. Ohne rechte Neigung aber wird die Wirksamkeit
stets nur eine halbe sein.

Was aber den Punkt des Ehrgeizes betrifft, so wird mich
dieser zu einer politischen Laufbahn nicht bestimmen. Ich habe bloß

den Ehrgeiz, die Stellung, welche mir Pflicht und Umstände an-
gewiesen haben, vollständig auszufüllen, ihr in jeder Hinsicht zu genügen, — und diesem Ehrgeiz habe ich das Glück, entsprechen zu
können. — Nach all Diesem muß ich entschieden Nein sagen. — —
Sollte aber je eine wahrhaft ernste Stunde der Gefahr kommen,
dann will ich seiner Zeit nicht fehlen und mit meinen Freunden gern
in die Kampfreihen treten; die Gefahr aber wird wohl, wenn sie
kommen sollte, nicht gerade in der württembergischen Ständeversammlung durchgekämpft werden müssen. — —"

Ähnliche Anfragen ergingen aus Marbach und Göppingen.
Wächter antwortete: „Die Erfahrungen, welche ich auf dem Feld der
parlamentarischen Thätigkeit in Württemberg zu machen hatte, benehmen mir jede Neigung zu Erneuerung dieser Thätigkeit in meinem
speciellen Vaterlande".

Eben so wenig hatte er die Neigung, an die Spitze eines Ministeriums zu treten. Als er in den Herbstferien 1849 nach Stuttgart
kam, seine dort lebenden Kinder zu besuchen, wurde er zum König
berufen. Er notirt hierüber (17. September): Von 6—7¼ Uhr
beim König. Er über die württembergischen und deutschen Verhältnisse sehr offen. „Wen soll ich ins Ministerium berufen? Sie
wollen ja nicht mein Minister werden".

Seine politische Thätigkeit in Württemberg war nun abgeschlossen. Und so traf die Prognose ein, welche ihm 14 Jahre vorher
aus Anlaß seiner Berufung nach Tübingen der „Beobachter" gestellt
hatte: „Wie hoch man auch Wächters politische Bedeutung anschlagen
möge, so viel bleibt immer gewiß, daß sein eigentlicher Beruf der
Lehrstuhl ist. Wächters gesunder Sinn wird dies selbst wohl am
besten fühlen und der glänzenderen Seite seines Berufs nicht die
tieferwirkende und segensreichere zum Opfer bringen. Die Versuchung
ist freilich nicht gering, und es ist schon mehr als ein großer Mann
klein durch sie geworden." —

Mit voller Hingebung widmete er sich vom Oktober 1848 an
seinem Beruf als Lehrer und mit vollster Sympathie wurde er von
den Studirenden wieder gehört. — In jenen Jahren nahm er es
leicht, wenn er gegen Mitternacht aus einer Gesellschaft nach Hause
kam, seine Pfeife oder Cigarre, „das Vehikel der Arbeit", anzuzünden,
noch einige Stunden angestrengt zu arbeiten, und früh um 7 Uhr

wieder in voller Frische auf dem Katheder zu stehen, oder einen Morgenspaziergang anzutreten. —

Von seinen Vorlesungen sagt ein hervorragender Schüler Wächters aus dieser Zeit (Prof. G. v. Mandry): „Was dem schmucklosen, weder pathetische noch geistreiche Pointen anstrebenden Vortrage immer neuen Reiz verlieh, war die Durchsichtigkeit und Folgerichtigkeit der Gedanken, die Klarheit und Einfachheit der Ausdrucksweise. Der Hörer konnte nicht zweifeln, daß er die behandelte Materie im hellsten Lichte sehe, ja er erhielt in Folge jener Klarheit und dieser Durchsichtigkeit des überall auf Gründe und Gegengründe eingehenden Vortrags unwillkürlich die Überzeugung, durch eigenes Mitdenken zu demselben positiven Resultate und zur gleichen entschiedenen Verwerfung der gegentheiligen Ansicht, wie der Lehrer, gekommen zu sein. Der Hörer hat neben den festen Grundbegriffen, die zur vollen Klarheit und zum vollen Verständnisse zu bringen, Wächter unermüdlich war, eine gewisse Befähigung und Erprobung im juristischen Denken als unschätzbares Resultat der Vorlesung gewonnen."

Aber nicht nur als Docent, auch als Freund und Berather der akademischen Jugend gab er sich.

Als er im Oktober 1848 seine Vorlesungen in Tübingen eröffnete, sprach er zu seinen Zuhörern: „Erlauben Sie mir, daß ich, ehe ich an den Gegenstand gehe, der uns hier zusammenführte, vorher ein paar Worte von mir spreche. Ich glaube dies Ihnen zur Verständigung schuldig zu sein in der ersten Stunde, in der es mir vergönnt ist, zu dem Kreise, in den ich nun wieder eintrete, öffentlich zu sprechen. Denn ich fasse das Verhältnis des akademischen Lehrers zu seinen Zuhörern nicht bloß als ein äußerliches, einzig und allein durch das Band eines akademischen Vortrags geknüpftes auf; mir ist es auch wesentlich ein innerliches und in dieser Hinsicht so beziehungsreiches, daß ich mir nur dann in demselben genügen kann, wenn ich das Bewußtsein haben darf, daß Sie nicht bloß dem Denken des Lehrers, seinem wissenschaftlichen Schaffen, sondern daß Sie auch seiner Person und dem warmen Gefühle, das er Ihnen entgegenbringt, vertrauen." — Nach Darlegung seines Lebensganges in den letzten 10 Jahren und seiner politischen Überzeugungen fuhr er fort: „Mit Freuden und Vertrauen komme ich zu Ihnen, entschlossen und bereit, meine ganze Kraft und mein ganzes Wirken

Ihnen zu widmen. Empfangen Sie mich nicht bloß als Ihren Lehrer, sondern auch als einen Freund, der für die akademische Jugend stets ein warmes Herz hatte, und der, wenn er auch älter ist, als ihm lieb ist, nie vergaß und nie vergessen wird, wie er als Student fühlte, und der deßhalb auch die gerechten Ansprüche nie vergessen wird, welche das jugendliche Alter und sein akademisches Streben macht und welchen möglichst zu genügen, unsere schöne Aufgabe ist."

Eine den 6. November 1848 gehaltene Rede, aus Anlaß der akademischen Preisvertheilung, begann Wächter mit den Worten: „Wenn wir heute zurücksehen auf den Anfang des diesmaligen akademischen Preisjahres — und ihn vergleichen mit dem heutigen Tage — eine wie ganz andere Zeit trifft uns in diesem Saale! Wie hat sich in unserem Deutschland in dieser kurzen Spanne Zeit Alles so sehr geändert, von der höchsten Spitze bis in alle Schichten der Gesellschaft! So sehr, daß wenn Jemand vor 9 Monaten in Schlaf versunken, jetzt erwachen würde, er die Welt um sich und sein Vaterland und den Geist, der in ihm rege geworden ist, gar nicht mehr erkennen würde. — Er würde über ein anderes Erwachtsein staunen, über das Erwachtsein des praktischen deutschen Volksgeistes. — War es doch, als ob der schlummernde deutsche Riese durch den Donner im Westen von langem Schlafe erweckt nun einmal im Gefühle seiner wahren Kraft das vulkanische Eisennetz, das ihn umstrickt hatte, mit einem kräftigen Ruck gesprengt hätte, um im Bewußtsein seiner Kraft und seines Rechts und seiner nationalen Einheit einen Bau der Freiheit und Verbrüderung sich zu gründen, durch welchen er die Schuld von Jahrhunderten abtragen und zur Herrschaft im Reiche des Denkens auch die Palme der kräftigen Ausführung des Gedachten fügen wollte. — Aber Großes hat er noch zu vollbringen. — Für die gewonnene Freiheit soll nun die feste und die rechte Form und Gestalt gefunden, und sie auf Säulen gebaut werden, auf denen sie sicher und mit Ehre thronen kann. Möge er hierbei den rechten Gedanken überall finden, und bei energischer Gründung und Festigung seiner Freiheit weises Maß halten, die kühnen Griffe auf das Unabweisliche beschränken und stets die Schranken des ewigen Rechts und der Sitte achten, hinter denen ein unheilvolles überstürztem beginnen würde! — So treffen wir jetzt eine neue Welt, aber eine noch nicht gestaltete, sondern noch im Ringen nach fester Gestaltung vom Einzelnen an bis zur Gemeinde und hinauf bis zu Kirche und Staat begriffene, um dem allgemeinen Alles belebenden Gedanken die rechte Durchführung, — für Das, was werden soll, den rechten Körper zu finden."

Indem er nun die Anforderungen der Neuzeit an die Organisation der Universitäten ins Auge faßte, sagte er[1]: „Die Universitäten durften den Ruf der Zeit und das gewaltige Mahnen der Ereignisse nicht an sich vorübergehen lassen — und sie thaten es auch nicht. — In den letzten 30 Jahren, in welchen in Deutschland die Freiheit ein mannigfach verkümmertes Leben führte, wohin flüchtete sie sich, wo erhielt sie ihren Kern und Keim und wo flackerte sie immer auf? — In den Ständeversammlungen der kleinen, besonders der süddeutschen Staaten und auf unseren Universitäten. Wodurch war dies den Universitäten möglich? Durch ihre besondere Verfassung und die Macht und belebende Kraft der Wissenschaft in Verbindung mit einer unabhängigen Stellung der Lehrer und dem frischen, freien, für Edles und Großes offenen Sinn unserer deutschen akademischen Jugend. — Jetzt aber, nachdem die hemmenden Schranken gefallen sind, was ist für die Universitäten zu erstreben? Sollen sie

---

[1] Diese Rede ist in hohem Grade bezeichnend für Wächters Anschauung vom Wesen der Universitäten und den Anforderungen an ihre Organisation.

ganz andere werden? — Dies glaubten Manche und sie suchten ihren Gedanken in Frankfurt in einer neuen freien Universität — — zu verwirklichen, welche sie in einer völlig neuen Gestaltung als die einzige wahre Universität an die Spitze der anderen, in eine niederere Sphäre herabzudrückenden Universitäten setzen wollten. Allein — er war ein Irrthum, der keinen Anklang fand und vorerst wenigstens wieder verklungen zu sein scheint. — In der That auch würde eine völlige Umgestaltung unserer Universitäten nicht ein Fortschritt, sondern ein entschiedener Rückschritt sein. Unsere Universitäten sind seit Jahrhunderten eine Ehre und ich darf es wohl sagen ein Hort für Deutschland, — unsere Universitäten — nach dem Beispiele des Auslandes, Italiens und Frankreichs gepflanzt, hielten fest an dem großen Gedanken, der sie ins Leben rief, und bewahrten treu das lebendige Element desselben, so daß das Ausland, von dem wir sie entlehnten, und das meist die wahre Idee der Universität verlor, uns um unsere Universitäten zu beneiden, volle Ursache hat — und wir sollten die Axt an diese Universitäten legen, um in haltlosen Experimenten einen neuen Grundriß für den Tempel der Wissenschaft zu suchen, während der ehrwürdige Tempel lebendig und lebenskräftig vor uns steht, bewahrt in unzähligen Stürmen, die in vielen Jahrhunderten über ihn ergangen sind?

Aber allerdings Manches ist an dem Bau auszubessern, Abgestorbenes und Schadhaftes auszuwerfen, Neues zu erlangen, Altes zu kräftigen. Dies ist wohl das allgemeine Gefühl, das auch seinen Ausdruck erhielt. — Unsere jugendlichen Kommilitonen fühlten es und tagten deßhalb in Eisenach. Wir Alle erkannten es und Repräsentanten der Universitätslehrer — besonders veranlaßt durch einen Aufruf aus Tübingen — kamen vor wenigen Wochen deßhalb in Jena zusammen.

Erlauben Sie mir, daß ich Ihnen wenigstens in Einigem — so weit die beschränkte Zeit es mir erlaubt — von den Ergebnissen unserer Jenaer Versammlung nähere Auskunft gebe.

Es waren 145 akademische Lehrer aus allen Gauen Deutschlands beisammen, auch Wien schickte seine Deputirten. Aber einige preußische Universitäten, namentlich Berlin, verschmähten es, an dem gemeinsamen Universitätstage Theil zu nehmen. Die Nothwendigkeit und das Große einer Einheit Deutschlands scheint dort erst noch mehr zum rechten Bewußtsein kommen zu müssen. — In 4 Tagen in 7 öffentlichen Sitzungen bewältigten wir einen großen reichen Stoff. So viel wir aber auch erledigten, Alles konnten wir nicht erledigen. Der Stoff war überreich, die Zeit karg zugemessen und was die Hauptsache war, das Eis mußte erst gebrochen, eine allgemeine Verständigung angebahnt werden, um dann die weitere Ausführung darauf zu gründen.

Über die Bedeutung der Beschlüsse, die wir faßten, waren wir nicht im Zweifel. Wir konnten keine Beschlüsse fassen, welchen unmittelbar äußere zwingende Gültigkeit zugekommen wäre. Dazu waren wir nicht autorisirt. Aber großes moralisches Gewicht hofften wir von den Beschlüssen der Deputirten beinahe aller Universitäten Deutschlands, ein um so größeres, mit je größerer Einigkeit sie gefaßt wurden. — Darüber war nur eine Stimme, daß von einer totalen Umgestaltung unserer Universitäten es sich nicht handeln könne, sondern nur von Reformen im Geiste der jetzigen Zeit. Und dies war gewiß richtig gedacht. — Was ist das Lebenselement der Universitäten, um das es sich hauptsächlich handelt? Die Freiheit ist es! Laßt nur die Wissenschaft frei gewähren, gebt den Lehrern Unabhängigkeit und freie Stellung und den Studirenden möglichste Selbständigkeit — so wird auch alles Übrige sich finden. Dies war der Gedanke, der bei unseren Berathungen uns durchdrang und leitete. Deßhalb begannen wir, nachdem wir unsere Geschäftsordnung festgestellt hatten, mit der Lehrfreiheit und der Lernfreiheit.

— — Universitäten sind keine Gymnasien. Sie sind die Stätten, in welchen zum Manne gebildet werden soll durch Wissenschaft und Leben. Nicht bloß Intelligenz, nicht bloß Wissen ist hier das Ziel des Strebens, sondern auch Bildung des Charakters und Befähigung zur selbständigen Stellung des Mannes. Für dieses vereinte Ziel ist aber nothwendige Bedingung die Freiheit, jene akademische Freiheit, welche mit der Gründung der Universitäten ihr Lebens-element bildete, dessen mehr oder minder ungestörtes Entfalten stets einer der Haupt-höhenmesser der Universitäten sein wird. Deßhalb gingen unsere Resolutionen zunächst auf vollste Freiheit in den Studien: namentlich also vollkommene Freiheit zum Besuche jeder Universität, somit Wegfall des Zwanges, eine Landes-universität zu besuchen; nur fanden wir eine Beschränkung der akademischen Frei-heit nicht darin, wenn die Regierung das Studirthaben auf Universitäten überhaupt zur regelmäßigen Bedingung der Zulassung, zum öffentlichen Dienste machen würde. Wir sonderten ferner Wegfall alles Kollegienzwanges; die Wahl der Vorlesungen sowohl in Zahl, als in Gegenstand und Lehrern soll ganz bei dem Studirenden stehen! kein Studienplan, weder ein befohlener, noch ein vom Staate empfohlener; keine befohlenen Semesteral- und ähnliche Prüfungen. Aber auch der indirekte Kollegienzwang sollte ausgeschlossen werden. Ein solcher indirekter Zwang liegt aber darin, daß der Staat seine Prüfungen zum Zwecke des öffentlichen Dienstes durch die Fakultäten besorgen läßt.

Wir verlangten ferner möglichst selbständige Stellung der Studi-renden, aber freilich mit den Schranken, welche im Begriffe der wahren Frei-heit liegen. Wir vindicirten namentlich den Studirenden das freie Verbin-dungsrecht unter den allgemeinen gesetzlichen Bestimmungen, wie es dem Bürger überhaupt zusteht; Gleichstellung des Studirenden mit den übrigen Bür-gern im Gerichtsstand, betreffe es Privatrecht, Kriminalrecht oder Polizei. Aber freilich für die inneren Verhältnisse ist wie für jede freie Anstalt, besonders von so korporativem Charakter, wie die Universität, eine besondere Disciplin nöthig und für diese interna domus sollte sie auch ferner beibehalten, aber wesentlich reformirt werden. —

Und nun die Stellung der Lehrer. Lernfreiheit ist eine Illusion ohne Lehr-freiheit. Ohne Lehrfreiheit und möglichst selbständige Stellung der Lehrer fällt die deutsche Universität. Sie soll nie „im Hinblick auf lokale, politische oder religiöse Beweggründe" beschränkt werden. Jeder, der die Habilitationsbedingungen erfüllt hat, soll über die Fächer, für welche er sich habilitirt hat und über alle ver-wandten Fächer frei lesen können. Keine Rücksicht auf andere Lehrer soll ihn daran hindern. Es soll freie Konkurrenz zwischen den Lehrern sein: auf dem Gebiete des Geistes der Geist den Ausschlag geben.

Zur selbständigen Stellung des akademischen Lehrers gehört ganz wesentlich das Princip der Vokationen, dessen Festhalten allgemein als nothwendig aner-kannt wurde. Dieses Princip ist es vor Allem, das uns Unabhängigkeit von der Einzelregierung giebt und unsere Freiheit — ganz anders, als sonst bei einem Staatsdiener — und mit ihr die Freiheit der Universitäten erhält, und welches die Wunden, die etwa von Ungerechtigkeit und Willkür geschlagen worden, heilt, wie es z. B. die Unbill heilte, welche den Göttinger Sieben von ihrer Regierung ange-than wurde. Deßhalb fand man es auch sehr bedenklich, die Universitäten unter die deutsche Centralgewalt geradezu zu stellen. Hier könnte am Ende in der Centralisation die Freiheit untergehen.

Ein wichtiges Moment bei der Stellung der Lehrer, für das Wesen der deut-schen Universitäten überhaupt von größerem Belang, als man gewöhnlich glaubt, bildet die Honorarfrage. Man sollte wohl auf den ersten Anblick glauben, die gelbliche Beziehung, die ihre überprosaische Seite hat, sollte aus dem Verhältnis zwischen akademischem Lehrer und Zuhörer ganz wegfallen. Aber — die Sache hat noch eine ganz andere Seite. Heben Sie die Honorare auf und Sie schneiden damit einen Lebensnerv unserer Universitäten entzwei. Heben Sie die Honorare auf — und Sie machen dadurch das Privatdocententhum unmöglich, unsere eigen-thümliche, durch Nichts zu ersetzende Pflanzschule der künftigen akademischen Lehrer und das jugendliche Salz, das auf alle Elemente der Universität und auch auf die Thätigkeit des älteren Lehrers erfrischend einwirkt. Heben Sie die Honorare auf; so nehmen Sie dem akademischen Lehrer, auch dem besoldeten, wenn er nicht reich ist, eine Hauptstütze seiner unabhängigen Stellung gegenüber von der Regierung,

die ja wesentlich auf dem Votationssystem und den Honoraren beruht, ganz abgesehen davon, daß der Gedanke, durch verdoppelte Anstrengung und Hingebung sich
und seiner Familie eine sorgenfreie Lage zu gründen, unberechenbare Früchte unseren
Universitäten getragen hat, und daß durch die Honorare die Stellung des Studirenden selbst eine ganz andere selbständigere wird. Wie steht es mit den französischen und englischen Universitäten, welche keine Honorare haben? — Aber, möchte
man einwenden, „wir erkennen dies an; nur soll der Studirende nicht die
Honorare zahlen, sondern der Staat Remunerationen geben nach Maßgabe der
Vorlesungen und Zahl der Zuhörer". Dies wurde z. B., wie ich höre, in Eisenach
beantragt. Allein, soll nun der Steuerpflichtige, der Gewerbtreibende, Landwirth
u. s. w. die Honorare zahlen und würden dies unsere Ständeversammlungen auf
sich nehmen? Und wenn sie es thun würden, so wäre der Lehrer stets vom ängstlich
rechnenden Sinn der Kammern und dem Geiste der herrschenden Majorität und
von dem Ermessen der vertheilenden Regierung abhängig — es wäre dies im Wesen
und in der Wirkung der gänzlichen Aufhebung der Honorare gleich. —

Die letzte Hauptfrage war, wie sollen die verwaltenden akademischen
Behörden zusammengesetzt sein? — — — In Eisenach soll ein Beschluß gefaßt
worden sein, nach welchem die Angelegenheiten der Universität von einem Ausschuß zu leiten wären, der aus Lehrern und eben so viel Studirenden
zusammengesetzt sein und aus seiner Mitte den Vorstand, den Rektor, wählen sollte.
Dies würde unseren Universitäten wohl eine völlig andere Gestalt geben. Aber ich
gehe hier nicht näher darauf ein, weil ich glaube, daß dieser Beschluß, der die
Verwaltung unserer Universitäten wesentlich in die Hände des in seinen
Trägern wechselnden Elementes der Studirenden geben würde, wohl wie
unsere Grundrechte noch einer zweiten Berathung unterliegen wird. Nur das
Eine glaube ich bemerken zu dürfen. Ich gebe durchaus zu, daß auch die Gegenwart dem praktischen Eingreifen der Studirenden nicht entzogen sein soll; Sie
sollen hier meine Herren, auf der Universität Ihre inneren studentischen Verhältnisse möglichst selbständig gestalten. Sie geben schon durch die freie Wahl der
Universität überhaupt und durch die freie Wahl des Lehrers ein sehr bedeutendes
Moment in unseren Verhältnissen, Ihre Ansicht und Stimme soll stets erwogen
werden und — sollte ja das Vaterland in Noth kommen: so wird es — wahrlich
nicht vergebens — auch Ihren Arm in Anspruch nehmen. Aber — im Übrigen
liegt für Ihr praktisches Eingreifen das Feld hauptsächlich in der Zukunft.
Meine Herren, Sie sind die Hoffnung des Vaterlandes — in Ihnen ruht unsere
Zukunft. Dadurch scheint mir hauptsächlich Ihre Stellung in der Gegenwart
bestimmt zu werden. Die rechte Macht liegt im Wissen (Wissen und Erkennen
ist Macht). Schaffen Sie sich diese Macht in den wenigen Jahren, die Sie hier
sind, und bilden Sie sich in freier Selbständigkeit aus und dann — verwirklichen
Sie die Hoffnung des Vaterlandes. Aber Dem vertrauen Sie, daß wir Lehrer
davon lebhaft durchdrungen sind, daß wir nur mit Ihnen das wahre Ganze ausmachen und daß nur das harmonische Zusammenwirken der Lehrer und Studirenden den Bestand und Glanz der Universitäten verbürgt."

Im Oktober 1849 bei Beginn seiner Vorlesungen warf Wächter einen Rückblick auf das verflossene Jahr, unter dessen Stürmen man fragen mußte, ob es sich
noch verlohne, Pandekten zu studiren? „Es war eine Zeit der schönsten Erhebung
des deutschen Volksgeistes; eine Erhebung aber, an welche sich feindselige Elemente
anhängten, Elemente, welche Alles umzustürzen drohten in Nichtachtung des
Rechts, des Rechts, durch welches doch allein die Staaten gegründet und erhalten
werden, des Rechts, dessen Achtung Zeichen und Halt aller Civilisation ist. Man wollte Freiheit, Freiheit ohne Achtung des Rechts, und bedachte
nicht, daß Freiheit ohne Recht nicht bestehen kann, überhaupt Freiheit ohne Recht
ein Unding, ein innerer Widerspruch, ein haltloses Nichts ist. Aber es war an
der Tagesordnung, zu sagen, daß Löcher in den Rechtsboden gebohrt werden
müßten." Nach einer Betrachtung des nun eingetretenen Rückschlags fährt er fort:
„Es gehört nicht hierher, von der trostlosen Lage unserer politischen Zustände zu
sprechen — aber nun ist wieder das Recht zu Ehren gekommen gerade auch bei

Denen, welche vom Recht vor einem Jahre wenig wissen wollten, weil die Gewalt in ihrer Hand schien. — Die jetzige Zeit hat mehr als je tüchtige Rechtskenner nöthig — nicht solche, welche lediglich im überlieferten Buchstaben ihre höchste Autorität finden, sondern solche, welche die Träger des vernünftigen Geistes und des Geistes des Rechts zu werden und zu sein streben."

Wie in diesem Sinne Wächter auf die akademische Jugend zu wirken suchte, so fand er auch hier wiederum volles Verständnis und und warme Dankbarkeit. Im Frühjahr 1849 hatte er seinen Zuhörern auf den aus ihrem Kreis an ihn gerichteten Wunsch seine Ansicht über die dermalige Krisis des engeren Vaterlandes offen dargelegt. Hierüber brachte das Volksblatt „der Beobachter" einen Schmähartikel. Darauf richtete eine große Zahl der Zuhörer unter dem 27. April 1849 eine Zuschrift an den verehrten Lehrer, worin sie ihre Indignation über den Artikel ausdrückten und welche mit den Worten schließt: „Herr Kanzler! Wir Unterzeichneten hoffen zuversichtlich, daß Sie durch einen Zeitungsartikel ohne Namen und mit der Lüge zum Inhalt — sich nicht beirren lassen werden im Glauben an unsere Anhänglichkeit und an die Unauflöslichkeit des schönen Bandes, womit die Wissenschaft Lehrer und Schüler umschlungen hält!"

Dieses Band wußte Wächter namentlich durch seine a k a d e m i s c h e n R e d e n zu festigen und Sinn für Recht zu wecken.

In einer — aus Anlaß der akademischen Preisvertheilung gehaltenen Rede (6. November 1850) — wies er darauf hin, wie das Recht mit dem täglichen Leben verflochten sei und wie gerade die Pandekten dem innersten Wesen des Rechts und den logischen Gesetzen des Denkens entsprechen. „Dies nun gerade macht das Studium der Pandekten so interessant und anziehend. Ein rechtliches Verhältnis nach dem andern entwickelt sich in ihnen gleichsam von selbst aus der Natur der Sache vor unseren Augen. Wir beginnen mit der Frage über die dem Rechtsbegriffe gemäße Entstehung des objektiven Rechts und seine Anwendung überhaupt, gehen über auf die Natur des subjektiven Rechts und ihre Konsequenzen, durchwandern die einzelnen Privatrechtsverhältnisse, die Stellung, welche der Person überhaupt im Privatrechte gebührt, — dann ihre rechtlichen Verhältnisse in Beziehung auf die materialen Verhältnisse der Außenwelt, das S a c h e n r e c h t, — dann die reichen Verkehrsverhältnisse, welche, wie die Adern den menschlichen Körper — alle socialen Verhältnisse des Menschen durchziehen und in deren scheinbarer u n e n d - l i c h e r Mannigfaltigkeit das juristische Denken die einfachen Gesetze findet, durch welche sie zu harmonischer Entwicklung gebracht werden. Dann betrachten wir den Menschen als Mitglied der Familie, den Rechtskreis, der ihn in diese begleitet und in ihr umgiebt und die Einwirkungen der Familie auf das Vermögen. Endlich schließen wir mit dem Tode Dessen, der mitten in allen diesen Rechtsverhältnissen steht, und mit der wichtigen und vielverzweigten Frage, welche Einwirkung auf diese Rechtsverhältnisse der Tod ihres Trägers hat, und welche neuen rechtlichen Gestaltungen d a d u r c h entstehen, daß nun Andere in seine Stellung eintreten, so weit nicht sein Leben eine nothwendige Bedingung des Bestandes eines rechtlichen Verhältnisses ist. — So begleiten wir in den Pandekten gleichsam den Menschen mit unserem rechtlichen Denken von seiner Geburt an, ja noch vor seinem

Gebvrensein als Embryo, sein ganzes Leben in den vielfachsten Gestaltungen desselben hindurch bis an seinen Tod und über seinen Tod hinaus. Es wird uns
gleichsam eine neue Welt erschlossen, in der wir bisher selbst zwar ganz wesentlich
juristisch thätig waren, aber ohne uns dieser Thätigkeit nur recht bewußt geworden
zu sein. Das Privatrecht ist so verwachsen mit der menschlichen Natur, daß wir
täglich unwillkürlich seine Funktionen erfüllen, ohne zu ahnen, daß wir dies thun.
Es verhält sich mit ihm ähnlich wie mit unserem Körper in physischer Beziehung.
Die Anatomen und Physiologen erschließen uns über unsern Körper eine ganz
neue Welt; wir erfahren durch sie erst, wie er in jedem Momente Hunderte von
Funktionen, deren wir uns nicht bewußt waren, vornimmt, um zu sein, was er
ist. So trägt auch beinahe jeder Schritt, den wir in der socialen Welt machen,
eine juristische Seite an sich, die wir gleichsam in unbewußter Nothwendigkeit
vollziehen. — Man betrachte nur z. B. — um dies an ganz einfachen Verkehrs-
verhältnissen zu zeigen — den Tag der Ankunft eines Studirenden auf der Universität. Er bestellt sich ein Gefährt, das ihn hierher bringt, steigt hier in der
Traube ab, läßt sich ein Zimmer, auf das er seine Sachen bringen kann, anweisen,
nimmt einige Erfrischungen, geht dann aus, um sich nach einer Wohnung für das
Wintersemester umzusehen, läßt sich von einem Dienstmann den Weg zeigen, be-
sieht sich die Wohnung, wird mit dem Eigenthümer über den Preis einig, nimmt
auf dem Rückwege beim Buchhändler die nöthigen Kompendia mit, giebt sie beim
Buchbinder zum Binden ab, bestellt sich im Vorübergehen eine Mütze, läßt sich
durch Leute seine Sachen in seine Wohnung tragen, bringt den Abend in einem
anderen Gasthause zu, wo er Etwas genießt und beim Weggehen, weil es regnet,
einen Schirm entlehnt, kommt dann zu Haus und entlehnt von seinem Hauswirthe
ein Licht, um zu Bette zu gehen u. s. f. — Hat er hier wohl das Bewußtsein, daß
er im Laufe des Tages mehr als ein Dutzend der verschiedenartigsten Verträge
schloß, in die verschiedensten juristischen Verhältnisse eintrat? Oder wenn er an das
juristische Band dachte, fehlte ihm nicht in vielen Fällen ganz das Bewußtsein der
Art des juristischen Verhältnisses, das er einging? Weiß er, ob er mit dem
Mützenmacher einen Kauf oder eine locatio conductio operarum schloß? ob
er dem Wirthe, bei dem er abstieg, aus einem Kaufe oder aus einer Miethe oder
aus einem unbenannten Kontrakte, die alle nach verschiedenen Grundsätzen zu beurtheilen sind, verbindlich geworden ist? ob das Entlehnen des Schirms ein
wesentlich anderer Vertrag ist, als das Entlehnen des Lichts und ganz andere Rechte
und Verpflichtungen zur Folge hat? Und doch werden wir in solchen Fällen,
wenn gleich ohne klares Bewußtsein, in der Regel durchaus den Anforderungen
des Rechts gemäß handeln — z. B. den Schirm in natura zurückgeben, statt des
entlehnten Lichts aber ein beliebiges anderes, eben so gutes, — ohne zu wissen, daß
man dort ein Kommodat, hier ein Mutuum geschlossen hat — eben weil der Rechts-
begriff in uns liegt und wir ihm, wie dem Gewissen, unbewußt folgen. Aber
davon gerade rührt sehr häufig der Vorwurf der Spitzfindigkeit her und der Ge-
dächtnißsache, den man den Pandekten macht, daß man was in uns liegt, sich nicht
zum klaren Bewußtsein bringt. Deßhalb muß Vielen Das als spitzfindig erscheinen,
was, wenn man es genau ergründet, lediglich Natur der Sache ist. Ich könnte
dies durch unzählige Beispiele belegen — — —. Was so in der Natur der Verhältnisse wesentlich begründet ist, ist weder trocken noch spitzfindig. Die Pandekten
entwickeln nur und decken diese Natur der Sache auf. Wie der Botaniker mit dem
Mikroskope die geheimsten, dem gewöhnlichen Auge verborgenen Beziehungen der
Pflanzen, den Kern ihres Lebens und ihrer Thätigkeit und die Principien ihrer
gesetzmäßigen, harmonischen Entwicklung entdeckt: so ergründet der Jurist mit dem
geistigen Auge die innere Harmonie und das Wesen der Rechtsverhältnisse, und
bringt ihre wahren tieferen Gründe zum Bewußtsein und lernt sie dadurch geistig
beherrschen. — — — Aber, möchte man weiter einwenden — am Ende habt
ihr Pandektisten es doch mit aller eurer Natur der Sache nicht eben weit gebracht;
es herrschen ja bei euch unzählige Kontroversen, durch welche Rechtsunsicher-
heit genährt wird, und Tausende von Processen, welche im kleinen Lande jährlich
geführt werden, beweisen, daß es mit dem Rechtsfrieden nicht weit her ist. —

Kontroversen — haben wahrlich ja auch in Menge die Philosophen, Theologen und Mediciner, ganz andere, als wir, — Kontroversen, welche die ganze Grundlage ihres Wissens ergreifen. Die geistigen Augen, welche in der Wissenschaft thätig sind, sind nicht immer gleich scharf und so wird stets Meinungsverschiedenheit auf dem Gebiete der Wissenschaft herrschen, die aber von der andern Seite wieder eine fruchtbare Bewegung in der Wissenschaft erhält. Was aber die Processe betrifft: so übersieht man hier einen ganz wesentlichen Punkt, die so zu sagen negative Wirksamkeit. Man denkt nicht an die unzähligen möglichen Processe, welche die Herrschaft des Rechts verhinderte. In unserem Lande werden in einem Jahre etwa 20,000 Civilprocesse geführt; aber in dem kleinen Lande werden in einem Jahre viele hundert Millionen Rechtsverhältnisse angeknüpft, und gegen diese Millionen verschwinden wahrlich jene wenigen tausend Processe beinahe ganz. Dabei ist auch wohl zu beachten, daß die meisten Processe nicht über die Rechtsfrage entstehen, sondern über die vom Gegner geleugnete Thatfrage; daß sie also nicht durch das Recht und die Kontroversen der Juristen verschuldet werden. Gerade diese verhältnismäßig ganz unbedeutende Zahl der Rechtsstreitigkeiten gegenüber der millionenmal größeren Zahl der angeknüpften Rechtsverhältnisse beweist die wichtige und interessante, so zu sagen unbewußte Wirkung des Rechts, das in uns liegt. — Dabei möchte ich zum Schlusse noch eine andere Wirkung hervorheben, welche uns dieses den juristischen Kopf bildende, das in uns lebende Recht zu klarer Erkenntnis bringende Studium doppelt interessant machen muß. Das Recht ist, wie das gute Gewissen, eine mächtige Waffe in Noth und Bedrängnis; — nicht weil sie immer zum Siege führt — denn oft geht Gewalt über Recht —, sondern weil sie uns innerliche Kraft und Beruhigung über unser Thun und die Freudigkeit giebt, mit der man im Nothfalle zu jedem Opfer bereit ist, wenn uns das Recht zur Seite steht. Deßhalb fiat iustitia et pereat mundus! Das heißt nicht, einem einseitigen Rechtsbegriffe soll das Wohl der Welt rücksichtslos geopfert werden, — sondern es heißt Doppeltes, aber Anderes. Es heißt — einmal —: das Wohl der Welt kann nur gedeihen, wo Recht und Gerechtigkeit herrscht; die Herrschaft des Rechts ist die Grundbedingung wie aller Civilisation, so alles socialen Wohls. Verbannt man aus einem Staat das Recht, ist das Recht nicht mehr der Schirm und der Schutz unserer heiligsten Güter: so hat das Leben im Staate keinen Werth mehr. — Das Sprichwort hat aber noch eine andere Seite. Es besagt ferner: Wenn ich auch die werthvollsten Güter auf das Spiel setzen muß, um in wichtigen Lebensbeziehungen für meine Rechtspflicht und die wesentlich damit verbundene Ehre einzustehen; so ist es eben das Bewußtsein des Rechts, das auch zu den größten Opfern stählt und mir die Ruhe des Gerechten über jede noch so traurige und schwere Folge giebt." — —

XIV. Abschnitt.

Letzte Zeit in Tübingen.

Im Juni 1849 hatte Wächter einen Ruf nach Leipzig erhalten. Minister v. Beust schrieb (16. Juni 1849): — — „Ew. Hochwohlgeboren haben durch Ihre Vorlesungen über Kriminalrecht und

römisches Recht, so wie durch Ihr gesammtes Wirken an der Universität Leipzig in den Jahren 1833—1836 die dankbarste Erinnerung
in Sachsen zurückgelassen, daß ich darin Entschuldigung zu finden
hoffe für die Freiheit, die ich mir nehme, dieses Schreiben an Sie zu
richten. — Es ist gegenwärtig an der Universität Leipzig die Professur
des Pandektenrechts erledigt und das Ministerium hat die schwierige
Aufgabe, einen Lehrstuhl wieder zu besetzen, welcher eine Reihe von
Jahren durch Männer wie Sie, Puchta und von der Pforbten auf
eine so glänzende Weise vertreten war. Es sieht sich genöthigt, dazu
abermals einen Gelehrten des Auslandes zu berufen und bei der Um-
schau, welche unter den Männern von Ruf gehalten wurde, bin ich
zu der Überzeugung gelangt, daß die entstandene Lücke nicht besser
auszufüllen wäre, als wenn es gelänge, Ew. Hochwohlgeboren für
die erledigte Professur zu gewinnen."

In der Antwort vom 30. Juni 1849 ist gesagt: — — „Ich
habe in Sachsen während meines dortigen Aufenthalts nur wohlthuende Erfahrungen gemacht, so daß ich stets das Gefühl inniger
Dankbarkeit gegen Regierung und Land in mir trage. — — Eben
jenes Band, durch das ich mich zu Sachsen hingezogen fühle und der
Gedanke einer noch ausgebreiteteren Wirksamkeit an einer der ersten
Universitäten Deutschlands machten mich sehr geneigt, auf den Antrag einzugehen, und — ich gestehe es offen — ich war lange unent-
schieden. Allein am Ende mußte ich doch zu dem Entschlusse kommen,
in der jetzigen Zeit in meiner Stellung in Tübingen zu verbleiben.
— — Seit beinahe einem Jahre bin ich im Wesentlichen aus der
politischen Stellung, die ich in Württemberg hatte, herausgetreten,
um mich wieder ganz dem akademischen Lehrfach und meiner Wissenschaft zu widmen. Hier fand ich meine vollste Befriedigung und
meine Unabhängigkeit von allen Parteien, ich fand aber auch in
Tübingen einen so dankbaren, alle meine Erwartungen übersteigenden
Boden der Wirksamkeit, daß ich nicht dazu kommen kann, jetzt schon
das kaum erst geknüpfte Verhältnis wieder zu zerreißen. Dazu kommt
die drohende und unentschiedene Lage aller politischen Verhältnisse,
welche die Ereignisse der letzten 4 Monate in unserem deutschen
Vaterlande herbeiführten. So lange diese dauert, scheint es mir von
der einen Seite geboten vorerst auf dem Posten, den man hat, aus-
zuharren, von der andern Seite nicht gerathen, gerade jetzt in einen

Wechsel der Verhältnisse zu treten. Hätte ich den Ruf im Lauf des vorigen Jahres erhalten, so wäre ich mit Freuden — unter Modifikationen — auf denselben eingegangen."

Zwei Jahre später wurde die Frage wieder angeregt und unter dem 14. Mai 1851 schreibt Geheimer Kirchen-Rath Dr. Hübel: „Durch Vermittelung Ihres Herrn Schwagers, des Herrn Dr. Härtel in Leipzig habe ich Ew. Hochwohlgeboren mitgetheilt, wie angelegentlich die königlich sächsische Regierung wünscht, Sie für die Universität Leipzig wieder zu gewinnen. Ew. Hochwohlgeboren haben erklärt, daß Sie sich zur Zeit nicht entschließen könnten, einen Ruf nach Leipzig anzunehmen, aus Ihrem Schreiben geht aber doch so viel hervor, daß Sie mit Ihrer Stellung in Tübingen nicht in jeder Beziehung zufrieden sind, daß wenigstens sehr leicht Eventualitäten eintreten können, welche Ihnen dieselbe zu verleiden vermöchten. Das Ministerium knüpft an diesen Umstand die Hoffnung, daß Ew. Hochwohlgeboren doch noch zur Annahme eines Rufes nach Leipzig zu bestimmen sein würden, wenn es ihm gelingen sollte, Ihnen eine Stellung zu bieten, wie sie Ihren Wünschen in jeder Hinsicht entspricht, und es hat der Herr Staats-Minister Freiherr von Beust mich beauftragt, noch einmal unmittelbar an Ew. Hochwohlgeboren zu schreiben. — — Sie haben früher in Leipzig eine Aufnahme gefunden, welche Ihnen verbürgt, daß Sie bei Ihrer Rückkehr die beste Aufnahme von allen Seiten zu erwarten haben, und die Studirenden, in welchen noch gegenwärtig Ihres Namens Gedächtnis lebt, würden den geliebten und gefeierten Lehrer mit großer Freude begrüßen. Was Ew. Hochwohlgeboren in diesen Beziehungen in Tübingen aufgeben, würden Sie also in Leipzig reichlich wieder finden. Der Wirkungskreis in Leipzig ist aber ein noch größerer und ein Mann, wie Sie, der den Werth seiner Stellung hauptsächlich nach dem Nutzen wägt, den er darin für Wissenschaft und Leben schaffen kann, wird den Reiz nicht gering anschlagen, der darin liegt, an einer Universität zu wirken, welche so zahlreich besucht, Studirende aus allen deutschen Ländern versammelt. — — Im Auftrage des Herrn Ministers ersuche ich daher Ew. Hochwohlgeboren ganz ergebenst die Bedingungen anzugeben, unter welchen Sie den Ruf zur Professur des Pandekten-rechts an der Universität Leipzig anzunehmen geneigt wären und gebe Ihnen die Versicherung, daß das Ministerium die Wünsche, die

Sie in dieser Beziehung aussprechen werden, so weit es in seinen
Kräften steht, gern erfüllen wird, da ihm alles daran gelegen ist, der
Universität Leipzig einen so ausgezeichneten Gelehrten, einen so ge-
feierten Lehrer wieder zu geben." —

In der Antwort schreibt Wächter (28. Mai 1851), nachdem er
der schönen Rückerinnerungen aus den früher in Leipzig zugebrachten
3 Jahren gedenkt: „Wenn ich nun dennoch einen den mir gemachten
Eröffnungen nicht entsprechenden Entschluß faßte, so bitte ich Sie,
überzeugt zu sein, daß ich nur nach langem Kampfe zu demselben
kommen konnte. — — Eine Pflicht der Pietät knüpft mich an Tübingen, das in den letzten stürmischen Jahren mir ein harmloses Asyl
eröffnete und von allen Seiten mit Vertrauen mir entgegenkam.
Wenn nun gleich meine Verhältnisse in Württemberg in einer Beziehung sich in der neuesten Zeit trübten: so hoffe ich doch, daß meine
Stellung, die ich hier als akademischer Lehrer habe, davon unberührt
bleiben wird. Freilich ist in dieser Stellung gerade jetzt noch Einzelnes
unbestimmt; aber ich kann mir kaum denken, daß es auf eine Weise
bestimmt wird, die mich auffordern müßte, an ein Weggehen zu
denken, und jedenfalls bin ich den ehrenvollen Anträgen, mit denen
Sie mir entgegenkommen, es schuldig, ohne längeres Abwarten und
Hinhalten einen Entschluß auf dieselben zu fassen. — So habe ich
mich denn nun, freilich nach längerem Zweifeln und Zögern entschlossen, vorerst hier zu bleiben." — — —

Durch Ministerial-Dekret vom 5. April 1851 wurde Wächter
als Kanzler zur Ständeversammlung auf den 6. Mai einberufen und
aufgefordert „den ihm gebührenden Sitz in der zweiten Kammer einzunehmen. Er schrieb hierauf an den König (16. April): „— So
sehr es in meinen Wünschen liegt, auch fernerhin, wie in den letztverflossenen Jahren meinem akademischen Berufe ausschließlich leben
zu können, so würde ich doch in den jetzigen schwierigen Zeiten es für
Pflicht halten, einem Rufe zu politischer Wirksamkeit wieder zu folgen,
wenn nur derselbe mit meiner rechtlichen Überzeugung sich vereinigen
lassen und mir eine Aussicht zu ersprießlicher Wirksamkeit für König
und Vaterland eröffnen würde. Allein diese beiden Voraussetzungen
kann ich in der an mich erlassenen Aufforderung nicht verwirklicht
finden. Ein Zurückgreifen auf die durch das Wahlgesetz von 1849
aufgehobene ständische Repräsentation ist nach meiner rechtlichen

Überzeugung mit jenem Gesetze nicht vereinbar und ich kann sie daher nur aus dem Gesichtspunkte einer Oktroyirung auffassen. Wenn
ich nun auch weit entfernt bin, dem Urtheile Derjenigen vorzugreifen,
welche in einem solchen Falle wählen und eine Wahl annehmen, und
anerkenne, daß es nach Umständen Pflicht ist, bei einer solchen Wahl
sich zu betheiligen und eine Erwählung anzunehmen: so ist doch die
Frage eine völlig andere, wenn der Ruf in eine solche Repräsentation
direkt eine bestimmte einzelne Person trifft. Denn hier fallen die
Gründe ganz weg, aus welchen es gerechtfertigt wird, in jenem Falle
einer angeordneten Wahl zu folgen. Kann ich daher schon deßhalb
der an mich erlassenen Aufforderung nicht folgen: so tritt noch die
Überzeugung hinzu, daß, wenn ich in die Kammer der Abgeordneten
eintreten würde, die Stellung eines einzelnen sogenannten Privilegirten, in welche ich versetzt wäre, unter den gegebenen Umständen
eine wahrhaft ersprießliche Wirksamkeit mir unmöglich machen würde.
Bei diesem Widerstreite meiner rechtlichen und politischen Überzeugung
mit dem Wege, den das Königliche Ministerium eingeschlagen hat,
halte ich gegen Eure Majestät mich für verpflichtet, das Kanzleramt,
dessen Übertragung ich dem gnädigsten Vertrauen Eurer Majestät
verdanke, zu Allerhöchster Verfügung mit der Bitte zu stellen, in
meiner akademischen Lehrstelle mich gnädigst belassen zu wollen."

Hierauf erfolgte (22. April) einfach „die Enthebung von dem
Amte des Kanzlers".

Hatte auch bei dieser Verfügung die Regierung kein Wort des
Dankes oder der Anerkennung für die in 15 jähriger Verwaltung des
Kanzleramtes geleisteten Dienste, so gab doch eine Zuschrift des akademischen Senats vom 15. Mai solcher Anerkennung Ausdruck:
„— — Fünfzehn Jahre hindurch haben Sie das akademische Kanzleramt mit wichtigen Erfolgen für die Hochschule und mit stetem Wohlwollen für die einzelnen Mitglieder derselben geführt. Dieser Zeit-
raum bezeichnet eine denkwürdige Epoche in der Geschichte unserer
Universität — durch die Bereicherung ihrer Lehrkräfte und Lehrmittel,
insbesondere durch die Erweiterung ihrer Institute, und durch ansehn-
liche, auch auf das Bedürfnis kommender Generationen berechnete
Bauten, Verbesserungen, zu welchen Sie in der einflußreichen Stellung, welche Sie bei der Königlichen Regierung sowohl als bei den

Ständen des Vaterlandes eingenommen, kräftig mitgewirkt haben. Wir bringen Ihnen für diese erfolgreiche Wirksamkeit den Dank der vaterländischen Hochschule dar." — —

XV. Abschnitt.

Präsident in Lübeck.

Inzwischen starb Heise in Lübeck. An dessen Stelle das Präsidium des Ober-Appellationsgerichts der vier freien Städte zu führen, erschien unter allen deutschen Juristen Wächter der Berufenste. Und er selbst war bei aller theoretischen Schärfe mit eminentem Blick für die Rechtsanwendung und mit Neigung für die Praxis begabt; so daß es ihm, gerade auch für seine Wissenschaft, anziehend erscheinen mußte, die Leitung eines Gerichts zu übernehmen, dessen Autorität in ganz Deutschland eine so hoch angesehene war. Schon 20 Jahre früher, nach Cropps Tod, hatte Wächter — veranlaßt durch seinen Schwager in Hamburg — auf eine Rathstelle an diesem Gericht reflektirt. Indeß zerschlug sich damals die Sache. Nun aber fiel die einstimmige Wahl der vier Senate auf ihn und erfolgte seine Vokation den 12. August 1851. Den 7. Oktober 1851 bewerkstelligte Wächter seinen Umzug nach Lübeck.

In einer Zuschrift an den akademischen Senat (23. August), worin er diesem seinen bevorstehenden Abgang anzeigt, sagt Wächter, daß ihn zu dem Schritte, Württemberg und den akademischen Katheder zu verlassen, kein in seinen Verhältnissen in Tübingen an sich liegendes Moment bestimmte.

Als ihm die Stelle des Ober-Appellationsgerichts der vier freien Städte — als Heise's Nachfolger — angetragen wurde, sprach für die Annahme ein bemerkenswerther Zug von Bescheidenheit und Würdigung seiner Kraft als Lehrer, der Zweifel nämlich, ob er auch noch in höherem Alter den Anforderungen, welche er an diese Thätigkeit stellte, würde genügen können. Auf der andern Seite lag ihm das

Bedenken nahe, ob der Beruf des Praktikers ihm noch Muße für die Wissenschaft lassen möchte. Er nahm daher Anlaß, an Savigny zu schreiben, diesem seinen Lebensgang der letzten Jahre und die nun zu entscheidende Frage vorzulegen. Savigny antwortete (5. August 1851): — „Wenn ich auf die Darlegung Ihrer Entschlüsse und Plane eingehe, so muß ich vor Allem den Rücktritt vom Kanzleramt fortwährend mit Freude anerkennen. Ja ich gehe hierin viel weiter, und wünsche für Sie und für die Wissenschaft von ganzem Herzen, daß Sie sich von jeder Art politischer Thätigkeit fern halten mögen. Daß Sie aus Pietät vorzogen, in Tübingen zu bleiben, begreife und ehre ich, obgleich ich es auch sehr natürlich gefunden hätte, wenn Sie nach Leipzig zurückgekehrt wären, wohin Sie die Erinnerung eines glänzenden Erfolgs und einer edlen ausgedehnten Wirksamkeit ziehen konnte. Darin aber sind Sie, wie ich glaube, entschieden ungerecht gegen sich selbst, daß Sie zweifeln, ob bei Ihnen Lust und Liebe und innere Tüchtigkeit zum Lehramt dauernd sein und der Einwirkung der Jahre widerstehen werde. Ich glaube, wer jene Eigenschaften so entschieden und in solchem Maße, wie Sie besitzt, der kann über jenen Zweifel sich völlig beruhigen. Dagegen bin ich weit entfernt, es an sich zu tadeln, wie Sie die Stelle in Lübeck annehmen. Es ist eine edle Stellung und Sie bleiben der wissenschaftlichen Thätigkeit erhalten, in welcher Hinsicht das Beispiel Ihres Vorgängers, dessen Andenken mir sehr theuer ist, nicht zweifelhaft machen darf; denn dieser wurde durch ein völlig unbegründetes Mißtrauen in seine Kräfte abgehalten, von seiner vorzüglichen Begabung den wünschenswerthen Gebrauch zu machen. Ja bei dieser Stellung ist mir für Sie gerade der Umstand empfehlend, daß Sie durch dieselbe, mehr als durch jede andere, der Politik entfremdet werden. Wie nun aber auch die Entscheidung ausfallen möge, so werde ich Ihnen in jedem Fall sehr verbunden sein, wenn Sie mich von derselben in Kenntnis setzen wollen. Ich nehme lebhaften Antheil an Ihrer Person, Ihrem Schicksal und Ihrer Thätigkeit, und glaube dadurch einen gewissen Anspruch auf jene Mittheilung zu besitzen." —

Einige Monate später schreibt Savigny an Wächter nach Lübeck (24. März 1852): — — „Fortwährend freue ich mich für Sie, daß Sie aus dem unruhigsten Treiben politischer Thätigkeit in einen durchaus edlen und würdigen Wirkungskreis verpflanzt worden

sind. Zwar zweifle ich nicht, daß Sie in diesem an gewissenhafter
Berufstreue und an Liebe zum Amte Ihrem trefflichen Vorgänger
Nichts nachgeben werden. Dennoch hoffe ich, daß es Ihnen gelingen
wird, in diesem Berufe nicht ganz aufzugehen, sondern der Wissenschaft einen Theil Ihrer Thätigkeit zu gut kommen zu lassen. Sie
haben vor Ihrem Vorgänger den großen Vortheil früherer Übung
und Gewöhnung voraus." —

   Über seine Erfahrungen in Lübeck schreibt Wächter (am 20. Februar 1852) an
einen Freund (Schrader) nach Tübingen: „Wiewohl ich gewiß bin, daß Tübingen
nie mehr meine Wohnstätte werden wird, fühle ich mich doch immer noch als ein
halber Tübinger. Es ist mir oft zu Zeiten, daß ich gar nicht begreifen kann, wie
ich so rasch wieder von Württemberg und vom Katheder weggekommen bin und
mitten hineinversetzt wurde in das mittelalterliche Lübeck und Alles will mir halb
wie ein Traum erscheinen oder wie ein langes Ferien-Impromptu. Allein, wenn
ich meine Akten ansehe und mein Haus mit seinen großen Lübecker Räumen und
kein schwäbisches Wort höre u. s. w., so finde ich doch, daß hier von Träumen nicht
die Rede ist. — Mein Amt ist leicht; ich glaube in demselben in der Hauptsache zu
Hause zu sein; — die Processe sind mir meist interessant. Nur zwei Dinge habe
ich auszusetzen: die Gründlichkeit geht beim Gerichte etwas zu weit und ich — habe
zu viel zu thun. Nicht, daß mich die Arbeit eigentlich anstrengte, oder daß ich
nicht viel freie Zeit hätte; — aber ich habe täglich wenigstens so viel zu thun, daß
ich zu keiner wissenschaftlichen Arbeit komme und dies ertrage ich schwer. Zwar
die Sitzungen nehmen nicht viele Zeit weg und sind in Stunden, in welche man
ohnehin nicht viel thut (von 1—3 Uhr); allein bei unserem Gericht ist es Vorschrift,
daß in jeder Sache eine Korrelation gemacht werden muß, und seit meinem Eintritt habe ich, drei Fälle ausgenommen, in allen Processen diese Korrelation gemacht (über 40). Zwar bin ich nicht dazu verbunden; allein, wenn ich den nöthigen raschen Gang nicht ins Stocken kommen lassen will, weiß ich kein anderes
Mittel, als jene Hauptarbeit selbst zu übernehmen, wie es Heise (bei dem aber
doch viel liegen blieb) that. Und hier bin ich nun in einem fatalen Dilemma —
entweder so fortzufahren, wie ich begonnen habe, aber dann müßte ich auf jede
größere wissenschaftliche Arbeit verzichten, was mir unerträglich wäre, — oder die
Korrelationen meinen Räthen übertragen; — aber dann kommt das Geschäft ins
Stocken, was mir höchst fatal wäre! Was bei diesem Dilemma zu thun ist, darüber gehe ich seit Wochen ernstlich mit mir zu Rath; allein ich bin noch nicht zu
einem befriedigenden Resultate gekommen. — — Jetzt sehe ich aber, daß man
Heise Unrecht that, wenn man ihm sein wissenschaftliches Still-Leben zum Vorwurf
machte. Er war sehr fleißig; allein wie sollte er, da er beinahe alle Korrelationen
selbst machte, zu einer wissenschaftlichen Arbeit kommen, besonders da er auch noch,
wie es mir scheint, ungeeigneter Weise, beinahe bei allen Processen die Instruktion
(bis zum Referat exclusive) übernahm, was ich aber nie that, indem ich sie sofort
den Referenten übertrug. Allerdings hielt er viel auf große Mittagessen, und ein
Lübecker Mittagessen dauert ohne Übertreibung von 5—11½ Uhr, d. h. man speist
bis 8 Uhr, trinkt Kaffee bis 9 Uhr, und dann trinkt man Thee mit Wein, Fleisch
und Butterbrod bis gegen Mitternacht. Allein Heise fuhr bei allen Essen um
8 Uhr nach Hause, arbeitete bis 10 Uhr und kam dann wieder. Bei mir sind
diese Abhaltungen weniger, da ich im Monat nur etwa zweimal Gesellschaft gebe
und nicht so viel in Gesellschaft gehe, sondern meine meisten Abende bis jetzt, wie
ich es in Tübingen that, zu Hause zubringe. Übrigens kann ich das freundliche
Entgegenkommen der Lübecker nicht genug rühmen.

   Das hiesige Klima ist mild; aber die Winde, welche aus erster Hand von der
nahen See kommen, sind heftig, oft kalt und die Luft ist sehr feucht. An das Letztere sind die Lübecker gewöhnt; sie sind wahre Amphibien. Aber ich gewöhne mich

schwerer daran, mußte noch im Anfange des Januar an einem gastrischen Fieber liegen und bin seitdem mehr oder minder unwohl, doch so, daß ich die meiste Zeit arbeiten und die Sitzungen halten konnte. — Die politischen und wenn ich es so bezeichnen kann, politisch-socialen Verhältnisse lassen hier Nichts zu wünschen übrig, wenn wir bloß unsere kleine Republik ins Auge fassen und die mehr als je trost-losen Zustände Deutschlands nicht berücksichtigen. Der Lübecker hat keine Zeit unnöthig zu politisiren oder Krawall zu machen; er hat zu arbeiten und arbeitet viel, läßt es sich aber dabei sehr wohl sein. Für die Armen wird von uns Allen reichlich gesorgt, auch sind die Anstalten reich; die Arbeitsfähigen müssen arbeiten, die Nichtarbeitsfähigen und Kranken werden so gehalten, daß ein Tübinger mitt-lerer Handwerker sie beneiden könnte. Dabei ist Vertrauen und Ehrlichkeit ein durchherrschender Grundzug; Diebstähle wären sehr leicht, da man sich wenig in Acht nimmt und auf den großen Vorplätzen der Zimmer alles Mögliche liegen läßt; allein sie sind etwas höchst Seltenes, beinahe Unerhörtes. Auch das Land sendet uns kein Proletariat; unsere Bauern sind bei der Untheilbarkeit der Güter reich. Dabei herrscht ein konservativer Sinn vor. Die Bürgerschaft geht Hand in Hand mit dem Senat; sie weiß, daß Freiheit ohne Gesetz und Ordnung nicht be-stehen kann. Der Senat aber — hierin ein seltenes Beispiel unter den deutschen Regierungen — war vor 1848 zur rechten Zeit liberal, und geht jetzt keinen Schritt zurück, und hält das Wort, das er vor und nach dem März gegeben hat. So leben wir politisch zufrieden und frei; — aber freilich, wenn wir über unsere engen Grenzen hinaussehen, da ist's überall trostlos in Deutschland, und wenn einmal das Gewitter losbricht — und ausbleiben wird es nicht — so werden auch wir am Ende unter den fremden Sünden mitleiden müssen."

Auch in Lübeck vergaß er die württembergische Heimat nicht. Als in Württemberg mit dem Frühjahr 1852 unter der ärmeren Land-bevölkerung ein großer Nothstand ausbrach, erließ Wächter in Ver-bindung mit einem Lübecker Freund in der Lübecker Zeitung einen Aufruf zu milden Beisteuern[1].

---

[1] In vielen Dörfern Württembergs herrscht die größte Noth. Tausende wissen nicht, womit sie am kommenden Tage ihr Leben fristen sollen, und sind dem bittersten Hunger preis-gegeben. Die zuverlässigen amtlichen Berichte geben das düsterste Bild von der herrschenden Noth. Wir erlauben uns, nur aus einem derselben über eines der württembergischen Dörfer Folgendes anzuführen: „Es sind im Dorfe über hundert Familien, welche gar Nichts haben und wovon einige über den andern Tag nur eine Suppe essen dürfen, aber ohne Salz und Schmalz. Die Folgen dieser bittern Armuth zeigen sich jetzt schon; denn die Armen schlei-chen umher wie Gespenster, und der Hungertyphus steht vor der Thüre, wenn dieselben keine ordentliche Speise erhalten. Schatten von jammernden und zerlumpten Kindern stehen vor den Thüren der Wenigen, die noch Etwas haben, und verlangen mit Heißhunger Brot."

Ebenso lauten die Berichte aus vielen anderen Orten, und bis zur Ernte, welche dem Mangel ein Ende setzen soll, sind es noch vier lange Monate! Zwar thut der wohlthätige Sinn der bemittelten Bewohner Württembergs was irgend möglich ist, um der Noth der armen Mitbürger zu steuern. Aber für die lange Zeit, für welche noch zu sorgen ist, sind die Mittel weit nicht ausreichend, und so dürfte es wohl gerechtfertigt sein, auch außerhalb Württembergs im deutschen Vaterlande bei Mitfühlenden Hilfe zu suchen.

Beiträge für die Bedrängten entgegenzunehmen, sind wir gern bereit und werden auch die geringste Gabe mit dem wärmsten Danke annehmen. Wir werden dieselben an die Cen-tralleitung des württembergischen Wohlthätigkeitsvereins einsenden, welche für die zweck-mäßigste Verwendung Sorge tragen wird.

Lübeck, den 22. März 1852.

Präsident Wächter.
G. J. Harms.

In Lübeck hatte Wächter vor Allem sich vorgesetzt, für die
Raschheit der Justiz zu sorgen[2]. Er erreichte dieses Ziel durch
unermüdliche Thätigkeit[3], indem er fast alle Processe in meist sehr
ausführlichen schriftlichen Ausarbeitungen selbst korreferirte. Aber
diese ungemein zeitraubende Aufgabe ließ ihm gar keine Muße mehr
zu wissenschaftlichen Arbeiten, und er sah sich in dem fatalen Dilemma:
entweder die Korrelationen den Räthen zu übertragen und damit die
Geschäfte wieder ins Stocken kommen zu lassen, oder — wissenschaftlich völlig brach zu liegen. „Zu der ersten Alternative", schreibt er,
„kann ich mich nicht verstehen; die letztere aber, der Verzicht auf die
Fortsetzung meiner wissenschaftlichen Arbeiten — würde mir unerträglich werden; denn sie sind mir nun einmal die Würze für alle meine
übrige Thätigkeit".

Er hatte übrigens die Stellung in Lübeck so sehr als eine bleibende sich gedacht, daß er dort gleich bei seinem Amtsantritt ein Haus
kaufte. Jetzt aber mußte sich sein Blick wieder auf einen Katheder
richten. Es war ihm mitgetheilt worden, daß es nur eines Wortes
von seiner Seite bedürfte, um die frühere Vokation nach Leipzig
erneuert zu sehen. Sie erfolgte in der ehrenvollsten Weise und wurde,
da allen Wünschen und Voraussetzungen des Berufenen entsprochen
war[4], angenommen.

In einer Zuschrift an das Ober-Appellationsgericht vom 2. Juli
1852 sagt Wächter: „Mein Motiv ist lediglich die Unmöglichkeit,
irgend Muße zu wissenschaftlicher und schriftstellerischer Thätigkeit zu

---

[2] Als Wächter sein Amt antrat, fand er in den Protokollen des Gerichts, daß eine
einzige Kriminalsache den beinahe einzigen Gegenstand von 14. Sitzungen gebildet und
zum Vortrag und zur Entscheidung vom 15. März bis 14. April (1849) gebraucht hatte.

[3] Die „Lübecker Zeitung" vom 10. Februar 1852 meldete: „In früheren Jahren
pflegten die Erkenntnisse des hiesigen Ober-Appellationsgerichtes bisweilen sehr lange —
man behauptet mehrere Jahre — auf sich warten zu lassen. Dies hat sich in neuester Zeit
geändert. Es wird nämlich aus Hamburg im Tagesbericht der „H. N." mit Recht anerkannt, daß in einer Streitsache, in welcher die Akten am 25. Januar d. J. geschlossen wurden, bereits am 29. desselben Monates das Enderkenntniß genannten Gerichtes erfolgte."

[4] Schon den 24. Juni schreibt Geheimer Kirchen-Rath Dr. Hübel: „— — „Durch
Ihren Schwager, den Herrn Dr. Härtel habe ich die höchst erfreuliche Mittheilung erhalten,
daß Sie gegenwärtig geneigt sein würden, einen Ruf an die Universität Leipzig anzunehmen.
Das Ministerium des Kultus hat nun zwar seit den letzten Verhandlungen, die ich mit
Ihnen zu pflegen die Ehre hatte, einen jungen Docenten als außerordentlichen Professor des
römischen Rechts angestellt, die ordentliche Professur des Pandektenrechtes aber noch immer
nicht besetzt und wünscht eben so angelegentlich wie früher Ew. Hochwohlgeboren dieselbe
zu übertragen." — — —

finden; meine Rechtfertigung ist, daß ich die Möglichkeit einer solchen Muße bei der Berufung zum Amte eines Präsidenten eines höchsten Gerichts voraussetzen durfte".

———

XVI. Abschnitt.

———

Rückkehr nach Leipzig.

Nunmehr hatte Wächter, wie er (25. Juli 1852) schreibt, „in Leipzig eine bleibende Stätte gefunden".

Als die Blätter die erste Mittheilung von Wächters Berufung nach Leipzig gaben[1], schrieb ihm Kanzler v. Gerber aus Tübingen (8. Juli 1852): „Ob es wohl wahr ist, was ich eben lese? Ganz unwahrscheinlich dünkt es mir nicht zu sein, und so drängt es mich, die Feder zu ergreifen, um Ihnen auszusprechen, daß meine innigste aufrichtigste Theilnahme Sie begleitet! Welche Motive Sie auch geleitet haben mögen, die Präsidentenstelle aufzugeben — si verum —, würdig ist in jedem Falle die Stelle, die Sie einnehmen würden, eines Mannes wie Sie; Sie würden diese große und schöne Universität zu einem Glanze bringen, den sie nie vorher gehabt hat und alle Ihre herrlichen Kräfte von Neuem der Nation dienstbar machen. Also, wenn Das wahr ist, meinen herzlichsten aufrichtigsten Glückwunsch!"

Bezeichnend für Wächters Schritt und für seine Stellung in der Wissenschaft ist ein Brief von Rob. Römer, welcher damals in München, später Professor des römischen Rechts in Tübingen, zuletzt Rath am Reichsoberhandelsgericht zu Leipzig gewesen, vom 23. September 1852: — „Ihr Schreiben vom 18. dieses Monats macht mich wahrhaft glücklich. — — Ja! Ich verehre in Ihnen nicht nur den

———

[1] Die „Kölner Zeitung" begleitete die Nachricht mit dem Bemerken: „Obgleich nun nach Wächters Eintritt das römische Recht hier eine fünffache Vertretung haben wird, so erachtet man dennoch, und gewiß mit Recht, diese Eroberung als einen großen Gewinn für die Universität, da Wächter — gewiß wieder mehr Leben, Geist und Trieb in das Studium des Rechts bei der akademischen Jugend bringen dürfte".

Civiliften, der, wie keiner unserer Zeitgenossen, uns darzulegen
vermag, was vom römischen Recht dem deutschen Geiste sich assi-
milirt hat und der eben durch diese höhere, echt spekulative Thätigkeit für die nationale Wiedergeburt unseres Vaterlandes wirklich
Großes leistet, sondern auch den Mann, der bei den humansten Gesinnungen da, wo es in Wahrheit die Entscheidung galt, unerschütter-
lich nur seiner Überzeugung folgte und lieber als diese eine glänzende
seinem innersten Beruf einzig entsprechende Stellung aufgab. — —
Daß Sie Ihre jetzige Stellung wieder mit dem akademischen Lehrstuhl vertauscht haben, hat bei mir, noch ehe ich die Motive zu diesem
Schritt näher kannte, die lebhafteste Freude erweckt; nun ich auch die
Motive kenne, erscheint es mir als ein Schritt, durch den Sie ganz
Deutschland zum größten Danke verpflichten. Wer einen solchen Beruf zur Wirksamkeit für die Wissenschaft hat, der darf sich ihr nicht
entziehen und wo, wie durch Ihre jetzige Stellung, eine Kollision ent-
steht, die nur die Wahl zwischen Entsagen auf diese Stellung oder
auf die wissenschaftliche Thätigkeit übrig läßt, muß die Entscheidung
so fallen, wie Sie sie gefällt haben. Ihre Flucht auf den Katheder
ist ein Triumphzug nicht nur für Sie, sondern für alle Romanisten." — —

Gegen Ende August ging Wächter auf einige Tage nach Dresden
und Leipzig, um die nöthigen Einrichtungen vorzubereiten. Er notirt
(27. August) : — „Totaleindruck in Leipzig: Überall aufs allerfreund-
lichste aufgenommen; in socialer Hinsicht gewiß befriedigende Zukunft.
Aber Alles hängt davon ab, daß ich als Lehrer den alten Erfolg bekomme und behalte. Faxit deus! Schenkt mir Gott noch kräftige
erfolgreiche Jahre, so wird sich Alles machen."

Seine Vorlesungen eröffnete er mit den Worten: „Indem ich
diesen Katheder betrete und S i e h i e r durch ein erhebendes Vertrauen
gegen mich um mich versammelt sehe, ist es mir sehr nahe gelegt,
einer v e r g a n g e n e n Zeit zu gedenken. G e r a d e in diesem Au-
gusteum, gerade in d i e s e m Hörsaale, auf d i e s e m Katheder habe ich
noch im Jahr 1836 — Pandekten· gelesen. Ich l e b t e damals in
Leipzig eine ungetrübte Zeit reichen wissenschaftlichen und socialen Genusses, g e h o b e n besonders durch das Vertrauen meiner jugendlichen
akademischen Kommilitonen. — U n d n u n, nach einer langen Reihe
von Jahren führt mich das G e s c h i c k wieder z u r ü c k auf diesen

Katheder! — Ich darf wohl dieses Geschick als ein günstiges preisen. — Stets war ich der Überzeugung, und gerade im letzten Jahrzehnt wurde sie mir besonders bestätigt durch die Möglichkeit, in den verschiedensten Berufen sichere Vergleichungen zu machen, — daß der Dienst der Wissenschaft in Verbindung mit einer akademischen Jugend, welche offenen Sinnes für die Wissenschaft sich für Das zu befähigen strebt, was das Vaterland einst von ihr erwartet, — daß diese Verbindung des reinen Dienstes der Wissenschaft mit dem Katheder — die wahre Freiheit und Unabhängigkeit, die reichste Anregung und den reinsten harmlosesten Genuß und die reichste Befriedigung gewährt, wie nicht wohl ein anderer Wirkungskreis dies vermag."

Im Eingang seiner akademischen Antrittsrede, zu welcher sich ein gewähltes Publikum aus allen Kreisen von Leipzig eingefunden hatte, sagt Wächter: „Ich bitte es mir zu vergönnen, zunächst nur wenige Worte einem Gefühle geben zu dürfen, das mich beim Anblick dieser hohen Versammlung und dieses Ortes ergreifen muß. Ich habe in jüngeren Jahren (ich darf vielleicht sagen in jungen Jahren) ein triennium academicum hier in Leipzig zugebracht, das zu den glücklichsten triennia meines Lebens gehört. Ich stand schon einmal auf dem Katheder in Leipzig, um die Professur des Strafrechts, zu der ich damals berufen war, nach alter Sitte anzutreten und dann wieder, um durch meine Disputation in alter Leipziger Form und Weise den Sitz in der Juristenfakultät zu erlangen —, jene Zeit gehörte, ich wiederhole es, zu den glücklichsten meines Lebens. Und Wem hatte ich dieses Glück und seine Ungetrübtheit zu danken? Den Bewohnern Leipzigs und namentlich meinen geehrten Kollegen, die mir stets in der verbindlichsten Weise entgegen kamen und in jeder Hinsicht an die Hand gingen — und meinen jugendlichen Kommilitonen. — So trug ich Leipzig und seine Universität, auch nachdem ich es verlassen, stets im Herzen, wie man eine schöne ungetrübt verflossene Jugendzeit im Herzen trägt. — Und nun führen mich die Fügungen der Vorsehung, führt mich ein Vertrauen der hohen Staatsregierung, das ich mit tiefem Dank erkenne und stets erkennen werde, nach langen Jahren wieder zurück nach Leipzig — und zwar auf den Katheder des Pandektenrechts. — Was ich dabei empfinde, drücke ich wohl am vollständigsten und einfachsten dadurch aus, daß ich ver-

sichern darf, es ist mir in jeder — in akademischer und socialer Hinsicht, als ob ich in die lange entbehrte theure Heimat zurück-
kehrte und ich habe, indem ich hier öffentlich den Dank ausspreche, den
ich Leipzig und seinen Bewohnern in früherer Zeit schuldig wurde,
jetzt nur Einen Wunsch und Eine Bitte, — möchten Sie den Wieder-
gekehrten in derselben freundlichen, nachsichtigen und vertrauensvollen
Weise aufnehmen, die früher hier mir entgegenkam, und möchten Sie
versichert sein, daß ich, was in meinen Kräften steht, thun werde, um
eine solche Aufnahme zu verdienen."

Kaum zwei Jahre wieder in akademischer Thätigkeit, erhielt
Wächter das Anerbieten einer Vokation nach Wien.

Der östreichische Minister schreibt (11. September 1854): „Sie wissen, wie
tief mir im Herzen die Hebung der Rechtswissenschaft in den östreichischen Staaten
liegt. Das Bedürfnis, dem Rechtsstudium eine andere Richtung zu geben, ist
allseitig gefühlt. Wir brauchen aber zu dem großen Werke hochstehende Männer
der Wissenschaft. Ich habe seit langer Zeit eine wahre Hochachtung für Ihre Talente und die durch Ihr Werk bewiesenen Kenntnisse. Der zweite Band Ihres Handbuches über das württembergische Privatrecht sollte die Grundlage der Bildung
auch der östreichischen Juristen werden und es freut mich, bereits von And.ren
Ihnen die Anerkennung gezollt zu hören, die ich Ihnen auch mündlich mitgetheilt
habe." — Auf die Einladung, mitzutheilen, unter welchen Bedingungen Wächter
einer Vokation nach Wien geneigt sein würde, antwortete derselbe (22. September
1854): — — „Ew. Exc. haben die Güte, mir eine Aussicht zu eröffnen, die für
mich ungemein viel Lockendes hat. Ihre Universität unter der gegenwärtigen in-
telligenten und hochherzigen Leitung und der ganze wissenschaftliche Geist Östreichs
ist in einer Regeneration begriffen, an welcher thätig Theil zu nehmen, eine im
höchsten Grade anziehende und lohnende Aufgabe sein würde; namentlich ist dies
auf dem Gebiete des Rechts der Fall, auf welchem bei dem gegenwärtigen Wende-
punkte Östreich wie eine reiche Mine erscheint, welche dem Bearbeiter das dankbarste Feld einer fruchtbringenden Thätigkeit bietet. Und wie ganz anders ist
dieses Feld in seiner reichen weiten Ausdehnung in einem großen Staate wie Östreich als in unserem übrigen in Dutzende von Partikularrechten gespaltenen und
zerrissenen Deutschland, eine Spaltung, welche, je mehr sie sich in isolirten Gesetz-
büchern jedes einzelnen kleinen Staates verkörpert, für unsere deutsche Rechtswissenschaft um so bedrohlicher wird. — Aber dennoch werde ich den schönen Beruf, den
Sie mir in Aussicht stellen, mir versagen müssen. Ich darf wohl gestehen, daß es
mich einen längeren Kampf kostete, bis ich mich dieser Überzeugung fügte. Abgesehen von den Verpflichtungen, die ich Leipzig schulde, wo ich zwar in einigen
Äußerlichkeiten eine minder befriedigende Stellung habe, aber mir in meiner Wirksamkeit als Lehrer Nichts zu wünschen übrig bleibt und man mir auf die verbind-
lichste Weise von allen Seiten entgegenkam, scheint mir für mich die Zeit gekommen
zu sein, in welcher ich einen neuen zu großen Wechsel in der Richtung meiner
Studien und meiner wissenschaftlichen Thätigkeit zu vermeiden habe. Ich habe so
Vieles angefangen, was ich nicht abbrechen sollte, dessen Durchführbarkeit aber, wenn
ich Ihrem Rufe folgen würde, mehr als problematisch werden müßte. Als ich von
Württemberg nach Lübeck ging, mußte ich meine württembergischen Studien liegen
lassen und mit aller Macht in die Partikularrechte der vier freien Städte mich einarbeiten. Dies war mir zwar sehr interessant; auch war die Aufgabe unschwer
zu bewältigen, aber es kostete doch viele kostbare Zeit. Als ich nun vor 2 Jahren
hierher ging, mußte ich wieder die Lübeck'schen Studien abbrechen und liegen lassen
und von Neuen mich in das sächsische Civil- und Kriminalrecht einarbeiten. Jetzt

bin ich in diesen neuen Studien zu Hause. Ich habe mich mit den sächsischen Zuständen vertrauter gemacht, Vieles zu künftiger schriftstellerischer Thätigkeit auf diesem Felde vorbereitet, — würde ich nun aber nach Wien kommen, so wären es wieder ganz neue Aufgaben, die ich zu lösen hätte, neue Studien würden meine volle Kraft in Anspruch nehmen und Vieles von Dem, was ich begonnen und was ich vorbereitet habe, müßte wieder abgebrochen und liegen gelassen werden. Würde ich das Schreiben Ew. Exc. in Lübeck, als ich dort noch die Präsidentenstelle bekleidete, erhalten haben, so wäre mir der Entschluß wohl unzweifelhaft gewesen. Allein jetzt und in einem Alter, in welchem, wenn auch in voller Kraft, doch die Jahre doppelt ins Gewicht fallen, ist mir das Hindernis unübersteiglich — —."

Der Minister antwortet (26. September 1854): „Verehrtester Freund! Ich kann Ihnen nicht genug sagen, wie schmerzlich mich Ihr freundliches Schreiben berührt hat. Auf Ihre geistige Mitwirkung hatte ich schon lange die Hoffnung einer besseren Zukunft in der Rechtswissenschaft auch bei uns gebaut. — Ihr Schreiben nimmt mir aber den angenehmen Wahn auf immer. — — Vielleicht haben Sie sich die Last allzugroß vorgestellt, die Sie hätten tragen sollen, um in unsere Rechtszustände sich einzustudiren. Das römische Recht bleibt überall dasselbe, nur die Art ist verschieden, wie man dessen Bedeutung für das juristische Denken darzustellen pflegt. Sie sind aber darin als Muster bekannt und ich insbesondere gewann Sie lieb, noch ehe ich Sie selbst persönlich zu kennen die Ehre gehabt hatte. Unseren Strafgesetzen, welche erst in diesem Jahre erschienen, hätten Sie nur einige Wochen zu schenken bedurft, um bei deren Erläuterung den vollen Schatz Ihrer auch auf diesem Gebiete erworbenen Kenntnisse uns nutzbar zu machen. Und wäre es Ihnen lieb gewesen, auch über das deutsche Privatrecht zu lesen, so hätten Sie auch mit alten Bekannten zu thun gehabt. Was uns Noth thut, ist das belebende Wort vom Katheder — und dieses hat Ihnen Gott im ausgezeichneten Maße verliehen. Wenn Sie aber ihren Aufenthalt nicht verlassen zu können erachten, um Ihre Werke zu Ende zu führen, so wird wenigstens die Wissenschaft aus unserem Nachtheil einen Gewinn ziehen. Ich freue mich schon im Voraus auf die Fortsetzung Ihres Handbuches, welches zum Muster jedes Kommentars dienen sollte. — — Glauben Sie ja nicht, lieber Freund, daß ich Ihnen schmeichle, Sie brauchen mein Lob nicht — —."

XVII. Abschnitt.

Wächter als akademischer Lehrer in Leipzig.

Ein viertel Jahrhundert der reichsten Lehrthätigkeit war ihm fortan in Leipzig vergönnt. Seine Vorlesungen waren ihm Herzensfreude und wichtigste Pflicht. Nie ging er in das Kolleg, ohne sich gründlichst — in der Regel mehrere Stunden, und immer neu — vorzubereiten: denn er wollte seinem Auditorium nur das Beste, nur Vollendetes und Vollständiges bieten. Er wurde — falls nicht Krankheit ihn behinderte, und er den Rest im folgenden Semester nachholte,

— immer mit der Vorlesung fertig, wobei er oftmals vier, mitunter fünf Stunden den Tag gelesen hat. In umfassenden gedruckten Beilagen gab er seinen Zuhörern die Ausführungen, welche des mündlichen Vortrags minder bedurften. —

Generalstaatsanwalt Dr. von Schwarze in Dresden spricht sich[1] über die schon früher von Wächter empfangenen Eindrücke in Folgendem aus: „Auf dem Katheder war Wächter in seiner liebsten und ersprießlichsten Thätigkeit. Wächter steht als Lehrer fast unvergleichlich da; seine Verdienste um die studirende Jugend und hiermit um den Staat und die Rechtsentwicklung und Gesetzgebung in dem Staate, zu welcher seine Schüler in dem öffentlichen Leben berufen worden, sind über jedes Lob, welches niemals im Stande sein würde, diese Verdienste in Worten völlig zu erschöpfen, erhaben.

Wächter war ein Lehrer, welchem die Dankbarkeit seiner Schüler ein unvergängliches Denkmal in ihrem Herzen, wie in ihren Arbeiten errichtet hat.

Was war nun das Eigenthümliche seiner Lehrart, durch welches seine Schüler so rasch und so sicher ergriffen wurden, daß sie ihm völlig zu eigen wurden? Es sei mir, einem seiner Schüler, der Versuch gestattet, dies in wenigen Worten zu kennzeichnen.

Wächter verstand es, wie Wenige, die grundlegenden Elemente der Wissenschaft zum Verständnisse seiner Schüler zu bringen. Die Darstellung war eine sehr einfache und leicht faßliche. Die schwierigste Materie wußte er so einfach und in so ruhigem Fortschreiten zu entwickeln, daß der Hörer ohne Anstrengung dem Vortrage folgen und die aufgestellten Sätze mit Leichtigkeit erfassen und sich einprägen konnte. Auch dem Denkfaulen und dem Unaufmerksamen wußte er durch diese Einfachheit Interesse für den Vortrag einzuflößen und ihn fast unbewußt weiter mit fortzuführen, so daß er mit Sicherheit darauf rechnen konnte, seine Hörer hatten ihn verstanden und waren bereit und geschickt, die weitere Entwicklung des Stoffs von ihm anzunehmen und zu erfassen. Und doch war der Vortrag, trotz seiner Einfachheit, wissenschaftlich tüchtig, durchdacht und gedankenreich. Wenn ich mir das Urtheil erlauben darf, so möchte ich sagen: man fühlte durch den Vortrag durch, daß er die Frucht tiefen Nachdenkens und strenger Arbeit war, aber er war in allen Theilen doch so einfach, daß er nichts Schwerfälliges, Belastendes und Ungelenkes zeigte. Je strenger die Arbeit und je mühsamer die Vorbereitung, desto ausgeprägter war die Herrschaft des Vortragenden über den Stoff, desto sicherer die Darstellung des Stoffs und desto entschiedener der Eindruck des Vortrags auf den Hörer. In meiner späteren Amtirung habe ich wiederholt aus den Niederschriften, die ich in den Vorlesungen Wächters gemacht hatte, mir Rath erholt und oft dabei an der bündigen und doch erschöpfenden Kürze und Schärfe der Darstellung mich erfreut.

Als Wächter das erste Mal in Leipzig auftrat, war uns die Methode seines Vortrages neu; sie war eine andere, als die bei den meisten übrigen akademischen Docenten in Leipzig; — die Freiheit in der Behandlung des Stoffs und die Fernhaltung jener scholastischen und kasuistischen Behandlung, wie sie damals noch geläufig war und die sich zum Theil in recht trocknem und unfruchtbarem Schematisiren erging, übte einen starken Reiz auf uns aus.

Dazu kam die Frische und Lebendigkeit des Vortrags, durch welche Wächter die Herrschaft über die Aufmerksamkeit seiner Hörer sich sicherte. Nichts war ihm ferner und seiner ganzen Natur fremder, als eine sogenannte gelehrte, steife und kalte Redeweise. Künstlich geformte, aber mehr dem Scheine als der Wahrheit dienende Schematisirung, jene in dunkeln und ungebräuchlichen Ausdrücken wohlgefällig sich bewegende Konstruktion der Begriffe, jener nur verwirrende, in seinen Distinktionen ohne reelle Bedeutung sich äußernde Scharfsinn, welcher den Zu-

---

[1] Gerichtssaal a. a. O. S. 14.

hörer über die angebliche Weisheit auf kurze Zeit erstaunen, ihn aber völlig unbefriedigt läßt, — waren ihm fremd. Sein Kollegienheft diente ihm nur als Leitfaden; lebendig und warm floß die Rede; Alles, was er sagte, ja, Das war er selbst wieder; in seiner Rede vergeistigte und verkörperte er sich gleichzeitig; — es war eben Wächter, der sprach, Wächter, der uns sagte, was wir lernen sollten, — es war das lebendig gewordene Recht; — es war unser Wächter, der uns zu sich heraufzog, indem er Jedem von uns sich voll und ganz hingab. Durch seinen Vortrag, der jugendlich frisch in ungehemmter Lebendigkeit, wie ungestörter Klarheit die Hörer erfaßte, trat er uns nahe und wir liebten in ihm den, ich möchte sagen, jugendlich uns gleichen Lehrer; wir fühlten, daß die Liebe seiner Zuhörer ihm werth war und daß wir mit ihm in einer, unsere Liebe vergeistigenden Gemeinschaft lebten.

Wenn ich oben es als einen dankenswerthen Vorzug der schriftstellerischen Arbeiten Wächters bezeichnete, daß ihre Ergebnisse unmittelbare Verwerthung für den Gesetzgeber und den Praktiker gewährten, so zeigte sich eine gleiche Eigenschaft in seinem Vortrage. Er erachtete es stets als ein dringendes Erforderniß des Vortrags, daß in ihm die Grundlage zur Vorbildung seiner Zuhörer für die Praxis geboten werde. Selbstverständlich konnten wir die Bedeutung seiner Lehrsätze für die praktische Verwerthung nicht beurtheilen, ja nicht einmal verstehen. Aber wir fühlten doch, ich möchte sagen, instinktmäßig, daß Wächter uns nicht unfruchtbare, für das Leben todte und entwicklungslose Sätze vortrug; — wir ahnten, daß der Mann, welcher in jener Frische und Lebendigkeit die jungen Gemüther fesselte, uns für das Leben und unsern Beruf vorzubereiten eben so gewillt, als geschickt war; — wir glaubten an ihn als den Verkünder des Rechts, zu dessen Dienern er uns weihte.

Und in dem praktischen Leben, — ja, da haben wir gewiß stets gefunden, daß unser Ahnen und unser Glauben berechtigt gewesen und daß unser Wächter uns Wort gehalten, als er uns für das Leben und unsern Beruf vorzubereiten versprach.

Die Bedeutung der Lehrthätigkeit Wächters ist jedoch mit der obigen Schilderung nicht erschöpft. Es erübrigt, noch ein charakteristisches Moment derselben vorzuführen. Wächter war in Wahrheit ein Lehrer des Rechts, indem er ein Lehrer des Rechten war. Er lehrte uns, das Recht in der eminentesten und schönsten Bedeutung des Worts zu ehren und zu lieben; er machte in uns den Sinn für Recht lebendig; er zeigte uns die glückliche Verbindung des Juristen und des rechten und gerechten Mannes; er war in vollem Sinne des Worts der Wächter des Rechts und der Sitte, — er hob die sittliche Grundlage des Rechts hervor und begeisterte uns für den Gedanken, in dem Dienste des Rechts dasjenige Recht zur Geltung zu bringen, welches die sicherste und edelste Grundlage des Staats ist."

Als Rektor hielt er (31. Oktober 1858) eine Rede über die Aufgabe, Stellung und Bedeutung der deutschen Universitäten. Er entwickelte diese an der Hand der Geschichte und bemerkte im Verlauf — nachdem er die Stellung der Universität und ihrer Lehrer erörtert hatte, in Betreff der studirenden Jugend —:

— — „Sie kommen als gereifte Jünglinge zu uns, um sich für das Leben auszubilden und für Ihren Beruf. Darin liegt die Aufgabe, welche die Universität Ihnen gegenüber zu erfüllen hat. — Die deutschen Universitäten sind für den Studirenden nicht bloß Unterrichtsanstalten; in gewissem Sinne kann man sie auch Erziehungsanstalten nennen. Aber in der Art, wie sie Letzteres sind, liegt gerade ein wesentlicher Unterschied unserer Universitäten von anderen Bildungsanstalten und ein großer Unterschied der deutschen Universitäten von den Universitäten mancher anderen Länder. Sie, meine Kommilitonen, sollen sich auf der Universität selbst erziehen, nicht durch das Leben und den Zwang der Schule, sondern durch die Schule des Lebens. Das Gesetz und die Ehre soll Ihre

Schranke sein; innerhalb dieser Schranke sollen Sie sich mit aller Freiheit bewegen, die dem selbständigen Manne gebührt. Sie sollen hier das Leben kennen lernen und durch Freiheit zur Freiheit und zum selbständigen bürgerlichen Leben sich befähigen. Denn nicht bloß Intelligenz, nicht bloß Wissen ist hier das Ziel, sondern auch Bildung des Charakters, der Gesinnung, und Befähigung zur selbständigen Stellung des Mannes. Für dieses vereinte Ziel ist aber nothwendige Bedingung jene akademische Freiheit, welche mit der Gründung der Universitäten ihr Lebenselement bildete und deren mehr oder minder ungestörtes Entfalten stets einer der Höhenmesser unserer Universitäten sein wird. — — — Allerdings ist diese Freiheit nicht dazu da, um im politischen Leben praktisch einzugreifen. Ich halte es für einen großen Abweg, wenn der Studirende, eine Bezeichnung, die ja schon ausspricht, daß er hierin erst lernen soll, sich praktisch mit Politik beschäftigen würde; gerade wie wenn der Studirende der Jurisprudenz schon Recht sprechen wollte. Auf das Staatsleben einzuwirken, ist Ihr künftiger Beruf; zu diesem künftigen Berufe sollen Sie sich jetzt befähigen. Sie müssen erst den Staat und seine Anforderungen kennen lernen; mit Bauen oder Andern kann man nicht anfangen, ehe man mit dem Grund und Boden und den nothwendigen Bedingungen eines ersprießlichen Gebäudes vertraut geworden ist. Aber Ihr akademisches Leben sollen Sie mit Freiheit gestalten, mit einer Freiheit, die selbst manche Fesseln der Konvenienz abstreifen mag, und mit der völligsten rechtlichen und socialen Gleichheit unter sich, die eine wichtige Bedingung Ihrer ersprießlichen Entwicklung ist. Diese akademische Freiheit ungebührlich beschränken zu wollen, würde gerade heißen, den Weg zu der Bildung, die der rechte Mann für das Leben nöthig hat, abschneiden. Haben Sie hier den rechten Gebrauch der Freiheit gelernt: so werden Sie auch später von der bürgerlichen Freiheit den ersprießlichsten Gebrauch machen. Von dem wahrhaft freien Mann hat die Rechtsordnung keine Gefahr zu fürchten. Denn gerade er wird in seiner eigenen Freiheit auch die berechtigte Freiheit Anderer und das nothwendig herrschende Gesetz und die Sitte achten. — — — Sie sollen aber auch durch Wissen zum Leben und zu Ihrem künftigen Berufe befähigt werden; Sie sollen sich und dem Vaterlande Ihre fruchtbare Wirksamkeit dadurch sichern, daß Sie jetzt den unvergänglichen und unantastbaren Schatz des Wissens sich sammeln, um einst in dem großen Ganzen als Organe seines lenkenden Kopfes zu wirken. — — — Dabei kann es keineswegs gemeint sein, durch jene Aufgabe die Betheiligung an den geselligen Freuden und an den reichen Genüssen des akademischen Zusammenseins ausschließen zu wollen. Aber vergessen Sie nie das miscere utile dulci; vergessen Sie nie Doppeltes: das Eine — daß wahrer Genuß nur möglich ist bei dem Bewußtsein erfüllter Pflicht; daß gerade durch dieses Bewußtsein jeder Genuß uns erst recht Genuß wird, daß erst in der Verbindung der scheinbaren Gegensätze der Arbeit und des Genusses uns wahre Befriedigung gewährt wird. — Verschaffen Sie sich stets die unendliche Befriedigung, welche das Bewußtsein erfüllter Pflicht giebt, und dann werden Sie finden, wie dadurch jede Freude des schönen akademischen Lebens erst recht zu einer reinen Freude wird und die Erinnerung an die hier zugebrachten Jahre ein Lichtpunkt für Ihr ganzes Leben bleibt. Vergessen Sie ferner nie, daß Wissen — Macht ist. Der Wissende ist zum Lenker berufen, wie schon unsere Voreltern die Lenker und Richter durch Wissende bezeichneten. Der Unwissende muß gelenkt und beherrscht werden, und wenn auch einmal eine günstige Woge einen Unwissenden emporhebt: so wird und muß doch stets und gerade in unseren Zeiten die wahre Hilfe bei Denen gesucht werden, die sich durch ihr Wissen auszeichnen. Die Zukunft, meine Kommilitonen, gehört Ihnen, wenn Sie jetzt die Gegenwart im Dienste der Wissenschaft treulich benutzen. — Aber — der Dienst der Wissenschaft ist kein leichter; ihre reichen Früchte fallen nicht dem Unthätigen in den Schooß; sie müssen durch treues, unverdrossenes Hingeben erworben werden. Namentlich möchte ich mich hier gegen einen doppelten Trost entschieden aussprechen, mit dem sich wohl schon Mancher über versäumte Jahre oder Semester hinwegsetzen wollte. Der eine ist, daß versäumte Jahre durch ein in kurze Zeit zusammengedrängtes Nachholen und Einlernen sich werden hereinbringen lassen Dieses ist ein leerer, täuschender Trost. Die Wissenschaft muß durch **D e n k e n** erfaßt werden; ruht das Gelernte nicht auf **d i e s e m** Grunde, so ist es bloßes **S c h e i n w i s s e n.** **Das Denken aber braucht Zeit.** Jenes späte, in kurze Zeit zusammengepreßte Nachbolen ist nur etwas Angeschwemmtes, Angeflogenes, kein Wissen, kein fester sicherer Besitz; es zerrinnt so rasch wieder, wie es mechanisch eingelernt wurde. — Die Zeit, die Sie der Universität zu widmen haben, ist nicht bloß in den unvergleichlichen Reizen des akademischen Lebens, sie ist auch darin eine wahrhaft **g o l d e n e** Zeit, daß Sie den wissenschaftlichen Verlust eines Semesters als Verlust eines **u n s c h ä t z b a r e n** Gutes zu betrachten haben, eines Gutes, das wahrhaft **u n e r s e t z l i c h** ist. Denn das **s p ä t e r e** Alter gewährt nicht mehr die Gelegenheit und die Empfänglichkeit in **d e m** reichen und ergiebigen Maße, wie Sie es jetzt und hier konnten, das Gold der Wissenschaft zu graben. — — Andere beruhigten sich vielleicht mit einem **a n d e r e n** Troste; sie dachten, ihr eigener äußerer Besitz gewähre ihnen schon eine genügende, unabhängige Stellung; für **s i e** sei es nicht nöthig, noch viel zu lernen und mit Anstrengung zu arbeiten. Allerdings herrscht in unserer Zeit häufig der Reichthum mehr, als er sollte. Allein nachhaltig und mit doppelter Macht herrscht er nur, wenn er sich mit gründlichem **W i s s e n** paart. Und ist denn nicht der Reichthum vergänglich? Hat nicht gerade unsere Zeit gezeigt, wie leicht er in das Gegentheil umschlägt? Überdies möchte ich, wie man vom **A d e l** sagt: »noblesse oblige«, so auch vom Reichthum sagen, — daß er **v e r p f l i c h t e t.** Der Reiche ist es gerade, der die Mittel hat, das Wissen nach allen Seiten hin sich leichter zu verschaffen; er soll seinem todten Gelde Leben einhauchen durch sein Wissen und soll dadurch es erst recht für sich und für seine Mitbürger fruchtbringend machen. Eine traurige Erscheinung im Leben ist ein unwissender Reicher! — Und dann bedenkt man dabei gar nicht den **i n n e r l i c h** befriedigenden Einfluß des Wissens, und wie es uns neben der Pflichterfüllung erst recht den wahren Halt für das Leben giebt. — — — Die **W i s s e n s c h a f t** ist der Weg zur Wahrheit, Quelle der reinsten Freuden, Pfeiler der Selbstständigkeit, mächtiger Hebel zu erfolgreichem Wirken, Trost und Halt in Anfechtung und fester Anker in den Wogen und Stürmen des Lebens. — Folgen Sie, meine Kommilitonen, einem solchen erhebenden Sterne! Auf Ihnen ruhen die Hoffnungen des Vaterlandes, in Ihnen ruht seine Zukunft! Verschaffen Sie sich in Ihren akademischen Jahren die Macht des Wissens, halten Sie wacker zur Fahne des Rechts und der Ehre, tragen Sie das Vaterland und die Anforderungen der Zukunft in treuem, warmem Herzen — und dann — mag Ihnen diese Zukunft getrost anvertraut werden zum Heile und Segen des Vaterlandes."

Die **Studirenden** hingen an ihm mit der größten Verehrung und Liebe. Er hieß bei ihnen nur „Vater Wächter". Sie waren stets gewiß, an ihm den freundlichsten Berather und wohlwollendsten Vermittler, namentlich auch bei Konflikten mit den akademischen, städtischen und Staatsbehörden zu finden.

Im Juli 1860 kam ein Konflikt zwischen **Studirenden** und Kommunalgarde vor. Nicht nur die letztere, sondern auch ein großer Theil der Bürgerschaft, zum Theil durch falsche Gerüchte, welche die Stadt durchliefen, irre geführt, waren gegen die Studirenden ungemein erbittert. Wächter — damals Rektor — lud daher sämmtliche Studirende in die Universitätsaula ein, welche denn auch in großer Zahl — über 700 — sich einfanden. Wächter stellte ihnen unter Anderem vor, daß — abgesehen von den besonderen Interessen der Einzelnen — sie eine doppelte Pflicht haben, um die Interessen der gesammten Universität nicht auf eine empfindliche Weise zu verletzen. Denn leicht könnten neue Konflikte eine Beschränkung der akademischen Freiheit zur Folge haben, sie würden es aber verantworten müssen, wenn sie durch ihr Vorgehen zu solchen Beschränkungen Veranlassung geben würden; sie hätten die ihnen eingeräumten Freiheiten nicht bloß als ihr besonderes Recht, sondern zugleich auch als ein anvertrautes Gut, das sie den Generationen, die ihnen folgen werden, möglichst unangetastet zu wahren haben, zu betrachten, und in so fern bekomme ihr Verhalten eine ganz besondere Bedeutung für die allgemeinen Interessen der Universität. „Sie würden es uns unmöglich machen, für den Schutz Ihrer Freiheiten einzutreten, wenn Sie selbst zeigen würden, daß Sie die mit jeder gesetzlichen Freiheit verbundenen Schranken nicht zu achten wissen. Ich muß Sie daher auf das Dringendste auffordern, und Ihnen als Freund rathen, jeden Konflikt zu vermeiden, jeder Gelegenheit zu Konflikten aus dem Wege zu gehen, — — und in keiner Weise den Weg der Selbsthilfe zu betreten, sondern lediglich das Recht walten zu lassen, wobei Sie versichert sein können, daß von unserer Seite Alles geschehen wird, um zu bewirken, daß das Recht unparteiisch gehandhabt werde."

„Ich rief sie dabei auf (so berichtet Wächter den 12. Juli an den Minister), wenn sie irgend Etwas mir zu entgegnen oder mir einen Wunsch vorzutragen hätten, so möchten sie auftreten, ich sei bereit, ihnen auf jede Frage Auskunft zu geben. Als auf eine mehrmalige Instanz dieser Art keine Entgegnung erfolgte, fragte ich sie, ob sie mir versprechen wollen, den Weg einzuschlagen und festzuhalten, den ich ihnen gerathen habe und auf Dieses erfolgte von der ganzen Runde ein Ja! Ich schloß die Versammlung, indem ich sie bat, an dem Worte, das sie mir gegeben hätten und dem ich vollkommen vertraue werde, auf das Treueste festzuhalten. — Ich hatte von da an keinen Zweifel, daß durch die Studirenden am gestrigen Tage die öffentliche Ordnung nicht mehr gestört würde und mein Vertrauen hat mich auch nicht getäuscht. Ich versicherte deßhalb auch sofort in der nachher gehaltenen Konferenz mit den betreffenden Behörden dieselben, daß nach meiner vollsten Überzeugung von den Studirenden eine Erneuerung des Konfliktes in keiner Weise zu erwarten stehe, und sprach mich deßhalb dahin aus, daß ich es durchaus für gerathen halte, daß von Seiten der Kommunalgarde keine außerordentlichen Maßregeln mehr ergriffen würden."

Bis gegen Mitternacht war Wächter auf der Polizei, um jeder möglichen Irrung nach Kräften entgegenzutreten. Indeß zogen 450 Studirende auf die benachbarten Dörfer und reichten von da durch ihre Sprecher eine schriftliche Erklärung beim Universitätsgericht ein, welches zu neuen Mißverständnissen Anlaß gab. Wächter verhandelte mit ihrer an ihn gesandten Deputation und sprach dieser die bestimmteste Erwartung aus, daß sie zurückkehren würden. Anderseits trat er bei den Behörden für die Studirenden ein und so gelang es ihm, die höchst gespannte und schwierige Lage zu ebnen und strengeren Maßnahmen des Ministeriums vorzubeugen.

Unter dem 20. November 1862 wurde ihm die erste Professur und das Ordinariat[2] in der juristischen Fakultät zu Leipzig und zugleich die erledigte Domherrnstelle an dem Domstift zu Merseburg übertragen.

Bezüglich des Ordinariats spricht Wächter (an den Minister) die Zuversicht aus: „Mit meinen Kollegen hoffe ich, das bisherige friedliche und ungetrübte Verhältnis erhalten und es durch thätiges Zusammenwirken noch mehr kräftigen und fruchtbar machen zu können".

---

[2] Der Titel Ordinarius bezeichnete früher die erste mit der ständigen Vorstandschaft der Fakultät ausgestattete Professur, späterhin wesentlich die Vorstandschaft des Spruchkollegiums.

Wie Alles, was seinen Zuhörern wichtig sein konnte, so waren es auch die großen Zeitereignisse, welche er ihnen gegenüber berührte.

Den 27. Oktober 1870 begann er die Pandektenvorlesungen mit den Worten: „Es ist für uns Alle sehr schwer, in der jetzigen Zeit uns zu sammeln und uns dem stillen Dienste der Wissenschaft hinzugeben. Unsere Gedanken sind nach dem Westen gerichtet, an unsere Heere, welche dort für Recht und Ehre unseres Vaterlandes kämpfen, an die Gefahren, von denen sie umgeben sind, an die Siege, welche sie Schlag auf Schlag erstreiten, an die große Aufgabe, welche ihnen noch zu lösen bleibt, an die schweren Opfer, welche uns diese Siege kosten und unter denen wir auch den Verlust manches theuren Kommilitonen schmerzlich betrauern; dabei an einen unseren gerechten Ansprüchen entsprechenden Frieden, bei welchem hoffentlich Deutschland von keiner dritten Seite sich Etwas dazwischen reden läßt, sondern unverrückt auf Dem beharrt, was sein gutes Recht und die Nothwendigkeit der Sicherung gegen einen stets drohenden übermüthigen Nachbar fordert, — endlich an die Einigung Teutschlands, die gerade jetzt durch die Verhandlungen unserer Staatsmänner, und dann durch die der Repräsentanten des deutschen Volkes in einer Weise begründet werden soll, wie sie früher nie bestand. — Wahrlich — es ist schwer, in solcher Lage Selbstverleugnung zu üben und mit ganzer Kraft wissenschaftlichen Studien zu leben. Aber — wir sollen es; es ist dies unsere Aufgabe, nicht bloß in unserem Interesse, sondern ganz wesentlich im allgemeinen. Wenn Jeder die ihm gesetzte Aufgabe mit voller Hingebung zu erfüllen sucht, so wird in dem deutschen Reiche, das nun gegründet wird, Alles gut stehen. — Sie, meine verehrten Herren, sind in diesem Augenblicke nicht berufen, mit körperlichen Waffen zu kämpfen; Sie haben sich auf dem Gebiete des Geistes die Waffen zu erringen, mit welchen Sie einst das Wohl des Ganzen zu fördern haben, und — Wissen ist Macht. Wir sehen es an unseren Heeren. Wodurch ist an ihre Waffen ununterbrochen der Sieg gefesselt? — nicht bloß durch die sittliche Idee, die sie im Kampfe belebt, nicht bloß durch den bewunderungswürdigen Muth, der sie stählt; — ein ganz wesentlicher Faktor ist die Intelligenz und Bildung, durch welche sich unsere Heere, in denen alle Stände vertreten sind, vor allen anderen Armeen Europa's auszeichnen. Wir haben an ihnen ein glänzendes Beispiel der Macht geistiger Waffen! — Möchte die Hingebung und die Selbstverleugnung, mit der Sie sich jetzt dem Erwerbe dieser Waffen widmen und Ihre Aufgabe zu erfüllen streben, Ihnen und dem Vaterlande die reichsten Früchte bringen!"

Am 25. December 1871 schreibt Wächter: „Mein Geburtstag (24. December) ist mir mit jedem neuen Jahre ein dringenderer Mahner an das Ende, das nicht mehr sehr fern sein kann. Ich habe desselben mit dem größten Danke gegen die gütige Vorsehung zu gedenken, — — — und ich darf hoffen, die nöthige Kraft zu behalten, um die vielen Aufgaben, die mich besonders in wissenschaftlicher Hinsicht für das angetretene Jahr erwarten, wenigstens zum größeren Theile zu bewältigen. Als akademischer Lehrer habe ich das seltene Glück, noch jung fühlen zu können und mit steigendem Alter die Zahl meiner Zuhörer immer noch steigen zu sehen; in diesem Semester hat sie nun 200 überschritten! Ich habe aber immer ein wachsames Auge für die mögliche Minderung meiner Anregungsfähigkeit zu behalten; fängt sie an einzutreten, dann ist es Zeit, den Weg meiner württemberger Jugendfreunde einzuschlagen, die nur zu früh, schon wenn das Alter heranzukommen droht, sich zur Ruhe setzen lassen." — Im Sommer 1872 las er Strafrecht vor 274 Zuhörern; im folgenden Winter hat ihre Zahl in den Pandekten 300 betragen.

Wie ungern Wächter dazu kam, eine durch sein hohes Alter und geschwächte Gesundheit gebotene Einschränkung seiner Vorlesungen eintreten zu lassen, erhellt aus einem Schreiben an das Ministerium vom 20. Februar 1874. „Bei der Ankündigung der Vorlesungen für das Sommerhalbjahr hatte ich keinen Zweifel, daß meine Gesundheit mir gestatten werde, die Vorlesung über Strafrecht in zwölf Stunden wöchentlich wieder zu halten, und so kündigte ich dieselbe für den kommenden Sommer an. Als aber vor einigen Tagen das Vorlesungsverzeichnis ausgegeben wurde, kam sofort mein Arzt, Dr. Wunderlich, zu mir und drückte mir sein Erstaunen über mein Ankündigen aus und verlangte dringend, daß ich nur eine kleinere, höchstens vier- bis sechsstündige Vorlesung halte, da meine Gesundheit noch keineswegs soweit erstarkt und sicher sei, um schon im nächsten Semester eine größere Vorlesung halten zu können, und er die feste Überzeugung habe, daß ich bei einer größeren Vorlesung im Laufe des Semesters genöthigt sein würde, sie wieder aufzugeben, und er den Versuch sie durchzuführen geradezu einen Selbstmord nennen müßte. — — Ich würde, was meine Person betrifft, der dringenden Aufforderung meines Arztes nicht nachgeben, sondern den Versuch, die größere Vorlesung zu halten, unbedenklich machen. Allein die Rücksicht auf meine Zuhörer macht es mir bedenklich, den ärztlichen Rath außer Acht zu lassen. Denn wenn meine zwölfstündige Vorlesung, neben welcher der Zuhörer nur wenige andere Vorlesungen hören kann, mitten im Semester wieder aufgegeben werden muß: so ist die Lage der Zuhörer eine sehr fatale." — So mußte Wächter schon im Sommer 1874 sich auf eine kleinere Vorlesung beschränken und im Juni 1874 sah er sich genöthigt, auch für den folgenden Winter um Dispensation nachzusuchen, nachdem er schon Pandekten, — weil er es unter den damaligen Verhältnissen für Pflicht gegen die Universität hielt — angekündigt, aber der Arzt wieder Einsprache erhoben hatte. Inzwischen war, auf Wächters Betreiben, Windscheid nach Leipzig berufen worden, und hierdurch, schreibt er, „haben sich die Verhältnisse so geändert, daß meiner Gesundheit und dem Ansinnen des Arztes, im Winter wo möglich kein Kolleg zu lesen, Rechnung getragen werden könnte, ohne die Interessen der Universität zu schädigen. — — Ich darf dann hoffen, sicher im Stande zu sein, im nächsten Sommer in meine volle Lehrthätigkeit wieder eintreten zu können."

Im December 1876 mußte Wächter wieder um Dispensation für das folgende Sommersemester nachsuchen: „Mein hohes Alter fängt allmählich an, die Bewältigung der sämmtlichen mir obliegenden Berufsarbeiten mir sehr zu erschweren, auch liegt mir sehr daran, noch Muße zu finden, um einige wissenschaftliche Arbeiten, welche ich begonnen habe, und die ich zum Theil meinen früheren Zuhörern nachzuliefern verpflichtet bin, in der nächsten Zeit vollenden zu können".

Auch für den Sommer 1877 mußte Wächter sich dispensiren lassen, welchem Gesuch das Ministerium (9. December 1876) mit dem Anfügen entsprach, daß es ihm überhaupt anheimgestellt werde, seine fernere akademische Wirksamkeit ganz nach Maßgabe seiner Kräfte einzurichten.

Aber auch in den Jahren, in welchen seine Altersgenossen längst sich zur Ruhe gegeben, blieb Wächter jugendfrisch und arbeitskräftig. Ein Jugendfreund, mit welchem er in Tübingen in mehreren Decennien als Kollege verbunden war, schreibt ihm (1868): — — — „Dein Name wirkt auf mich wie ein Zauberwort: Gleich einer halb verklungenen Sage wird durch ihn erste Lieb' und Freundschaft wieder wach"! — Er erzählt von sich, als „einem 78jährigen sehr schwach gewordenen Greise" und fährt fort: „Wie ganz anders stehst Du, mein Jugendfreund, mir gegenüber da! Noch in voller glänzender Wirksamkeit und jugendlicher Frische"!

Die dankbarste Anerkennung bewahrten ihm seine Zuhörer noch lange nach ihrem Abgang und erfreuten sich von seiner Seite der theilnehmendsten Berathung.

Einer seiner hervorragenden früheren Schüler, Dr. E. Z., schrieb (30. December 1873) an Wächter: — — „Sie werden Dasselbe gewiß schon sehr häufig von Ihren früheren Schülern gehört haben, aber ich bin unbescheiden genug, zu glauben, daß es trotzdem jedes Mal wieder den Lehrer freuen wird, zu hören, daß er in seinem Zuhörer die Liebe zur Wissenschaft erweckt hat. — — Ich habe zuerst in Leipzig das — wie ich glaube — nachhaltige Interesse für die Jurisprudenz bekommen. Ein Ausspruch von Ihnen besonders ist es, an den ich mich vielfach beim Studiren der neuen Litteratur in der Rechtswissenschaft erinnere: „Machen Sie sich keine Schwierigkeiten, wo keine sind!" Fragen, die mir fortdauernd dunkel geblieben waren, habe ich in Ihren Vorlesungen ohne Schwierigkeit begreifen und lösen gelernt." (Folgen Mittheilungen über litterarische Arbeiten und Studien.) Wächter antwortete (6. November 1874): — — „Sie haben mich durch die vertrauensvollen und anhänglichen Gesinnungen, die Sie mir bewahrten und in Ihrem Briefe ausdrückten, sehr erfreut und ebenso war mir sehr von Interesse und erfreulich, was Sie mir über Ihre wissenschaftlichen Arbeiten und Bestrebungen schreiben. Ich erlaube mir nur, Ihnen zu rathen, sich nicht zu viel Aufgaben auf einmal zu setzen, sondern zunächst auf eine sich zu koncentriren und diese durchzuführen. Ihre Arbeiten werden mir stets willkommen und von großem Interesse sein Besonders am Herzen liegt mir aber, daß Sie den Rath, den ich Ihnen schon früher gab, sich der akademischen Laufbahn zu widmen, nun bald befolgen möchten. Sie hat zwar ihre großen Schwierigkeiten und man kann bei ihr nicht im Voraus auf einen allseitigen Erfolg zählen; es bedarf zu ihr mehr, als in jeder anderen Laufbahn, des Muthes zu einem Versuche. Ich glaube aber, daß Sie ganz besonders geeignet sind, diesen Versuch wagen zu dürfen; so weit ich Sie kenne, kann ich an einem guten Erfolge nicht zweifeln. Gewinnt man aber diesen, so kenne ich, der ich die verschiedensten Laufbahnen durchgemacht habe, keine genußreichere und lohnendere, als die des akademischen Lehrers. Sie haben jetzt lange genug sich in der Praxis umgesehen (für einen Juristen, auch wenn er sich später ausschließlich der akademischen Laufbahn widmen will, halte ich dies für sehr wichtig und eigentlich für ganz unerläßlich); aber zu lange darf man nicht mit dem Übertritt von der Praxis zum Katheder zögern." ——

<hr />

XVIII. Abschnitt.

Schriftstellerische Arbeiten.

Die erste größere[1] litterarische Arbeit, welche Wächter publicirte, war das Lehrbuch des römisch-deutschen Strafrechts (Tübingen 1825, 1826), ein Werk, dessen bahnbrechende Bedeutung allseitig anerkannt wurde[2].

<hr />

[1] Über die Dissertation (Doctrina de condictione causa data etc.) s. oben S. 25. Seine erste Recension schrieb Wächter (anonym) in die Heidelb. Jahrb. (1825) über Schweppe's Pandekten, welche Schweppe in der Vorrede zur folgenden (IV.) Ausgabe eingehend berücksichtigte.

In Verbindung mit befreundeten Kollegen (R. Mohl, Rogge, Scheurlen, Schrader, K. Wächter) begründete er die Tübinger Kritische Zeitschrift für Rechtswissenschaft. Hier erschienen von ihm zahlreiche Recensionen. In Bd. VI. S. 268—408 gab Wächter einen vollständigen kritischen Bericht über die Litteratur des neueren württembergischen Kriminal- und Civilrechts (bis 1829). — Recensionen von Wächter finden sich namentlich in Bd. I. 1. S. 1—21, 35—70. I. 2. S. 39—48. I. 3. S. 34—77. II. S. 36—41, 169—189, 224—226. IV. S. 35—42, 48—51, 81—91. V. S. 98—102. VI. S. 55—67, 237—253.

[2] Dasselbe sollte zunächst ein Grundriß für die Vorlesungen sein, wobei es sich aber in Plan und Ausdehnung von den gewöhnlichen Grundrissen sehr unterschied. Hierüber sagt die Vorrede: „Wie wichtig eine Geschichte und Kritik der verschiedenen Ansichten der Schriftsteller über einen Theil der Wissenschaft nicht nur überhaupt und an sich ist, sondern wie wichtig gerade beim Lehrvortrage über das Strafrecht es ist, dem Zuhörer eine Über-

Von besonderem Interesse für Württemberg und namentlich von Belang für die damals in Angriff genommene Strafgesetzgebung war die Schrift: Die Strafarten und Strafanstalten des Königreichs Württemberg. Nach der älteren und neueren Gesetzgebung und Praxis dargestellt (Tübingen 1832, 292 S.)[3].

In dem nun folgenden Verzeichnis der Schriften sind zunächst die selbständigen kriminalistischen, sodann die civilistischen zusammengestellt, hiernach die akademischen Programme und Gelegenheitsschriften, sodann die Aufsätze in Zeitschriften und encyklopädischen Werken.

Abhandlungen aus dem Strafrechte. Erster Band. Die Verbrechen der Entführung und der Nothzucht nebst einer Erörterung der sogenannten Fleischesverbrechen im engern Sinn. Nach dem gemeinen deutschen und sächsischen Rechte und mit Rücksicht auf die neueren deutschen legislativen Arbeiten. Leipzig 1835, 385 S. Von bleibendem Werth ist namentlich der erste Abschnitt, welcher das römische und gemeine deutsche (und im Anschluß hieran das ältere sächsische) Recht darstellt (S. 20—213).

Gemeines Recht Deutschlands, insbesondere gemeines deutsches Strafrecht. Leipzig 1844, 269 S. Diese Abhandlung liefert den Nachweis, daß ein gemeines Recht nur durch einheitliche Gesetzgebung geschaffen werden könnte, also für Deutschland nur durch eine Reichsgesetzgebung. An dem Entwicklungsgang des gemeinen Strafrechts von der Carolina an wird gezeigt, wie in Deutschland „der Partikularismus sich immer mehr in einseitiger Richtung geltend machte und in Egoismus überging, in welchem und durch welchen das Reich selbst unterging". Von bleibendem

---

sicht über die wichtigeren verschiedenen Ansichten der Kriminalisten und eine Geschichte und genaue Beurtheilung derselben nach den Grundsätzen der Philosophie und dem Inhalte und Geiste unserer positiven Gesetze zu geben, wird wohl keiner Ausführung bedürfen". Wächter hat diese Arbeit im Jahr 1823 angefangen und schon 1524 erschien der erste Band. Über die heutige Bedeutung des Buches sagt Prof. Binding in Leipzig (Windscheid l. c. S. 45): „In sehr Vielem ist das Werk heute veraltet, und doch ist dessen kaum dreißigjähriger Verfasser noch heute für Jeden der unentbehrliche Führer, der sich einarbeiten will in die frühere gemeinrechtliche Doktrin. Und dieser Führer schreitet trotz seiner Jugend so frisch und zugleich so ernst, so belehrend und so wenig lehrhaft, so selbständig und doch so bescheiden, so denkkräftig und so voll Hochachtung vor fremden Gedanken einher, daß es gleich erfreulich ist, ihn gehen zu sehen, wie ihm zu folgen."

. [3] Diese Schrift hat heut zu Tage allerdings nur noch historischen Werth. Doch finden sich in derselben legislativ beachtenswerthe Winke namentlich über Behandlung der Strafgefangenen, über die Frage von Entbehrlichkeit der körperlichen Züchtigung, über Ehrenstrafen und demüthigende Strafen. In geschichtlicher Beziehung werden über die Strafarten des älteren Rechts und deren Anwendung gründliche Nachweise erbracht. Noch im 19. Jahrhundert wurde in Württemberg die Radstrafe vollzogen. Die körperliche Züchtigung hat selbst das Strafedikt von 1824 noch in weitem Maße beibehalten.

Werth aber sind die gründlichen historischen Ausführungen über den Entwicklungs-gang des gemeinen Strafrechts von der Carolina an, insbesondere über die Be-deutung der Carolina für das gemeine Strafrecht und die Stellung des rö-mischen Rechts; über die Territorialgesetzgebungen nach der Carolina; über die Wissenschaft und Praxis seit der Carolina.

Die „Beiträge zur deutschen Geschichte, insbesondere zur Geschichte des deutschen Strafrechts" (Tübingen 1845, 331 S.) enthalten eine eben so gründliche wie anziehende Darstellung der Vehmgerichte des Mittelalters, der Hexenprocesse, ferner des mittelalterlichen Faust- und Fehde-Rechts und des ältesten deutschen Kriminalprocesses bezüglich der Thatfrage (Eid, Eides-helfer, Gottesurtheile, Folter). Diese Vorträge sind zugleich für ein nichtjuristisches Publikum bestimmt[4], enthalten aber, namentlich in den Exkursen, die gründlichsten Quellenforschungen.

In großem Stil angelegt war das Handbuch des königlichen sächsischen und thüringischen Strafrechts (Leipzig 1856 —1858), von welchem indeß nur 3 Lieferungen erschienen sind, welche etwa die Hälfte des allgemeinen Theils behandeln. Hervor-ragend und von bleibender Bedeutung sind besonders die Lehren von der Entstehung des Strafrechts; sodann von der Auslegung und dem Herrschaftsgebiete der Strafrechtsnormen, namentlich das Verhältnis der Gesetze zu den sog. Gesetzesmaterialien; ferner die Darstel-lung des internationalen Strafrechts; die Analyse der Verbrechens-merkmale und die Eintheilung der Verbrechen; endlich das Kapitel vom widerrechtlichen Willen und der Zurechnungsfähigkeit[5].

---

[4] Der Verfasser will die richtigen Anschauungen über jene für die Entwicklungsgeschichte des deutschen Volkes so bedeutungsvollen Momente zum Gemeingut machen. Er bemerkt in der Vorrede: „Der Laie will nicht bloß Fragmente, sondern ein ihn vollständig orientirendes Ganzes. Er verlangt zwar eine getreue und zuverlässige Entwicklung; aber er will sie — und mit Recht in gedrängtem lebendigem Überblick über das Ganze, ohne den Forscher auf dem mühsamen Wege begleiten zu müssen, auf welchem derselbe zu seinen Resultaten ge-langte. Bei uns in Deutschland aber meint der Mann vom Fache nur gar zu häufig, es würde der Wissenschaft zu nahe getreten, wenn er zu einer solchen Befriedigung der Bedürf-nisse des Laien die Hand bieten wollte. Allein gewiß mit Unrecht. Mit gedrängten, in ihrer Form auf Laien berechneten Orientirungen verträgt sich die Wissenschaftlichkeit gar wohl. Nur müssen sie das Resultat ernsten gründlichen Forschens sein, und dann kann ihnen auch die Wissenschaft Manches zu danken haben."

[5] Hierüber bemerkt Binding (Windscheid l. c. S. 49): „Als Civilist, wie als Kriminalist gleich bedeutend, förderte Wächter strafrechtliche Probleme durch seine civili-stischen Kenntnisse, und umgekehrt war er, wie kein Anderer, berufen, die Grenzgebiete zwi-schen beiden Wissenschaftszweigen zu kultiviren. — — Er hat das Seine gethan, um das Strafrecht aus der künstlichen Isolirung, in die man es gestellt, in den lebendigen Zusam-menhang mit den übrigen Rechtsdisciplinen, besonders mit dem Civilrechte zurückzuver-setzen. Er erkennt klar, daß die Begriffe der Handlung, der Zurechnung, der Schuld, daß

Beitrag zur Geschichte und Kritik der Entwürfe eines Strafgesetzbuches für den norddeutschen Bund (Leipzig 1870, 140 S.).

Der Verfasser anerkennt durchaus die Nothwendigkeit der Abfassung eines deutschen Strafgesetzbuches, rügt aber die Überstürzung, mit welcher der Entwurf zum Abschluß gebracht worden, und zeigt an den einzelnen Bestimmungen die Mängel des Gesetzes. Leider war dem Reichstage keine Zeit gelassen, um diese Kritik gehörig zu beachten.

Die Buße bei Beleidigungen und Körperverletzungen, nach dem heutigen gemeinen Recht (Leipzig 1874, 87 S.).

Über das Institut der Privatstrafe und die Auslegung des bezüglichen Inhalts des Reichsstrafgesetzbuchs zu schreiben, mußte der Verfasser um so mehr legitimirt erscheinen, als er es war, auf dessen Veranlassung in Württemberg schon vor 40 Jahren (Gesetz vom 5. September 1839 über die privatrechtlichen Folgen der Verbrechen) die Beibehaltung der römischen Privatstrafe beschlossen wurde. Im Einzelnen sind hervorzuheben die Ausführungen über die Natur dieser Buße, insbesondere, daß sie die doppelte Funktion hat, Strafe und Schadenersatz zu sein, sodann über ihre Bedingungen und über die solidarische Haftpflicht (namentlich auch bei fahrlässiger Körperverletzung und bei der ehrenrührigen Nachrede und der Verleumdung); ferner über das Verhältnis der Ersatzklage zur Buße; endlich über das (in Württemberg aufgehobene) Schmerzensgeld.

Beilagen zu den Vorlesungen über das deutsche Strafrecht. Erste Lieferung. Einleitung in das deutsche Strafrecht (Stuttgart 1877, 240 S.).

Diese Beilagen sollten im Zusammenhalt mit den von Wächter gehaltenen Vorlesungen über Strafrecht eine auf das jetzige gemeine deutsche Strafrecht gebaute Umarbeitung des (1825 und 1826 erschienenen) Lehrbuchs bilden. Der vorliegende Theil giebt — außer dem einleitenden Abschnitt (über Strafrecht im objektiven Sinn; über das philosophische oder natürliche Strafrecht; über Kriminalpolitik und über die Stellung des Strafrechts im Rechtssystem) die umfassende Darstellung der **Strafrechtstheorien** (S. 10—56) und die Geschichte des römischen und deutschen Strafrechts und seiner Litteratur bis zur Gesetzgebung des norddeutschen Bundes (S. 56—198). Die dritte Abtheilung dieses historischen Abschnitts (S. 198 ff.) enthält die Geschichte des norddeutschen und des Strafgesetzbuches für das deutsche Reich, so wie der Strafrechtsnovelle von 1876; ferner eine Übersicht der hieran sich reihenden Litteratur. Die letzte Beilage (S. 229 f.) behandelt das Verhältnis des gemeinen Strafrechts zu den Partikularrechten, ist aber nicht mehr vollständig in die erschienene Lieferung aufgenommen.

Von noch durchgreifenderem Erfolg, als die Arbeiten auf dem Gebiete des Strafrechts, waren die Bearbeitungen des Privatrechts, und vor Allem das Handbuch des im Königreiche Württemberg geltenden Privatrechts (1839—1851).

insbesondere die Schularten allgemeiner Natur, und zwar weder specifisch civilistisch, noch specifisch kriminell sind. Darin gründet sich zum großen Theil der Reiz seiner einschlägigen Darstellungen im württembergischen Privatrecht einerseits, im sächsischen Strafrecht andererseits. Ziehen wir das Facit, so muß bekannt werden, daß der künftige Bearbeiter des Handbuchs des heutigen gemeinen Strafrechts nur eine einzige Vorarbeit großen Stils besitzt: das ist des sechzigjährigen Wächters jugendlich-reifes Werk über sächsisches Strafrecht."

Des ersten Bandes erste Abtheilung erschien (Stuttgart) 1539. In der Vorrede (27. December 1839) ist der Standpunkt der Arbeit dahin präcisirt, daß „nur eine solche Darstellung unseres Privatrechts, welche auch den Inhalt der subsidiären Rechte (des sog. gemeinen römischen, deutschen und canonischen Rechts) so weit es einen Bestandtheil unseres Rechts bildet, aufnimmt, und sich nicht bloß auf den Inhalt der einheimischen Quellen beschränkt, den Anforderungen der Wissenschaft und den Ansprüchen des praktischen Bedürfnisses vollständig genügen kann. Den Anforderungen der Wissenschaft, — denn was im Leben und in der Anwendung unseres Rechts seit Jahrhunderten als ein Ganzes bestand und durch das Leben und die Anwendung immer mehr organischen Zusammenhang erhielt, muß auch von der Wissenschaft als ein Ganzes aufgefaßt und dargestellt werden, und wenn da und dort jener Zusammenhang noch nicht ganz hergestellt ist, so soll sie den Weg zeigen, wie er bewerkstelligt werden mag." Hiernach war es Aufgabe, auch das gemeine, namentlich das römische Recht, so weit aus demselben die einheimischen Quellen zu ergänzen sind, „in gleicher Weise in seinem genauen Detail darzustellen, wie den Inhalt der einheimischen Quellen".

Der erste Band giebt, nach einleitender Feststellung von Begriff und Umfang des Privatrechts (I. Kap. I. II. S. 1—16), vornehmlich eine ausführliche Geschichte des württembergischen Privatrechts, und zwar „nicht nur eine genaue Geschichte unserer Quellen, sondern auch eine Geschichte der wissenschaftlichen Bearbeitung und der Einwirkung der Gerichte und des Gewohnheitsrechts auf Weiterbildung des Rechts und den Nachweis, wie die einzelnen Hauptinstitute unseres Rechts äußerlich und innerlich sich historisch entwickelten".

Der Verfasser geht davon aus, daß Vieles im württembergischen Privatrecht völlig unerklärt bliebe, wenn die historische Untersuchung sich nicht auch über die Organe, welche die Rechtsanwendung im Leben durchzuführen hatten, und die eigenthümliche Verfassung der Behörden, in welcher der Erklärungsgrund für manche Rechtseigenthümlichkeiten liege, verbreitete.

In Betreff der Citate ist hervorzuheben, daß der Verfasser nie ein solches anführt, ohne die Quelle in ihrem Zusammenhange vor Augen gehabt und geprüft zu haben. In den seltenen Fällen, wo dies nicht möglich gewesen, ist es immer ausdrücklich erwähnt.

Des ersten Bandes zweite Abtheilung führt die Geschichte der Gesetzgebung fort bis 1841 und schließt dieselbe mit Darstellung der Verhandlungen über ein umfassendes bürgerliches Gesetzbuch (§ 117 S. 1056). Wächter wiederholt hier seine schon 11 Jahre zuvor dargelegte Ansicht, daß die Abfassung eines umfassenden deutschen Rechtsbuches höchst wünschenswerth sei, „und zwar eines Rechtsbuches, welches nicht den gegenwärtigen Rechtszustand umformt, sondern denselben, wie er ist, mit Entscheidung des Zweifelhaften und Änderung des durch die Erfahrung als untauglich Erwiesenen in sich aufnimmt". Die unerläßliche Vorarbeit aber sei „die gründliche wissenschaftliche Darstellung des gesammten bei uns geltenden Privatrechts, welche alle Zweige desselben, auf welchen Quellen sie auch beruhen mögen, mit gleicher Vollständigkeit umfaßt und die so verschiedenartigen Elemente mit ihren vielfachen Wechselwirkungen vereinigt". — Den Schluß der Abtheilung bildet der Abschnitt über Quellen und Litteratur des württembergischen Privatrechts; bei den ersteren war namentlich die Stellung des römischen Rechts (§§ 126—129) übersichtlich zu erörtern. Über diesen ersten Band urtheilt der Germanist Stobbe (bei Windscheid l. c. S. 29): „Der Verfasser liefert in der That eine universelle Rechtsgeschichte Württembergs und setzt dieselbe auch in Verbindung mit der politischen Geschichte. Alle Fragen, welche die Rechtsgeschichte eines einzelnen Landes stellt, sind hier beantwortet. Er giebt eine Geschichte der Verfassung, der Behörden, der verschiedenen Stände, der Städte, der Gerichtsverfassung und des Gerichtsverfahrens, des gesammten Privatrechts, zum Theil auch des Strafrechts. Überall zeigt der Verfasser eine Vertrautheit mit seinem Stoff auch über die Grenzen Württembergs hinaus, welche bei einem Mann, der nicht die germanistischen Wissenschaften zu seinem Lebensberufe gemacht hat, ge

radezu staunenswerth ist. Er befindet sich nicht bloß auf der Höhe der germanistischen Wissenschaft jener Tage, sondern er hat dieselbe in vielen Partieen auch
merklich gefördert. Keine Frage ist nur leicht berührt, jede ist erschöpfend unter
Benutzung des gesammten Apparats der Quellen und der Litteratur, sei es der
großen Werke, welche wir über württembergische Geschichte besitzen, sei es der zahlreichen Dissertationen, welche besonders auf der Tübinger Universität erschienen
waren, behandelt. — — Sehr interessant und allgemein belehrend ist, was der
Verfasser an den verschiedensten Stellen des Werkes über Reception des römischen
Rechts im Allgemeinen und für die einzelnen Institute des Privatrechts anführt.
Wo es sich darum handelt, die vor dem ersten Landrechte bestehende Mannigfaltigkeit der württembergischen Partikularrechte zur Darstellung zu bringen, ist dies
mit einer Klarheit und Übersichtlichkeit geschehen, welche jederzeit ein Muster sein
wird; so z. B. bei der Darstellung und Gruppirung der ehelichen Güterrechte.
Für manche Einzelheiten der neueren Rechtsgeschichte findet der Germanist noch
gegenwärtig bei Wächter die stoffhaltigste Darstellung, so z. B. über Retraktrechte,
die Wuchergesetze, die weiblichen Rechtswohlthaten, die Pfandgesetzgebung. — Er
hat Viele gefördert und geleitet, und Keinen irre geführt.

Im zweiten Band giebt das Handbuch die „allgemeinen Lehren", d. h. im
Wesentlichen den allgemeinen Theil der Pandekten, mit allen einschlägigen Modifikationen des deutschen und württembergischen Rechts. Dieser zweite Band
(850 S.) hat denn auch eine weit über die Grenzen von Württemberg hinaus-
reichende Bedeutung gewonnen, wie denn seine Ausführungen nicht nur in allen
neueren Pandektenkompendien, sondern auch in den Bearbeitungen anderer Terri-
torialrechte stete Berücksichtigung finden. — Die Fortsetzung des Werkes, die Ausführung des besonderen Theils hatte Wächter noch Jahrzehnte hindurch im Auge
behalten und in diesem Betracht seine Kollegienhefte über württembergisches Privatrecht mit zahlreichen Ergänzungen fortgeführt. Allein der äußere Lebensgang
trat dem Vorhaben entgegen.

Windscheid (l. c. S. 31) bemerkt: „In gleicher Weise, wie die germanistischen Grundlagen des in Württemberg geltenden Rechts beherrscht Wächter die
römischrechtlichen. Seinem Buche eine römische Rechtsgeschichte vorauszuschicken,
war kein Bedürfnis vorhanden. Aber Manches hatte er zu sagen, was mit den
herrschenden Ansichten nicht übereinstimmte, und vor Allem lag es ihm am Herzen,
darauf hinzuweisen, daß nur eine genaue Kenntnis der Geschichte des römischen
Rechts im Stande sei, Befreiung zu geben von antiquirten römischen Rechtssätzen,
die mißverstanden sich in der Praxis als geltend hinschleppten." — Wenige Bücher
— sagt Windscheid (S. 34) — „haben auf mich einen ähnlichen Eindruck gemacht.
Es waren die altbekannten Dinge, Begriffe, Gedankengänge, Untersuchungsgegen-
stände, mit denen man längst vertraut war. Und doch etwas Anderes — — —
jedenfalls ist das Buch durchaus eigenartig und original." Insbesondere weist
Windscheid auf die Erörterungen vom sog. internationalen Privatrecht,
ferner von den Bedingungen hin und auf die Darstellung des Principes des
öffentlichen Glaubens des Grundbuchs. „In letzterem Punkte, in eingehender
Kritik der württembergischen Pfandgesetzgebung", sagt Windscheid, „ist die Bedeutung des Principes mit einer Klarheit entwickelt, seine Wirkung durch die verschiedenen Verschlingungen der thatsächlichen Verhältnisse mit einer Sicherheit und
Festigkeit durchgeführt, daß seine Darstellung Bewunderung erregt. Ich glaube
nicht, daß Wächter Besseres jemals geschrieben hat."

Unter dem 13. December 1856 schrieb Jhering aus Gießen an Wächter,
mit welchem er das Jubiläum der Universität Greifswalde besucht hatte: — „Seit
meiner Zurückkunft von Greifswalde habe ich mich viel mit Ihnen beschäftigt,
nicht bloß mit Ihnen als dem liebenswürdigsten Gesellschafter und dem Ver-
schönerer meiner ganzen Greifswalder Tour, sondern auch mit Ihnen als Schriftsteller. Ich habe nämlich Ihr württembergisches Privatrecht, das ich früher nie
ganz im Zusammenhang gelesen, gründlich vorgenommen, und ich kann Ihnen
nicht sagen, welchen Genuß es mir gewährt und wie viel ich zu thun gehabt habe,
um mir das Neue (das mitunter nur in wenig Worten, in einer etwas anderen

Fassung der Definition u. s. w. steckt — worüber die Meisten flüchtigen Fußes hinwegeilen), was ich daraus gelernt, für meine Hefte zu notiren. Bei einigen Punkten bin ich wahrhaft erschrocken, weil ich da in wenig Worten die Quintessenz von einer Ansicht fand, die ich selbst als neue Entdeckung vielleicht in einer breiten Abhandlung veröffentlicht haben würde. — — Ich habe auch öfters gefragt, wie ist es möglich, daß, nachdem Sie einmal das Richtige ausgesprochen, das Unrichtige oder Ungenauere und Unzutreffende sich noch in unsere Kompendien fortschleppen kann. Windscheid hatte vollkommen Recht, wenn er meinte, die Romanisten halten Ihr Buch für ein deutschrechtliches, die Germanisten es für ein romanistisches. Ich werde fortan das Meinige dazu thun, um meinen Kollegen in Justinian den Staar zu stechen; ich kann nicht begreifen, daß mir bei meiner früheren sporadischen Lektüre Ihres Werkes so Manches entgehen konnte, was ich damals bereits gelesen habe; offenbar liest man nicht immer mit denselben Augen!"

Eine Ergänzung des Handbuchs bilden die Erörterungen aus dem römischen, deutschen und württembergischen Privatrechte. Heft 1, 2, 3 (Stuttgart 1846).

Während die beiden letzten Hefte dieser Erörterungen wesentlich römisches Recht — doch mit Rücksichtnahme auf einheimische Rechtsbildung — zum Gegenstand haben (Heft 2: Das römische Klagensystem; Heft 3: Von den Wirkungen des Processes auf das materielle Recht), finden sich im ersten Heft neben römischem Recht (über Sachgesammtheiten; zur Lehre von den Früchten; dingliches und persönliches Recht) vorzugsweise einheimische Rechtsinstitute (Verpfändung von Sachgesammtheiten und von Zugehörungen; Realrecht und Reallast; das Recht der öffentlichen Bücher) eingehend untersucht und klargestellt.

Von römischrechtlichen Publikationen sind noch hervorzuheben:

Das gemeine Pfandrecht als Theil der Pandektenvorlesungen. Als Manuskript gedruckt für seine Zuhörer [6] (Tübingen; Eifert; sine anno) [7].

Der Entwurf eines bürgerlichen Gesetzbuches für das Königreich Sachsen. Ein Beitrag zur Beurtheilung desselben (Leipzig 1853, 271 S.).

Diese Kritik hat bekanntlich die sächsische Regierung bestimmt, ihren Entwurf zurückzuziehen. In die Beurtheilung selbst aber sind die für jede künftige Kodifikation beachtenswertesten Winke eingeflochten. Es sei gestattet, nur einige dieser allgemeinen Bemerkungen hier einzufügen. Wächter warnt (S. 43 f.) vor zu weit gehenden Änderungen bestehenden Rechtes. „Suchen wir einen leitenden Grundsatz, der bei Änderungen am Bestehenden, namentlich am Privatrechte bestimmen soll, so ist es doch wohl nur der, daß man von Dem, was besteht und was das Volk in sein Rechtsbewußtsein aufgenommen hat und was alle Rechtsverhältnisse im Staate durchdringt, nicht ohne ganz evidente, bringende und überwiegende Gründe abweichen soll, daß man daher auch da, wo Manches für die Neuerung sprechen mag, es aber nicht ganz unzweifelhaft ist, daß man durch das Neue wahrhaft gewinne, die Neuerung vorerst unterlassen, man also stets im

---

[6] In seinem Handexemplare setzte Wächter bei „und durch meine Zuhörer aus einem Manuskript, das ich ihnen mittheilte, me nesciente".

[7] Das Druckjahr ist 1851/52.

Zweifel am bestehenden Rechte festhalten sollte. Überdies ist noch ein anderes, mehr politisches, aber, wie mir scheint, in hohem Grade wichtiges Moment zu beachten, ein Moment, dessen Wichtigkeit namentlich durch die Erfahrungen jüngst vergangener Jahre wieder sehr belegt worden sein dürfte und welches gerade in Zeiten, in welchen mit dem Boden des Rechts in der ungebundensten Weise verfahren werden wollte, ganz besonders der Berücksichtigung werth ist. Durch Neuerungen am bestehenden Rechte, wenn sie gar zu leicht behandelt und nicht durch unzweifelhafte dringende Motive gerechtfertigt werden, kann leicht der Rechtssinn im Volke abgestumpft werden; es kann dadurch leicht der Glaube an die Unantastbarkeit des Rechts selbst wankend gemacht und die Meinung verbreitet werden, das Recht sei etwas Wandelbares, willkürlichen Zwecken und Interessen Dienendes und lasse sich ganz nach Belieben ändern. Gerade in dieser Hinsicht ist es von der größten Wichtigkeit, daß die Gesetzgebung selbst durch die Art und Weise, wie sie das bestehende Recht behandelt, durch die Achtung des Bestehenden, weil es besteht, und durch eine heilige Scheu vor Änderungen mit ihrem Beispiele vorangeht." — —

Aber auch im Einzelnen finden sich mustergültige Ausführungen, z. B. über Schadenersatz (S. 102—120), über Culpa (S. 120—128), Casus bei Obligationen (S. 128—140), Irrthum und Betrug bei Verträgen (S. 140—150), Zwang (S. 151 f.); über Konstruktion der Begriffe, Sprache, Terminologie, Definitionen (S. 176 ff.; über die Anforderungen an die Vollständigkeit eines Gesetzbuchs S. 255 f.); über die Rechts- und Gesetzes-Analogie (S. 266 f.).

Hierüber schreibt der damalige Kanzler v. Gerber in Tübingen (12. Juli 1853): — "Erstaunt bin ich über Ihre kritische Arbeit! Welche unglaubliche und beneidenswerthe Arbeitskraft und Versatilität besitzen Sie doch! Wie sehr der Entwurf mit dem gegenwärtigen Stand der Wissenschaft im Widerspruch steht, ist mir freilich dadurch noch klarer geworden, als es bei meinem flüchtigen Durchgehen des Entwurfs der Fall war; aber ich muß gestehen, daß ich darnach auch Ihre Aufforderung an andere Juristen Deutschlands sich zu äußern, für überflüssig halte. Denn wer kann in aller Welt etwas Anderes verlangen, als einen solchen Beweis von einer solchen Hand!"—

Windscheid (l. c. S. 38) sagt: "Ich stehe nicht an, diese Kritik zu den glänzendsten Leistungen Wächters zu rechnen. Die Helligkeit seines Geistes, die jeden Nebel zerstreuende Klarheit seines Verstandes heben sich in schneidender Schärfe ab auf dem Dunkel dieses Entwurfs. Mit unerbittlicher, man möchte fast sagen mit unbarmherziger Logik deckt er die Unvollkommenheiten desselben auf." — Wächter fordert von einem Gesetzbuch: "Es soll möglichst klar und verständlich geschrieben sein, im Ausdruck so bestimmt, präcis und zutreffend, daß es den Gedanken des Gesetzgebers wirklich giebt, nicht mehr und nicht weniger ausspricht und möglichst wenig Zweifeln hierüber Raum läßt; seine Terminologie soll eine feste, sichere, der Sache möglichst entsprechende sein; es soll, durchdrungen von wahrer Wissenschaftlichkeit, doch die Grenze zwischen der wissenschaftlichen Bearbeitung des Stoffes und der legislativen Feststellung wahren; nicht geben, was lediglich in den Kreis der Schule und des Lehrbuchs gehört, dabei aber es doch nicht verschmähen, durch Übersichtlichkeit dem Verständnis des Lesers zur Hilfe zu kommen; es soll in genauer, scharfer, den Verhältnissen entsprechender Konstruktion der Begriffe nicht Wesentliches vermissen lassen; endlich soll es seinen Stoff in möglichster Vollständigkeit behandeln."

Als die württembergische Regierung die Herausgabe der reichen Materialien, aus welchem das dritte Landrecht vom Jahre 1610 hervorgegangen war, aus den Archiven anordnete, wurde Wächter damals schon in Leipzig mit der Aufgabe betraut, das umfassende Werk bei dem Publikum einzuführen. Er schrieb Dem gemäß die Vorrede[8], worin er nicht nur eingehend die Bedeutung dieser Vorarbeiten erörterte, sondern auch eine Vergleichung der damaligen mit den heutigen Mitteln der Gesetzesauslegung und eine Darstellung des Verhältnisses gab, in welchem das einheimische zum römischen Recht in Deutschland, namentlich in Württemberg und Sachsen im 16. Jahrhundert sich befand und von den Gerichten, wie von den Bearbeitern der Wissenschaft und den Juristenfakultäten aufgefaßt wurde.

Unter dem 24. Juni 1859 vermittelte der württembergische Justiz-Minister den Dank des Königs an Wächter für sein „als des unstreitig ersten Kenners und Bearbeiters unseres vaterländischen Rechtes gewichtiges Vorwort".

Als akademische **Programme** erschienen mehrere Abhandlungen, namentlich

De crimine incendii. Sectio I. Lips. 1833.

De lege Saxonica die VIII. m. Febr. 1834 lata commentatio. Pars I. Lips. 1835.

Ad historiam Constitutionis Criminalis Carolinae Symbolarum. Pars I. Lips. 1835.

Commentatio de partu vivo non vitali. Pars I—V. Lips. 1863—66[9].

Das Superficiar — oder Platz-Recht. Zweite Ausgabe. Leipzig 1868 (Fünf akademische Programme. Leipzig 1866—68).

Das Jagdrecht und die Jagdvergehen. Erster Abschnitt: Das römische Recht. Akademisches Programm. Leipzig 1870.

Über die bona fides, besonders bei der außerordentlichen Ersitzung. Zwei akademische Programme. Leipzig 1871.

Beitrag zur Geschichte und Kritik der **Entwürfe** eines Straf-

---

[8] Die Vorarbeiten zum württembergischen Land-Rechte vom 1. Juni 1610, im Auftrage des Königl. Württemb. Justiz-Ministeriums aus Archival-Urkunden herausgegeben von Ed. Faber und A. Schloßberger. Mit einer Vorrede von Dr. C. G. v. Wächter. Stuttgart 1859 (754 S.).

[9] Die Erörterung hat zum Gegenstand die — namentlich für das Erbrecht, und die Frage der Paternität und sodann kriminalistisch wichtige — Frage: ob ein zwar lebend geborenes aber nicht lebensfähiges Kind als rechtsfähiges Subjekt zu gelten habe. Wächter vertritt — gegen Savigny und viele Neuere — die verneinende Ansicht. Dabei versteht er unter lebensfähig oder „reif" (in diesem Sinne) diejenige Geburt, welche so lange ausgetragen ist, daß sie nun — in diesem Betracht — selbstständig zu leben im Stande ist. Sonstige Requisite der Lebensfähigkeit (im weiteren Sinn), Gesundheit ꝛc., kommen nicht in Berücksichtigung.

gesetzbuches für den norddeutschen Bund. Leipzig 1870 (Bis S. 57
zwei akademische Programme).

Das schwebende Eigenthum. Leipzig 1871.

Der entschuldbare Rechtsirrthum, besonders die Bedeutung
der von Rechtsgelehrten einem Laien ertheilten Belehrung über be=
stehendes Recht. Leipzig 1871.

Die bona fides, insbesondere bei der Ersitzung des Eigen=
thums. Leipzig 1871 [10].

Im Jahre 1869 erschien als Manuskript gedruckt: Gutachten
in der Sache von Metzsch contra Herzog zu Anhalt.

Seine letzte Schrift war: Die Entscheidungsgründe zu
dem Schiedsspruche des OAG. zu Lübeck in der Berlin=Dres=
dener Eisenbahnsache. Ein Beitrag zur Lehre von der Auslegung
der Verträge. Festschrift zur vierten Säkularfeier der Universität
Tübingen (Leipzig 1877).

In dem neuen Archiv des Kriminalrechts, unter dessen
Herausgeber Wächter im Juli 1830 eintrat, gab er besonders folgende
Abhandlungen: „Revision der Lehre vom Selbstmorde, nach dem
positiven römischen und gemeinen deutschen Rechte und der neuen Ge=
setzgebung". Archiv Bd. X. S. 72—111. 216—266. 634—680.
Wächter bemerkt hierüber 30 Jahre später: „Die Resultate von den
Späteren beinahe durchaus angenommen, auch vielfach ausgeschrie=
ben, ohne mich zu nennen". Sodann (1830): Über das crimen
vis. Archiv Bd. XI. S. 635—647. Über die lateinischen Über=
setzungen der Carolina und ihre Wichtigkeit für die Auslegung der
letzteren. Daselbst Bd. XI. S. 82—99. — Revision der Lehre vom
Verbrechen der Gewaltthätigkeit (crimen vis). Daselbst Bd.
XII. S. 341—389. Bd. XIII. S. 1—47. 195—248. 374—415.
— Beitrag zur Auslegung des Artikel 148 der P. G. O. Daselbst
Bd. XIV. S. 102. — Über deutsche partikuläre Strafgesetzge=
bung überhaupt und den neuesten baierischen Entwurf insbesondere.
Bd. XIV. S. 305—331 (1833). — Beitrag zu der Lehre von den
Quellen der Carolina. Jahrg. 1834. S. 82—94. — Über den
Entwurf eines Strafgesetzbuches für das Königreich Württem=

---

[10] Eine frühere Auflage (Leipzig 1870, 47 S.) unter dem Titel: „Der gute
Glaube, insbesondere bei der Ersitzung des Eigenthums".

berg. Daselbst S. 303—338. — Über Verheimlichung der Schwan-
gerschaft und der Niederkunft als Erfordernis des Kindsmords.
Jahrg. 1835. S. 71—92. — Begriff und Thatbestand des Auf-
ruhrs nach gemeinem Recht. Daselbst S. 469—492.

Über die deutsche kriminalistische Litteratur des 16. Jahrhunderts an sich und in ihrem Verhältnis zur Carolina. Jahrg. 1836.
S. 115—153.

Über die Reception der Carolina in den einzelnen Territorien
Deutschlands, insbesondere in Sachsen. Jahrg. 1837. S. 59—86.

Die Ausübung der Gesetzgebungsgewalt unter Theilnahme
der Ständeversammlungen und insbesondere die Verhandlungen der
württembergischen Kammer der Abgeordneten über das württembergische Strafgesetzbuch. Jahrg. 1839. S. 345—370.

Über Konsummation des Diebstahls nach gemeinem Recht
und den neuesten deutschen Strafgesetzgebungen. Jahrg. 1840. S. 193.

Über Gesetzes- und Rechts-Analogie im Strafrecht.
Jahrg. 1844. S. 413—436. 535—558.

In das Archiv für civilistische Praxis schrieb er namentlich
folgende Abhandlungen:

Über das Verhältnis des Pfandrechts, welches von einem
früheren Eigenthümer erworben wurde, zu den bei späteren Eigen-
thümern an derselben Sache erworbenen privilegirten Pfandrechten.
Archiv Bd. XIV. S. 341—398.

Über die Frage: Wer hat bei Obligationen die Gefahr zu
tragen? Archiv Bd. XV. S. 97—138. 188—222.

Wird ein zwischen Ehegatten gemachtes Schenkungs-Ver-
sprechen durch den Tod des Schenkers gültig? Archiv Bd. XVI.
S. 107—124.

Über Testirunfähigkeit wegen begangener Verbrechen und
wegen verhängter Strafen. Archiv Bd. XVII. S. 420—440.

Über Auslegung der unter Abwesenden geschlossenen Verträge. Archiv Bd. XIX. S. 114—125.

Zur Lehre von der negotiorum gestio. Archiv Bd. XIX.
S. 337—361.

Die neuesten Fortschritte der Civilgesetzgebung in Württemberg, mit legislativen Bemerkungen und vergleichender Rücksicht
auf das gemeine Recht. Archiv Bd. XXIII. S. 33—111.

Beitrag zur Lehre vom Gerichtsgebrauch. Daselbst S. 432 bis 446.

Über Theilung und Theilbarkeit der Sachen. Archiv Bd. XXVII. S. 155—197.

Besonders hervorzuheben ist die epochemachende Abhandlung: Über die Kollision der Privatrechtsgesetze verschiedener Staaten. Archiv für civilistische Praxis. Bd. XXIV. S. 230—311. Bd. XXV. S. 1—60. 161—200. 361—419.

Von vorzüglicher Bedeutung für Württemberg sind (in Bd. XXIII. 1840. S. 33—111) die Erläuterungen und Erörterungen, das königlich württembergische Gesetz über die privatrechtlichen Folgen der Verbrechen und Strafen betreffend.

In Goltdammers Archiv (Bd. VIII. S. 2 f.) schrieb Wächter: „Über die Konkurrenz verschiedener Strafgesetze während des Laufs fortgesetzter oder fortdauernder Verbrechen und den Anfangspunkt der Verjährung". 1860.

Im Gerichtssaal erschienen von Wächter die Aufsätze: „Zur näheren Bestimmung des Dolusbegriffes" (Bd. XVI. S. 56 f.); »Volenti non fit iniuria« (Bd. XX. S. 1 f.); „Über die Gewalt bei der Erpressung" (Bd. XXVII. S. 161 f.); „Über den Thatbestand des Verbrechens der Kindesabtreibung" (Bd. XXIX. S. 1 f.); „Zur Texteskritik und zur Auslegung des Strafgesetzbuches, namentlich der §§ 88 und 89" (Bd. XXIX. S. 321 f.). Die drei letztgenannten Arbeiten waren schon vorher als akademische Programme erschienen (s. oben).

In Weiske's Rechtslexikon schrieb Wächter die Artikel: »Accessio« und »Accession« (Bd. I. S. 9—11. 11—32); „Aufruhr" (Bd. I. S. 466—472); „Diebstahl" (Bd. III. S. 354—423).

Beachtenswerth ist der Aufsatz über Gesetzgebung im Staats-Lexikon von Rotteck und Welcker (3. Aufl. Leipzig 1862. Bd. VI. S. 462—517) [11].

---

[11] Wächter erörtert zunächst die Quellen des älteren, gemeinen und des partikulären Rechts in Deutschland, die Kodifikationen auf den Gebieten des Strafrechts und des Privatrechts, das Bedürfniß einer neuen deutschen Gesetzgebung für das materielle, wie für das Proceßrecht und die sich entgegenstehenden Ansichten über die Art, wie die Aufgabe zu lösen sein möchte. Sehr beachtenswerth ist heute noch die Darlegung „der Momente, die

Auch in der zweiten Ausgabe des Staats-Lexikons (Bd. XII.
S. 463—470) findet sich ein Aufsatz von Wächter über „Neuere
Strafgesetzbücher" (1848).

In Sarwey's Monatsschrift für die Justizpflege in Württemberg hat Wächter einige Kontroversen des württembergischen Rechts
eingehend erörtert[12].

In der akademischen Monatsschrift von Lang und
Schletter (Leipzig 1850. S. 4—11) findet sich Wächters Rede über
die Reformbestrebungen der deutschen Universitäten abgedruckt.

Ein Abhandlung an Wächter findet sich in Schletters Jahr-
büchern der deutschen Rechtswissenschaft (Bd. I. 1855. S. 105
—113): Die deutsche Strafrechtswissenschaft des 19. Jahrhunderts
und ihre Aufgaben.

Endlich hat Wächter (1858—1862) auch in das Hirzel'sche
Hauslexikon[13] eine große Anzahl populärer Aufsätze geschrieben[14].

---

bei einer Kodifikation des Privatrechts im Auge zu behalten sein werden". (S. 502—504.)
Hierauf wird die Frage behandelt, ob und in wie weit einheitliche Kodifikation wünschenswerth sei. In Beantwortung dieser Frage bemerkt er unter Anderem: „Welchen ganz anderen (als den seither erzielten) Resultaten würden wir entgegensehen können, wenn die gesammte Kraft der deutschen Wissenschaft und Praxis in Bearbeitung, Anwendung und Fort-
bildung einer und derselben Kodifikation sich koncentriren könnte!" Es soll aber nicht auf
jedem Rechtsgebiete die partikularrechtliche Bildung ausgeschlossen sein. „Es haben sich
z. B. die ehelichen Güterverhältnisse in den einzelnen Provinzen Deutschlands in sehr verschiedener Weise festgesetzt, das Volk hat sich in dieselben so hineingelebt und sie durchdringen so sehr alle Lebensverhältnisse, daß es nicht gerathen sein würde, in dieser Beziehung eine durchgreifende Einheit legislativ festzustellen". Eingehend wird die Entstehung
der allgemeinen deutschen Wechsel-Ordnung und das Zustandekommen des Handelsgesetz-
buches dargelegt. Den Schluß bilden die — namentlich durch den Juristentag angeregten
— Anbahnungen gemeinsamen deutschen Civil- und Straf-Rechts und einheitlicher Proceß-
Gesetzgebung.

[12] Bd. IV. S. 399—459 über die Ungültigkeit der statutarischen Gesetze Neu-Würt-
tembergs; Bd. V. S. 399—459 über die rechtlichen Wirkungen des Vertrags einer in der
Errungenschaftsges. lebenden Ehefrau; Bd. VIII. S. 472 bis 492 über die Veräußerungs-
befugniß des Ehemanns; Bd. IX. S. 234 bis 253 über den Art. 15 des württ. Prior.-
Ges. vom 15. April 1825.

[13] Das Hauslexikon, Encyklopädie praktischer Lebenskenntnisse für alle Stände.
3. Ausgabe. Leipzig 1859 f.

[14] Es sind dies die Artikel: „Abwesenheit, Abzugsgeld, Adel, Adoption, Aftermiethe,
Allmende, Aufgebot, Aufkündigung, Ausstattung, Baares Geld, Balkenrecht, Baumfrevel,
Bedingung, Begräbnißkosten, Besitz, Betrug, Bewegliche Sachen, Brandstiftung,
Bürgschaft, Cession, Darlehen, Delegation, gerichtliche Deposition, Depositum, De-
position, Diebstahl, Dingliche und persönliche Rechte, Dispensation, Dos, Ehe,
Ehegatten, Eheverträge, Eigenthum, Erbschaft und Erbfolge, Fahrlässigkeit,
Familie, Fischerei, Flüsse, Frauenspersonen, Früchte, Fund, Gemeines Recht, Genehmi-

Über Wächters kriminalistische Arbeiten sagt der kompetenteste Beurtheiler, Dr. von Schwarze (Gerichtssaal Bd. XXXI. S. 13 f.): „Wächter verstand es, wie Wenige, die einzelne Materie in ihrer vollen Totalität, wie in ihrem Detail so zu erfassen, daß seine Darstellung eine allgemein befriedigende und erschöpfende Erörterung der Materie lieferte und daß mit der, um so zu sagen, sein juristischen Auffassung der Frage, die Verwerthung der gewonnenen Ergebnisse für die Bedürfnisse der Praxis von selbst gegeben war. Die ruhige und einfache Klarstellung der maßgebenden Momente in der den Gegenstand der Erörterung bildenden Materie war ein besonderes Kennzeichen Wächter'scher Arbeit, die Fortentwicklung dieser Momente, in einer eben so durch ihre Folgerichtigkeit, wie durch ihre Richtung auf die praktische Verwerthbarkeit den Leser fesselnden Darstellung eine Eigenschaft der Wächter'schen Lehrart. Es war Wächter die werthvolle Gabe verliehen, das klar Gedachte klar vorzuführen und mit einer, jeden überflüssigen Apparat theoretischer Satzungen vermeidenden, und doch streng wissenschaftlichen Methode die wichtigen Ergebnisse seiner Forschungen wie selbstverständliche, nothwendige Lehrsätze, die durch ihre Einfachheit und Klarheit überraschten, dem Leser vorzulegen. Man frug sich, wie es möglich gewesen wäre, diese Sätze nicht sofort selbst gefunden und in einer tiefgehenden, spitzigen Erörterung der Kontroverse die so nahe liegenden Elemente, in welche eine eben so rasche als befriedigende Lösung derselben geboten war, übersehen zu haben.“ — — —

Der erste lebende Civilist aber, B. Windscheid, schreibt an Wächter, welchem er sein Lehrbuch des Pandektenrechts dedicirt (1. Oktober 1862): — — „Ich nehme keinen Anstand, es auszusprechen, daß ich von Niemandem nächst Savigny,

gung, Gewalt und Drohung, Handgeld, Hausfriede, Hochzeitsgeschenke, Indebitum, Intercession, Interusurium, Intestaterbfolge, Irrthum, Kanonisches Recht, Kauf, Kauteln, Kaution, Klauseln, Kollation, Kompensation, Kommissorischer Vertrag, Konfirmation, Konfiskation, Konfusion, Konventionalstrafe, Legitimation, Meineid, Mündigkeit, Nachbarrecht, Negotiorum gestio, Notherbe, Nothwehr, Nothstand, Obligatio, Occupatio, Person, Pertinenzen, Pfandrecht, Pollicitatio und Auslobung, Privilegium, Protestation, Quittung, Rechtsgeschäft, Retentionsrecht, Reuvertrag, Schaden, Schatz, Scheingeschäfte, Schenkung, Schmerzengeld, Schulden, Selbsthilfe, Servituten, Tausch, Testament und Kodicill, Traurecht, Väterliche Gewalt, Verdingungsvertrag, Vergleich, Verjährung, Verlöbniß, Vermächtniß, Verschollener, Verschwender, Versteigerung, Vertrag, Verzicht, Verzug, Vorkaufsrecht, Wiedereinsetzung in den vorigen Stand, Zahlung, Zeit, Zinsen, Zufall, Zuwachs.

In Betreff dieser Aufsätze sagt Wächter in dem Vorwort zu der (beabsichtigten) Herausgabe seiner Pandekten-Vorlesungen: „Noch habe ich eine Bemerkung beizufügen, um nicht in den Verdacht eines Plagiats zu kommen. Wir haben manche populäre Darstellungen des geltenden Rechts, welche zur Orientirung für den Laien bestimmt sind. Leider werden solche Darstellungen häufig von Solchen gemacht, die selbst kaum mehr als Laien im Recht sind. Dadurch kann das Publikum, für welches sie bestimmt sind, auf eine empfindliche Weise in Irrthum geführt werden. Es sollten vielmehr auch Diejenigen, welche einen Theil ihres Hauptberufs in die wissenschaftliche Bearbeitung des Rechts setzen und in dieser leben, es nicht verschmähen, ihre nicht rechtskundigen Mitbürger, so weit es möglich und für das Bedürfniß derselben wünschenswerth ist, in populärer Weise zu belehren, wie dieses unser Bolley in so tüchtiger Weise that. Aus diesem Grund habe ich keinen Anstand genommen, einer an mich ergangenen Einladung zu entsprechen, und einzelne Lehren des Civilrechts in populärer Darstellung für das „Hauslexikon“ zu bearbeiten, jedoch ohne mich dabei zu nennen. Eine wissenschaftliche Darstellung des geltenden Rechts aber hat sich auch die Aufgabe zu stellen, so klar und faßlich wie möglich zu sein, und wird daher häufig in Anlage, Gang und allgemeiner Behandlung selbst mit einer für den Laien bestimmten Darstellung übereinstimmen dürfen. Wenn daher in Ausdrücken, Grundgedanken, Anlage des Ganzen die Darstellung in meinen Pandekten mit anonymen Artikeln im Hauslexikon in Manchem übereinstimmt: so bitte ich zu beachten, daß jene Artikel von mir selbst herrühren.“

so viel gelernt habe, als von Ihnen. Und weniger noch im Einzelnen als im Ganzen und Großen. Ich meine, daß all das Wissen und all der Scharfsinn, womit Ihre Schriften in reichem Maße geschmückt sind, noch nicht Ihr eigentliches Verdienst ausmachen. Den Kern Ihres Verdienstes sehe ich in dem echt praktischen, oder, um dies viel gemißbrauchte Wort zu vermeiden, in dem echt juristischen Sinne, welcher Alles durchweht, was Sie geschrieben haben. Die oft verkannte Wahrheit, daß die Jurisprudenz eine Wissenschaft ist, welche dem Leben dienen soll, und der Alles, was sie dazu gebraucht, eben nur Mittel sein darf, nie Selbstzweck, hat in Niemandem einen prägnanteren Ausdruck gefunden, als in Ihnen. Und damit wirken Sie auf Andere, haben auf jeden Fall auf mich lebendig gewirkt, und das danke ich Ihnen von Herzen." — Und weiterhin (10. September 1865): — — „Ich habe in der neueren Zeit Gelegenheit gehabt, von Ihrem Lehrbuch des Strafrechts nähere Kenntnis zu nehmen, und habe an demselben die gleiche Eigenschaft zu bewundern gefunden, welche Ihre übrigen Arbeiten auszeichnen: erschöpfende Arbeit, und ein Urtheil, welches eben so gesund, wie scharfsinnig, und eben so scharfsinnig, wie gesund ist. — — Läge es an mir, so würde ich Sie zum dictator legibus scribundis machen, und Ihnen ein Kollegium von Rechtsverständigen nur als Beirath zuordnen; Majoritätsbeschlüsse in Gesetzgebungsarbeiten sind von gar zweifelhaftem Werth. — —" In gleichem Sinne sprach Windscheid zuletzt an Wächters Sarg, indem er sagte: „Als es sich um die Entwerfung des deutschen Civilgesetzbuches handelte und man dann absehen mußte, dieses große Werk einem Einzelnen zu übertragen, weil jede einzelne Kraft dafür unzureichend erschien, da habe es geheißen: Einer hätte es gekonnt, wenn er noch nicht ein Greis wäre, und das sei Wächter".

Über Wächters wissenschaftliche Art bemerkt Windscheid[14]: „In seiner Behandlung des positiven Rechts tritt vor allen Dingen hervor eine bewunderungswürdige G r ü n d l i c h k e i t, eine Gründlichkeit, die Alles durchdringt, gestützt auf einen Fleiß, für den es keine Ermüdung giebt. Mag es sich handeln um Herbeischaffung des Quellenmaterials, um Ergründung des Inhalts desselben, um Durchforschung der Litteratur, um Verfolgung einer dogmengeschichtlichen Entwicklung, mag es sich handeln um Feststellung einer Thatsache oder um Feststellung der Rechtsregel für ein Verhältnis in den verschiedenen Möglichkeiten seiner thatsächlichen Gestaltung — der Leser hat bei Wächter immer die wohlthuende Empfindung, daß er sich auf sicherem Boden befindet, daß Nichts unbeachtet, Nichts unberücksichtigt geblieben ist, worauf es irgendwie ankommt. — — Zu dieser liebevollen Gründlichkeit der Arbeit kommt nun eine seltene K l a r h e i t der Gedankenausbildung. Für Wächter giebt es nichts Halbes, nichts Verschwommenes. — — Man hat fast den Eindruck, als seien seine Gedanken körperliche Wirklichkeiten; man denkt mit ihm und schaut das Gedachte mit der Schärfe, mit der man ein sinnenfälliges Ding schaut. Daraus erklärt sich auch der Eindruck der Mühelosigkeit, welchen alle seine Arbeiten machen; was er sagt, erscheint so klar, so einfach, daß der Leser der Versuchung unterliegt, es für selbstverständlich zu halten. — — Er war eine g e s u n d e Natur. Und damit, meine ich, ist auch der eigentliche Kern seiner wissenschaftlichen Persönlichkeit und der letzte Grund des großen Einflusses, den er durch seine wissenschaftliche Thätigkeit ausgeübt hat, bezeichnet. Wie sein ganzer Sinn auf das Leben gestellt war, war auch die Rechtswissenschaft für ihn nur um des Lebens willen da. — — Das Wissen vom Recht soll dem Leben ein Recht und eine Rechtsanwendung geben, durch welche seine Bedürfnisse und Interessen befriedigt werden und er selbst zu höheren Zielen erzogen wird. — In Wächter war dieser Gedanke — eine lebendige und sein ganzes Wesen durchdringende Kraft. Er war Praktiker im höchsten und edelsten Sinne des Worts." —

---

[14] A. a. O. S. 53 f.

XIX. Abschnitt.

Der Juristentag.

Von dem lebhaften Verlangen beseelt, es möchte die Einheit der deutschen Rechtsbildung in Civil- und Straf-Recht herbeigeführt werden, mußte er selbstverständlich an dem Zustandekommen und Gedeihen des deutschen Juristentages den größten Antheil nehmen.

Bei dessen erstmaligem Zusammentritt in Berlin (28. August 1860) wurde Wächter sofort durch Acclamation zum Präsidenten erwählt. In seiner Ansprache sagte er: „Es ist wahrlich für einen Juristen Deutschlands die größte Ehre, von 700 Fachgenossen, die aus allen Gauen unseres Vaterlandes heute hier zusammengekommen sind, an ihre Spitze gestellt und zum Leiter ihrer Verhandlungen gewählt zu werden. — Wir Alle sind heute hier zusammengekommen, um Hand in Hand einträchtig zusammen zu wirken und für eine Aufgabe thätig zu sein, die in die wichtigsten Interessen unseres theuren Vaterlandes eingreift, und durch deren Lösung wir ein neues festes Band, das unsere deutschen Bruderstämme umschlingen soll, und zwar eines der festesten und stärksten Bande, gewinnen."

Am Schluß der letzten Sitzung sprach „unter allseitigem stürmischem Beifall" Graf Wartensleben aus: „daß der Präsident durch die vortreffliche Leitung dieser Versammlung sich um die deutsche Rechtsentwicklung und somit um das ganze deutsche Vaterland ein Verdienst erworben hat".

Er blieb dem Juristentag treu, so lange es seine Gesundheit nur irgend gestattete [1], und nahm auch an den vorbereitenden Sitzungen der ständigen Deputation regelmäßig Antheil. Seine Persönlichkeit

---

[1] Windscheid (l. c. S. 17) sagt: „Eine Reihe von Jahren hat ihn in den Herbstferien der deutsche Juristentag in Anspruch genommen. Er war das belebende Element desselben, sein geborener Mittelpunkt, und die Zweifel, die sich bei der Begründung des Juristentages gegen das Zustandekommen und den Bestand desselben geltend machten, verstummten erst, als Wächter zugesichert hatte, daß er kommen und präsidiren werde. Noch viermal ist er sodann Präsident des Juristentages gewesen, jedes Mal durch Acclamation gewählt."

war denn auch ganz vorzugsweise geeignet, unter schwierigen politischen Verhältnissen den richtigen Weg zu finden.

Für den Juristentag in München (1864) war dort Wächter in
Aussicht genommen worden, zumal bei den schwierigen politischen Verhältnissen er der Einzige schien, welcher die Versammlung durch die
mancherlei drohenden Klippen hindurch führen könne. Er lehnte Anfangs ab, da seine Wahl „dem berechtigten Ehrgeiz Anderer entgegentreten und ihn sehr empfindlich berühren könnte" und es an der Zeit
sei, daß er „einer jüngeren, berechtigteren Kraft nicht weiter im
Wege stehe".

Viele wissenschaftlichen Vereine und Gesellschaften wählten ihn
zu ihrem Ehrenmitglied.

In einem bezüglichen Schreiben der juristischen Gesellschaft zu G r a z (Steier-
mark) ist gesagt (1. Febr. 1864): „Ein Verein von Juristen, dessen Zweck dieFör-
derung der Rechts- und Staats-Wissenschaft ist, konnte mit diesem Akte einem
Manne, dessen hohe glänzende Verdienste um die Wissenschaft des deutschen Civil-
rechtes jeder deutsche Jurist mit freudigem Bewußtsein anerkennt, gewiß nur
einen Tribut hoher Verehrung zollen und sie mußte solchem Gefühle um so mehr
einen — wenn auch schwachen und unvollständigen Ausdruck geben, als sie in
Ihnen ja auch Denjenigen erkennt, unter dessen Leitung die Verhandlungen des
d e u t s c h e n J u r i s t e n t a g e s schon so Vieles und Erfreuliches für die Entwicklung der deutschen Rechtswissenschaft und die Anbahnung einer e i n h e i t l i c h e n
G e s t a l t u n g d e s R e c h t s l e b e n s des ganzen deutschen Volkes geleistet hat".
In seiner Antwort bemerkt W ä c h t e r: „Sind wir auch in Deutschland, wie
leider in so vielem Anderen, so auch in der konkreten Erscheinung und Gestaltung des geltenden Rechts dermalen noch in tief zu beklagender Weise, abgesehen
von dem einen großen Schritte, den wir im Handels- und Wechsel-Rechte gemacht
haben, gespalten und geschieden, so werden wir doch die Hoffnung nicht aufgeben
dürfen, daß auch diese Spaltung, wie noch mancher andere tiefe Riß in der deutschen Einigkeit sich mehr und mehr durch den rechten zusammenwirkenden deutschen
Sinn ausgleichen und fügen werde und daß wir um so eher auf Realisirung dieser
Hoffnung werden bauen dürfen, je mehr allmählich jeder Deutsche in seinem Kreise
alle seine Kraft daran setzt, für dieses Ziel, so weit es ihm nach seinen Verhältnissen möglich ist, thätig zu sein, und dabei die zu jeder Einigung und Einigkeit
unerläßliche S e l b s t v e r l e u g n u n g nach gewissen Richtungen zu üben bereit ist.
— — — Sind es doch noch viele Momente, welche trotz der großen, die deutschen
Staaten trennenden, Verschiedenheit und trotz der dadurch bedingten divergirenden
praktischen und wissenschaftlichen Thätigkeit uns in den Zielen, die wir uns bei dieser
Thätigkeit zu setzen haben, vereinigen, und die ihr einen gegenseitig fruchtbringenden Erfolg verbürgen können. Eines dieser Momente finde ich in dem für unsere Zeit ganz besonders bedeutsamen Motto angedeutet, welches die geehrte juristische Gesellschaft sich gewählt hat und das an der Spitze des schönen mir ausge-
fertigten Diploms steht. Wir haben freilich in den letzten Zeiten von gewisser
Seite her den Ausspruch hören müssen: „M a c h t i s t R e c h t". In diesem Aus-
spruche würde, wenn er sich bethätigte, der Untergang alles Rechts und der Sittlichkeit und Civilisation liegen. Gott Lob aber ist die Macht des Rechts stärker als
die Gewalt, welche die Macht zum Rechte machen möchte. Eine fortgesetzte Ver-
leugnung des Rechts durch äußere Übermacht würde doch am Ende durch die dem
Rechte innewohnende unwiderstehliche Gewalt überwunden werden und das Motto
der juristischen Gesellschaft: „R e c h t i s t M a c h t" in seiner Wahrheit sich zeigen.

Dies ist auch für Gegenwart und Zukunft unsere Hoffnung, und dies ist eines der
das Bestreben aller deutschen Juristen, die sich als Priester des Rechts fühlen, eini-
genden Momente — —."

XX. Abschnitt.

Der Reichstag.

Wie früher in Württemberg, so hat auch in Sachsen Wächter an
den allgemeinen Verhältnissen patriotischen Antheil genommen. Als
es sich um die Konstituirung des norddeutschen Bundes handelte,
welchen Sachsen durch die Ereignisse des Jahres 1866 einverleibt
war, trat die Aussicht nahe, wenigstens für diesen Umkreis ein ein-
heitliches Recht zu gewinnen. Zugleich aber galt es, darauf hinzuwirken, daß die Verfassung des neuen Bundes den Einzelstaaten die
nöthige Selbstständigkeit belasse und in konstitutioneller Hinsicht so
gestaltet werde, daß auch die süddeutschen Staaten für den Beitritt
mit der Zeit gewonnen werden könnten.

Im Februar 1867 wurde Wächter zum Abgeordneten der Stadt
Leipzig für den konstituirenden Reichstag des norddeutschen Bundes
gewählt. Indem er hiervon dem Ministerium Anzeige erstattete, bemerkte er: „Im Anfange dieses Jahres wurde ich von einem Komité,
welches wegen der Wahlen zum Reichstage des norddeutschen Bundes
sich vereinigt hatte, befragt, ob ich eine Wahl zum Reichstage anzunehmen geneigt sein werde. — — Es kam mir der Antrag ganz unerwartet und ohne das geringste Zuthun von meiner Seite, wie ich
auch bei den Wahlen in keiner Weise als Bewerber auftrat und weder
direkt noch indirekt irgend für meine Wahl zu wirken suchte. Allein
bei den gegebenen Verhältnissen hielt ich es für meine Pflicht, mich
der Wahl, wenn sie auf mich fallen würde, nicht zu entziehen."

Wächter ist im Reichstag keiner Fraktion beigetreten. Anfangs suchte er zur Bildung einer besonderen Fraktion mit den Han-
noveranern, Schleswig-Holsteinern und einigen Anderen (Oldenbur-
gern und Preußen) mitzuwirken, da er mit diesen in den politischen

Grundsätzen über Das, was für die Zukunft zu erstreben ist, und in den Ansichten über den Entwurf im Wesentlichen ganz übereinstimmte. Es kam zu einer Vereinbarung über ein gemeinsames Programm. Nur Ein Bedenken hatte Wächter. „Ich ging, so schreibt er, davon aus, daß wir uns durchaus auf dem Boden der gegebenen Thatsachen halten und deßhalb die Vergangenheit ruhen lassen müssen, daß wir namentlich, worauf ich als Sachse besonderes Gewicht zu legen hatte, Alles zu vermeiden haben, was von Preußen als ein Angriff wegen des Vergangenen, als Protest oder als Ausfluß animoser Opposition auf= gefaßt werden könnte, und daß solche Angriffe auch nicht von Einzelnen als solchen aus der Mitte der Fraktion ausgehen dürften."

Ungewiß ob er hierauf rechnen könne, suspendirte er noch seinen Beitritt, und nach den Reden, welche in den Verhandlungen vom 11. und 12. März (in der allgemeinen Diskussion der Verfassungs= Vorlage) von mehreren dieser Fraktion Angehörigen gehalten wurden und welche zeigten, wie begründet jenes Bedenken gewesen, erklärte er der Fraktion, daß er außer Stand gesetzt sei, „vorerst ihr beizu= treten, indem er den ihm als Sachsen obliegenden Pflichten Rechnung zu tragen habe."

Er schreibt (15. März): „Durch meine vorstehend bezeichnete Stellung wird allerdings meine Wirksamkeit im Reichstage geschwächt und bei Wahlen kann ich auf keine Stimme rechnen. Aber ich glaube, daß es vor Allem darauf ankommt, unbekümmert um die Folgen, in Übereinstimmung mit meiner Überzeugung und mit Dem, was ich nach reiflicher Überlegung für meine Pflicht gegen Deutschland über= haupt und gegen Sachsen insbesondere erachte, zu handeln."

Bei der Generaldiskussion des Verfassungs=Entwurfs hatte Wächter am zwei= ten Tage sich zum Worte gemeldet. Allein die Majorität des Reichstages ließ mehr als zwanzig Redner nicht mehr zum Worte kommen und machte am vierten Tage durch Annahme des Antrags auf Schluß der Berathung der Diskussion ein Ende, kurz bevor an Wächter die Reihe gekommen sein würde. Derselbe schreibt hierüber: „Es war mir dies unangenehm, da ich meinen Standpunkt in den Haupt= fragen zu präcisiren wünschte. Ich hätte den gesunden und berechtigten Par= tikularismus, der sich einer kräftig organisirten Centralgewalt gern unterwirft und an Selbständigkeit und Freiheit Opfer zu bringen bereit ist, so weit (aber nur so weit) sie zum Wohl und zur Sicherheit des Ganzen nothwendig sind, zu recht= fertigen gesucht, aber nicht bloß „„Wünsche und Hoffnungen"" in Beziehung auf den Entwurf, sondern maßgebende Bedenken und Anstände ausgesprochen. Diese bestehen besonders darin, daß dem Parlament nicht unumwunden das Recht, über Einnahmen und Ausgaben zu beschließen, zuerkannt ist, namentlich auch für den Militär=Etat (zwar bin ich bereit, für die nächsten gefahrdrohenden drei Jahre der Centralgewalt so viel zu verwilligen, als sie zur Sicherheit und Ehre des Ganzen für erforderlich hält, aber nicht für zehn Jahre!); daß das Recht der Wählbarkeit zu sehr beschränkt ist; daß die, bei der ausgedehnten Macht der Centralgewalt ganz besonders nothwendigen constitutionellen Garantieen der gehörigen Ausübung derselben (Verantwortlichkeit des Bundesministeriums, Bundesgericht) ganz fehlen, — Garantieen, welche ganz besonders auch im Interesse der verbündeten Fürsten liegen und keineswegs, wie Graf Bismarck meint, von ihnen von der Hand gewiesen würden —; daß im Einzelnen die Macht der Centralgewalt unnöthig weit geht, und daß, wenn in allen diesen Beziehungen nicht wesentlich geändert würde, für den Eintritt Süddeutschlands in den Bund keine Aussicht vorhanden sein wird."

Wächter hat — in der Sitzung vom 19. März gegen den (Schrader'schen) Antrag gesprochen, welcher bezweckte, fünf große neue Artikel über Grundrechte in die Verfassungsurkunde aufzunehmen. — Würde dieser Antrag angenommen worden sein, so hätte er den Reichstag in vielwöchentliche unabsehbare Verhandlungen verwickelt, wie beim Frankfurter Parlament der Fall war. Wächter ist wegen dieser Rede angegriffen worden, als ob Die, welche nicht für diesen Antrag stimmten, nicht Freunde einer geordneten Freiheit wären. Das Ungegründete dieser Angriffe erhellt aus der Rede selbst:

„Wenn ich für ungeänderte Annahme des Artikel 3 spreche, so muß ich wenigstens einige Worte voranschicken über das Verhältniß, in welches ich mich zu dem Entwurf überhaupt und zu den einzelnen Artikeln desselben stelle. Allerdings haben wir hier ein Product eines Vertrages vor uns, was vorhin sehr betont wurde; allein ich glaube, daß dieser Vertrag doch nur dahin ging, daß das Product dem Parlament zunächst vorgelegt werden soll, daß aber durch dasselbe unsere Freiheit in Bezug auf die Änderung irgend eines einzelnen Punktes nicht im geringsten beschränkt sein soll. Aber ich gehe, meine Herren, bei diesem Entwurf davon aus, daß wir uns im Zweifel in den Punkten, in welchen wir nicht eine entschiedene Überzeugung von der Mangelhaftigkeit oder Unzweckmäßigkeit des Entwurfs haben, für den betreffenden Artikel entscheiden müssen. Ich gehe davon aus, daß wir nicht durch bloße kritische Zweifel, nicht durch logische Bedenken in Bezug auf die Fassung, in Bezug auf die Struktur, in Bezug auf das System irgend uns aufhalten lassen sollen: das Alles wollen wir zur Seite liegen lassen.

Wir wollen bloß das Ziel im Auge haben, welches auch die Regierungen im Auge hatten, als sie uns den Entwurf vorzulegen beschlossen hatten, das Ziel die Einheit zu consolidiren, zu welcher wir nun auf dem Wege sind, die Einheit des Bundesstaates mit einer starken kräftigen Centralgewalt, dabei aber die Volksrechte, die wir zum Theil für unsere Verfassungen aufzugeben bereit sind, nicht ganz aufzugeben, sondern auf das Parlament zu übertragen. Wenn ich nun eben von dem Grundsatze ausgehe, im Zweifel für den betreffenden Artikel zu stimmen, so glaube ich, daß dieser Grundsatz ganz besondere Anwendung findet auf den vorliegenden Artikel. Dieser Artikel so wie der nächstfolgende geht von der Absicht aus, die Competenz des Bundes in Beziehung auf Gesetzgebung zu regeln, zu bestimmen, was in diese Kompetenz überhaupt fallen soll, aber nicht auf das Materielle dieser Gesetzgebung irgend näher einzugehen. Nur einen, einen ganz dringenden Punkt nimmt er in letzterer Beziehung aus, nämlich die Bestimmung über das Indigenat, aber in der Beschränkung, in welcher er sie enthält. Diese Bestimmung und der ihr zu Grunde liegende Gedanke scheint mir aber von meinem geehrten Herrn Vorredner mißverstanden worden zu sein. Ich fasse diesen Artikel so auf: Eines ist vor allen Dingen nothwendig und das muß jedenfalls gewahrt werden und sofort in Folge der Verfassung, wenn sie zu Stande kommt, in jedem Bundesstaat ins Leben treten; dieses Eine, welches nothwendig ist, geht dahin, daß jeder Bürger des einzelnen Bundesstaates in dem andern Bundesstaat ganz dieselben Rechte hat, wie der Angehörige jenes andern Bundesstaates. Dies will nun freilich, meine Herren, im Verhältniß zu einigen wenigen Bundesstaaten nicht viel heißen. Wenn wir uns in Mecklenburg niederlassen wollten, würden wir allen den Beschränkungen unterliegen, denen die Mecklenburger Staatsbürger unterliegen. Aber es heißt im Verhältniß zu den anderen Staaten ganz ungemein viel; es heißt viel, daß der Mecklenburger, wenn er bei uns in Preußen oder

Sachsen sich niederlassen will, alle Rechte eines Preußen oder Sachsen hat, es heißt ungemein viel für den Sachsen, den keine Schranken mehr in dieser Beziehung trennen, wenn er sich in Preußen niederlassen will, und umgekehrt. Dieses Minimum will der Artikel 3 garantiren; nur stellt er es der Bundesgesetzgebung anheim, ob sie nicht künftig noch ein Mehr geben will. Allerdings ist es ein dringendes Bedürfnis, auch denjenigen Beschränkungen ein Ende zu machen, welchen in Beziehung auf Gewerbetrieb, Niederlassung u. dergl. die Unterthanen und Angehörigen des einen Staates in diesem einen Staate unterliegen, damit die Angehörigen der anderen Staaten, wenn sie in jenen Staat eintreten, eine größere Freiheit mit den Angehörigen jenes Staates genießen. Aber darüber, meine Herren, können wir jetzt hier keine Bestimmungen treffen; es ist eine ungemein schwierige und in die delikatesten Verhältnisse eingreifende Frage, in welcher Weise man ein solches Indigenatsgesetz nach allen Beziehungen geben soll. Begnügen wir uns vorerst mit Dem, was Artikel 3 giebt; schon das ist, wie vorhin gesagt, ein ungeheurer Schritt, den wir in der größeren Einigkeit gemacht haben. Ich glaube überhaupt, daß wir uns enthalten, in das Materielle in Bezug auf die Bundesgesetzgebung einzugehen. Wir sollten uns darauf beschränken, nur jenen einen materiellen Punkt über das Indigenat anzunehmen, im Übrigen aber bloß formell festzustellen, was Sache der künftigen Gesetzgebung sein soll.

Dies bestimmt mich auch in meiner Ansicht über die Grundrechte. Die Grundrechte, wie sie z. B. in der preußischen Verfassung bestimmt sind, wer möchte diesen nicht gern beistimmen? Aber wollen wir die ganze grundrechtliche Frage jetzt in unser Werk einmischen? Ich befürchte, daß wir uns eine große Klippe für unsere Verhandlungen schaffen und eine große Schwierigkeit herbeiführen werden für die Erreichung unseres Zieles, ähnlich, wie dies in Frankfurt der Fall war. Und dann ist ja unsere Lage eine ganz andere, als sie in Frankfurt war. Damals, im Anfang des Jahres 1848, handelte es sich darum, die unterdrückt gewesene bürgerliche Freiheit wieder aufleben zu machen. Man hatte damals noch keine Preßfreiheit, kein Vereinsrecht, kein Versammlungsrecht, unterlag in religiöser Beziehung den größten Beschränkungen. Zwar hatten nun einzelne Staaten jene Rechte rasch eingeführt, aber es galt nun, sie im Grundgesetze zu fixiren. Freilich wurde Zuviel darüber gesprochen; an sich aber war es am Platz, wenigstens in den Grundzügen die Grundrechte der Deutschen für alle deutschen Staaten festzustellen. Aber jetzt stehen wir auf einem ganz anderen Standpunkt. In den meisten unserer Verfassungsurkunden sind nun die Grundrechte in den wesentlichsten oder wenigstens in den nothwendigsten Punkten übereinstimmend mit den Frankfurter Grundrechten festgestellt. Für ganz Preußen hat Ihre Verfassung die Grundrechte festgestellt, für uns Sachsen unsere sächsische Verfassung und Gesetzgebung, für Sachsen-Weimar ebenso die dortige Gesetzgebung. Ist auch Manches in dieser Hinsicht noch zu wünschen, so haben wir doch kein so großes Bedürfnis, einen bedeutend neuen Schritt in dieser Beziehung im Wege der Bundesverfassung zu machen. Allerdings für ein paar kleinere Staaten wird es noch wesentlich an Grundrechten fehlen. Aber, meine Herren, wenn wir diesen jetzt zu Grundrechten verhelfen wollten, erwägen Sie, welches Opfer zu diesem Zwecke nöthig wäre — das Opfer, nun alle festzustellende einzelne Grundrechte von Neuem zu berathen! Erwägen Sie, daß, wenn Sie die Grundrechte in unsere Verfassungsberathung jetzt hereinziehen, Sie den Bestand der Grundrechte überhaupt wieder in Frage stellen, daß Sie Jedem die Freiheit geben, auch gegen die Grundrechte oder für allzugroße Beschränkungen derselben zu stimmen. Ich glaube deßhalb, meine Herren, wir sollten von allen diesen Grundrechten absehen. Sie würden uns in ein unabsehbares Feld der Diskussion führen. Wir sollten deßhalb, so schwer es auch wird, von den in Antrag gebrachten Grundrechten, besonders auch von den auf die religiösen Verhältnisse sich beziehenden abzusehen, es dennoch und zwar durchaus thun. Denn wenn Sie Eines aufnehmen, so haben Sie keinen Grund, die Andern auszuschließen, und würden dadurch auf ein gar zu weit gehendes Feld geführt. Wir sollten den Artikel 3 annehmen, wie er lautet und von allen zu ihm gestellten Amendements absehen und bei ihm wie bei den anderen Artikeln vorzügsich das von mir vorhin bezeichnete Ziel im Auge haben, uns nicht darin beirren lassen, und bedenken, daß die Zeit, in der wir hier berathen, sehr drängt und ungeheuer kostbar ist, und wir jede Minute schonen müssen, um unser Ziel erreichen zu können." (Lebhafte Zustimmung.)

Mit großer Entschiedenheit trat Wächter ein für die Ausdehnung der Kompetenz des Bundes in Betreff der Gesetzgebung auf die Gebiete des Civilrechts, Strafrechts und Processes. Er sprach (Sitzung des Reichstages vom 20. März, Protok. S. 257) sich folgendermaßen aus: „Ich ließ mich erst vor einigen Augenblicken bestimmen, das Wort zu ergreifen, weil ich hörte, daß die Ansicht, von der ich glaube, daß ihre Berechtigung klar und unbestreitbar ist wie die Sonne, doch bestritten werden werde. Da ich aber in anderer Ordnung nicht zum Wort kommen würde, so will ich Das, was ich etwa gegen jene nachherige Bestreitung zu sagen hätte, hier zu anticipiren mir erlauben. Ich war in Verlegenheit, als ich gefragt wurde, ob ich für oder gegen die Nr. 13 des Entwurfs mich zum Worte melde, was ich sagen sollte. Ich habe gesehen, daß der Herr Abgeordnete für Osnabrück sich gegen die Nr. 13 des Entwurfs meldete, ich bin hier bloß aufgetreten, um seine Ansicht zu unterstützen, und doch habe ich mich zum Worte für die Nr. 13 des Entwurfs gemeldet. Denn ich bin insofern für die Nr. 13, als ich glaube, daß wir bei dem Minimum, das sie uns in Aussicht stellt, jedenfalls werden verbleiben müssen, bei dem Minimum als Minimum, und daß dies von keiner Seite des Hauses wird bestritten werden; ich bin insofern für diese Nr. 13, als ich durchaus für das Princip, auf dem sie fußt, bin, d. h. einmal einen Keim zu einer gemeinen deutschen Gesetzgebung, oder wenigstens der Möglichkeit zu einer solchen gemeinen deutschen Gesetzgebung zu legen. Aber ich möchte die Bestimmung des Entwurfs etwas verallgemeinern; der Herr Abgeordnete von Osnabrück hat ganz recht, wenn er meint, daß wir uns das Ziel möglichst hoch und möglichst weit stellen müssen. Allerdings werden noch viele Jahre hingehen, ehe wir nur theilweise dieses Ziel erreichen; aber warum sollen wir uns in irgend einer Beziehung beschränken außer in der, in welcher uns eine entschiedene Unmöglichkeit entgegensteht? Warum wollen wir nicht überhaupt dem künftigen Parlament die Befugniß geben, in Vereinigung mit der vollziehenden Gewalt des Bundes ein gemeinsames Civilrecht, ein gemeinsames Strafrecht und einen gemeinsamen Civil- und Straf-Proceß festzustellen? Ich will Nichts darüber sagen, wie unendlich wichtig in jeder Beziehung die Gemeinsamkeit des Rechtes ist. Es hat vielleicht Jeder von uns bei der nahen Berührung der vielen deutschen Staaten mit einander das unendlich Lästige und Unheimliche gefühlt, daß, wenn er ein paar Stunden auf der Eisenbahn sitzt, er durch die verschiedensten Rechtskreise fährt, und eigentlich, wenn er auf seiner Reise sich in der gehörigen Vorsicht halten will, ein halbes Dutzend Gesetzbücher mit sich führen müßte. Welche Wichtigkeit die Gemeinsamkeit des Rechtes hat? Da möchte ich namentlich die preußischen Praktiker fragen, ob sie nicht oft und viel den großen Übelstand gefühlt haben, daß in ihren Rheinlanden ein anderes Recht, wenigstens im Civilrecht und im Processe gilt, als in den übrigen preußischen Ländern, und daß es sogar noch ein paar Gebiete in Preußen giebt, wo wieder ein anderes gilt, so daß das Gut der Gemeinsamkeit selbst nicht einmal in ihrem großen Einheitsstaate bis jetzt erreicht worden ist. Wie unendlich wichtig wäre es — ich will nicht sagen für die Theorie, denn Gesetze macht man nicht für die Theorie, sondern für die Praxis und für das Leben — wie unendlich wichtig wäre es für das Leben, wenn alle Staaten des norddeutschen Bundes ein und dasselbe Gesetzbuch hätten, in welchem die ganze geistige und wissenschaftliche Kraft der Theoretiker und Praktiker aller dieser Staaten sich koncentrirte, während jetzt unsere Kraft und die praktische Ausbildung unseres Rechtes sich in die verschiedensten Legislationen zersplittert und zum Theil verdumpft. Man sagt mir zwar, es gäbe gewisse Gegenstände des Civilrechts, die sich nicht gemeinsam kodificiren lassen, und noch mehr sei dies mit dem Kriminalrechte der Fall. Nun, ich will mal zuerst das Kriminalrecht nehmen und möchte fragen, meine Herren: ist es nicht eine Erscheinung, die auf das Rechtsgefühl unserer Völker auf das Nachtheiligste einwirken muß, daß in dem einen Staate nach seinem Gesetzbuche eine Handlung von der Praxis mit dem Tode bestraft wird, während sie in dem anderen Staate mit einigen Menaten Gefängnis, im höchsten Grade mit einigen Jahren Freiheitsstrafe, bestraft wird. Eine solche Differenz in wichtigen Fragen existirt z. B. zwischen Preußen und Sachsen. Es wird, wie ich eben bemerke, von Einigen mit dem Kopfe geschüttelt, als ob man für diese Behauptung kein Beispiel anführen könnte. Ich will nur das eine anführen: wer einen Andern mit seiner freien Einwilligung und auf sein Verlangen tödtet, wird von den preußischen Gerichten mit dem Tode bestraft, und ich könnte eine Reihe von Beispielen aus den letzten Jahren anführen, in welchen diese Todesurtheile ausgesprochen wurden, in Berlin ausgesprochen wurden — ob sie vollzogen wurden, weiß ich nicht. Und dieselbe Handlung wird in Sachsen (im Augenblick erinnere ich mich des Maßes nicht auf den Monat hinaus) höchstens mit einigen Jahren Freiheitsstrafe bedroht, nicht einmal mit Zuchthaus, und im Minimum mit einer geringen Gefängnißstrafe. Wie soll nun das Rechtsgefühl des Sachsen und des Preußen es vereinigen können, daß, wenn man drei Schritte über die Grenze geht, dieselbe Handlung als eine todeswürdige behandelt wird — ich glaube freilich, daß die preußische Praxis Unrecht hat, die Handlung mit dem Tode zu bestrafen, — während ein paar Schritte jenseit der Grenze dieselbe Handlung unter eine ganz andere Beurtheilung fällt.

Nun sagt man zwar, es ist nicht möglich, bei der Verschiedenheit der Volksstämme ein gemeinsames Strafgesetzbuch aufzustellen. Meine Herren, wenn es in Preußen möglich ist, daß in Posen und in Köln und in Trier und in Berlin dasselbe Strafgesetzbuch gilt, sollte es nicht auch bei den übrigen 21 Staaten des norddeutschen Bundes möglich sein? Ist denn da eine größere Differenz als zwischen Posen und Köln? Und ich glaube meine Herren, gerade beim Strafrecht sind die maßgebenden Differenzen für die Legislationen gar nicht so sehr große. Es ist zwar vor ein paar Tagen eingewendet worden, da komme die große Streitfrage über die Todesstrafe in Betracht, die höchst bestrittene Frage über das Gefängnißwesen, ob das Auburn'sche System, ob das Zellen-System, ob ein anderes System u. dergl. Allerdings, meine Herren, diese Kontroversen kommen ins Spiel. Aber soll denn dadurch eine Gesetzgebung verhindert werden? Sie sollten uns gerade um so mehr ein Sporn zu einer gemeinsamen Gesetzgebung sein. Ist es denn gut, wenn von 22 Staaten vielleicht 11 die Todesstrafe abschaffen und andere 11 sie beibehalten? Ist es nicht besser, über diese wichtige Frage sich zu vereinigen und sie einmal durch die Stimme des ganzen norddeutschen Bundes zu entscheiden und diese Entscheidung als eine gemeinsame gelten zu lassen, — etwa (wie ich glaube, daß es am richtigsten wäre) für die Beibehaltung der Todesstrafe sich einmal entschieden zu erklären? Und eben so ist es mit dem Gefängniß-System. Dasselbe Gefängniß-System, das für den Berliner paßt, meine Herren, das würde gewiß auch für den Dresdener passen und ebenso für den Weimarer, es kommt nur auf die richtige Ansicht an, die zu finden ist. Ich glaube aber, wenn alle Kräfte, welche der norddeutsche Bund bietet, koncentrirt sind, dann sind wir eher im Stande, für diese Fragen etwas Tüchtiges zu Stande zu bringen, als wenn jeder einzelne kleine Staat seinen eigenen Weg in dieser Beziehung geht.

Dann, was das Civilrecht betrifft: nun, meine Herren, das Minimum, was wir seiner Zeit kodificiren müssen, ist jedenfalls das Obligationenrecht. Wir haben mit dem Wechselrecht, mit dem Handelsrecht angefangen. Es ist das schon eine große Errungenschaft, und die Praktiker, an die ich mich wenden möchte, werden mir sagen, wie unendlich wohlthätig es wirkt, daß wir in ganz Deutschland das gleiche Wechselrecht und Handelsrecht haben. Auch für die Wissenschaft und für die weitere Ausbildung der Praxis ist dies gewiß von den wohlthätigsten Folgen. Nun, meine Herren, diese Erfahrung sollte doch auch den Gedanken durchdringen machen, daß man nicht ein bloßes Stück des Obligationsrechts kodificiren kann, ohne auch das übrige zu kodificiren, und daß man also wenigstens das ganze Obligationen-Recht kodificiren muß. Wie fatal ist es, daß bei denselben Verträgen, beim Kauf z. B., ganz andere Grundsätze in Handelsverhältnissen gelten, als wenn sie abgeschlossen werden außerhalb des Kreises, den das

Handelsgesetzbuch bestimmt! Und wie wichtig — wenn auch einzelne Verhältnisse des Obligationen-Rechtes sehr verschieden, manche unbedeutend sind — wie wichtig sind nicht die allgemeinen Grundsätze über das Obligationen-Recht und wie dringend ist es, daß man sich über diese Legislatur vereinige! Das wäre schon ein ungeheurer Gewinn für das Leben.

Aber ich gehe noch einen Schritt weiter. Ich glaube, wir könnten wohl es wenigstens als eine zulässige Aufgabe der Zukunft hinstellen, überhaupt ein gemeinsames bürgerliches Gesetzbuch für den ganzen norddeutschen Bund und für diejenigen deutschen Staaten, die wir hoffentlich noch zu unserem Bunde heranziehen werden, zu verschaffen. Es wird dabei allerdings — und das bevorworte ich — Manches für ein Partikularrecht übrig bleiben müssen; Sie werden für die ehelichen Güterverhältnisse einen sehr freien Raum für Partikularrechte einräumen müssen, Sie werden für manche Grundeigenthumsverhältnisse noch manches Partikularistische zulassen müssen; aber warum soll man sich nicht im Übrigen, namentlich für das Allgemeine, für das Maßgebende, für das Wichtigste bei jedem Rechte, für die allgemeinen Principien zu einem gemeinsamen Kodex vereinigen können? Und deßhalb, meine Herren, möchte ich Sie bitten, streichen Sie uns nicht jenes Ziel aus den Bestrebungen der Zukunft für den norddeutschen Bund aus, sondern lassen Sie es. Wir werden sobald nicht zu seiner Verwirklichung kommen, wir werden wahrscheinlich in den nächsten Jahren meist andere Dinge zu thun haben, die uns mehr in Beziehung auf unsere Konstituirung und die gehörige Durchführung derselben in Anspruch nehmen werden, als uns mit Civil- und Strafrechts-Gesetzgebung zu beschäftigen; aber lassen Sie es doch als ein erstrebenswürdiges Ziel der Zukunft in unserer Verfassung stehen; lassen Sie sich nicht abschrecken durch die möglichen Schwierigkeiten, die entgegenstehen könnten, sondern suchen Sie wenigstens Dem, was eine so große Zahl deutscher Juristen erstrebt, und Dem, was das Wohlthätigste für den ganzen Verkehr in Deutschland sein wird, Ihre helfende Hand zu gewähren. Und dann erwägen Sie nur noch das Eine: Durch das gemeinsame Wechselrecht und Handelsrecht haben wir wohl ein gemeinsames Recht für Deutschland bekommen, aber kein gemeines Recht, weil wir keine gemeinsame gesetzgebende Gewalt in Deutschland bis jetzt hatten. Jetzt stehen wir auf einem ganz anderen, richtigeren, viel bedeutsameren Standpunkt. Der norddeutsche Bund mit seiner Centralgewalt und seinem Parlamente bildet künftig eine gesetzgebende Gewalt für alle Staaten, die zu ihm vereinigt sind. Was durch diese gesetzgebende Gewalt festgesetzt ist, das bildet dann ein wahrhaft juristisch gemeines Recht für diese Staaten. Es ist nach langer Zeit wieder das erste Mal, daß wir in diese Möglichkeit gesetzt werden, in Deutschland ein wahrhaft gemeines Recht zu bekommen. Bieten Sie Ihre Hände zur Möglichkeit der Erlangung dieses gemeinen Rechts, nicht bloß in einer Beziehung, sondern in allen Beziehungen, so weit unsere Kraft reicht.“

Von Interesse ist auch seine Ausführung gegen die Beanstandung einer Reichstagswahl (Sitz. v. 8. März Prot. S. 87): „Ich stelle mich auch strenge auf den juristischen Standpunkt bei der Beurtheilung dieser Frage; ich komme aber zu einem ganz anderen Resultate von diesem Standpunkte aus, als der verehrte Herr Redner vor mir. Nach meiner vollen juristischen Überzeugung läßt sich die Wahl des Herrn Wiggers mit Grund nicht anfechten. Die Thatsache steht fest, daß Herr Wiggers wegen eines politischen Verbrechens zu einer schweren Strafe verurtheilt worden ist und daß er diese Strafe auch theilweise verbüßt hat. Von dieser Thatsache müssen wir ausgehen. Aber eine andere Frage ist, welche rechtlichen Folgen diese Thatsache hat. Haben wir die rechtlichen Folgen dieser Thatsache im vorliegenden Falle nach preußischem oder nach mecklenburgischem Rechte zu beurtheilen? Ja, meine Herren, wenn Sie Demjenigen nachgehen und danach entscheiden wollen, was früher in der Theorie als Rechtssatz aufgestellt wurde, dann müßten Sie gegen die Gültigkeit der Wahl sich entscheiden. Früher, namentlich im vorigen Jahrhundert, war noch der Grundsatz herrschend — er wurde aber bloß in Bezug auf das Privatrecht ausgesprochen — der Grundsatz, die Statusrechte bestimmen sich lediglich nach den Gesetzen des Ortes, in welchem die Person ihren

Wohnsitz hat, und jeder andere Staat müsse die Statusrechte Dessen, der in einem fremden Staate wohnt, in der Weise anerkennen, wie dieser fremde Staat sie bestimmt. Die Praxis, meine Herren, hatte freilich ihre großen Bedenken gegen diesen Grundsatz. Sie stimmte zwar demselben im Allgemeinen bei; aber, wie es mit falschen theoretischen, allgemeinen Sätzen geht, so hat auch hier die Praxis in richtigem Gefühle in der Anwendung eine Menge Ausnahmen gemacht, so viele Ausnahmen, daß in der Praxis der Satz als maßgebender eigentlich nicht mehr stehen geblieben ist. In neueren Zeiten ist er auch in der Theorie aufs Entschiedenste angefochten worden, und es werden jetzt viele Theoretiker eben so, wie sehr viele Praktiker sich entschieden gegen einen Grundsatz aussprechen, der wirklich auch in keiner Weise haltbar ist. Zu welchem Resultate, meine Herren, würde ein solcher Grundsatz führen? Wir wollen uns nur einmal auf den Standpunkt des Privatrechts stellen: würden Sie wohl dafür sein, daß die privatrechtlich nicht wohl zu verantwortenden Privilegien, mit denen das römische Recht den Fiskus ausgestattet hat, und welche in unser gemeines Recht übergingen, von einem fremden Fiskus hier in Preußen geltend gemacht werden können, wenn das preußische Recht diese Privilegien nicht anerkennt? Wenn z. B. der mecklenburgische Fiskus einen privatrechtlichen Proceß in Preußen anstrengt, glauben Sie, daß der preußische Richter die Privilegien des mecklenburgischen Fiskus, die er nach dem in Mecklenburg geltenden gemeinen Recht gewiß anerkennen wird, falls das preußische Recht sie nicht kennt, anerkennt? Und ebenso ist es mit anderen Rechten. Wir erkennen den fremden Abligen auch in unserem Staate als Abligen an und so erkennen wir auch den Adel des mecklenburgischen Adels bei uns an; aber welcher Staat wird davon ausgehen, daß der mecklenburgische Ablige alle seine Adelsrechte, die ihm nach mecklenburgischem Recht zustehen, auch in anderen Staaten geltend machen könne, wo solche Adelsrechte nicht anerkannt sind? Und wenden wir nun die Frage auf das Staatsrecht an: glauben Sie, meine Herren, daß irgend ein Staat die staatlichen und staatsbürgerlichen Rechte der Ausländer, die diese nach dem Rechte ihrer Staaten dort geltend machen wollen, anerkennen werde, wenn sie mit seiner eigenen Gesetzgebung im Widerspruche stehen? Ich glaube, meine Herren, die Publicisten werden darüber nur Einer Ansicht sein, nämlich der Ansicht, daß in Beziehung auf die staatlichen und staatsbürgerlichen Rechte lediglich die Gesetze des Staates entscheiden, in welchem sie zur Sprache und zur Geltung kommen sollen.

Es wurde vorhin auf das preußische Landrecht verwiesen. Ich gebe zu, daß das preußische Landrecht eben noch in der befangenen Theorie des vorigen Jahrhunderts mit befangen war und den Grundsatz aussprach, daß die statuta personalia sich nach den Gesetzen des Wohnorts der betreffenden Person richten. Allein, meine Herren, schon das preußische Landrecht sah die Nothwendigkeit ein, diesen Grundsatz wesentlich zu modificiren. Es machte eine sehr prägnante Ausnahme — auch diese Ausnahme zeigt, daß ein jeder allgemeiner Satz nicht auf die staatlichen Verhältnisse bezogen werden sollte, sondern hauptsächlich auf die privatrechtlichen — es geht nämlich noch auf die Frage ein, wie es denn zu halten sei, wenn ein Fremder, der nach den Gesetzen seines Heimatsortes nicht handlungsfähig ist, hier in Preußen ein Rechtsgeschäft eingeht, und er nach den preußischen Gesetze handlungsfähig sein würde. Diesen Fall müßte das Landrecht, wenn es jenem allgemeinen Satz unbedingt folgen wollte, dahin entscheiden, daß sein Geschäft auch hier ungültig sei, daß also, wenn er in Preußen einen Vertrag schließe, dieser Vertrag als nichtig angesehen würde. Aber das preußische Landrecht entscheidet nicht so; es entscheidet vielmehr dahin: es soll der auswärts Handlungsunfähige in Preußen als handlungsfähig gelten, wenn er nach preußischem Gesetze handlungsfähig ist. So entscheidet auch die deutsche Wechsel-Ordnung. Sie enthält nicht eine Ausnahme von einem allgemeinen Grundsatze, sondern sie enthält einen Ausfluß eines Princips. Die deutsche Wechsel-Ordnung hatte natürlich nur Veranlassung, in Beziehung auf die Wechselfähigkeit von dieser Frage zu handeln, und da geht sie gerade von dem Principe aus, das in neuerer Zeit von Vielen von uns auf dem Gebiete der Wissenschaft verfochten wird, daß nämlich über die Wechselfähigkeit lediglich die Gesetze des Landes entscheiden, in welchem der Wechsel zur Sprache kommt; wenn ich nach meinem Heimatsrechte nicht wechselfähig bin, ich stelle aber an einem anderen Orte, nach dessen Gesetzen ich es sein würde, einen Wechsel aus, so ist hier der Wechsel als durchaus gültig zu behandeln.

Wie gesagt aber, meine Herren, in Beziehung auf das Staatsrecht kann diese Frage nicht im geringsten in Zweifel gezogen werden, und bis auf einen gewissen Grad hat der verehrte Herr Vorredner dies selbst zugegeben. Er hat gesagt, es sei denn doch etwas ganz Anderes, wenn ein Mecklenburger in Preußen gewählt würde, welchen das mecklenburger Gesetz für wahlfähig, passiv wahlfähig erklärt, den aber das preußische Wahlgesetz nicht für wahlfähig erklärt; dann müsse allerdings das preußische Wahlgesetz zur Anwendung kommen und seine Wahl in Preußen für ungültig erklärt werden. Dies ist das richtige Princip in der richtigen Anwendung. Wenn man aber in diesem Falle den Grundsatz: statuta personalia ossibus inhaerent nicht anwenden will, dann kann man den Grundsatz auch nicht in anderen Fällen anwenden, sobald ein zwingendes Gesetz des Staates mit den Rechten, die ein Fremder in diesem Staate in Anspruch nehmen will, im Widerspruch steht, oder nach den zwingenden Gesetzen des Staates einem Fremden Rechte zukommen würden, die ihm nach den Gesetzen seines Landes nicht zustehen. In solchen Fällen entscheidet das zwingende Gesetz des betreffenden Staates; die Gesetze über staatsbürgerliche Rechte aber sind lauter zwingende Gesetze, und so müssen wir nach diesem Princip im vorliegenden Falle das preußische Recht zur Anwendung bringen, nicht das mecklenburgische Recht.

(Bravo! links.)

In Beziehung auf das preußische Recht aber, glaube ich, kann, was die Wählbarkeit betrifft, ein Zweifel auch nicht vorliegen. Allerdings hat nach dem Wahlgesetz die Behauptung großen Schein, es müsse Jeder, welcher passiv wahlfähig sein soll, wenigstens auch aktiv wahlfähig sein; diese aktive Wahlfähigkeit fehle aber in unserem Falle dem Gewählten. Aber gerade von jenem Grundsatze macht der § 5 eine Ausnahme, nämlich die Ausnahme (so lauten wenigstens die Worte: ob es der Sinn des Gesetzes ist, ist eine Frage, die auch keinen Zweifel haben würde; ich will aber annehmen, daß zunächst der Wortsinn auch der Sinn des Gesetzes sei), daß passiv wahlfähig auch ein wegen eines politischen Verbrechens zu Zuchthaus Verurtheilter sein solle. Der Paragraph macht hier eine Ausnahme von seinem ersten Satze. Der erste Satz sagt ganz allgemein: Passiv wahlfähig ist nur, wer aktiv wahlfähig ist, und nun kommt die Restriktion: aber mit Ausnahme des Falles, in welchem der aktiv nicht Wahlberechtigte deßhalb seine Wahlberechtigung verloren hat, weil er zur Zuchthausstrafe verurtheilt wurde, das betreffende Verbrechen aber ein politisches war. In diesem Falle soll auch der aktiv nicht Wahlberechtigte doch passiv wahlfähig sein. Nach alle Diesem stimme ich durchaus für Aufrechterhaltung der Wahl."

(Bravo! links.)

Eine der wesentlichsten Forderungen des konstitutionellen Princips war für Wächter, daß die Befugnisse der Bundesgewalt durch verantwortliche Minister auszuüben seien. Er sagte (Sitz. vom 26. März Protok. 360): Ich gehöre auch, wie mein Freund, der eben gesprochen hat (Abg. Pland), nicht zu Denjenigen, welche die Bundescentralgewalt in ihren Rechten irgend wie schwächen wollen. Aber, indem ich gegen den Entwurf in Bezug auf eine Lücke, die er in dem Artikel 11 enthält, spreche, glaube ich, daß Das, was ich vertheidige, keineswegs dem Zweck einer solchen Schwächung dient. Die Frage, welche durch die verschiedenen Amendements zunächst zur Sprache gebracht worden ist, die Frage der Minister-Verantwortlichkeit, scheint mir eine der wichtigsten Fragen zu sein, über die wir heute entscheiden können, nicht eine theoretische Frage, sondern von einer eminenten praktischen Wichtigkeit. Allerdings haben wir in den letzten Tagen Ansichten gehört, die ich gerade in das Reich der Theorie verlegen möchte, Ansichten, die bei mir eine gewisse Verwunderung erregten über die Theorie, die vertheidigt wurde. Ein geehrter Freund von mir meinte, von juristischer

Verantwortlichkeit der Minister könne nicht die Rede sein, das sei eine utopische Auffassung; es könne nur von einer historischen und moralischen Verantwortlichkeit gesprochen werden. Ja, meine Herren, moralisch verantwortlich, vor Gott und seinem Gewissen, ist jeder Mensch, der niedrigstgestellte, wie der höchstgestellte, und selbst das geheiligte Oberhaupt des Staates ist moralisch verantwortlich; und was die historische Verantwortlichkeit betrifft, so wird Jeder, der in den Gang der Ereignisse fördernd oder hemmend eingreift, vor dem Forum der Geschichte zur Verantwortlichkeit gezogen werden. Von dieser historischen und moralischen Verantwortlichkeit ist, wenn man von der Verantwortlichkeit der Organe der vollziehenden Gewalt spricht, nicht die Rede; man denkt bei der Frage über Minister-Verantwortlichkeit gar nicht an jene, sondern allein an die juristische. Und was soll diese bedeuten? Sie soll lediglich eine Verfassung zur Wahrheit machen, zu Dem machen, was sie überall sein soll, zu dem wirklichen Grundgesetz des Staates. Was würden Sie, meine Herren, von einer Verfassung denken, die in ihrem Schlußartikel sagen würde: In Vorstehendem sind die Grenzen der verschiedenen Staatsgewalten näher bestimmt, sind die Rechte des Volkes, die es durch das Parlament ausüben soll, genau festgesetzt, sind die Schranken gezogen, innerhalb welcher die vollziehende Gewalt gegenüber den Rechten des Volkes sich zu halten hat; — aber es ist ganz indifferent, ob von den Organen der vollziehenden Gewalt diese Schranken eingehalten werden oder nicht! Das, meine Herren, würde eine Verfassung sein ohne Minister-Verantwortlichkeit vor Gesetz und vor Gericht. Ich glaube allerdings, wenn die Minister-Verantwortlichkeit zur Wahrheit durch ein gehörig geordnetes gerichtliches Verfahren und durch Konstituirung eines unabhängigen Gerichtes gemacht wird, daß sie dann selten unmittelbar praktisch zur Sprache kommen wird, wie wir dies ja in allen konstitutionellen Staaten sehen, in denen eine solche Verantwortlichkeit besteht. Aber ein Hauptwerth dieser Verantwortlichkeit liegt dann in der Einwirkung des Gedankens der Verantwortlichkeit auf das ganze Verhalten der vollziehenden Gewalten. Man hat zwar eingewendet, wir seien begriffen in der Konstituirung des Bundesstaates; auf e i n e n B u n d e s s t a a t aber könne man die gewöhnlichen konstitutionellen Einrichtungen und Garantieen nicht anwenden; es sei das bloß bei einer konstitutionellen M o n a r c h i e anwendbar. Allein, meine Herren, man hat das zwar behauptet, aber nicht bewiesen. Allerdings konstituiren wir, wie seit langer Zeit nicht, einen Bundesstaat ganz eigenthümlicher Art, bei welchem die Bestandtheile beinahe aus lauter Monarchieen bestehen. Aber warum sollte es denn nicht möglich sein, so gut man einen konstitutionellen Einheitsstaat bilden kann, einen konstitutionellen Bundesstaat zu bilden? Unsere Centralgewalt hat eine Reihe der ausgedehntesten Befugnisse, sie ist genöthigt, diese Befugnisse durch ihre Organe auszuüben; es ist aber ein Grundprincip aller konstitutionellen Verhältnisse, durch welches jede Verantwortlichkeit des höchsten Hauptes der Regierenden beseitigt wird, daß man zwar dieses Haupt für heilig und unverantwortlich erklärt, aber die ausübenden Organe wenigstens dafür stehen müssen, daß die Schranken, welche der ausübenden Gewalt gezogen sind, nicht überschritten werden und daß im Geist der Verfassung diese ausübende Gewalt geübt wird. Das ist im Bundesstaat grade eben so gut möglich wie im Einheitsstaat.

Weiter hat man uns eingewendet, zu einer Verantwortlichkeit der Minister sei eine einheitliche Spitze nöthig. Das gebe ich vollkommen zu. Aber haben wir denn nicht auch in unserem Bundesstaat eine einheitliche Spitze? Das ist eben die Centralgewalt in den Händen der Krone Preußen. Diese bildet unsere einheitliche Spitze, aber eben in einem B u n d e s staat, nicht in einem Einheitsstaat. Freilich hat man geglaubt, die verbündeten Regierungen würden mit der Stellung, die sie durch die Verantwortlichkeit der Minister erhalten, sehr unzufrieden sein. Aber sollte dem wirklich so sein? Ich könnte mich auf eine Regierung berufen, welche — wie Sie aus dem Belage unserer Akten ersehen haben werden — geradezu auf die Verantwortlichkeit der vollziehenden Organe den Antrag gerichtet hat, es war dies die oldenburgische Regierung. Und allerdings glaube ich, daß für diese verbündeten Regierungen die Verantwortlichkeit der vollziehenden Organe der Centralgewalt von eben so großer Wichtigkeit und großem Werth ist, als für das Volk und für das Parlament in Beziehung auf die Wahrung seiner Rechte — und ich kann mir gar nicht denken, daß die Regierungen es in ihrem Interesse finden würden, — wenigstens würden sie sonst ihr Interesse sehr unrichtig auffassen — gegen ein verantwortliches Bundes-Ministerium, oder wie Sie es nennen wollen, zu stimmen. Es wurde allerdings der Antrag gemacht, den Bundeskanzler für verantwortlich zu erklären. Aber — wenn ich das richtig aufgefaßt habe, was über diese Verantwortlichkeit vor ein paar Tagen in diesem Saale gesagt wurde, — sollte dies auf eine Weise geschehen, die mich etwas in Staunen setzte, nämlich bloß dadurch, daß der Kanzler vor diesem Hause, dem Parlamente, Rede und Antwort stehen und die Maßregeln der Centralgewalt vertheidigen soll, aber weiter auch gar Nichts! Ich wundere mich wirklich, daß wir unsere constitutionellen Anforderungen auf ein solches unendlich geringes Maß reduciren und daß wir in Beziehung auf diese constitutionellen Anforderungen bei einem mächtigen westlichen Nachbarn in die Lehre gehen sollten. Denn womit soll ich eine solche Verantwortlichkeit des Bundeskanzlers vergleichen? Mit nichts Anderem als mit den Sprechministern in einem benachbarten großen Staate!

Es ist uns weiter von einer gewichtigen Stimme die Mahnung zugerufen worden, wir sollten die Thatsachen acceptiren und uns nicht über Verfassungs-Paragraphen streiten. Ja, meine Herren, die Thatsachen haben wir acceptirt und wir werden ehrlich und treu uns an die gegebenen Thatsachen halten. Aber jetzt sind wir ja doch gerade dazu da, um mit Berücksichtigung der gegebenen Thatsachen einen Ausbau des Rechts zu gründen und da können wir uns denn doch nicht bloß auf den Grund von Thatsachen stellen, sondern müssen damit den Weg des Rechts verbinden, um die Stellung des Parlaments und der Regierung auf dem Rechtsboden zu gründen und dadurch zu einer wahrhaft und solid begründeten zu machen.

Von Manchen wurde noch von der „constitutionellen Schablone" der Verantwortlichkeit der Minister gesprochen. Meine Herren, ich möchte dabei doch fragen, was ist denn eine Schablone? — Eine Schablone ist ein Ding, nach welchem andere ähnliche Dinge gemacht oder geformt werden sollen. In diesem Sinne halte ich die Minister-Verantwortlichkeit für eine sehr berechtigte constitutionelle Schablone. Ich wollte, sie wäre überall als eine solche in allen Staaten, die nach einer festbegründeten Verfassung streben — sie wäre überall als solche angenommen, also das Princip der Verantwortlichkeit überall für das maßgebende gehalten. Denn ich kann mir ein Parlament, das wirklich diesen Namen verdient, und eine wohlbegründete verfassungsmäßige Freiheit nicht denken ohne diese Verantwortlichkeit der vollziehenden Organe.

Wir wurden nun zwar noch gewiesen an unsere Nachkommen: diese würden schon für den Weiterausbau des Gebäudes sorgen, das wir zu errichten im Begriffe seien. Ich gebe das zu, meine Herren; unseren Nachkommen wird noch eine sehr große Aufgabe zufallen. Aber, meine Herren, in Beziehung auf die Grundpfeiler können wir ihnen die Lösung der Aufgabe nicht überlassen; die müssen wir jetzt selbst setzen. Denn wenn wir die wesentlichen Grundpfeiler auslassen, so setzen wir unseren Nachkommen einen beinahe unübersteiglichen Damm entgegen, um Das zu erreichen, auf was wir jetzt in diesem Augenblicke bringen sollen.

Die Amendements, welche eine Minister-Verantwortlichkeit vorgeschlagen haben, lauten verschieden; in dem Grundgedanken sind sie aber im Wesentlichen übereinstimmend, und ich möchte Sie, meine Herren, bringend bitten, doch für diesen Schlußstein einer jeden constitutionellen Verfassung, wenn sie nicht bloß eine Scheinverfassung, nicht bloß eine Folie für den Absolutismus sein soll — für diesen Schlußstein zu stimmen."

Wächter hatte für jeden (der mehreren nach einander gestellten) Anträge auf Schaffung verantwortlicher Organe der Bundesgewalt gestimmt, auch für den letzten Antrag Bennigsen (27. März). Wächter schreibt: „Aber freilich hatte Bismarck einen starken Druck vor der Abstimmung geübt; er erklärte den Antrag

„für vollständig unannehmbar" und „für das ernsteste Hinderniß für das Zustandekommen der Verfassung", und in einer zweiten Rede vor der Abstimmung rief er
uns zu: „Wenn Sie auf einer solchen Änderung fest bestehen, selbst auf die Gefahr
hin, das ganze Werk zum Scheitern zu bringen, dann wird die Nation sich Ihrer
Namen wohl erinnern". Mir wurde stark zugesetzt, anders zu stimmen, und ein
gewichtiges Mitglied der Altliberalen kam zu mir und meinte: ich werde doch nun
nach solchen Erklärungen nicht für den Antrag stimmen. Allein ich erwiderte ihm,
daß mir dies nicht ein Motiv sein könne, gegen meine Überzeugung zu stimmen.
— — Ich gehe überhaupt davon aus, daß wir nicht die Stimme des Volkes für
eine Scheinverfassung und ein Scheinparlament geben können. Der Bund besteht auch ohne unsere Zustimmung. Soll aber die Vertretung beim Bunde,
das Parlament, in einer Weise organisirt sein, welche ihr eine gedeihliche Wirksamkeit und die nothwendigen konstitutionellen Garantien nicht gewährt; so
können wenigstens die Abgeordneten, welche die Stimme des Volkes reprä-
sentiren, diese Stimme nicht einem solchen Werke geben. Auch werden sie die
Folgen nicht zu verantworten haben, welche eintreten, wenn die Gegenseite es ver-
weigert, in die unerläßlichen liberalen Bahnen einzulenken."

In Betreff der Ministerverantwortlichkeit wurde vom Reichstage zwar der
Antrag, nach welchem der Bundeskanzler die Verfügungen des Bundespräsidiums
gegenzuzeichnen hat und „dadurch die Verantwortlichkeit übernehme", angenommen,
unbegreiflicherweise aber gleich darauf der weitere Antrag, daß „durch ein besonderes Gesetz die Verantwortlichkeit und das zur Geltendmachung derselben einzu-
haltende Verfahren geregelt werde", nicht angenommen, so daß, wie Wächter
sagte „wir durch den Bundeskanzler nichts Anderes, als einen französischen Sprech-
minister ohne alle juristische Verantwortlichkeit bekommen sollten".

Einen der bedenklichsten Punkte des Entwurfs sah Wächter in der Militär-
frage. Er schreibt: „Man war darin einig, daß für die nächste Zeit der gefor-
derte Procentsatz zu verwilligen sei; aber auf wie lange? Der Entwurf will:
jedenfalls auf 10 Jahre. Dazu wurden die verschiedensten Amendements eingebracht: 6 Jahre, 7 Jahre, 4 oder 2 Jahre, bloß 1 Jahr (die äußerste Linke). Es
handelte sich dabei indirekt um das ganze Budgetrecht über Mannschaft und die
Kosten derselben. Von diesen Amendements war wohl das richtigste, die Rechte
gehörig wahrende, das der Hannoveraner (Erxleben, von Rössig 2c.), welches dahin
ging, den ganzen (auch in Anderem bedenklichen) Inhalt der Artikel 55—58 auf
drei Jahre zu verwilligen, aber bloß auf 3 Jahre, so daß nach 3 Jahren diese
Artikel ganz außer Kraft treten und neue Verwilligungen nöthig sein sollten, die
also dann ganz von der Zustimmung des Parlaments abhängen." Wächter bemerkt: „Die nächsten 3 oder 4 Jahre sind allerdings solche, welche der Bund nöthig
hat, um vollkommen zu erstarken, und wer weiß, ob er nicht in diesen Jahren in die
Lage kommen kann, mit den Waffen in der Hand seine Sicherheit zum Zwecke
dieser Erstarkung zu vertheidigen. — Wir haben vollen Grund, der Centralgewalt
für die nächsten Jahre ein weitgehendes Vertrauensvotum zu geben, wir haben
aber auch eben so gut Grund und eben so ist es unsere Pflicht für die Zukunft die
Rechte des Volkes und des Parlaments zu wahren."

Endlich sprach Wächter (9. April 1867) für die Errichtung eines Bundes-
gerichts und dessen Kompetenz zur Entscheidung von Rechtsstreitigkeiten und
über Ansprüche gegen den Bund. Denn ohne ein solches Gericht „würde der
Macht die Entscheidung der Rechtsverhältnisse eingeräumt. Aber die Macht ist
nicht dazu da, das Recht zu beherrschen, sondern sie ist dazu da, das Recht zu
schützen und zu schirmen und möglichst dafür zu sorgen, daß die Herrschaft des
Rechts eine überall anerkannte werde, und deßhalb geben Sie uns ein Bundes-
gericht."

Das Amendement auf Gewährleistung von Diäten und Reisekosten für die
Abgeordneten wurde im Reichstag mit 136 gegen 130 Stimmen angenommen,
obwohl es besonders von der konservativen Seite und selbst auch von dem sächsischen Finanzminister von Friesen und auf das Entschiedenste von Bismarck be-

kämpft wurde, welcher es für durchaus unannehmbar erklärte und über die Annahme ebenso betroffen als entrüstet war. — „Der große Werth" — schreibt Wächter hierüber — „den Bismarck auf diese Frage legte und legt, erklärt sich leicht. Er hat das allgemeine Wahlrecht im Jahre 1863 als Bekämpfungsmittel der Vorschläge Östreichs gebraucht und im Jahre 1866 wollte er damit die liberalen Parteien gewinnen. Die preußischen Konservativen aber, seine Partei und der König, welche entschieden g e g e n das allgemeine Wahlrecht waren, suchte er dadurch mit demselben zu versöhnen und zu beruhigen, daß er in der Versagung der Diäten ein durchgreifendes Korrektiv für das allgemeine Wahlrecht in Aussicht stellte — und nun fällt dieses Korrektiv durch das Votum des Reichstags! Und es fiel gewiß mit Recht; denn statt bloß zu korrigiren, schneidet es auch in gesundes Fleisch und würde bei den Besitzverhältnissen, wie sie nun eben in Deutschland sind, uns Parlamente geben, in denen wir schwerlich eine Garantie für gesunde Entwicklung berechtigter bürgerlicher Freiheiten zu finden haben würden. Bismarck hätte nicht die Geister des unbeschränktesten allgemeinen Wahlrechts heraufbeschwören sollen, jetzt wird es ihm schwerlich gelingen, sie wieder zur Ruhe zu bringen; das von ihm gewählte Mittel wird ohne Zweifel auch von der überwiegenden Mehrheit des deutschen Volkes verworfen werden. — Leider aber wird die Frage bei der Schlußberathung noch einmal vorkommen, und wie es dann gehen wird, steht dahin."

Bei der S c h l u ß b e r a t h u n g des Entwurfs handelte es sich am ersten Tage — 15. April — hauptsächlich um zwei Fragen: Das v e r a n t w o r t l i c h e B u n d e s m i n i s t e r i u m und die Diäten. Über die erstere hatte die Linke den Antrag eingebracht, hinter Artikel 11 einen Artikel nachfolgenden Inhalts einzuschieben: „Das Bundes-Präsidium übt die vollziehende Gewalt in Bundes-Angelegenheiten durch verantwortliche Minister aus. Alle Regierungs-Akte des Bundes-Präsidiums bedürfen zu ihrer Gültigkeit der Gegenzeichnung mindestens e i n e s Ministers, welcher dadurch die Verantwortung für den betreffenden Akt dem Bundes-Rathe und dem Reichstage gegenüber übernimmt." Dieser Antrag wurde kaum beachtet; die Wenigsten stimmten dafür, unter ihnen auch Wächter.

Auf die D i ä t e n - F r a g e legte bekanntlich Bismarck das Hauptgewicht; er erklärte sie für eine Kabinetsfrage. Die Nationalliberalen waren bereit, um das Ganze zu retten, in dieser Frage nachzugeben. In diesem Sinne sprach namentlich Bennigsen. Auch Graf Schwerin erklärte sich in gleicher Weise, wies aber zugleich darauf hin, daß die Verweigerung der Diäten zu einer bedenklichen Zusammensetzung des Parlamentes führen werde. So erhielt die Verwerfung der Diäten und der Entschädigung endlich eine große Majorität. Wächter schreibt über diesen Punkt: „Ich ging bei meinem Verhalten von folgender Erwägung aus: Einer Verfassungsurkunde kann man, wenn sie auch im Einzelnen Bedenkliches enthält oder bedenkliche Lücken hat, doch im Ganzen dann im Nothfalle beistimmen, wenn sie noch Keime freiheitlicher Entwicklung hat und wenn ihr der nackte Absolutismus gegenüber steht. — Die Bedingung jener Keime ist aber nach meiner Ansicht das Budgetrecht; dieses muß im Wesentlichen ungemindert dem Parlamente verbleiben. Dagegen kann ich zu einer V e r s c h l e c h t e r u n g der projektirten Verfassung meine Stimme nicht geben, also nicht für Verwerfung der Diäten stimmen. Von der andern Seite aber glaubte ich nicht dazu beitragen zu sollen, durch d i e s e F r a g e das Ganze fallen zu machen, und so entschloß ich mich, der Abstimmung darüber mich ganz zu enthalten."

„Am zweiten Tage — den 16. April — handelte es sich zunächst hauptsächlich von der Frage des M i l i t ä r - E t a t s, d. h. ob mit Ablauf des Jahres 1871 auch in Betreff des Militärs das volle Etatsrecht des Parlaments wieder eintreten, oder ob die Bewilligung von 300,000 Mann und 67½ Mill. Thaler für dieselben so lange fortgelten solle, als die Centralgewalt will, also nur durch ein neues Gesetz, somit nur mit Zustimmung der Centralgewalt soll geändert werden können. Auf das letztere trugen wieder die Konservativen in zwei Amendements an, welche eigentlich nur eine Wiederherstellung des abgeworfenen Moltke'schen Amendements enthielten. Sie blieben aber verdientermaßen in der Minderheit. Es kam nun ganz auf das Amendement Bennigsen-Ujest an. Dasselbe ging dahin, dem Artikel 62 der Verfassungs-Beschlüsse folgenden Zusatz hinzuzufügen: „Nach dem 31. December 1871 müssen die Beträge von den einzelnen Staaten des Bundes zur Bundeskasse fortgezahlt werden. Zur Berechnung derselben wird die im Artikel 60 interimistisch festgestellte Friedenspräsenzstärke so lange festgehalten, bis sie durch ein Bundesgesetz abgeändert ist. Die Verausgabung dieser Summe für das gesammte Bundesheer und dessen Einrichtung wird durch das Etatsgesetz festgestellt. Bei der Feststellung des Militär-Ausgabe-Etats wird die auf Grundlage dieser Verfassung gesetzlich feststehende Organisation des Bundesheeres zu Grunde gelegt."

Wächter schreibt über dieses Amendement: „Es ist sehr auf Schrauben gestellt; bei genauerer Erwägung aber mußte ich mich überzeugen, daß auch dieses viel zu weit ging und einen bedenklichen versteckten Sinn hat. Nach ihm sollen der Centralgewalt auch nach dem Jahre 1871 stets die Mittel zur Friedenspräsenzstärke von 300,000 Mann, also 67½ Millionen in die Hand gegeben werden; sie soll also faktisch die Möglichkeit haben, eine so starke Präsenz durchzuführen. Zwar soll rechtlich die Verwendung jener Summe von dem Zustandekommen eines Etatgesetzes abhängig sein; aber bei diesem Gesetze muß die preußische Heeresorganisation zu Grunde gelegt werden. Dies führt auf eine Friedenspräsenz von 250,000 —270,000 Mann, die auch im tiefsten Frieden nicht ohne Willen der Centralgewalt gemindert werden könnten! — Der erste Theil des Amendements war mir verfänglich, der letzte ging mir zu weit; ich stimmte deßhalb dagegen."

Dieses Amendement wurde aber mit großer Majorität angenommen und damit war das Schicksal des Entwurfs überhaupt, daß er mit ähnlicher Majorität werde angenommen werden, als entschieden anzusehen.

Die übrigen Artikel wurden bekanntlich rasch in der in der Vorberathung beschlossenen Weise angenommen; ein Antrag der Linken, daß in allen Bundesstaaten mindestens diejenigen Grundrechte gewährt werden müssen, welche die preußische Verfassungs-Urkunde ertheile, wurde abgeworfen. Wächter stimmte für ihn; er erlangte aber nur wenige Stimmen. Von einer eigentlichen Debatte war nicht mehr die Rede; nur wenige Redner kamen noch zum Wort, und auch diese wurden kaum gehört. Jeder war im Voraus mit seinem Botum im Reinen.

Bei der Schlußabstimmung über den ganzen Entwurf mit den beschlossenen Amendements stimmten nur 53 gegen den Entwurf; unter ihnen Wächter. Derselbe schreibt hierüber: „Ich kam schwer zu dem verneinenden Votum. Allein bei wiederholter ruhiger und reiflicher Erwägung konnte ich nicht zu einem anderen Resultate kommen. Durch das Bennigsen-Ujest'sche Amendement wird für immer eine Militärmacht mit ganz unverhältnismäßig großer und drückender Friedenspräsenz begründet und das Budgetrecht des Parlaments wesentlich beeinträchtigt. Das Verbot, Diäten „oder Entschädigungen" zu beziehen, ist eine Beschränkung der Wählbarkeit, durch welche die tüchtigsten Kräfte vom Parlament ausgeschlossen werden; für die bringendsten Fälle fehlt es an einem Bundesgericht und für die gesetzliche Auslegung der mit einer eminent weit gehenden Macht ausgestatteten Centralgewalt fehlt es ganz an den nothwendigen konstitutionellen Garantien. Diese Momente bestimmten mich hauptsächlich zum „Nein". —"

Wie wenig diese Abstimmung aus principieller Opposition gegen die Reichsgewalt hervorging, mag daraus erhellen, daß noch am 14. April Wächter sich bereit erklärte, für den Entwurf zu stimmen, wenn die vom Reichstag beschlossenen Amendements (Budgetrecht, Militärverwilligung und Diäten) von der Reichsgewalt acceptirt werden. Er schreibt: „Morgen werden an uns sehr schwere Fragen herantreten, von denen das Schicksal des ganzen Werkes abhängt. Wie ich höre, will v. Carlowitz und Genossen den Antrag stellen, den Entwurf, wie er vom Reichstag amendirt wurde, en bloc anzunehmen. Dafür könnte auch ich stimmen. Zwar ist das verantwortliche Bundes-Ministerium und das Bundes-Gericht gefallen, aber das Budgetrecht überhaupt und die Militärverwilligungen von 1872 an und die Diäten würden gewahrt sein, und unter diesen Umständen

würde es doch Pflicht sein, das Ganze nicht fallen zu lassen, wenn es auch keineswegs befriedigend ist. Aber so viel ich höre, will die Regierung in den drei letzten
Punkten (Einnahmebudget, Militär, Diäten) ni cht nachgeben, und dann scheint
es mir s ehr zweifelhaft, ob für den Entwurf gestimmt werden kann. Und wenn,
was aber ni cht wahrscheinlich ist, die Regierung bei Budgetrecht und Militär
nachgiebt, aber auf der Streichung der Diäten beharrt? — —"

Über Wächters Thätigkeit im Reichstage schreibt unter dem 23. April die
Sächsische Zeitung (1867, Nr. 93). Der Vertreter Leipzigs im Reichstag,
Geheimrath v. Wächter, ist am Sonnabend von Berlin zurückgekehrt. Wie
wüthend war er bei der Wahl bekämpft worden, und wie glänzend gerechtfertigt
steht jetzt diese Wahl da! Wenige deutsche Städte — darüber herrscht jetzt nur
eine Stimme in unseren Mauern — haben einen so rührigen, gediegenen, würdigen Vertreter gehabt. Ein echter Veteran des deutschen Konstitutionalismus,
hat er diesen bei jeder Gelegenheit, namentlich bei den entscheidenden Schlußab-
stimmungen treu gewahrt.

Wäre die Zeit zu rauschenden Ovationen angethan, so würde Leipzig nicht
ermangeln, seinem wackeren Vertreter eine glänzende Huldigung zu bringen, und
die Demokratie — das haben wir allerseits gehört, würde sich nicht davon ausschließen. So mag ihm der Gruß der gleichgesinnten Presse, das Schweigen seiner
beschämten Gegner die Anerkennung ausdrücken, die seine mannhafte Haltung
auf dem Reichstag bei allen Schichten der Bürger- und Einwohnerschaft unserer
Stadt gefunden hat.

Als — im August 1867 — die Wahl für den ordentlichen Reichstag auf Wächter gelenkt werden wollte, lehnte er ab, weil die Pflichten
seines akademischen Berufes ihm die Annahme der Wahl nicht möglich
erscheinen ließen.

XXI. Abschnitt.

Leben in Leipzig.

In Leipzig hatte Wächter das Glück, nicht nur unter seinen Kollegen, sondern in allen Kreisen die angenehmsten socialen Beziehungen
zu finden. Und er selbst war der stets belebende erwünschteste Gesellschafter. Seine Toaste, in welchen er Humor und Ernst geistvoll zu
verbinden wußte, zündeten immer.

Viele Jahre hindurch hat er regelmäßig die Mitglieder der benachbarten Hochschulen Halle und Jena zu geselliger Vereinigung mit
den Leipziger Kollegen nach Kösen eingeladen. Bei solchen Anlässen,
wie überhaupt in geselligen Kreisen, in denen er gern zu neuer Arbeit

sich erfrischte, war er noch im höchsten Alter vor Allen anregend und „von hinreißender Liebenswürdigkeit". Waren, was er stets besonders gern sah, die Frauen mit anwesend, so erwies er auch ihnen gegenüber sich als den Mann von vielseitigem Geist und reichem Gemüth. Nie war er im Verkehr verletzend; einen Grundzug seines Wesens bildete die völlige Geradheit, Offenheit, Harmlosigkeit.

Vor allem aber zog es ihn zur akademischen Jugend. Den Studenten war er immer zugänglich und besondere Freude war es ihm, seine schwäbischen Landsleute, deren Viele in Leipzig studirten, an seinem Tische zu sehen. Als an Savignys 100jährigem Geburtstag (21. Februar 1879) in Leipzig ein großer akademischer Kommers stattfand und Geh. Rath Windscheid, dessen Berufung zu seinem Nachfolger er bewirkt hatte, den Toast auf Wächter ausbrachte, und nun dieser in langer Rede voll befeuernder Kraft erwiderte, seines Lebens mit den Studirenden seit 63 Jahren gedenkend, da brach ein ganz überwältigender Jubel aus, ein nicht enden wollender Sturm von Ovationen für den geliebten Lehrer, welcher noch einmal in voller Geistesfrische und Hingebung im Kreise seiner Lebensgenossen und Schüler stand.

Zu den wohlthuendsten Erfahrungen zählte er das hohe persönliche Vertrauen, welches König Johann von Sachsen ihm schenkte und das volle Verständnis, die wohlwollendste Rücksichtnahme, das stets geneigte Entgegenkommen, womit seinen Wünschen und Anträgen im Interesse der freien und großen Entfaltung der Universität entsprochen wurde. Derselben Huld durfte er von Seiten des regierenden Königs lebenslang sich erfreuen. Bei dem 450jährigen Jubiläum der Universität Leipzig (2. December 1859) hatte Wächter als Rektor die Festrede zu halten und schilderte in zweistündigem Vortrag den Entwicklungsgang der Hochschule seit den ersten Tagen ihres Bestehens. Hierauf nahm König Johann selbst das Wort, um seiner Theilnahme an dem Fest Ausdruck zu geben und dem Rektor das Großkreuz des Verdienstordens zu verleihen.

Bei demselben Anlaß verlieh ihm die Stadt Leipzig das E h r e n - b ü r g e r r e c h t. Er schreibt hierauf den 6. December 1859 an den Rath und die Stadtverordneten: „Es ist mir die Ehre geworden, vom Bürgermeister und Rath der Stadt Leipzig mit Zustimmung des Stadtverordnetenkollegiums an dem neunten Semisäkularfeste unserer

Univerſität mit dem Ehrenbürgerrecht Leipzigs beſchenkt zu werden. Hoch erfreut und geehrt durch dieſen Beweis des ehrenvollſten Zutrauens bitte ich Sie, Hochgeehrte Herren, mir zu geſtatten, den Gefühlen des wärmſten Dankes, welche ich gegen Ihre geehrte Deputation, die mich mit der Übergabe des Bürgerdiploms überraſchte, auszuſprechen verſuchte, noch einmal Worte zu geben und Ihnen den Ausdruck meiner Dankbarkeit hier wiederholt darzubringen. Ich bin ſtolz darauf, Bürger einer Stadt geworden zu ſein, welche, eine Perle unſeres Sachſens, durch die Verkehrsmacht, die ſie ſich unter dem Schutze ihrer Fürſten errungen hat, und den tüchtigen, auf Förderung alles Schönen und Edlen gerichteten Sinn ihrer Bürger im ganzen deutſchen Vaterlande und weit über deſſen und ſelbſt über Europas Grenzen hinaus in der höchſten Anerkennung und Achtung ſteht. Doppelt ſtolz aber und geehrt fühle ich mich durch die Einſtimmigkeit Ihres Beſchluſſes und die ehrenvolle Weiſe, mit der Sie das Bürgerrecht der von Ihnen vertretenen Stadt mir übertrugen. Möge es mir gelingen, durch die That zu zeigen, wie ſehr ich in dem neuen Bande, das mich an Leipzig knüpft, eine erhöhte Aufforderung finde, mit allen meinen Kräften zur Förderung der Intereſſen Leipzigs beizutragen und für das unzertrennliche Wohl der Stadt und der Univerſität zu wirken." — Er bethätigte dieſe Abſicht auch darin, daß er dauernd (1862, 1865, 1868) die Wahl zum Stadtverordneten annahm und an den Arbeiten dieſes Kollegiums ſich ſtets mit voller Hingebung betheiligte.

Aber auch ſeiner Heimat vergaß er nicht. Zu dem Schillerdenkmal in Marbach floſſen reiche Beiträge aus Leipzig, welche er dort erſammelt hatte. In Verbindung damit hat er auch der Schillerſtiftung und dem Schillerverein in Leipzig ſeine Kraft zur Verfügung geſtellt. Der Vorſtand des Schillervereins in Leipzig ſchreibt an Wächter den 22. November 1859: „Die Verdienſte, welche Sie bei der nun verfloſſenen Feier des Schillerjubiläums um den Schillerverein ſich erworben haben, ſind ſo hoch und vielfach, daß wir uns zu dem größten Dank dafür verpflichtet fühlen."

XXII. Abschnitt.

Die alte Heimat.

Ein Zug von Heimweh nach Schwaben, nach den Bergen der Kindheit, nach der Stätte schönster Jugenderinnerungen und frohen Wirkens, nach den alten Freunden, dort lebenden Kindern, Enkeln und vielen Familienangehörigen konnte auch in Leipzig nie vollständig schwinden. Jeden Herbst pflegte Wächter einige Zeit in Stuttgart zuzubringen, und wenn irgend möglich auch die jährlichen Zusammenkünfte seiner alten Universitätsfreunde in Göppingen mitzubegehen, und wohl auch Marbach, Tübingen. Niedernau und andere an Erinnerungen reiche Punkte des Landes aufzusuchen. Da begegnete er oft früheren Schülern und Bekannten. Überall in Württemberg blieb der „Kanzler" eine freudig begrüßte und höchst populäre Persönlichkeit. So war es denn natürlich, daß auch die Frage bleibender Rückkehr in die alte Heimat wieder an ihn herantrat. Schon im Jahre 1857 waren Versuche gemacht worden, ihn für die Universität Tübingen wieder zu gewinnen. Zwei Jahre später erhielt er vom württembergischen Justizminister die Anfrage, ob er geneigt sein würde, das Präsidium des Ober-Tribunals in Stuttgart anzunehmen.

Im Jahre 1861, als es sich um Besetzung der Pandektenprofessur in Tübingen handelte und Kanzler Gerber (25. April) — im Auftrage der Fakultät anfragte, ob Wächter sich jetzt entschließen könnte, in irgend einer Weise zu kommen, antwortete dieser (27. April) „Ihr Brief — — hat mich, ich gestehe es Ihnen offen, wieder in einen peinlichen inneren Kampf gesetzt. Kinder, Freunde, Vaterland, Natur und die theuersten Erinnerungen ziehen mich nach Württemberg und außerdem ist auch kein geringes Gewicht dabei, daß meine Frau sich hier nicht heimisch fühlen kann. Dagegen Dankbarkeit, seltene Anhänglichkeit, nach allen Seiten ausgebreitete Wirksamkeit und die Schwierigkeiten und der in meinem Alter wohl zu beachtende unverhältnismäßige Zeitverlust, die mit einem Übertritt in ein neues akademisches Gebiet verbunden sind, fesseln mich an Leipzig. Mit

widerstrebendem Gefühle muß ich diese Fessel als die stärkere anerkennen; ich kann Ihnen nicht sagen, wie schwer ich dazu kam, dies
auszusprechen und wie tief ich es bedaure, daß vor 3 oder 4 Jahren
nicht zu rechter Zeit es mir möglich gemacht wurde, dem Zuge meines
Herzens zu folgen — —."

Gleichwohl erging der officielle Ruf. Zugleich schrieb (7. Mai
1861) der Chef des württembergischen Kultdepartements an Wächter:
— — „Bei der Frage von der Wiederbesetzung dieser Stelle muß die
königliche Regierung vor Allem die Frage sich aufwerfen, ob es nicht
möglich wäre, den ausgezeichnetsten Rechtslehrer Deutschlands für
die Landesuniversität zu gewinnen, welcher Jahre lang die segens-
reichste und ausgebreitetste Wirksamkeit in Württemberg entfaltet hat.
Württemberg darf stolz darauf sein, das Vaterland der ersten jurist-
schen Größe Deutschlands zu sein. Württemberg muß es aber auch
aufs tiefste beklagen, daß es ihm nicht vergönnt sein soll, diesen ausgezeichneten Rechtslehrer in seiner Mitte wirken zu sehen. Ich bin
von der festen Überzeugung durchdrungen, daß dem Lande der größte
Dienst erwiesen würde, wenn es gelingen sollte, Euer Hochwohlgeboren für die Landesuniversität zu gewinnen. Ich kann Euer Hochwohlgeboren auch die Versicherung ertheilen, daß Seine Majestät der
König sehr erfreut sein würden, wenn Hochdieselben sich entschließen
könnten, den Ruf nach Tübingen anzunehmen. Kaum der Bemerkung wird es bedürfen, daß von Seiten der königlichen Regierung
Alles aufs bereitwilligste geschehen würde, um Ihre künftige Stellung
bei der Landesuniversität auch äußerlich in jeder Beziehung insbesondere hinsichtlich der Rang- und Gehalt-Verhältnisse zu einer Ihren
Wünschen entsprechenden zu gestalten —."

In der ablehnenden Antwort (11. Mai 1861) sagt Wächter:
— — „In der langen Zeit, die ich außerhalb Württemberg zubringe,
ist meine Liebe zu meinem speciellen Vaterlande stets gleich lebhaft
geblieben; die innigsten Bande und, ich gestehe es offen, ein stetes
Heimwehgefühl ziehen mich nach Württemberg und wie sehr mußte
dieses Gefühl durch das erhebende Vertrauen, das mir durch Ew.
Hochwohlgeboren bethätigt wurde und die entgegenkommende Güte,
die mich bei manchen Stellen Ihres Schreibens erröthen machten, an
Stärke gewinnen! So würde ich, wenn ich bloß meinem Gefühle
und meiner Neigung folgen dürfte, keinen Augenblick über den zu

fassenden Entschluß zweifelhaft gewesen sein. Allein bei wiederholter Überlegung mußte ich auf das Resultat kommen, daß ich diesem Gefühle nicht Folge geben dürfe. Durch einen Übertritt nach Tübingen würden zum Theil meine Studien und meine akademische Thätigkeit eine andere Richtung nehmen müssen, was in meinen Jahren, obgleich ich mich bei voller Kraft fühle, doch sehr ins Gewicht fällt; auch würde es sehr die Frage sein, ob ich mir dort den ausgebreiteten Wirkungskreis, den ich hier habe, wieder verschaffen könnte. Zu diesen Erwägungen kommen aber noch die Anforderungen des nächsten Pflichtenkreises, in dem ich stehe. Die Weise, wie mir in Sachsen von allen Seiten und namentlich von der Regierung, besonders in den letztverflossenen Jahren, aus freien Stücken entgegengekommen wird, legt mir Verpflichtungen auf, mit denen ich es unter den angedeuteten Umständen nicht in Einklang zu bringen weiß, den Ort meiner Wirksamkeit zu ändern, um denselben akademischen Beruf, dem ich hier lebe, an einer andern Universität fortzusetzen — —."

Als der sächsische Minister hiervon Kenntnis erhielt, schrieb er (18. Mai 1861) an Wächter: —„Kann eine Universität stolz darauf sein, Männer zu besitzen, deren hoher Werth in den weitesten Kreisen anerkannt wird und die man daher allenthalben besitzen möchte und zu gewinnen sich bemüht, so wird man es doppelt gerechtfertigt finden, wenn Sachsen und die Universität Leipzig insbesondere stolz darauf ist, einen Mann zu besitzen und durch geistige Bande an sich gefesselt zu haben, dem sein specielles Vaterland eine so dauernde Erinnerung und Dankbarkeit bewahrt, daß es keine Gelegenheit vorüber läßt, welche die Möglichkeit, ihn wieder zu gewinnen, in sich schließt. Ganz besonders erfreulich ist es nun aber, daß der Entschluß, der Unserige zu bleiben, ein völlig freier, erst nach manchen inneren Kämpfen gefaßter gewesen ist; denn es liegt darin die Bürgschaft der eigenen Befriedigung und der unwandelbaren Dauer. Empfangen Sie daher — — für diesen Entschluß meinen aufrichtigen Dank, dem ich die Versicherung beifügen kann, daß Seine Majestät der König meine Mittheilung über diese Angelegenheit mit wahrer Befriedigung entgegen genommen hat — —."

Noch einmal wurde im folgenden Jahr der Versuch gemacht, Wächter für Tübingen zu gewinnen. Der Rektor, Professor Geib schrieb (4. Mai 1862) — nach Rücksprache mit dem Departements-

Chef — indem er die mißliche Lage der Fakultät, welche in wenigen
Monaten vier ordentliche Mitglieder verloren, darlegt: — „Was uns
absolut Noth thut, ist die Gewinnung einer wirklichen Celebrität,
eines Gelehrten und Lehrers ersten Ranges, eines Mannes, dessen
Glanz und Autorität allein hinreicht, eine ganze Fakultät aufzuwiegen
und zu ersetzen. Gewiß, Sie werden es unter diesen Umständen ver-
zeihlich finden, wenn ich für meine Person nun einmal den Gedanken
nicht unterdrücken kann, ob es denn in der That unmöglich sein sollte,
gerade Sie wieder für uns zu gewinnen! — — Ist es doch vielleicht
gerade die Eigenthümlichkeit unserer dermaligen Lage, die völlige Neugestaltung unserer Fakultät, die Aussicht, durch Ihren persönlichen
Einfluß die Glanzperiode Tübingens wieder zurückzuführen, was einer
Berufung in unsere Mitte einen Reiz für Sie verleihen dürfte, den
sie unter allen sonstigen Voraussetzungen in keiner Weise zu bieten
vermöchte. — — Ich sehe es vollkommen ein, wie sehr auch die Regierung bereit sein dürfte, alles in ihrer Macht Stehende zu thun,
um Ihre Gewinnung möglich zu machen, wir von Tübingen aus
können Ihnen nur unendlich wenig bieten. Und doch kann ich nun
einmal den Gedanken nicht aufgeben, daß die Stadt, welche fortwährend darauf stolz ist, Zeugin Ihrer ersten akademischen Wirksamkeit und damit Ihres beginnenden Ruhmes gewesen zu sein, auch noch
heute eine gewisse Anziehungskraft auf Sie ausüben möchte: die
Aussicht, daß mir das Glück zu Theil werden könnte, mit dem Manne
noch einmal zusammen zu leben und in tägliche Berührung zu kommen,
den ich, obgleich nie so glücklich, sein Zuhörer gewesen zu sein, von
jeher als meinen eigentlichen Lehrer betrachtet habe und dessen
Schriften, ich darf es im buchstäblichen Sinne behaupten, noch Tag
für Tag eben so viel Genuß wie Belehrung mir bereiten, ist eine so
reizende, daß es mir nicht möglich gewesen ist, diese Zeilen zu unterdrücken. — —"

In der Antwort an Geib (7. Mai 1862) sagt Wächter: — —„Ich
fühle mich durch Ihr Urtheil, auf das ich überhaupt großen Werth
lege, aufs höchste geehrt und verpflichtet. Aber Sie gehen in demselben zu weit, trauen mir mehr zu, als ich leisten könnte und gerade
darin, daß von mir Erwartungen gehegt würden, welche zu erfüllen
ich nicht im Stande bin, liegt für mich eines der Momente, die mich
zu meinem Entschluß bestimmen; das andere, noch gewichtigere, liegt

in dem Verhältnis zu meiner Regierung. Hätte ich einen Ruf nach
Tübingen in früherer Zeit, etwa vor 5 Jahren erhalten, mit wahrer
Freude würde ich auf ihn eingegangen sein, da ich, ohne mir irgend
Strupel machen zu müssen, auf ihn hätte eingehen k ö n n e n. Denn
damals lagen Gründe vor, die mein Weggehen von Leipzig entschuldigt
hätten. Inzwischen hat aber die Regierung diese Gründe möglichst
zu beseitigen gesucht und kommt mir überhaupt in einer solch verpflich=
tenden Weise entgegen, daß ich das Vertauschen meines hiesigen Wir=
kungskreises mit dem an sich gleichen, aber doch in seiner Ausdehnung
dermalen beschränkteren in Tübingen nur durch ein Heimweh, das mich
nach meinem Vaterlande zieht und von dem ich auch kein Hehl mache,
motiviren könnte. Aber wäre dieses unter den gegebenen Umständen
ein genügendes, rechtfertigendes Motiv? Sie werden selbst es ver=
neinen. Oder könnte ich, soweit ich überhaupt meiner Wirksamkeit
eine Bedeutung beilegen dürfte, Ihrer Universität durch mein Weg=
gehen einen wesentlicheren Dienst leisten als der hiesigen durch mein
Bleiben? Auch davon kann ich mich nicht überzeugen und auch meine
Regierung würde einen solchen Grund, wenigstens zur Zeit, nicht
gelten lassen. — So muß ich, abgesehen von einigen minder bedeu=
tenden administrirenden Momenten, im Wesentlichen aus denselben
Gründen Ihre Anfrage verneinend beantworten, aus denen ich früher
den gleichen Antrag abzulehnen mich genöthigt sah. Ich sage dies
mit schwerem Herzen. Es sind die schönsten Erinnerungen und die
theuersten Beziehungen, die mein Herz an mein Vaterland und be=
sonders an Tübingen fesseln und eine ganz besondere Befriedigung
würde es mir sein, gerade mit Ihnen und überhaupt mit dem ausge=
zeichneten Kerne, der Ihrer Fakultät geblieben ist und gewiß eine
gute Zukunft derselben verbürgt, vereint, auf der mir so theuren
Universität zu wirken. Allein dadurch darf ich mich leider nicht be=
stimmen lassen." — —

XXIII. Abschnitt.

Auszeichnungen und Jubiläen.

Seinem an Arbeit reichen Leben wurde auch vielfache Anerkennung und Auszeichnung zu Theil. Schon 1855 wurde Wächter zum Mitglied des sächsischen Staatsraths, 1869 zum wirklichen Geheimen Rath mit dem Prädikat Excellenz ernannt. Auch zahlreiche Orden wurden ihm verliehen[1]. An seinem 82. Geburtstag hat ihm der König von Sachsen „in fernerer Anerkennung seiner langjährigen, dem Staat und der Universität geleisteten treuen ausgezeichneten Dienste" den erblichen Adel ertheilt[2].

Am 13. August 1869 wurde sein 50jähriges Professor-Jubiläum feierlich begangen. Die Universität Leipzig und viele auswärtige Universitäten brachten ihm Glückwünsche und Festschriften, eine große Zahl von Deputationen aller Kreise begrüßten den Jubilar in warmer Ansprache. Seine Majestät der König von Württemberg und der König von Sachsen ließen durch ihre Vertreter Allerhöchstihre Antheilnahme bezeugen.

Die Juristenfakultät zu Leipzig überreichte ihm eine Festschrift, in welcher die Ordinarien der Juristenfakultät zu Leipzig in den 450 Jahren ihres Bestehens in kurzen Lebensskizzen gezeichnet waren, und schließt mit Wächter als dem 35. der Reihe und mit den Worten:
— »Admiratione te potius quam temporalibus laudibus et si

---

[1] Er war Großkreuz des Königl. Württembergischen Friedrichsordens (12. November 1845, und Komthur des Ordens der Württembergischen Krone (26. September 1839); Großkreuz des Königl. Sächsischen Verdienst-Ordens und des Albrechts-Ordens; Großkreuz des K. K. Östreichischen Franz Joseph-Ordens und Kommandeur des K. K. Östreichischen Leopold-Ordens; Großkreuz des Kaiserl. Russischen St. Stanislaus-Ordens; Ritter des Königl. Baierischen Maximilians-Ordens im Gebiete der Wissenschaft (1861); Großkreuz des Herzogl. Anhaltischen Haus-Ordens Albrechts des Bären; Großkomthur des Herzogl. Sachsen-Ernestinischen Haus-Ordens.

[2] Wächter schreibt hierüber an seinen ältesten Sohn: „Die Ertheilung des erblichen Adels hat mir als besonderer Beweis der großen Güte und Freundlichkeit meines Königs aufrichtige Freude gemacht, auch namentlich dadurch, daß sie von den vielen Auszeichnungen, die mir in meinem Leben zutheil wurden, diejenige ist, an welcher meine Familie bleibend theilnimmt."

natura suppeditet aemulatione decoremus. Is verus honos, ea
coniunctissimi cuiusque pietas !«

Den Eingang der Schrift bildet folgende Anrede:

„Sie feiern heute ein Fest, das nur Wenigen zu feiern vergönnt ist, den Abschluß des halben Jahrhunderts Ihrer akademischen Lehrthätigkeit. Die Umstände,
unter denen Sie dieses Fest begehen, sind so außerordentliche, daß es, an sich schon
selten genug, uns eine wahrhaft einzige Erscheinung darbietet. Denn die fünfzig
Jahre der umfassendsten Arbeit auf allen Gebieten, welche der Beruf des wissenschaftlichen Juristen überhaupt berühren kann, haben nicht die Wirkung gehabt,
Ihre Kräfte zu erschöpfen oder auch nur zu schwächen, — Sie stehen uns heute
noch mit derselben geistigen Kraft und Frische gegenüber, welche wir vor Jahrzehnten bewundert haben. Während sonst bei solchen Festen die Stimmung der mit-
feiernden Kollegen die Empfindung zu sein pflegt, daß es sich um die dankbare
Anerkennung abgeschlossener Verdienste handle, so erblicken wir unseren hochverehrten Jubilar noch mitten in unbeschränkter und vollster Wirksamkeit, noch im
ungehemmten Fortschritte seiner vielseitigen Thätigkeit, und es erscheint uns unser
Fest nicht wie ein Tag des Abschlusses, sondern nur wie der willkommene Anlaß,
in freudiger Dankbarkeit auszusprechen, daß wir uns des Glückes und der Ehre,
mit Ihnen zu gemeinsamer Arbeit verbunden zu sein, bewußt sind.

So wie alle Wissenschaften nach langem Stillstande und nach Überwindung
einer kurzen Sturmperiode in der ersten Hälfte dieses Jahrhunderts in Deutschland
auf neue sichere Bahnen mit der Aussicht auf reiche Erfolge der fortgesetzten Arbeit
geführt worden sind, so ist dies auch unserer Rechtswissenschaft widerfahren. Von
den bahnbrechenden Männern selbst sind aber nur wenige noch übrig; neue Ge-
schlechter sind an ihre Stelle getreten, welche in gegebenen Geleisen fortarbeiten.
In Ihnen, hochverehrter Jubilar, verehren wir noch einen jener grundlegenden
Männer, an deren Namen sich zu allen Zeiten entscheidende Fortschritte unserer
Wissenschaft knüpfen werden, und so wie es unser Stolz ist, Sie an der Spitze
unserer Fakultät zu sehen, so hat schon seit Jahrzehnten die deutsche Juristenwelt
in Ihnen den persönlichen Mittelpunkt ihrer Strebungen gefunden.

Und wie könnte es anders sein! Denn wenn sonst die erfolgreiche Bearbeitung eines einzelnen Zweiges der Wissenschaft für das ausreichende Ziel einer
Lebensarbeit gilt, so haben Sie, hochverehrter Kollege, die Zielpunkte Ihres Strebens so umfassend gestellt, daß kaum ein Theil unserer Wissenschaft besteht, der
nicht den tief greifenden, fördernden Einfluß Ihrer Arbeit erfahren hätte.

Wir gedenken vor Allem des Pandektenrechts, dem Sie seit dem Erscheinen Ihrer ersten Schrift ununterbrochen bis heute Ihre bewundernswürdige Kraft
gewidmet haben. Wer könnte in der Kürze zusammenfassen, an wie vielen Punkten
dieses großen Gebiets Sie alte verjährte Irrthümer berichtigt, unerkannte Gesichtspunkte erstmals klar gestellt, unsichere und schwankende Vorstellungen beseitigt,
verwirrte Lehren nach scharfen und zuverlässigen Principien gesichtet, an wie vielen
Punkten Ihre Arbeiten eine ganz neue Grundlage geschaffen haben, welche den
Ausgangspunkt für jede nachfolgende Forschung gebildet hat? Und in allen diesen
zahlreichen Arbeiten dieselbe Gründlichkeit und Zuverlässigkeit der Quellen-For-
schung und der dogmengeschichtlichen Mittheilung, dieselbe Klarheit und Umsicht,
vor Allem aber derselbe Scharfsinn und durchdringende praktische Blick, der den
geborenen Juristen kennzeichnet!

In Ihrem Handbuche des Württembergischen Privatrechts haben
Sie ein Meisterwerk geliefert, dessen Bedeutung weit über die Grenzen des schwäbischen Landes hinausreicht. Denn der zweite Band desselben, welcher die dog-
matische Darstellung eröffnet, mußte, nach der Natur jenes Landesrechts, im
Wesentlichen gemeines Recht enthalten, so daß er zugleich als eine Darstellung der
allgemeinen Lehren des Pandekten gelten konnte. In diesem Sinne ist er auch in
der That in ganz Deutschland anerkannt worden, und wenn es eines Zeugnisses
für seinen Erfolg bedürfte, so würde eine Hinweisung auf die neuere Litteratur der

Pandekten und Partikularrechte genügen, welche fast auf jeder Seite anzeigt, in welchem Umfange er von späteren Schriftstellern benutzt worden ist. Was aber diesem Werke noch einen besonderen unvergänglichen Werth verleiht, das ist die mustergültige Art, in welcher das deutsche und das moderne Gesetzes-Recht mit dem römischen Rechte verbunden wird. Dankbar für das Gegebene wollen wir nicht darüber klagen, daß dieses treffliche Werk nicht hat abgeschlossen werden können.

Aber auch für die germanistische Seite unserer Wissenschaft ist dieses so umfassend angelegte Werk von hoher Bedeutung. Denn der erste Band desselben giebt, wenn auch nur vom Boden eines einzelnen Partikularstaats aus, eine deutsche Rechtsgeschichte der letzten drei Jahrhunderte, in welcher sich die ganze Bewegung des deutschen Rechtslebens wiederspiegelt. Auch dies ist von den Germanisten längst mit Dankbarkeit anerkannt worden, wie denn gerade jetzt von Neuem die allgemeine Aufmerksamkeit auf die treffliche Darstellung der altschwäbischen ehelichen Güterrechte gerichtet ist. Hat doch auch sonst unser hochverehrter Jubilar seine Kunst der Sichtung verworrener und verhüllter geschichtlicher Verhältnisse in unvergleichlicher Weise wichtigen und schwierigen Aufgaben der deutschen Rechtsgeschichte in seinen Beiträgen zur deutschen Geschichte zugewendet, in welchen einige der dunkelsten Partieen des mittelalterlichen Rechtszustandes zu lichtvollster Klarheit gefördert wurden.

Diesen Verdiensten um das Privatrecht reihen sich an die großen Verdienste, welche Sie sich um die Ausbildung des deutschen Strafrechts erworben haben. Vor nun fünf und vierzig Jahren erschien Ihr Lehrbuch des römisch-deutschen Strafrechts, ein für die geschichtliche Behandlung dieses Rechtstheils bahnbrechendes Werk, und daran schließt sich eine Reihe der bedeutendsten Monographien und Specialforschungen bis zu der Darstellung des sächsisch-thüringischen Strafrechts. Wie Vieles und Großes haben Sie in diesen Arbeiten für die Geschichte des Strafrechts, für die wissenschaftliche Klärung und Präcisirung der Verbrechensbegriffe und für die Handhabung des Strafrechts im Leben geleistet!

Aber wie groß auch die Verdienste sind, welche Sie sich durch Ihre trefflichen Schriften um unsere Wissenschaft erworben, nicht minder groß erscheint uns Dasjenige, was Sie als Lehrer unserer akademischen Jugend gewirkt haben. Seit fünfzig Jahren gehören Sie, hochverehrter Herr, zu den gefeiertsten akademischen Lehrern Deutschlands. Wie früher auf der schwäbischen Landesuniversität, so sind Sie hier in zwei verschiedenen Perioden der Meister des juristischen Studiums geworden, um den sich eine lange Generationenreihe deutscher Jünglinge mit einer nie verlöschenden Begeisterung geschaart hat. Sie verehren in Ihnen nicht bloß den Meister, dessen Lehre für das ganze Leben Quelle der Erkenntnis und Anregung zum Finden der Wahrheit geworden ist, sondern zugleich den warmen und hingebenden Freund der Jugend. Und wenn sonst ein höheres Lebensalter den akademischen Lehrer von den Interessen der Jugend zu entfernen und seine Anziehungskraft zu mindern pflegt, so scheint bei Ihnen umgekehrt jedes neue Jahr Ihres arbeitsvollen Lebens den Erfolg Ihrer Lehrthätigkeit zu steigern.

Und doch bezeichnen alle diese Leistungen nur die eine Seite Ihres unermüdlichen Wirkens. Wer kennt nicht die Verdienste, welche Sie sich in Ihrer Stellung als Kanzler der Universität Tübingen, als Rektor der letzteren und unserer sächsischen Universität erworben haben? Wer erinnert sich nicht Ihrer langjährigen ausgezeichneten Wirksamkeit als Präsident der württembergischen zweiten Kammer, deren Andenken nicht bloß auf der ehernen Gedenktafel der Stuttgarter Jubelsäule verzeichnet ist? Und wer gedenkt nicht der vielen großen legislatorischen Arbeiten, an denen Sie als Mitglied parlamentarischer Körper, oder als Verfasser eingehendster Kritiken betheiligt waren?

Aber wie der wahre Jurist sich nicht bloß als Schriftsteller, Lehrer und Bearbeiter von Gesetzen, sondern auch in der juristischen Praxis bewährt, so haben Sie es verstanden, zu dem Ruhme des großen Theoretikers den Ruhm des ausgezeichneten Praktikers hinzuzufügen. Als das Präsidium des obersten Gerichtshofs der freien Städte durch den Tod eines der größten Juristen dieses Jahrhunderts

verwaist war, erkannte man Sie als den Einzigen, der mit gleicher Würde und
Autorität die Arbeit Arnold Heise's fortsetzen werde. Und wir Mitglieder der Leipziger Juristenfakultät verehren in Ihnen den Ordinarius unseres Kollegiums
als Spruchbehörde, der uns nicht bloß als Verfasser meisterhafter Urtheile und
Rechtsgutachten ein Vorbild, sondern zugleich als Vorstand ein trefflicher Leiter
unserer Verhandlungen ist.

Wir wissen es wohl, daß diese wenigen Linien ungeeignet sind, ein volles
Bild der ruhmvollen Arbeit zu geben, welche die eben beschlossenen fünfzig Jahre
Ihres rastlosen Wirkens und Strebens erfüllt. Aber sie genügen, um die Stimmung zu kennzeichnen, in der wir uns heute, an Ihrem Ehrentage, Ihnen nähern.
Wir blicken rückwärts auf die lange Reihe bedeutender Männer, welche seit den
vierhundertsechzig Jahren des Bestehens unserer Fakultät das Amt des Ordinarius
zierten; aber wir wissen, daß zu keiner Zeit die Leipziger Juristenfakultät mit freu-
digerer Genugthuung den Namen ihres Ordinarius zu nennen vermocht hat, als
heute, wo wir Ihren Namen am Schlusse jener ehrwürdigen Reihe verzeichnen
dürfen.

So löst sich denn all unser Empfinden in ein Gefühl des Dankes auf für
Alles, was Sie für unsere Fakultät und unsere Wissenschaft geleistet haben. Wir
wünschen Ihnen von ganzem Herzen Glück, daß Sie ein solches Fest Ihres Ruhms
erleben, und bitten zu Gott, daß Er Ihnen noch viele Jahre des reichsten und
glücklichsten Wirkens verleihen möge!"

Zu bleibendem Gedächtnis seines Namens ließ die Universität
Wächters Marmorbüste in Dresden anfertigen und in der Aula zu
Leipzig aufstellen.

Die Juristenfakultät in Tübingen brachte ihm Glückwünsche in
einer Festschrift, welcher eine Abhandlung von dem Dekan der Fakultät, Dr. H. Seeger (Über den Versuch der Verbrechen nach
römischem Recht) einverleibt war.

Auch zu seinem 50jährigen Doktor-Jubiläum erhielt er vielfache Er-
weisungen dankbarer Anerkennung. Von seinen Zuhörern wurde ihm eine
massiv-silberne Gedenktafel überreicht, welche die Inschrift trägt: „Dem geliebten Lehrer bei Gelegenheit seines 50jährigen Doktorjubiläums gewidmet von
dankbaren Verehrern aus dem Kreise der Studentenschaft. Leipzig, 16. Juli 1872".
— Ein Glückwunschschreiben von Prof. Arndts in Wien sagt: „Was mich dazu
drängt, Ihnen zu schreiben, ist, abgesehen von der allgemeinen Anerkennung
Ihrer wissenschaftlichen Verdienste, von dem Danke, den ich Ihnen wie Andere
für vielfältige Belehrung schulde, eine ganz besondere persönliche Rücksicht und
Erwägung. Ihr Doktorjubiläum legt mir den Gedanken an das meinige nahe,
welches, wenn mein Leben so weit reicht, am 28. Oktober 1875 eintreten wird. Zu
meiner Promotion hatte ich die kleine Dissert. ad L. 25 D. de lib. leg. drucken
lassen. Sie, verehrter Herr, haben damals dieser kleinen Schrift eine überaus
freundliche und anerkennende Anzeige gewidmet, damals selbst noch ein junger iuris
doctor, aber schon ein anerkannter Gelehrter. Für den keineswegs von über-
müthigem Selbstvertrauen beseelten Verfasser der Dissertation war diese Anzeige
sehr ermunternd, bestärkte ihn in dem Vorsatze, sich dem akademischen Lehrfache zu
widmen, und diente auch dazu, ihm den Zutritt dazu leichter zu öffnen. — — —
Darum habe ich immer eine dankbare Erinnerung für diese Ihre Recension behalten, die ich als förderlich für meine spätere wissenschaftliche Wirksamkeit erkennen muß — —".

Zum 25jährigen Jubiläum seiner zweitmaligen Leipziger Professur und Ernennung als Mitglied der Juristenfakultät (10. Juli

1577) kamen nach Franzensbad, wo er sich zum Kurgebrauch
aufhielt, viele Glückwunsch-Telegramme, namentlich von Kultusminister von Gerber, von dem Rektor der Universität Leipzig, Thiersch,
von den Professoren Binding, Friedberg, Stobbe, Windscheid. Die
Leipziger Zeitung begrüßt den Tag mit dem Wunsche: „Möge der
Jubilar, von dessen fortwährend reger geistiger Thätigkeit ein un-
längst erschienenes neues Heft „Strafrechtlicher Fragen" redendes
Zeugnis ablegt, den Ehrentag, den ihn ein gütiges Geschick erleben
läßt, in freudigster Weise begehen, da er ja gewiß sein darf, daß derselbe in den weitesten Fachgenossen- und Schülerkreisen, selbst bis über
die deutschen Grenzen hinaus Theilnahme finden, von 55 „Juristen-
jahrgängen" aus Tübingen und Leipzig im stillen mitgefeiert werden
wird." —

Der Dekan der Juristenfakultät, Binding, richtete folgendes Schreiben an ihn (S. Juli 1877): „Hochverehrter Herr Jubilar! Es ist an Ew. Excellenz Jubeltag, am 10. Juli laufenden
Jahres, der Fakultät, welche die Ehre hat, Sie zum Mitglied, zum
Primarius und Ordinarius zu besitzen, leider nicht vergönnt, Sie
in ihrer Mitte zu sehen und Ihnen mündlich sagen zu können, was
sie Ihnen zu sagen wünscht. Wenn wir nun auch zuversichtlich hoffen,
daß Sie — aus dem Bade gestärkt zurückgekehrt — einen Mittag
oder Abend Ehrengast der Fakultät zu sein, nicht verschmähen werden,
so können wir doch zu einem Tage, wie dem bevorstehenden, der uns
wie wenige andere Anlaß zu Dank und Wünschen giebt, nicht schweigen. Und so hat die Fakultät mir den ehrenvollen Auftrag ertheilt,
ihre Glückwünsche Ew. Excellenz schriftlich zu übermitteln. — Wir
wissen sehr wohl, es ist noch nicht lange Zeit her, daß die Universität
Leipzig, daß speciell die Juristenfakultät daselbst die Stellung einnimmt, die ihr — wir dürfen dies wohl ohne Überhebung sagen —
heute allseitig zuerkannt wird. Dieses ungewöhnliche Aufblühen der
Universität im Ganzen und in ihren Gliedern fällt ganz in die Zeit,
während der Sie derselben als ordentlicher Professor angehört haben.
Wir wissen ebenso, daß dieses Zusammentreffen keineswegs Sache des
Zufalles, sondern zum großen Theile Ergebnis persönlichen Verdienstes, und zwar Ihres eminenten Verdienstes ist. Weit hinaus
wirkte der wissenschaftliche Name, den Ihre bahnbrechenden Schriften
auf civilistischem und kriminalistischem Gebiete deren Verfasser einge-

tragen, und dessen Glanz Sie während Ihres Hierseins durch neue Leistungen bedeutendster Art noch zu vermehren wußten. — Der Name eines Mannes, der neben Savigny und seinen großen Schülern einerseits, neben Feuerbach, Grolmann und dann neben den bedeutenden Kriminalisten der Hegel'schen Schule stets seinen Weg in voller Unabhängigkeit und doch mit vollem Verständnis seiner Zeitgenossen mit ebenbürtiger Kraft zu gehen vermocht hat! Nirgends fand der deutsche Jurist so wie bei Ihnen den Sinn des Praktikers vereint mit der Vertiefung in die Theorie — eine Vereinigung, die ihrem Träger ermöglichte, auch auf die schwierigsten Probleme eine eben so klare als allgemein verwerthbare Antwort zu ertheilen! Was Wunder — wenn Diejenigen, die da Praktiker und Theoretiker werden wollten, in immer größeren Schaaren herbeiströmten, um zu den Füßen des großen Leiters der Praxis und Lehrers der Theorie zu sitzen? Und welchen Lehrer fanden in Ihnen, die da lernen wollten! Die Frische der Jugend verbunden mit der Weisheit des Alters erweckte Begeisterung für die Wissenschaft; die unermüdliche Pflichttreue im Großen und Kleinen lehrte, wie man arbeiten soll und wirkte mächtig als Vorbild! Dazu eine stets gleich bleibende Liebe zu den Studirenden, die von Herzen kommt, Aller Herzen eroberte! Mit der Verehrung für Sie aber wuchs die Zahl der Verehrer, wuchs die Zahl der juristischen Studenten, und es hob sich die Fakultät, die das Glück hatte, in Ihnen den kraftvollen Promotor zu besitzen. — Aber die steigende Bedeutung ist nicht das Einzige, was die Fakultät Ihnen verdankt. Ich schweige davon, daß Sie der letzte Ordinarius im alten Sinne des Wortes sind: Ihre Verdienste um das Spruchkolleg würdigen, hieße in die Kompetenz von dessen Vorsitzenden eingreifen — und dies sei mir ferne! — Aber alle Interessen der Fakultät fanden in Ihnen stets einen eifrigen Förderer; in allen schwierigen Lagen waren Sie ihr ein treuer und zuverlässiger Berather; gegen die Kollegen haben Ew. Excellenz — und der jüngere Mann freut sich der frohen Erfahrung an sich selbst — stets die Gesinnung echtester Kollegialität bethätigt. Und so rufen wir Ihnen aus vollem Herzen den Dank für Alles Gute zu, was Sie der Fakultät erwiesen! — Dem Danke aber gesellt sich der Wunsch: Frisch ist Ihr Muth, ungebrochen die Kraft des Geistes und Körpers geblieben, wenn auch die Jahre an unser Keinem spurlos vorübergehen. Möge Ihre Zukunft noch lange sein,

was Ihre Vergangenheit gewesen — eine Quelle segensreichster Wirk=
samkeit, und möge es insbesondere unserer Fakultät gegönnt sein, sich
noch lange Ihres Namens, Ihres Ruhmes, Ihres Strebens, Ihrer
Lehre — mit einem Worte Ihrer selbst weiter zu freuen, wie
bisher!" — —

Wächter sagt in seiner Antwort (9. Juli 1877): — — „Ich
konnte mir nicht entfernt einfallen lassen, daß unsere hochverehrte
Fakultät an das Lustrum, welches ich auf meinen Jubiläumswegen
wieder zurücklegen werde, irgend denken würde. Welche freudige
Überraschung muß mir daher durch Ihre Zuschrift werden! Es ist
ein großes beneidenswerthes Glück, mit den bewährtesten Kollegen
in erprobter Eintracht und Freundschaft zusammen zu leben und zu
wirken und durch deren Vertrauen getragen und gehoben zu werden.
Schon längst dürfte ich mich im Besitze dieses Glückes fühlen und
Ihr Schreiben giebt mir auch von Neuem die erhebendste Bethätigung
Ihrer und der hochverehrten Fakultät Gesinnungen gegen mich, durch
welche mir dieses Glück verbürgt wird. — — Ihre übergroße Güte
entwarf von mir ein Bild, von welchem ich bekenne, in meinem langen
Leben nach einem ähnlichen gestrebt zu haben. Wie groß aber die
Kluft zwischen dem Erreichten und dem Ziele ist, berge ich mir nicht.
Ich berge aber auch nicht, daß die freundliche Nachsicht und Güte,
mit welcher meine verehrten Kollegen meine Bestrebungen über Ver=
dienst würdigen, mir eine unschätzbare freudige und kräftigende Er=
rungenschaft ist. Zu den schönsten Fügungen meines Lebens habe ich
es zu zählen, daß ich unserer Fakultät gerade in der von Ihnen be=
rührten Zeit angehörte, in welcher sie nach dem Vertrauen, das sie
genießt, zur ersten Stellung unter den deutschen Juristenfakultäten
gelangte. Wenn auch hierin Ihre Güte mir zu viel zuschreibt, so
darf ich doch mit meinen Kollegen das Selbstgefühl haben, daß
von uns gerade in unserer Vereinigung diese Stellung errungen
wurde." — —

Auch den Tag, da er vor sechzig Jahren Professor in Tübingen
geworden, hat er in voller Geistesfrische erlebt. Gerne wollten ihn
auch jetzt wieder, wie zehn Jahre früher, Deputationen von nah und
fern begrüßen. Allein Wächter entzog sich jeder solchen Ovation und
hat den Tag in ländlicher Zurückgezogenheit verbracht, in dankbarem

Rückblick auf ein Leben, in welchem er so viele Freude erfahren durfte, so manche Arbeit vollbringen, — doch den eigenen Anforderungen an seine Thätigkeit noch lange nicht genügt zu haben betonte.

XXIV. Abschnitt.

Lebensende.

Wächter hatte das seltene Glück, nie eigentlich krank zu sein. Zwar mußte er auf Verlangen des Arztes in den letzten zwanzig Jahren fast regelmäßig Karlsbad besuchen, allein, mehr, wie er sagte, als ein kräftiges Präservativ und Verjüngungsbad, aus welchem er stets in gehobener Kraft zur Arbeit wiederkehrte. Und welche Arbeits- lust bis ans Ende! Zwar mochte er nicht mehr, wie in früheren Decennien, die halbe Nacht und bis gegen Morgen durcharbeiten. Aber schon früh nach 7 Uhr und fast jeden Abend war er bis gegen zehn Uhr am Schreibtisch, häufig einem Stenographen drei bis vier Stunden lang diktirend. Zu der wissenschaftlichen Thätigkeit kamen die vielen Examina, die eingehende Durchsicht der Prüfungsarbeiten, die Ausarbeitung vieler Referate für das mit Processen überladene Spruchkollegium, die zeitraubenden Sitzungen, eine sehr umfassende Korrespondenz und häufige Ansuchen um Rechtsgutachten, denen er seinen Beistand zu weigern sich nicht entschließen konnte. Dabei war er von unübertroffener Pflichttreue. Nie gestattete er sich, eine Akte liegen zu lassen, um seine litterarischen Plane rascher auszuführen; nie unterließ er die sorgsame Vorbereitung für die Vorlesungen. In der Vorlesung fand er seine größte Befriedigung, oft wünschte er sich auf dem Katheder sterben zu dürfen, und einmal befiel ihn auch im Jahr 1873 auf dem Katheder ein bedenklicher Schwindelanfall. Als er späterhin das Kollegienlesen, da sein Organ nicht mehr Kraft genug hatte für das große Auditorium, einstellen mußte, nahmen doch alle übrigen Arbeiten ihren gleichmäßigen Fortgang.

Inmitten dieser Arbeiten traf ihn der Krankheitsanfall, von dem er sich nie wieder völlig erholen sollte. Hierüber berichtet sein

Kollege Geheimer Rath Windscheid: „Kein Mitglied der Leipziger Juristenfakultät wird jemals jenen Tag im Sommer 1879 vergessen, als wir in seinem Saale versammelt waren, um eine von ihm abgefaßte Relation zu hören. Es handelte sich um eine unangenehme, verwickelte, jeden juristischen Interesses entbehrende Konkurssache. Er wollte keines der Mitglieder des Kollegiums mit derselben beschweren und hatte sie sich selbst zugetheilt. Aber die Ausarbeitung der Relation wurde ihm schwer, und mehr als einmal mußte die schon angesetzte Sitzung vertagt werden. Als er endlich fertig geworden war — er hatte bis Abends 9 Uhr diktirt — hatte ihn noch ein schwerer Anfall eines Herzübels erfaßt, und wir mußten, statt in dem gewöhnlichen Sitzungslokale, in seiner Wohnung zusammen kommen, um hier zu vernehmen, daß er zum Vortrag unfähig sei[1]. Aber die Sache eilte, und so las ein fremder Mund seine Worte — neben uns der, wie wir anfingen zu fürchten, sterbende Mann! Als ihn ein heftiger und krampfhafter Husten befiel, sprangen wir auf und dachten, das Ende sei da! —“

Indeß erholte er sich wieder und nach wenigen Tagen war er abermals mitten in der Arbeit. — Im Spätsommer brachte er mehrere Wochen in ländlicher Ruhe im nahen Connewitz zu, theils im Verkehr mit seiner Familie und in kleinen Gängen durch die sonnige Landschaft sich erfreuend, theils von seinen Büchern und Arbeitsplanen umgeben. Vor dem Winter kehrte er verhältnismäßig gestärkt nach Leipzig zur gewohnten Arbeit zurück. — „Wenn man ihn dann sah (so berichtet Windscheid), hatte man freilich das Bild eines immer mehr fortschreitenden Zusammenbruchs der Kräfte. Aber es war immer die gleiche milde Wärme, mit welcher er den Besuchenden empfing, die gleiche herzliche Freundlichkeit, mit welcher er für die Aufmerksamkeit dankte, die man ihm erwiesen habe, und bei einem gelegentlichen Scherzwort ging wohl noch ein feines Lächeln über seine Züge, ein letzter Wiederschein der sinkenden Sonne! Dann kehrte auch wohl auf einen Augenblick das Kraftbewußtsein, an das er gewöhnt war und von dem er sich schwer trennte, zurück, und er gab auf die Frage nach seinem Befinden, die Antwort: „Mir fehlt

---

[1] Der Hausarzt selbst erschien zur Sitzung, um den Versammelten mitzutheilen, daß er ernsteste Einsprache gegen den Vortrag erheben müsse.

eigentlich Nichts." „Nur," setzte er dann hinzu, „will es mit dem Athmen nicht mehr recht gehen, und ich bin so müde, so müde!" —

Er verbarg sich seinen Zustand nicht. In völliger Ruhe und Klarheit faßte er den jetzt ihm verordneten Weg ins Auge. Einst sprach er in dieser letzten Zeit bei festlichem Anlaß in ergreifender Tischrede es den Seinigen aus, daß ihm nun der Abschied nahe bevorstehe, welchem er als evangelischer Christ getrost und stille sich bereitend entgegen sah. Aber die Arbeit gab er nicht auf. Noch in den letzten Tagen seines Lebens diktirte er seine rechtliche Ansicht und seinen Rath in einer Prozeßsache, welche ihm am Herzen lag, weil er sah, daß die eine Partei Gefahr laufe, schweres Unrecht zu erleiden.

Die rüstigeren Stunden wechselten mit Schwäche und körperlicher Bangigkeit. Kurz vor seinem Ende sagte er, von einem ihn tiefbewegenden Traum auf seinem Sopha erwachend den Seinen: „Wisset ihr nicht, daß wir uns in dieser Nacht trennen müssen?" Und späterhin: „Ich warte nur auf den letzten Ruf".

Unmerklich und mit dem Ausdruck tiefsten Friedens entschlief er in der ersten Stunde des 15. Januar 1880.

Er hatte sich seine letzte Ruhestätte auf dem friedlichen Dorfkirchhofe des nahe gelegenen Rittergutes seines jüngeren Sohnes, neben dem Grabe einer als Pfarrfrau zu Röcknitz ihm vorangegangenen Enkeltochter erwählt.

Nach seinem Hinscheiden gab sich aus allen Kreisen die wärmste Theilnahme, aufrichtige Liebe und Verehrung für den Verewigten kund. Als in seinem Bibliotheksale vor der Überführung nach Röcknitz der kaum erst geschlossene Sarg stand, inmitten vielfach gestreuter Palmen und Lorbeerkränze, bedeckt von den Fahnen der Universität und der akademischen Verbindungen, umgeben von studentischer Ehrenwache und einer hochansehnlichen auserwählten Trauerversammlung, den Gliedern der Universität und des Reichsgerichts, den Spitzen der Behörden, den Vertretern der Stadt, da wurde in ergreifenden Worten Anerkennung und Dank der Staatsregierung, der Universität, der Fakultät, auswärtiger Fakultäten und der Juristen Deutschlands ausgesprochen. Kultusminister von Gerber charakterisirte den ihm seit dreißig Jahren in Freundschaft Verbundenen als den letzten der großen Männer der Rechtswissenschaft, welche neue Bahnen erschlossen haben. Geheimer Rath Windscheid pries ihn Namens der deutschen

Juristen, die in ihm ihr geistiges Haupt verehrt und ihre Einheit verkörpert sahen, als den Meister der Wissenschaft, würdig der höchsten
Ehre, welche von der Mitwelt einem Sterblichen zutheil werden kann.

Auch aus der württembergischen Hauptstadt wurde dem Verewigten
warmes Andenken geweiht. Seine Majestät der König von Württemberg und Ihre Majestät die Königin bezeugten die allerhöchste Theilnahme in ehrendster Weise.

Ein schwäbisches Volksblatt begleitet die Nachricht von dem
Ableben „unseres berühmten Landsmannes aus Marbach" mit den
Worten: „In der Wissenschaft wird sein Name unvergänglich bleiben,
aber die Liebenswürdigkeit, die ihm persönlich eigen war, wird sich
sobald auf Erden nicht wiederholen. So unbezweifelt seinen Zeitgenossen seine Würde als Richter und Rechtsforscher war, seine An-
muth ging noch über seine Würde und im Gedächtnis seines Heimat-
landes wird er als eine heitere, helle, sonnige Gestalt fortleben, wie
er schon seither trotz der trennenden Ferne als eine der Zierden
schwäbischen Stammes unter uns unvergessen geblieben war."